ZHONGGUO XIAOSHUO
100 QIANG

中国小说100强（1978—2022）

野色失痕

索南才让 著

北京联合出版公司
Beijing United Publishing Co.,Ltd.

图书在版编目（CIP）数据

野色失痕 / 索南才让著. -- 北京：北京联合出版公司，2023.9
（中国小说100强）
ISBN 978-7-5596-7143-1

Ⅰ.①野… Ⅱ.①索… Ⅲ.①长篇小说－中国－当代 Ⅳ.①I247.5

中国国家版本馆CIP数据核字(2023)第129958号

野色失痕

作　　者：	索南才让
出 品 人：	赵红仕
出版监制：	张晓冬　范晓潮
责任编辑：	王　巍
特约编辑：	和庚方　刘沐雨
封面设计：	武　一

北京联合出版公司出版
（北京市西城区德外大街83号楼9层　100088）
北京兴星伟业印刷有限公司印刷　新华书店经销
字数203千字　650毫米×920毫米　1/16　20印张
2023年9月第1版　2023年9月第1次印刷
ISBN 978-7-5596-7143-1
定价：58.00元

版权所有，侵权必究
未经书面许可，不得以任何方式转载、复制、翻印本书部分或全部内容。
本书若有质量问题，请与本公司图书销售中心联系调换。
电话：010-65868687

中国小说 100 强（1978—2022）丛书

编委会

丛书总策划

张　明　　著名出版人

张　英　　资深媒体人

编委主任

吴义勤　　中国作协副主席

　　　　　中国小说学会会长

编　委

吴义勤　　中国作协副主席、中国小说学会会长

宗仁发　　《作家》杂志主编

谢有顺　　中山大学教授、中国小说学会副会长

顾建平　　《小说选刊》副主编

张　英　　资深媒体人

文　欢　　作家、出版人

总　序

"中国小说100强"（1978—2022）是资深出版人张明先生和腾讯读书知名记者张英先生共同策划发起的一套大型文学丛书。他们邀请我和宗仁发、谢有顺、顾建平、文欢一起组成编委会，并特邀徐晨亮参与，经过认真研讨和多轮投票最终评定了100人的入选小说家目录。由于编委们大多都是长期在中国文学现场与中国文学一路同行的一线编辑、出版家、评论家和文学记者，可以说都是最专业的文学读者，因此，本套书对专业性的追求是理所当然的，编委们的个人趣味、审美爱好虽有不同，但对作家和文学本身的尊重、对小说艺术的尊重、对文学史和阅读史的尊重，决定了丛书编选的原则、方向和基本逻辑。

从文学史的角度来说，1978年以后开启的新时期文学是中国当代文学的黄金时代，不仅涌现了一批至今享誉世界的优秀作家，而且创造了许多脍炙人口的文学经典，并某种程度上改写了20世纪中国文学史的版图。而在中国新时期文学的经典家族中，小说和小说家无疑是艺术成就最高、影响力最大的部分。"中国小说100强"（1978—2022）就是试图将这个时期的具有经典性的小说家和中国小说的经典之作完整、系统地筛选和呈现出来，并以此构成对新时期文学史的某种回顾与重读、观察与评判。呈现在读者面前的这套丛书是对1978—2022年间中国当代小说发展历程的一次全面、系统的整体性回顾与检阅，是中国当代文学经典化的重要成果，从特定的角度集中展示了中国新时期文学在小说创作方面的巨大成就。需要说明的是，与1978—2022年新时期文学繁荣兴盛的局面相比，100位作家和100本书还远远不能涵盖中国当代小说的全貌，很多堪称经典的小说也许因为各种原因并未能进入。莫言、苏童、余华等作家本来都在编委投票评定的名单里，但因为他们已与某些出版社签下了专有出版合同，不允许其他出版社另出小说集，因而只能因不可抗原因而割爱，遗珠之憾实难避免，而且文学的审美本身也是多元的，我们的判断、评价、选择也许与有些读者的认知和判断是冲突的，但我们绝无把自己的标准强加于别人的意思。我们呈现的只是我们观察中国这个时期当代小说的一个角度、一种标准，我们坚持文学性、学术性、专业性、民间性，注重作家个体的生活体验、叙事能力和艺术功力，我们突破代际局限，老、中、青小说家都平等对待，王蒙、冯骥才、梁晓声、铁凝、阿来等名家名作蔚为大观，徐则臣、阿乙、弋舟、鲁敏、林森等新人新作也是目不暇接，我们特别关注文学的新生力量，尤其是近10年作品多次获国家大奖、市场人气爆棚的新生代小说家，我们禀持包容、开放、多元的审美立场，无论是专注用现实题材传达个人迥异驳杂人生经验、用心用情书写和表现时代精神的现实主义作家，还是执着于艺术探索和个体风格的实验性作家，在丛书里都是一视同仁。我们坚信我们是忠实于自己的艺术理想、艺术原则和艺术良心的，但我们并不认为自己的角度和标准是唯一的，我们期待并尊重各种各样的观察角度和文学判断。

当然，编选和出版"中国小说100强"（1978—2022）这套大型丛书，除了上述对文学史、小说史成就的整体呈现这一追求之外，我们还有更深远、更宏大的学术目标，那就是全力推进中国当代文学"经典化"的历程和"全民阅读·书香中国"建设。

从1949年发端的中国当代文学已经有了70多年的发展历程，但对这70多年文学的评价一直存在巨大的分歧，"极端的否定"与"极端的肯定"常常让我们看不到当代文学的真相。有人认为中国当代文学达到了前所未有的高度和水平。王蒙先生在法兰克福书展上就说：中国当代文学现在是有史以来最繁荣的时期。余秋雨、刘再复甚至认为中国当代文学的成就远远超过了现代文学。也有人极端否定中国当代文学，认为中国当代文学都是垃圾。他们认为现代文学要远远超过当代文学，中国当代文学连与现代文学比较的资格都没有。比如说，相对于鲁（迅）、郭（沫若）、茅（盾）、巴（金）、老（舍）、曹（禺）这样大师级的人物，中国当代作家都是渺小的侏儒，根本不能相提并论，两者比较就是对大师的亵渎。应该说，与对中国当代文学的肯定之声相比，对当代文学的否定和轻视显然更成气候、更为普遍也更有市场。尽管否定者各自的角度和出发点不同，但中国当代作家、作品与中外文学大师、文学经典之间不可比拟的巨大距离却是唱衰中国当代文学者的主要论据。这种判断通常沿着两个逻辑展开：一是对中外文学大师精神价值、道德价值和人格价值的夸大与拔高，对文学大师的不证自明的宗教化、神性化的崇拜。二是对文学经典的神秘化、神圣化、绝对化、空洞化的理解与阐释。在此，我们看到了一个非常有趣的悖论：当谈论经典作家和文学大师时我们总是仰视而崇拜，他们的局限我们要么视而不见要么宽容原谅，但当我们谈论身边作家和身边作品时，我们总是专注于其弱点和局限，反而对其优点视而不见。问题还不在于这种姿态本身的厚此薄彼与伦理偏见，而是这种姿态背后所蕴含的"当代虚无主义"。这种"虚无主义"的最大后果就是对当代作家作品"经典化"的阻滞，对当代文学经典化历程的阻隔与拖延。一方面，我们视当下作家作品为"无物"，拒绝对其进行"经典化"的工作，另一方面又以早就完全"经典化"了的大师和经典来作为贬低当下泥沙俱下的文学现实的依据。这种不在同一个层面上的比较，不仅毫无意义，而且只能使得文学评价上的不公正以及各种偏激的怪论愈演愈烈。

其实，说中国当代文学如何不堪或如何优秀都没有说服力。关键是要进行"经典化"的工作，只有"经典化"的工作完成了才有可能比较客观地对当代的作家作品形成文学史的判断。对当代的"经典化"不是对过往经典、大师的否定，也不是对当代文学唱赞歌，而是要建立一个既立足文学史又与时俱进并与当代文学发展同步的认识评价体系和筛选体系。当然，我们也要承认，"经典化"问题是一个非常复杂的问题，并不是凭热情和冲动一下子就能完成的，但我们至少应该完成认识论上的"转变"并真正启动这样一个"过程"。

现在媒体上流行一些对于中国当代文学经典化冷嘲热讽的稀奇古怪的言论，其核心一是否定中国当代文学有经典、有大师，其二是否定批评界、学术界有关"经典化"的主张，认为在一个无经典的时代，"经典"是怎么"化"也"化"不出来的，"经典化"是一个实实在在的"伪命题"。其实，对于文学，每个人有不同的判断、不同的理解这很正常，每一种观点也都值得尊重。但是，在"经典"和"经典化"这个问题上，我却不能不说，上述观点存在对"经典"和"经典化"的双重误解，因而具有严重的误导性和危害性。

首先，就"经典"而言，否定中国当代文学早就不是什么新鲜事，对当代文学的虚无主义态度在很多人那里早已根深蒂固。我不想争论这背后的是与非，也不想分析这种观点背后的社会基础与人性基础。我只想指出，这种观点单从学理层面上看就已陷入了三个巨大误区：

第一个误区，是对经典的神圣化和神秘化的误区。很多人把经典想象为一个绝对的、神圣的、遥远的文学存在，觉得文学经典就是一个绝对的、乌托邦化的、十全十美的、所有人都喜欢的东西。这其实是为了阻隔当代文学和"经典"这个词发生关系。因为经典既然是绝对的、神圣的、乌托邦的、十全十美的,那我们今天哪一部作品会有这样的特性呢?如果回顾一下人类文学史,有这样特性的作品好像也没有。事实上,没有一部作品可以十全十美,也没有一部作品能让所有人喜欢。在这个问题上,我们应该明确的是,"经典"不是十全十美、无可挑剔的代名词,在人类文学史上似乎并不存在毫无缺点并能被任何人所认同的"经典"。因此,对每一个时代来说,"经典"并不是指那些高不可攀的神圣的、神秘的存在,只不过是那些比较优秀、能被比较多的人喜爱的作品而已。从这个意义上说,当今中国文坛谈论"经典"时那种神圣化、莫测高深的乌托邦姿态,不过是遮蔽和否定当代文学的一种不自觉的方式,他们假定了一种遥远、神秘、绝对、完美的"经典形象",并以对此一本正经的信仰、崇拜和无限拔高,建立了一整套关于中国当代文学的伦理话语体系与道德话语体系,从而充满正义感地宣判着中国当代文学的死刑。

第二个误区,是经典会自动呈现的误区。很多人会说,是金子总是会发光的。但对文学来说,文学经典的产生有着特殊性,即,它不是一个"标签",它一定是在阅读的意义上才会产生意义和价值的,也只有在阅读的意义上才能够实现价值,没有被阅读的作品没有被发现的作品就没有价值,就不会发光。而且经典的价值本身也不是固定不变的。如果一个作品的价值一开始就是固定不变的,那这个作品的价值就一定是有限的。经典一定会在不同的时代面对不同的读者呈现出完全不同的价值。这也是所谓文学永恒性的来源。也就是说,文学的永恒性不是指它的某一个意义、某一个价值的永恒,而是指它具有意义、价值的永恒再生性,它可以不断地延伸价值,可以不断地被创造、不断地被发现,这才是经典价值的根本。所以说,经典不但不会自动呈现,而且一定要在读者的阅读或者阐释、评价中才会呈现其价值。

第三个误区，是经典命名权的误区。很多人把经典的命名视为一种特殊权力。这有两个层面的问题：一，是现代人还是后代人具有命名权；二，是权威还是普通人具有命名权。说一个时代的作品是经典，是当代人说了算还是后代人说了算？从理论上来说当然是后代人说了算。我们宁愿把一切交给时间。但是，时间本身是不可信的，它不是客观的，是意识形态化的。某种意义上，时间确会消除文学的很多污染包括意识形态的污染，时间会让我们更清楚地看清模糊的、被掩盖的真相，但是时间同时也会使文学的现场感和鲜活性受到磨损与侵蚀，甚至时间本身也难逃意识形态的污染。此外，如果把一切交给时间，还有一个前提，那就是对后代的读者要有足够的信任，要相信他们能完成对我们这个时代文学的经典化使命。但我们对后代的读者，其实是没有信心的。我们今天已经陷入了严重的阅读危机，我们怎么能寄希望后代人有更大的阅读热情呢？幻想后代的人用考古的方式对我们这个时代的文学进行经典命名，这现实吗？我不相信后人对我们身处时代"考古"式的阐释会比我们亲历的"经验"更可靠，也不相信，后人对我们身处时代文学的理解会比我们亲历者更准确。我觉得，一部被后代命名为"经典"的作品，在它所处的时代也一定会是被认可为"经典"的作品，我不相信，在当代默默无闻的作品在后代会被"考古"挖掘为"经典"。也许有人会举张爱玲、钱钟书、沈从文的例子，但我要说的是，他们的文学价值早在他们生活的时代就已被认可了，只不过很长时间由于意识形态的原因我们的文学史不谈及他们罢了。此外，在经典命名的问题上，我们还要回答的是当代作家究竟为谁写作的问题。当代作家是为同代人写作还是为后代人写作？幻想同代人不阅读、不接受的作品后代人会接受，这本身就是非常乌托邦的。更何况，当代作家所表现的经验以及对世界的认识，是当代人更能理解还是后代人更能理解？当然是当代人更能理解当代作家所表达的生活和经验，更能够产生共鸣。因此，从这个角度来说，当代人对一个时代经典的命名显然比后代人更重要。第二个层面，就是普通人、普通读者和权威的关系。理论上，我们都相信文学权威对一个时代文学经典命名的重要性，权威当然更有价值。但我们又不能够迷信文学权威。如果把一个时代文学经典的命名权仅仅交给几个权威，那也是非常危险的。这个危险表现在什么地方呢？就是几个人的错误会放大为整个时代的错误，几个人的偏见会放大为整个时代的偏见。我们有很多这样的文学史教训。在这个问题上，我们既要相信权威又不能迷信权威，我们要追求文学经典评价的民主化、民主性。对一个时代文学的判断应该是全体阅读者共同参与的民主化的过程，各种文学声音都应该能够有效地发出。这个时代的文学阅读，最理想的状态应该是一种互补性的阅读。为什么叫"互补性的阅读"？因为一个批评家再敬业，再劳动模范，一个人也读不过来所有的作品。举个例子：现在我们一年有5000部以上的长篇小说，一个批评家如果很敬业，每天在家读二十四小时，他能读多少部？一天读一部，一年也只能读三百部。但他一个人读不完，不等于我们整个时代的读者都读不完。这就需要互补性阅读。所有的读者互补性地读完所有作品。在所有作品都被阅读过的情况下，所有的声音都能发出来的情况下，各种声音的碰撞、妥协、对话，就会形成对这个时代文学比较客观、科学的判断。因此，文学的经典不是由某一个"权威"命名的，而是由一个时代所有的阅读者共同命名的，可以说，每一个阅读者都是一个命名者，他都有对经典进行命名的使命、责任和"权力"。而作为一个文学研究者或一个文学出版者，参与当代文学的进程，参与当代文学经典的筛选、淘洗和确立过程，更是一种义不容辞的责任和使命。说到底，"经典"是主观的，"经典"的确立是一个持续不断的"过程"，"经典"的价值是逐步呈现的，对于一部经典作品来说，它的当代认可、当代评价是不可或缺的。尽管这种认可和评价也许有偏颇，但是没有这种认可和评价，它就无法从浩如烟海的文本世界中突围而出，它就会永久地被埋没。从这个意义上说，在当代任何一部能够被阅读、谈论的文本都是幸运的，这是它变成"经典"的必要洗礼和必然路径。

总之，我们所提倡的"经典化"不是要简单地呈现一种结果，不是要简单地对一个时代的文学作品排座次，不是要武断地指出某部作品是"经典"，某部作品不是"经典"，不是要颁发一个"谁是经典"的荣誉证书，而是要进入一个发现文学价值、感受文学价值、呈现文学价值的过程。所谓"经典化"的"化"实际上就是文学价值影响人的精神生活的过程，就是通过文学阅读发现和呈现文学价值的过程。可以说，文学的经典化过程，既是一个历史化的过程，更是一个当代化的过程。文学的经典化时时刻刻都在进行着，它需要当代人的积极参与和实践。因此，哪怕你是一个对当代文学的虚无主义者，你可以不承认当代文学有经典，但只要你还承认有文学，你还需要和相信文学，还承认当代文学对人的精神生活具有影响力，你就不应该否定当代文学经典化的重要性。没有这个"经典化"，当代文学就不会进入和影响当代人的生活，就失去了存在的意义。每一个人，哪怕你是权威，你也不能以自己的好恶剥夺他人阅读文学和享受文学的权利。

从这个意义上说，当代文学的经典化当然是一个真命题而不是一个伪命题。在一个资讯泛滥的时代，给读者以经典的指引是文学界、出版界共同的责任，而这也是我们编辑出版这套书的意义所在。

最后，感谢张明和张英先生为本套书付出的辛劳，感谢北京立丰天文化传播有限公司、北京金圣典文化有限公司的资金支持，感谢全体编委和北京联合出版公司各位编辑，感谢所有对本套丛书的出版给予大力支持的作家和他们的家人。

是为序。

吴义勤

2022年冬于北京

当你不相信命运，也许你更不相信拼搏。

1

开春的一天，叔叔赛恒朝鲁说他不想去夏营地了。他相当委婉地提醒他哥哥，自己也老大不小了，理应在冬牧场定居点歇着，清晨散步、午睡、打牌和看书，做些适合养生的事情。他这不切实际的想法惹怒了阿爸，被很有分量地教训了一顿。他当时唯唯诺诺没怎么吭声，之后却对我横眉竖眼，好像一切是我的错。其实，我除了"夏天太忙"这四个字以外什么都没说。我说的是大实话，夏天真的是太忙了。我一个人顾得上牛群就管不了羊群，还有马，万一不见了谁去找呢？当然还有一个原因我是不会让他知道的,我觉得虽然赛恒朝鲁自己很不幸,但他却是我的"幸运星"。这一点从那一年我和吉雅的事情上我就发现了端倪,于是我把他带在身边,以便运气长随我身。后来尽管事情并非我所想的那么神奇,但也没有给我带来不幸。

  这么说,并非自私,我从来没放弃过帮助他的念头。遗憾的是,有些事明明看起来简单却是复杂的。在帮助他的这件事上,我无数次摸不着头脑。我被整得很惨。赛恒朝鲁有一种特殊的能力,他可以让帮助他的人变得崩溃和疯狂。

  后来我再也不轻易去掺和他的事了。

  我在转场的前一天和吉雅去她娘家,去见她阿妈和那个差点就拆散我们的阿爸。他叫图旦多杰,他的脸上虽然没有横肉、刀疤之类的——反倒很整洁——但看得出,他年轻的时候肯定不是——现在也不是——一个善茬。这从他雷厉风行的作风和暴躁的脾气就确认无疑了。他尤其对我看不顺眼,总是挑我的毛病,搞得现在我都不想见他,背地里骂过他无数次。但在吉雅面前我永远都做出一副大度而谦逊的模样,以此来骗取她的感动和百依百顺。

  其实我倒也理解他,是我让他看中的一个好女婿飞走了,是我让他的一片在他看来仿佛天堂一般的草场飞走了,他不给我好脸色。我更不愿意见到他。可我不能给吉雅脸色看。我一看到她娇美的容颜就弱弱地泄了气,想说的话一句也说不出。倘若可以的话,我是多么愿意去她家原来住的地方——就是我和吉雅认识并相爱的地方——那真是一片让人难以忘怀的优美的草山。那是他们的秋牧场,后来他们搬家了,到了一座大山之隔的德州。我的老丈人本身没有多少草场,所以他对草场的渴望令人心酸地执拗。去年,他得到了一个天大的好机会，德州新店的丘什青要把他的位于扎岑和凯热口交接的冬草场变换掉，条件必须是海日磣的秋牧场，面积小一点也可以商量。这条消息很快被他得知，他以最快的速度和丘什青完成了交易：以他的位于海日磣小曲陇阳坡的大约五百多亩的草场换取了丘什青的八百亩冬草场，他再每年付给丘什青三千元钱（差出的近三百亩的草场，每亩以十元的价格成交，二十五年后就归他所有了）作为剩余草场的补偿。做了这笔交易，他高兴坏了。破天荒地庆祝了一番，有数地喝醉了一次。从那以后，我才在他的眼里逐渐地变得顺眼起来。他最喜欢远远地看我和吉雅相依相偎的情景，那和凭白得了一片大草场一样使他高兴。他已年近六旬，分外地老，变得越来越伤感，常言自己的死亡之路已经在望了，并且稳步而去。

我和吉雅没有见到他，他去乡政府交医疗保险金和养老金了。大概要到晚上才回来。我趁吉雅不注意欢快地松了口气，而她显得很失望。这一走，就是几个月见不到了。我想，说不得，我们得从夏牧场下来一趟了，在剪完羊毛之后，带着酸奶来看望他们。

我盘腿坐在她家的炕上，一扭头便可瞧见窗外的景致，尽管已到六月，草原彻底苏醒，万物有灵，青草孜孜上进，勤快的花儿已然悄悄待放，但他的草场前面用得过度，后续无力，已经显现疲乏之状，和邻居的差别明显。他放牧超载啦！听说为此他还哭过。哭！哭有什么用？我觉得他就是活该，自作自受。他在得意忘形之下错误地判断了形势，造成了如今的局面。我对他的这种极端幼稚的做派简直无语至极。而这个时候，我也就不当他是一个成熟的男人了。

我的岳母叫切措多杰（他俩不但名字里都有一个多杰，就连性格和长相都有七分相似），性格坚韧大条，声音洪亮。她可以自编一些精彩绝伦的吵架时对骂用的篇什，所以她吵架的功夫天下无双。谁都不愿意和她吵，久而久之她竟然在一种孤独的境地下突破，从此她不骂人了，她看。她看你的时候就像无数把刀子在解剖怒火，她看得越久你的怒火便越少了。现在，她有事时连嘴都不用张开，只拿目光一凝就好了。

她身材浑圆，略有娇颜，美貌还没有彻底弃她而去。她做事条条框框，经是经纬是纬。我很喜欢她。她对我也挺满意，认为这个女婿是个中庸的好人。她说马的儿子快点好，人的儿子慢点好！

她对我俩唠唠叨叨的一下午。她问我打算吃什么，我说都行。她不满地呀了一声，和吉雅做饭去了。我到草场上溜达了一圈，我向公路的方向走去，一直走到铁丝网隔栏处，在那里看到一个蓄水池。我见四处无人，就打开了井盖，趴在沿上朝里头张望。这是一个很大的蓄水池，却仅有可怜的一点水，吃水线在管道口之下。也就是说用这个蓄水池的人家都没有水，吃这水的是公路边上和公路下面的那些人家。其中有我的四个堂兄和一个姐姐，还有别的一些亲戚。昨天我还看见玛玛骑着雪蹄子黑走马赶着牛和羊群去那卡诺登饮水。那里有好几辆排队拉水的架子车和已经有人家在用的马车和驴车。由于开春后大地消融，水位下降，所以一天也未必装满所有车上的水壶。有时候午夜时分依然可以看到接水的人抖索在车旁一闪一灭地抽烟、吸鼻涕。那声音如鞭炮般响亮。

下午她阿妈才恋恋不舍地让我们走。她嘱咐我们明天转场要小心天气的变化，多做防范。

我们一回去就看见赛恒朝鲁阴沉着一张大脸。他数落我粗心大意，早上捆绑的东西他抖了几下就散了。"这东西怎么驮到牛上？"他劈头责问，"一旦散了还不把所有的东西都弄坏了？你一天就知道闲逛。"

我一听他这话就很不乐意，更不服气。因为我自认为做得很好。他这是借题发挥，指不定哪根筋又搭错了。我说："又怎么啦？"

"一说你就顶嘴，你做事从来不负责任，没有一次是做好令人满意的。你多大了？都结婚了。你最好出息一点……"赛恒朝鲁近一年来变化明显，最显著的就是他那张嘴变得灵活多变、无所不能，令人叹为观止。他接着说："人首先要做好自己的事情，要认真，这对你今后太重要了。你现在不明白但以后一定会明白的，会明白我今天说的一切是多么重要。到那个时候，我也不要你的什么感激，谁让你是我的侄儿呢？"

吉雅刚刚嫁过来时很纳闷，她觉得赛恒朝鲁和外面说的一点也不符合，简直就是错得一塌糊涂。作为一个男人，她觉得赛恒朝鲁的话真是多呀！他的嘴再也停不下来了。如果允许，他会一直说下去。往往这时我忍不住要和他吵闹一番，完了后就想，我也会受影响，有嘴巴无法停止的一天吗？当我处在这种患得患失的境地中，我就特别想美美地揍他一顿，那该有多解气，然而这只是我的一些躲躲闪闪的想法，倒未必真的能实现。

在他的骂骂咧咧中我俩重新检查了已经捆好的几捆"垛子"（即把家用的东西严严实实地包裹捆扎起来，这样驮到牦牛上就不会轻易地弄坏），把将要捆绑的也用最认真的态度做到极好。他哼哼了几声，再也挑不出一点毛病。做完这些后，太阳落山，麻雀叽叽喳喳地落满了帐房边那一溜儿的铁丝网上，像一支军队。它们还没回巢，仿佛在唱"晚安曲"。羊群自觉地乖乖回到了圈里，牛还在远处，隔着一道洪水冲刷的断沟无心走动。它们跑不了，一会儿就会赶到牛挡里，全部拴起来。明天早上不用挤奶，也没时间挤奶。事实上我们会在半夜的三四点钟出发。要驮垛子的八头犍牦牛早上就开始适应背上的牛鞍，它们闲吃懒卧了一个秋天一个冬天加半个春天，估计早已忘记本身的职责，不会太老实。也许会让我们吃点苦头。我正怕这一点。

"我看还是用去年的那几头吧，安全老实。"我和赛恒朝鲁到泽地里赶牛，我们走得很快。过了那条深沟，踏上一大片坚硬好比公牛皮的草甸。这里的草是最不好的，又矮又短，每一根都费尽力气地出来，然后就再也没有茁壮成长的力气了。仿佛之前那么辛苦地出来，只为了看一眼世界。

我们来到泽地中。泽地就像鳄鱼背，却没有那么规则。去年的枯草都紧贴着地面，有些乘复苏之际趁势而起，随风摆动，淹没了所有的牛腿，变得像羊一样矮。牛群分散在泽地里，那些最危险的地带都被它们轻而易举地避开了。我们分头走，一起把牛往一块儿赶。泽地里的绿色若隐若现，夹在荒草中，亮丽醒目，但从远处看还是一片残黄。一片枯黄！生机就在此间悄无声息地藏匿着。

我解下别在腰间的"乌朵儿"（一种赶牛羊用的可以抛出石子的工具）空空地甩，泽地里找不到一颗石子，只能做出个样子来吓唬吓唬它们。但这帮畜生长年累月地和我这种人打交道，早就精明了，它们一眼就发现了其中的奥秘。所以它们根本不管我抡着胳膊使劲甩动的乌朵儿。它们还是慢腾腾地走着，吃着，摇着尾巴，晃着头。

我当然知道它们的心思，我再熟悉不过了，我被这些家伙这样戏耍过无数次。不过我也有很多能够占到便宜的机会，比如说在有很多石头的地方，那我的乌朵儿就派上用场了，加上我的技术也不错。一个个被我记仇的牛是躲不过石子摧残的。我从来都不会有心痛的感觉，每看到一颗石子呼啸着砸到牛背上、头上或大腿上时我都兴奋得止不住畅笑，力道弱了我还不满意。非得执着地狠狠打一下不可。

牛群收拢到一块儿，赛恒朝鲁坐下来点了根烟。他只抽软盒的

"哈德门"香烟,别的牌子一概不中意。他说此烟软硬适中恰合口味。他常年在耳朵上面别一根烟,为的是别人让烟给他的时候,以耳朵上的烟来婉拒。这样既不伤人家的面子也不会使自己尴尬。

而我抽的烟是无所谓的,什么都可以。记得刚学着抽的那会儿,有时候没烟了,想起老人们说的话。于是就用野兔屎和干草屑混合,卷在撕成条的报纸中美滋滋地抽着。所求的不是味道,也不是所谓的烟瘾——还没到那个地步——不过是叼在嘴里的那种撑起嘴皮的存在感,那种吞吐烟雾的飘然与胸腔中的刺痛感。

所以并没有条件去选择性地抽烟,全然是一个杂食之人。

他没给我递烟。我知道他在顺气的过程中,因此也不在意,自个儿掏出装在铝制烟盒里的"白沙"香烟,用有点受潮的火柴一连划拉了十几根才算燃了一根,点了烟,把火柴丢出去,我张大鼻孔,收缩双颊猛然吸了一口。烟头呼呼地闪了几下火苗,迅速燃掉一小截。我只觉得满腔满肺,甚至连眼睛耳朵到脚趾都被渗入蓝色的雾体,一股刺拉拉的冲劲蹿出胃底直抵嗓子眼,几欲内燃。我一张嘴,带着人气的烟雾从嘴里、鼻子中喷涌而出,像雨后大地上的热气般蒸蒸而上。我半天才缓过劲来,不禁喟叹一声。

"明天真的要调教那两头白脖小犍牛吗?"我又问起一直担心的事,"要不等到夏牧场了用来驮山柳和鞭麻吧,那样保险。我怕弄坏东西。"我察言观色瞅着他,揪了一根草叼在嘴里,左边到右边地滚动着。十几秒后,我把草掉了个头,吐出嘴里的,把滚动在外面的一头用嘴巴一拧,那本来干寂的荒草忽地跑进了嘴里,露出来的是湿腻腻的一头。"你不是要我做事多想想吗?我就怕路上出故障。"

"你是怕麻烦。"赛恒朝鲁毫不留情地戳穿我,"到了草场你能驮多少柳条?铺两张床用的柳条有多少?那白头家伙都四岁了,花前肩也快到了四岁，能把它们整疲乏吗？你要是不把它们一次整得软绵绵的，以后全身都是毛病，有你受的，到时候怎么办？"他抽完最后一口，用那根宛如枯木一样的拇指和食指掐灭烟头。他看了我一眼，不无教导地说："转场路途远东西沉，一次就足够整得乖乖的了，以后省心又省力，多好！"

牛群在前面点着头配合着步伐，不急不缓地走着，赛恒朝鲁埋头跟着，我则在赛恒朝鲁的后面。结论已有，赛恒朝鲁越来越自作主张了，拿我当小兵使而理所应当。我们很快返回到深渠边，牛群正从一处经久踩踏而形成的豁口过去。我站他后面，站得远远的，对一头离开牛群独自沿着沟坎跑到远处而无法过去的小牛视而不见。我说："其实我更担心的是明天转场的人家定然不会少，我们挤在当中没有更多的精力去应付突发情况，为了调教两头牛而丢了羊或出别的意外我觉得很不划算。"

"那你的意思是不调了？"赛恒朝鲁也没管那头离群的牛，他在最后的那头母牛股间狠狠踢了一脚，那头眼看就要产犊的白头母牛吃痛地紧缩后身，快步过了豁口。母牛的阴道已经水肿，似乎下一刻就会卧地而产。

"这白头不会在路上生下吧？"

"难说，"他把大头皮鞋上的泥巴在水里洗净，在干燥的草皮上顿顿脚。"转场时折腿、下崽、生病不都是他们的拿手好戏吗？又有什么大惊小怪的。"

他看鞋子还不干净，又站在干枯得像一泡尿似的流动的水沟中一边溅着水，一边把话题回到之前上，"明天不调教当然可以，但是以后我就不管了，你怎么调我都不管。就算不调我也不管。"

"我想我会把它们整成最乖的牛，这一点你放心好了。"

"是吗？"他怪声怪气地说。

"我会在它们中挑一头当骑牛。"

"那我也不管。"

在干拴牛这活的时候我总是来气，尤其是已经很久没有来过牛挡的牦犍牛和三岁小牛乱跑的时候。它们根本不在牛挡止步，来来回回地捣乱，把牛群惊动得乱跑。三个人累死累活，才勉勉强强留住它们。但是几个要拴住的牛就是不老实。我和赛恒朝鲁出了一头的密汗才把最年老的一头拴起来，开了这个头，后面的几头在半个小时里也被抓住了。最后的一头落在了吉雅的手里，这时天已经完全黑了，几匹马在牛挡不远处打着马绊的三匹马周边转悠，然后快速融入夜色。

大毡包早就拆卸打包，只留着一个赛恒朝鲁住的小小的尖顶毡包。里面也不能生火，睡下两三个人倒是可以，也不拥挤。一个三叉小铁炉支在毡包的门口，吉雅放了一口深腰铝锅上去，倒了水，正等着烧开。我们今晚吃方便面，一人两包，然后打个盹。十二点起来开始驮垛子，倘若一切顺利，那么就可以在四点钟出发了。明天是三天集体转场日里的第一天，有多少牧民会在这一天行动？我一点儿也不想被排到后面，在一路都是宽不过二十米的牧道里赶一整天的路，我吃够了排在后面的亏。最好的位置要么是第一个要么是最后一个，都没有人或者畜生逼迫。面对意外情况也可以从容一些。不过第一我是不想的，羊群的体质不允许我去充当领头，若后面的紧随而来，可不是一般地麻烦。而末尾更没想过。假如我真那么做，后半夜也到不了目的地，那也不是一般地麻烦。所以，只能走在中间，只能随机应变，只能祈祷一路顺风。我每年都祈祷，但每年都会遇到很多麻烦。在转场的这条路上，我已经前前后后地丢了几十只羊和几头牛，受了数不清的气，也不知道是怎么回事。不过，我相信别人也和我一样面临同样的困境，只是轻重问题。今年我早有预感了，所以想迫使赛恒朝鲁放弃了调教牛的打算，我觉得有时候他就像一个不谙世事的"天真之人"，只有事后才明白过来。

吉雅在沸开了的水里下了六包"康师傅"大料包方便面。红色的塑料袋趁着吉雅一松手的机会飞走了，我紧追上去一一捡回来，连耳朵大的调料袋也没遗弃。我见不得自己草场里有乱七八糟的东西，尤其是知道这些东西有污染之后——尤其是知道塑料袋可以在土里面生存两百年不坏之后——我就和这些东西较上劲了。当然只是限于我自己的草场，我也曾善意地提醒过邻居和关系好的朋友。但他们大多数都无动于衷，那么我也懒得多说了。

我养成了一个习惯，走在路上两只眼睛会不由自主地去瞧路边的草场里有没有乱七八糟的东西。是多还是少。不管多少，我都会幸灾乐祸地想到，等着吧，噩梦就是这些东西带来的，它宛如大地的皮肤病，生得容易，想要去掉难。

我的草场这两年的确长势比以往要好多了，这让我欢欣鼓舞，干劲更足了。有时候我甚至连烟头也不放过。

我把塑料袋都捡回来丢进火里，拿警告的眼神狠狠地瞪了吉雅两眼。意思不言而喻：以后给我长点记性，这可是我们的财产，理应爱护。这一刻，我丝毫没有把她当成自己的宝贝。我想好了，要是她胆敢顶嘴，我就豁出去好好地收拾她一顿。

她正眼也没瞧我一下，她的嘴角抽了抽，然后恢复平静。我知道她已完全明白我的意思，但她就是故意装作不知道。遗憾的是她一句话也没说，也没有明显表示不满。她多么聪明，早已明白我在这件事情上是较真的。她以前夸过我，认为这真是个不折不扣的好习惯。她全力支持我，也加入了这个行动。所以说刚才可不是故意的，仅仅是手一抖一松，就犯下了错误。她要起身去追，但我已经养成了条件反射，像风一样追去了。

在这方面赛恒朝鲁显得格外愚钝，他对塑料袋什么的毫不关心，就算是在他的面前滚动着铺天盖地的如同大苍蝇一样的垃圾他也不会弯下腰去拾起一个来。我对赛恒朝鲁看不惯的行为中尤为不满这一条，不止百次地开导他劝告他，遗憾的是他仿佛决意不走这一条光荣的路。惹得烦了他还会拿出要揍我的架势，他老是这样，我憋得慌，就愈加瞧他不顺眼了。

他的这种态度可比吉雅严重多了，我的吉雅不是故意的，但赛恒朝鲁却是故意的。作为一个牧民，并且在危机中培养的一个有危机意识的牧民，都应该为了自己的草场做出维护的举措来。就像自个儿得病了得治一个道理。因此我觉得赛恒朝鲁太差劲了，我都快不屑于认他是叔叔了。后来，我总算明白了，赛恒朝鲁没有自己的草场，他才不会去拾什么塑料袋呢！这片草场，是我的。

吃面时我觉得什么味道也没有，糟糕之极。我半开玩笑半埋怨地对吉雅说这是她有史以来做的最难吃的一顿饭。不过我马上就控制不住脾气，像在示威一样把碗重重地蹾在地上。"不吃了。"我说，"烧点茶吧，我拌个糌粑。"赛恒朝鲁不满地哼了哼，我毫不客气地趁他不注意的时候剜了他一眼。吉雅仿佛没听见一样自顾自的、津津有味地吃完了整整一大碗面，她在我来回扫荡的目光中拾掇了碗筷。这才将舀了水的茶壶支在三叉炉上，然后钻到小帐篷里铺被窝了。

赛恒朝鲁慢腾腾地起身朝沟渠方向走去，他去办每天准时的雷打不动的"大事"去了。我始终弄不明白他怎么会把这事控制到如此精准的地步？也许不是他刻意的，而是他的消化系统就是这么运作的。反正，我觉得他在这方面真是太做作了。

我往炉子里扔了几块牛粪，一茶壶的凉水，烧开怎么着也得半个多小时。我坐在那里，炉膛里的火照耀着我的脸，烘烤着我的身体，我似乎听得见骨头清脆脆地响，仿佛瓷器被烤得碎裂了，一块一块地掉下来，暴出灰败的原样，那根本不是骨头，是被燃烧过的枯草。只要轻轻一吹，就灰飞烟灭。

吉雅已经和衣躺下，赛恒朝鲁的脚步踩着草丛再次清晰地传过来。等不到水开，我把没吃完的面吃完，朝炉里放了几块完整的牛粪，在这上面又放了几块半干半湿的牛粪，用来做几小时后的火引子。

夜幕沉沉，草原一片静朗。只听得见羊卧下来，优哉游哉地反刍的咀嚼声和几头被拴的牛停停顿顿的吭气声，三脚炉中的火苗忽闪忽闪，宛如天上星星跌落其中。静啊，草原真是太安静了。

赛恒朝鲁的呼噜声响起来，呼啦呼啦的，永不停歇。破碎了草原的沉思，夜的静，夜的美。

我转过身，闻着吉雅身上特有的仿佛被烧焦了的青草一样的味道瞎想。赛恒朝鲁的呼噜声愈加大了，小小的毡包装不下如此多的大声响。我好像看见毡包的尖顶在颤抖在惊恐，我一点儿睡意也没有了。我的头紧贴着吉雅娇小秀气柔软的背，从腰间插过手去，抓住了她瘦瘦的手一起贴着她冰凉的腹部。吉雅静静的，她的头发溜到我的脖子里来了，轻轻地痒着我。我舒服地闭上眼睛，零乱的心渐渐安静。困意如她的发丝把我紧紧缠住，一会儿就跌入了沉迷的深井。

许是归咎于她身体的温和柔暖，我睡得醇厚无比，醒来时感觉棒极了。浑身的细胞跃动，力量如电，如蛇般飞动于体内。我罕见地对叫醒我的赛恒朝鲁展露微笑。

赛恒朝鲁却不领情，他穿戴整齐地站在门口，看样子是在外面忙活了一会儿。他从口袋里掏出棉线手套戴上,跪着爬进帐篷最里面,把马鞍拉了出来。他怒气冲冲地对我骂了两句,叫我快点。对此我微微一笑,表现出良好的素质——这原本和我根本不搭边的优点。

我穿好出去撒了泡尿,然后抖索着朝吉雅走去,她正埋头把被子叠起来拿到外面的毛毡上。我帮着捆绑。背到牛挡里定好要驮铺盖的那头纯黑牦牛跟前,在赛恒朝鲁远远地背对着我们时趁机亲了她一口,她踢了我一脚。

他走过来,看着我俩在驮的垛子说:"这么长时间,你俩就这么扶着垛子吗?连皮绳也不解开,干什么?"

"还没开始呢,我刚把垛子扛过来。"我说,"这不在等你嘛。"

"给我吧,"他从吉雅手里接过垛子,"把皮绳扯得紧紧的,使上劲儿……再扯……扯……"

他明显是在故意整我,绑得又快又紧,当他最后将皮绳头拴了结时,我还没弄完一半。他点了一根烟,站在一旁一声不吭,冷眼看着我忙活。

他的烟抽到一半之际我绑好了垛子。

接着我们驮第二个垛子,在最健壮也是最有力的犍牛上驮的是毡包,赛恒朝鲁一声"嗨哟"就把垛子扛到肩上走了,我弄了几次都没成功,反倒累得冒汗,指关节隐隐有抽筋的趋势。眼看他都到牛挡里了我咬着牙把毡包背起来,弓着腰,颤颤巍巍摇摇晃晃地过去。左手被绳子勒得钻心地痛,但我没有撒手,一直到了牛挡里。

"干任何事都是要掌握技巧的,"他说,"你不会笨到连这点都不知道吧?"

"等我像你一样干个十年二十年的,绝对会比你做得好。"

"哈。"赛恒朝鲁发出一声怪异的短叫,仿佛听到了世界上最好笑的最不知耻的事情，他用右肩把垛子顶在牛鞍上，他朝手掌里唾了两口唾沫，着眼将皮绳穿入牛鞍的前桥，"抬上来呀，"他十分不满地嚷道，"你怎么一点也不像一个小伙儿，一点劲都没有。你看看抬沙袋的那个丫头，抱起一百斤就好像抱了一只小羊羔，还是一女流之辈。"

"那是专门练过的，指不定花了多长时间呢。"我最气愤他这种灵机一闪而出口的比喻。

他说的是开春举行的一次中型的运动会上大出风头的达玉的一个女孩，在抬沙袋比赛中一口气抱起了四十八次一百斤的沙袋。回回都把袋子抱到胸前，动作标准。她拿了第一，第二名差了她十五个。

"那你也可以练呀，我一定支持。"赛恒朝鲁骂了句娘，"你磨蹭什么，牛鞍都快被拽过来了，快快快……快穿皮绳……"

"等着瞧吧。"我说，"三年，再顶多三年，我就超过你。你以为这有多难？"我学着他刚才的样子穿着皮绳，我看出来了，就是在垛子上用皮绳捆出个十字划，一个垛子，有四五次要把皮绳穿过牛鞍，是为了更加牢固地将垛子和牛鞍捆在一起。"难道你一辈子拿得出手的就是这个？"我用鄙视的目光瞥了他一眼，说，"这有什么呀，说来说去就是驮垛子。"

"你连这点小事也做不好，那大事就更不要提了。"他忙里偷闲地朝小帐篷努努嘴，吉雅已经麻利地拆卸了帐篷，她正在往一个袋子里装帐篷的木橛子，紧接着叠起帐篷。场窝上除了一堆火和零零散散的几块石头外什么都没有了。赛恒朝鲁接着说："能娶到吉雅，是你的狗运气，可别糟蹋了。"

"喂喂，我难道不好吗？"我说，"我已经很好了，人无完人呀！"

他哼哼着不接这茬了。"现在几点了？"他说着从内衣里掏出一块电子表，按了一下表，手表散发着荧荧的绿光。"一点四十。"他说，

"三点半我们应该能出发了,加快速度……"

不知何时草原上远远近近的都闪烁着动物眼睛般的弱光,天上不完全晴朗,有好几处都堆积着云块,即使是在夜里也看得分明。初夏的夜空气清澈如泉水,吸进肺里的每一股空气都带有淡淡的甜味,像是将糖果融进了空气里。狗的吠声此起彼伏,这会儿就属它们最热闹了。

我俩完成了最后一个垛子,我累得满头大汗,但感觉却是畅快淋漓。我跑过去倒了一碗茶喝,吉雅把我们的早餐放在褡裢上,等会儿一吃完剩下的直接装进褡裢里就好了。她已压了三个"者麻",三个油饼、数枚熟鸡蛋、几包榨菜和火腿肠。吉雅叫赛恒朝鲁来吃饭,他用极大的动静清理了鼻涕,含混不清地应了一声。褡裢的另一袋口露出了一大罐可口可乐、面包、矿泉水,还有几块巧克力。

"这些你什么时候买的,我一点也不知道。"

"早就买啦,要是让你知道还能留到现在?"

"嘿,好心计。藏得够严实的,我愣是没有发现。不过你买这么多巧克力干什么,那么贵!"

"放心吧,用的是我的私房钱。"

"那也是咱们的钱呢。"

"你吃不吃,不吃更好。"

我一数共有六块,正好一人两块。我拿两块放进衣兜里说:"你的私房钱要是不少的话,下次给我买十几斤腰果吧,我得补补腰。"

"想得美。"她说。

"我也是为你着想,你怎么不知好歹呀。"

她踩着我的脚站起来,居高临下地瞧着我,用一种理直气壮的语气说:"你到底行不行?可别勉强。"她把双手插进橘黄色的羽绒服兜里,一撇头,又将右手拿出来挠了挠额头,顺便钩住一束在额前飘荡的头发别到耳朵之上。她连着对赛恒朝鲁喊了三声,接着出声变小,头也不回地说:"反正照我的性子,我是无所谓的。"

"那仁克。"赛恒朝鲁冷不防地大吼道:"那仁克,你给我过来,你给我来看看弄的这是什么?"

"快去快去。"吉雅催促道,"你定是没干好。"

"哪一天我和他没完。"我这边刚把碗端起来,还没来得及喝一口。他绝对是故意的。

"又怎么啦!"我边走边嚷嚷,"出什么事了大惊小怪的。"

"你自己看看。"他指着垛子,他的脸看得不清楚,但绝对是愤怒难当的,"自己看。"他压着沉沉的嗓音说。

我凑到垛子跟前,就着从远处炉子中射过来的一点点微弱的混光一瞧,很好,我又一瞧,还是没发现有什么不对。"到底怎么啦?"我摸了摸牛,也并无不妥。"你直接说吧,我哪知道你说什么。"

"你在这里打个死结干什么,到了营地怎么解开?你能不能上点心?"

"怎么就不能解?"

"浑蛋,这绳子在牛走动的过程中会越来越紧,尤其是皮绳,紧到几乎会粘在一起。到时候你怎么解?"

"太黑了,我没看清楚。"

"手感啊,难道你的手是木头,是铁块,没有感觉吗?"

"我记得打的是活扣啊,怎么死结了?"

"重绑。你看看,这是你绑的垛子?拿出男人的劲儿来。"

"你干吗喊那么大声,有必要吗?放心,我会弄好的,保证路上不掉下来。"

"我信不过你。快点,都什么时候了,再不麻利些五点半都走不了。"

"别担心。一定可以准时动身的。"

四点的时候我们匆忙启程了。我们把牛群和羊群以及几匹马赶到牧道中，几匹马在额间带白斑的黄骠老牡马的带领下完全正确地朝夏牧场的方向奔去，吉雅赶着羊群走在最后面，我和赛恒朝鲁每人握着一条皮鞭，打着口哨甩动着响鞭来回不停地逐赶着牛群。几头驮着垛子的牦牛暂时走得很稳当，闹情绪的意思丝毫没有。不过我知道这只是一个美好的假象，很快，当它们开始闹情绪的时候，一切就都非常不好了。

正是夜里最黑的时刻。几乎黑暗到了最深处，我不时地打亮手电筒照着牛群巡视一番，我们刚启程，还没有碰到别的转场人家。但很快就会有了，在盖德日遇到的可能性最高，那里是三条路的交汇点。从大曲陇转场的牧道和小曲陇的在那里汇聚到一条道上，从交汇的那一刻开始，无数的牛羊马群以及人在窄窄的路道里形成一条宛如巨龙般的长阵。这条巨龙的龙头可能已经到了上热水滩上，而龙尾却还在三岔口的拐弯处。这其中，假如有谁家的牦牛要脾气甩了垛子的话，当然就造成了或轻或重的"交通堵塞"，夸张一点说，路道就只有巴掌那么宽，你要硬挤过去是不可能的，非得把所有的牛羊群都混合在一起不可。那样的话可就有得热闹瞧了。如果运气好，遇到一个分岔的路可以让出了"事故"的人家让开路给后面的人家先走，同时他自己也可以从容地收拾好垛子。如果运气不好，再加上压不下去那口气，也当然可以用半个小时或者更多的时间来教训那头不知好歹的牦牛。但大家都忙，不会有谁来赞叹几声你的打牛技巧，反而会数落你耽搁大家的时间。转场是一件辛苦活，劳身劳心，得学会攒养体力，以便应付后面路上的突发状况。

我特别希望能够一直就这么安安静静地走下去，一直走到目的地。路上不要碰到一户转场的人家，悠闲自在，想走就走，想停一会儿也无不可。看见一片格外嫩绿的草地，便下马舒展舒展手脚，直挺挺地躺下来眯一会儿，喝点水、吃点东西。浏览一番空荡荡的大地，前不见移动之物，后没有黑白相间的畜群，念天地之悠悠，独自扬声而飘荡……

那该有多好！

我想归想，倒没闹情绪。相反我高度集中着注意力，时刻准备接受突发状况。我下定决心今年不再丢哪怕是最瘦弱的一只小羊羔。

我把手电筒装进兜里，眼睛适应了无边的黑暗和旷远，我甚至看得见每一头牛是白头还是花前肩，是沙尾巴还是银蹄。吉雅紧跟在我的后面赶着羊群，她的娇声一如从前那么动听，那么迷人，宛如一只轻灵的小母鹿，令人产生亢奋的遐想。我似乎还能看得到她的眼睛流露的调皮之光，穿梭空间击中我，我不断地抖动身体，狠磕马腹。黎明前的夜开始发烫、着火啦。

牛群经过了最初不习惯的拥挤后开始走得顺畅，挥动的皮鞭可以歇一歇了，咋咋呼呼的吼叫可以停一停了。

我和赛恒朝鲁轻轻扯着马缰跟着牛群，偶尔无聊地吹出一两声长短配合的哨音，然后默默地歪歪扭扭地跨坐在马鞍上，猜估着会在盖德日的三岔口遇到谁在前谁在后？忐忑地祈祷千万不要遇到不靠谱的前后搭档，像干秀加那样没有教养的家伙是万万不能有的。

远处那卡诺登山下有几处暗红色的亮光仿佛鬼火一样忽闪忽灭，那一定是转场的人家正在忙碌。在我们牛群的前面，与藏民的交界那一带，我们刚刚拐过小曲陇最后一个大折弯后便被无数长长的弱弱的白色的黄色的光耀花了眼，那里正是三条路的交汇处。那里已经是热闹非凡了。

瞧到如此热闹的场面，我的心自然地火热了一把，但紧接着苦恼地"哎呀"一声，并朝另一边的赛恒朝鲁做出一副可怜兮兮的、大祸临头的样子。黑色中他没见到我这副表情，不过就算见了也等于没看见。我想起一个月前到镇上时碰到一个开着微型小货车用电脑算命的人，我抱着好玩的心态算了一卦，打印出来的卦象显示我今年运气不佳，忌朝正南、东南以及正东方向远行……婚姻有大动荡……看来那一卦果然有理，我的运气实在是太糟糕，眼前这一片宛如城市般的灯光，那得多少个手电筒才能聚集得起来？不用数，我一打眼就有底了。完了完了，我心里直犯傻。牛哞羊叫马嘶鸣，人的呼喊像各种破音喇叭，这些都混合在一起扑面而来，我的马惊得立起前蹄，重重地拍打在一旁。不安使我更加敏感，我一回首，一、二、三……好几个光点，这些光点仿佛是凭空出现一般，这些光横行排列，朝我蠢蠢而来，速度快得不可思议。我顾不上恼怒，疑惑难道他们的牛羊都飞过来了吗？

"疯啦疯啦，这家伙是谁？"赛恒朝鲁的皮鞭呼呼地发着凌厉的风声抽打在牛背上，在鞭梢狠狠地触摸牛背的那一刹那，我很配合地从嘴里像火山一样地喷涌出在牛看来或许就像魔鬼怒火般的声音。牛群顿时骚动了，它们呼呼地喘着气，拥拥挤挤地齐向前跑动，大地战栗起来……

我不断地朝后眺望，一大群让大地更加剧烈颤抖的牛羊群越来越近了。我看不见，但强烈的感受明确地告诉了我，后面追上来的到底是怎样的一种壮观场面？一旦被追上，我们将会被逼的只能快速赶，可问题是到目的地的路还长着呢，连六分之一的路程也没完成，前面的三岔路道全是排着队的长龙，我即便是想让出路也做不到。再往前，是长得令人绝望的下热水滩，那边虽然不是平得像一张铺开的地毯，但也差不了多少，是这一带最开阔之地。中途只有小小的两个山梁，最近的一个岔口还要再走一段，一直到大水渠横穿路道的地方，那里才会有一条前往哈尔盖的路道。到那里的话还有大概二十公里，难道要牛羊群跑动着走着二十公里？倘若我真那么干，别说今天，就是明天也休想到达大霄兴。我越想越气愤，大骂后面的人真他妈就像一条狗赶着去投胎，也不怕畜生都给累死。

我和赛恒朝鲁让牛群整片地跑动起来，夜里感觉速度格外地快，路边的水泥杆子只比别的东西微微区别出一个模糊的轮廓，像钉死在路边的野鬼孤魂。它们一个个惨惨地从我的身边一闪而逝，还利用风发出令人胆战心惊的怪声。

我听见吉雅在喊我，但我没工夫理她。我正愁怎么应付尾随而来的牛群呢。

吉雅喊了一会儿，见我傻子似的无动于衷，她就愤怒地尖叫起来。我回头盯着吉雅的方向，耳朵里塞满了两种喧闹的声音。渐渐地越来越大，我的耳朵开始发麻发痛。两种音相互纠缠在一起，你中有我我中有你。像亲密的爱人又像不共戴天的仇人。我的耳朵里有少许的液体流出来，我不知道那是什么，但猜猜也不是好东西。两种音忽大忽小，它们在我的耳朵里跳着蹦着，我勒住马。我察觉到一种神圣的时刻来临了，两种音欢快地大叫一声，它们，最后一碰撞，最后融为一体，再也分不出谁是谁了……

我产生了一种冲动，像毒药一样控制了我的大脑，激活了我原本幽暗僵硬酸涩的大脑，我一打激灵，首先看到两道璀璨无比的精光，赛恒朝鲁仿佛要飞升般地站在我面前……

瞧瞧眼前的人——赛恒朝鲁，又傻又不可理喻。他从来都不用负责任，天生的就可以做一个坏人而不用受谴责。纵然他是我毋庸置疑的亲叔叔，也免不了我对他深深地嫉妒。即使这个世界再癫狂再失去头绪，即使再神经质地论资排辈，也轮不到他在这宁静中平添一片热闹的初夏之夜以一种明目张胆得几乎就是在炫耀的姿态发着光来刺激我。

我同时也感到深深地悲哀。

我这个时候又听到吉雅那末日来临般的叫声,我不由自主地打了一个战,再也顾不上思考赛恒朝鲁和老天的不公平。我一成不变地保持着一个僵硬动作的手臂"呼"地抬高了,手里的缰绳紧紧地绷起来。我的马惨嘶一声,忽地掉转头,驰向发音之源。

赛恒朝鲁后来说,他那天晚上认为我已经没救了,彻底迷失在了自审与自哀之中,长时间无法自拔。他担心我会做出一些失格的事。

我望着后面,好几个灯光不再亮了,偶尔闪一两下后瞬息而灭,除此之外世界一片漆黑。黎明前的黑暗如同掉进了一摊污泥里,让人所有的感官迟钝异常。这是夜的天赋。

我耐心地虔诚地讨好地跟着吉雅,我小心翼翼地接住她异常暴躁的怒火;唯唯诺诺地闪烁着躲避她的质问。我不知道怎么说,难道说我听见了很美妙的声音,以至于让我深陷其中不能自拔,而且我也不愿意自省?还是说近乎于神迹一般地闪着光……

我什么也不想说。

我在吉雅的口水中等来了一大群牛。牛群在突然间发出的乱糟糟的声音中集体奔腾到距我俩不到五米的地方才突地刹住。他们在黑色里用火热的眼神打量我和吉雅,仿佛在研究两头即将下口的猎物。

有两个人从静止的牛群里穿过,与我近距离相对。我在黑色里摸索一番对方模样,我相信对方也在这么干。但我连一个模糊的轮廓也看不清。于是我使劲地抽缩鼻子,试图在空气里找到熟悉的气味,从而辨别出是谁。这一刻极为神圣,似乎我们特别享受这样的一种神圣。最先吉雅停止了她那小巧玲珑的鼻子的蠕动,她掉转马头去追远去的羊群了。剩下我们三个人一个也不服气,我们继续抽搐着、思索着、绞尽脑汁地排比、剔除。我们中间有三四米的空间以坚固的凝体存在,失去了流动的功能。没人再向前,一步也不。约莫几分钟,牛群等得不耐烦,撇下我们也走了。一时间有无数的尾巴向我们扫打过来,我们视而不见,纹丝不动。但在最后一头牛也走过后我们都不约而同地松懈了,两个人紧跟上了最后一头牛。他们不再管我,他们没有从我的身上体会到能唤起他们记忆的气味。所以,他们把我抛下了。

我当然也一无所获。我飞快地回到了吉雅的身边。我们的后面,他们跟随着。如同蔓延而来的一场地震,持续而规律。

2

我向来对天气的恶劣与否不太在意。我坚信自己的强壮禁得起任何风霜雨雪的考验,不,其实也不应该算是考验,我从来都没有把这些当作考验,就像我没把任何同胞当作真正的对手一样。当然,我必须要除去刚来到世间时惨绝人寰的那一次……

那年初夏,在靠近盖德日的地方,天气闷热难耐,有大块的云朵呈黑色。阳光斜斜地插过云朵,像钢线一样砸在草地上。草地上尘土飞扬。

有一大群牛正在汹汹地跋涉。我母亲就在其中。

我的母亲走得越来越慢,她的呻吟越来越大。她的两条后腿尽量地往外撇开,羊水早就破了,洒了一路。羊水流完之后开始流血,血起先是黑色的,而后慢慢变淡了。血水接着羊水继续在路上洒。像是在给谁留下醒目的路标。

我的母亲断断续续地用力，她把我往外挤。

　　她已挤了几个小时，但不知为什么，我就是不出来。她挤得精疲力竭，也许快要死了。我在冥冥之中感到了一种摧枯拉朽的悲伤把我包裹。我恐慌极了，于是便把头探破了温暖的窝，来到了炎烫似炉火一般的陌生世界。

　　在我还没有睁开眼睛，感受不到世界的精彩，也不感到绝望，并且还在半空中挣扎如同一无根之萍随风随阳光摇摆时，说实话我心中忐忑，对于贸然地来到一个毫不了解的不用想也会有极大风险的地方，我是反对的。那时候我谨慎，避免任何不受控制的事，于是就显得处事的不同寻常了。我想着那一声催泪的呼喊，唤出了本能的情感。那一刻，我没有丝毫犹豫地出世了。

　　是我的血脉咆哮着激发了我的力量。使我得以顺利出生。

　　世界上没有一块土地是绝对柔软的，它们往往代表着刚硬与冷酷。

　　我在一处黑暗的空间里被吸引着往下掉，过了极长时间。长到对这一段旅途感到绝望的时候我毫无征兆地砸在硬邦邦的土地上，我不知道当时是否尘土飞扬，但一定是惊天动地的。

　　我立马就晕了过去。

　　再次醒过来后我做的第一件事自然是把眼睛睁开，以便细致快速地查看周围是否足够安全。我费了好大的劲才把眼皮子拽开，既激动又茫然地着眼于这个新奇的世界。这一眼是多么重要，关乎着我对世界最有分量且不易改变的看法。很久以后我才明悟，为什么我复杂地纠结于这个世界，就是源于当时第一眼的印象。那是怎样的一幅景象啊，我当时简直吓得不轻，此后经常做一些与此有关的噩梦。当时的情况是这样的：我在开眼的同时也晃晃悠悠地站了起来，抬起了当时在我看来的确是沉重得过分的头颅，我看到了一幅永生难忘的画面——在我的面前，距离我的嘴不到一尺的地方，一张红得惊悚而且还会动弹的大脸横悬着。本来我并不知道那是什么，但那一对蛤蟆似的眼睛立刻提醒我那是一个活着的东西。一个活着的东西在我的面前咫尺的地方拿一双贪婪的目光瞅着我，是什么？它想干什么？我浑身的毛发一瞬间就竖立起来，发出一声惨烈无比的尖叫，接着跌倒在地。

悲剧往往就从不经意间开始，我多么希望在出生的那一刻的世界是美妙的充满欢乐的。多么希望对我不那么残忍，少一些恐惧……

我不知所措，连站都站不起来。惊惧地颤动让我差点当场就死掉。我以为那就是世界的本来面目，我一出生便面临了最直接的世界。我的确想到了自杀，了结这不堪入目的恐怖景象。幸好我的母亲及时地来到我身边，她用那粗糙而又温暖的长舌头抚摸了我的全身，把我从死亡的边缘抢了回来。我看到她一边安抚着我一边拿巨大的满含杀气的眼睛锁定了那张鬼脸，她如同高山一般的身躯挡在我的身前，我仿佛进入了一处山洞，即刻感受到了安全。

安全以后，内心渐渐平静。我首先看见地上浓密饱满欢快的绿茸茸的青草，青草淹没了我的蹄子，铺天盖地地远去，一眼看不到边儿。青草像以后我的同伴们簇拥着漂亮的小母牛一样地围绕它们中间点点缀缀的色彩缤纷的花朵。青草们使劲地往花朵身边挤去。当时我就想，它们真是要多贱就有多贱！那以后，尽管我每天都吃它们，但从来都瞧不起它们。我知道当我吃着它们还在骂着它们的时候，其实我比它们更贱。这一很不好的习惯直到很久以后才改掉，我为青草感到不公平，我为它们默哀过。但在这一刻，我丝毫没有意识到什么。我张望更远处一望无际的草原，模糊中，有细细的一条缠绕在天边的黑影。我搞不清楚那是什么，后来才知道那是一片群山。那真是太巍峨雄壮了，那也许是留给我的最美好的记忆。接着我看到一大群黑压压的牛群喘息在我的左侧，要不是将头转动了几下我还真就不会发现，要说看见了母亲的样子我也没什么好惊奇的，我们都长得一个样子。可我就是产生了无比的惊奇，我发现了自出生以来最有趣的一件事情，我看见有好几个大牛身上都堆满了东西，他们看起来无精打采，好像背负着所有的我看见的和没看见的一切东西。更让我吃惊的是，有一头大个子灰白的牛正被一个人拽住，叫嚣着被抽打，那牛除了飞快地甩动尾巴和抽动身子外什么也干不了，他真是太惨了。我情不自禁地预感到今后这一幕会发生在我身上，一股刺痛的流感顿时流遍全身，我从灵魂极深之处发出一声呻吟。于是就牢牢记住了这个人，他会不会成为我的煞星？

　　那一瞬间我想得太多太多，想得我脑袋痛。等我将脑海中的画面逐渐消化完成，并且强硬地接受了后，我终于长出一口气，觉得艰辛像空气一样普遍而无处不在。这完全不符合我来到这里的目的，我开始气咻咻地骂了几句，然后看见自己轻松地飞起来。那个长有赤红大脸盘的人，他在我还羸弱的时候就用一种极其残酷的手段——倒提着我，揪住我的两条后腿向牛群走去，我的脑袋像皮球一样在地上弹来弹去，痛得我死去活来。后来干脆麻木了，并且永久地留下了后遗症。我的母亲紧紧地跟在后面，她满脸焦急，看得出来她非常担忧。不过对这个人的鲁莽作风她也无可奈何，她没有抗议。我估计她就是抗议了也起不到任何作用，反而有可能会危及自身，从而惹出不必要的麻烦。

　　我的头一路被乱七八糟的东西撞了无数次。他最后把我丢进了牛群里最壮的那头大黑牛背上一个外面包裹着牛皮的筐子里，筐子并不大，我头朝下地折在里面，转不过身子。脖颈处一阵阵钻心地疼，呼吸都不顺畅了。我的两条后腿无助地在筐子外面摆动着，怎么也使不上力气。当我以为马上就要这样憋屈地死去时，他又把我提起来，把两条后腿和下半身盘在筐子里，让我的头搭在筐沿上；接着他摸出一条绳子，将筐口密密麻麻地缠绕住。然后他走了，我从蜘蛛网一样的筐口看着他，觉得生而为一个人是多么地洒脱，气势是那么地足。就像他做的事本来就该如此。而我开始羡慕他们感受着的无聊和枯燥，因为人的生活就是从这些无聊开始的。

他和另外一个人骑着马赶动了牛群，牛群慢慢悠悠地走起来，我在牛背上也晃晃悠悠地继续观察着路途上看见的一切，大多数都牢牢地刻印在了心里，就像那牛群似的群山，我一辈子都难以忘怀。我最美好的回忆。

他和那个人又喊又叫地赶着我们。他们手里的皮鞭胡乱飞舞，毫无章法。他们还动不动地从怀中摸出石头扔过来，不知是我运气不好还是他们故意的，我所在的筐子总是莫名其妙地被从四面八方急啸而至的石头打中，怎么躲都无济于事。尽管隔着筐子但我还是感受到了威胁，有一次我甚至被打晕过去，但我一声没吭。我把这些都狠狠地记住了。那个被红脸盘叫作叔叔的人打得尤其狠，他手长脚长，力道也大也准，叫我防不胜防。

我们到达了一处升腾着热气的河边。烈日当空，炎热闷燥。牛群像集体得了哮喘病。我在犹如蒸笼的雾气里苟延残喘。谁也不关心我，我的母亲孤零零地还在很远的地方艰难追赶。我能想象她有多么地焦急，多么地惶恐。我恨不能立马到她身边去。为此我努力挣扎、奋起，然而无济于事。为了母亲我还放下脸面，以萌萌的表情向他们求情，我打算假如他真的允许我的要求我就放下对他的仇恨，老老实实地生活，一直都听他的话。不过最后，我对他的仇恨不但没有减少，反而愈发旺盛了。恨不能食其肉饮其血。我一边千百遍地诅咒他一边伤心地哭起来。泪水流了很多，打湿了身下的筐子，裹着灰色牛皮的筐口在泪水的浸透下散发出的银光把我笼在其中。

　　牛群并没有在热水一带多有停留。他和他的叔叔将一头在驮垛子的群体里体格最小的牦牛松了的肚带扯紧以后，我们继续赶路了。在前面，是一段既长又难以分辨的草地，若不看远处的一些便于识别的参照物，还以为时光已停留在原地了呢。路道两边的铁丝网也是格外地相似，我一路辨认了差不多一千米也没弄出个大概。我主要是用这种方式来暂时忘记对母亲的思念和担忧、愧疚，以及对那两人滔滔的大恨。其实我一路看着铁丝网的时候心里从头到尾都挂念着母亲，我感觉不好，猜测她可能永远都跟不上了。离刚才稍作休息的地方越来越远，前面原本迷糊不清的两道垭口也渐渐地近了。垭口残破不堪，露出了鲜红如血肉的裸体。仔细地眺望会发觉其实垭口并不是两道，它就像横亘在原野上的一堵饱满的血肉，中间被割开了一道深深的口子，鲜血从伤口里流出来，流到了南边和北边的平原上。它看起来苍老没落。我没想到的是，以后，我一次次地从那道伤口处走过。踩踏在鲜红的血肉上，每一次我的心都会剧烈地颤抖，但我从来就没想过不去踩踏。我觉得在颤抖的同时，也有那么一丝微弱的却回味无穷的快感。正是这种感觉让我一次次地违背了自己的良心和意愿。但第一次经过的感觉却完全不是那样的，愈加地接近它，惨烈的气息让我胆战心惊。仿佛这里埋葬着无数尸骨，那裸红其实就是真正的血肉。我头一次也是唯一一次吓得尿尿了。我的尿宛如金色的雨歪歪斜斜地飞入草丛里，滴在血红血红的土地上，发出"嗞"的声响，象征着我来到人间三个小时后终于做了一件惊天动地的大事。它也许就是我一生违背良知的开始。

我们牛群践踏着过了破损的垭口。

垭口的北面一片开阔。有十几栋红砖房矮矮地坐落在一座拳头似的小山脚下。山下修了一座八角龙檐的亭子，里面朦朦胧胧地看见一张占据了大半个亭子的石桌，其外空无一物。紧挨着亭子几米处又从草中探着半截龙头，龙嘴里断断续续地流着冒汽的热水，这便是热水的发源地了。热水就是温泉。温泉从十几户人家门前经过，家家户户门前的温泉水中都漂浮着菜叶子、塑料袋、马粪、酒瓶子、饮料罐和乱七八糟的不明所以的东西。然后温泉蜿蜒而下，过个一千多米出现的房子就多了。修建着一所小小的温泉疗养站，氛围特别不好。冷冷清清的根本没有人，我估计一年到头有个三两人来一趟就算是不错了。

我们在商店的门口正式地休息下来，喝水的喝水，吃草的吃草，吃垃圾的吃垃圾。那仁克和赛恒朝鲁把马拴在一根电线杆上，赛恒朝鲁进商店去了。那仁克先堵着我们。

他从马鞍前桥的空间中抽出一瓶喝了一半的饮料。一边拧着瓶盖一边扫视着牛群，他不怀好意的目光在我的身上逗留了好一会儿。他似乎想过来，看表情显然要来拿我逗着玩，寻开心。不过走了几步他又犹豫了，拿不定主意。最后他没过来，也没再看我。我们累得够呛，全都安安静静地站着，似乎一步也不想走了。他对我们的表现很满意，点点头，一脸欣慰，然后索性就坐地下。他抽着烟，回头寻找吉雅的身影。日头越来越毒，整个草原好像都冒起烟来，烟熏火燎的。牛群集体勾着头，把自己的脑袋使劲地往别的牛的大腿底下塞，那里有的那片可怜的暗影简直成了救命的不二法宝。我所在的这头大家伙一个劲儿地往下掉汗水，他把舌头拉得老长，几乎就拖到了地上。他也将硕大的头颅递到一头麻嘴黑母牛的胯下，想将就着去享受那片阴凉。

但他的犄角太大了,他刚把头触到阴处,尖尖的犄角像钢刀一样划过母牛的屁股。那牛嗷叫一声,立即在笨头笨脑的他的脑袋上又踢又踩。他的舌头拉得更长,愤怒地瞅着母牛,他用眼神警告着什么。那牛毫不理会,她走开,把头塞进另一头公牛的胯下。他的眼前腾出一片能够吸取剧烈日光的空地。他看向周围,才发现腾出来的地方不只是那一小片。他很快便孤零零地独自霸占了一大片地方,于是他的汗水更多了。他朝一边走去,那里很快给他让了路。走了一圈,又回到原位。站在刚才停过的地方,他消停了。过了一会儿,他的汗水宛如小溪混入我的汗水里,一起更加有冲劲地流淌下去。我闭着眼睛,聆听着皮肤发出的烧烤似的"噼啪"声,觉得真是倒霉透了。

赛恒朝鲁和那仁克抱着三四瓶饮料和矿泉水出来了。他俩说说笑笑,满嘴的油腻,精神十足。赛恒朝鲁解下缰绳,他拉着马喊起来,把牛群赶动了。那仁克解开褡裢口,将饮料矿泉水扔进去,他没有解缰绳,而是朝刚刚到来的吉雅走过去。吉雅我还是第一次看到,顿时就觉得不公平,这么漂亮的女人和他在一起,简直就是一朵花插在牛粪上。她的脸晒得红扑扑,眼睛里折射着热光,无比夺目。

3

吉雅将马缰绳丢给我,顺便从我手里抓过矿泉水,她仰头"咕噜噜"地一口气喝完。"我的面泡好了没?"她问。

"刚泡了,你进去歇着,别着急,慢慢吃。饮料你就不要管,我都买了。"我捏捏吉雅的手。

"赶紧去，羊走了。"吉雅洞察我的企图，她赶走我。

"前面又没有羊群。"我纠缠着她，"再说我受了惊，你该安慰安慰我。"

"谁叫你胡思乱想。"她说。

"我可是到现在还心惊胆战的，不知是福是祸。"

"既然来了我们家，我想自有其道理的，未必是坏事。你何必吓自己？"

"说得轻巧，任谁都不能坦然面对的。你看看那眼睛，我实在不敢多想。"

吉雅摇摇头，显然并不担心这事。

我们的谈话，事关出生在下热水滩的一头小牛犊。就是昨天赛恒朝鲁狠狠踢了一脚的那头白头母牛产的牛犊，她早不生晚不生，偏偏要在路上搞这么一出，这下好了，自己难产，折腾了几个小时，也许更久。流了难以统计的血，终于把它弄出来了。我要说的就是这个刚刚出生的牛犊，起先我还是很高兴的，又有一头小牛加入了我的财产团体中。就像看见一笔粉嘟嘟的钞票进入了我的口袋。但当我近前去，瞅着他跌跌撞撞地站起来，挣扎良久把眼睛睁开时，我的惊惧一瞬间爆满了整个脑海。我当场就蒙了，一片混浊，惨烈的凶风在体内呼啸奔腾，疼痛如撕裂。鼻涕和眼泪全然不受控制，像关了二十年的狱犯一样争先恐后地夺孔而出。我已然顾不上这些，想的全是刚刚看见的那双眼睛，那双绝对的，仿佛饱经沧桑的确定无疑的人的眼睛。那双眼睛本身并没有错，错的是长在了一头牛，一头出生不到一个小时的小牛身上。难道世上还有比这更诡异更恐怖的事情吗？

因为它是我的母牛产下的东西。换言之就是我的东西。一定是有什么我不知道的事情发生，并且是与我有关的事情。这个令人惊悚得麦起汗毛的眼睛代表的究竟是什么我一无所知。这比眼睛本身更可怕，更叫我全身由内而外地冰凉透彻，如坠冰窖。

我叫来赛恒朝鲁，让他去好好看看，到底是不是如我所言。

他并没有上前，像在躲避粪便一样远远地看了一眼，然后抹着脸颊的汗大呼古怪。他显然并没有想得更加深入，仅仅是当作一个惊讶的符号存入脑中，在时间的泯灭中和别的符号并无区别。

他好奇地看了一会儿，对它的骨骼和体质给予了肯定。"快把那头牛拦住，把它驮上去。"他说。

"哪头牛？"我下意识地问。我还没彻底捋好思绪。

"当然是有篮筐的那头，不然你想驮哪里？"赛恒朝鲁很不满我的愚蠢，用看待牲口的冷漠目光看着我。这叫我挺不是滋味，我反驳道："这家伙异类，谁知道是什么？有必要带回去吗？"

"既然出生在我们的面前，又恰巧是我们的母牛所生，那就说明是我们家的牛，有必要丢弃吗？"他谆谆教导，"你要知道，再不好的牛都是我们的牛。那也是一条生命，就像你的生命一样。而且，它也不是不好嘛，不过是长得有些小差异而已。"

"我觉得你把我和它做比较非常欠妥。"我说，"自古以来，畜生和人是不能相提并论的，因为那根本不对等。"

"那是荒唐之言，荒唐之事。"他振振有词地说，"所谓等级，就和内脏一样，不管是心还是肺，是肝还是脾，都是在腔内，难道说有哪个会跑到外面去？"

"可我还是瘆得慌，无论如何都想不通，怎么能长人的眼睛？"

"世界上的事真真假假的存在，有的东西未必就不对。"赛恒朝鲁毋庸置疑地说道，"白雪皑皑的雄山之下还有龌龊呢，不是环境或本身,而是和隐晦之类的东西建立起的一种联络。"

即使我不丢弃它,也不愿意再看他,我觉得他仿佛可以窥视到我心的通道最深处,只要那双眼睛微微一定,我便打灵魂深处感到透凉。

所以我干脆捞住他的后腿,快步朝白头犍牦牛走去。赛恒朝鲁就站在那里看着,他也不是在看他的眼睛,而是盯着我拖着的腿,仿佛那里就是他的眼睛。

我把他粗鲁地扔进筐子里,用皮绳将筐口网起来。在这过程中,不免与他有了对视,有那么一会儿我木木地站着,忘记了干什么。他的眼睛倒是善意充足,接近于讨好。我没敢深入地想。我怕一种浸入骨髓的惊惧像强力涂料般难以清除,而我却少有时间专门应付。

这么着,不管他愿不愿意,我反正是扭头就走,多一刻没敢待。没准一下子掉到一个黑色的悬崖下,哭喊无应。

"谁说不是一头好牛?"赛恒朝鲁转身催动牛群,以预言式的口气说道,"谁说不是一代传奇啊!"

在路上,每一颗打出去的石子都自动朝他飞去,怎么也控制不住。这时赛恒朝鲁又加重语气,"不凡之物必有不凡之处。你看看,等着瞧吧!"

"难道不是不祥之兆吗?"

"福祸相依,就像孪生兄弟。他的眼睛没准是祸,但他本事就是福呀。"

"世事难说呀!"

"正是世事难说,所以才前途有期。"他说。

我的马浑身汗水如浆,再也不复早晨时的威风飒飒。我的大腿和裤子粘在一起，裤子和马鞍粘在一起，马鞍和马粘在一起……

我信马由缰，一步慢似一步地跟着羊群。路还长着呢，我一点也不着急。赛恒朝鲁和牛群倒挺快，目测他们已差不多到了第二个水渠，还没过去，不过也快了。第二个水渠比刚才经过的第一个要大一些，深一些，水渠弯弯曲曲地沿山根走，像一道分水岭，渠北是祁连山支脉，不挺俊不雄壮，像平平常常的一个人。祁连山的风采十不存一。但山肥、圆润、憨厚，水草丰美，养得起人家。渠南坡缓，似平原，然而却不是，终究差了那么一点平原整体感。对外说平原，始终不敢称之为"大平原"。"平原"一去百多里，连接着青海湖。渠上有一小桥，仅容五匹马。用铁路水泥枕木搭建，今已十几岁。桥左右各有一户人家，桥神般地守护着。通常都有几只大藏狗，也不咬人，一天到晚在小桥附近巡视。去年转场下来，我在此遭受拦截。我的一只好狗被几只蹲守此地的"好事者"群攻，因寡不敌众，受了极大的委屈。致命的是伤痕累累，没能回家就死了。今早，在途经恰乌日时，我还看见了那堆晃眼的白骨和残存的与杂草长在一起的皮毛。当时由于想得事情多，我无暇难过，现在将要见到仇家，就分外眼红了。这次我身边没有狗，所以不怕它们。我压根儿就不相信它们会攻击我本人。

羊群依然慢慢地挪动着碎小的步子。这就像在磨时间，久了自然会到达的。我没下马，觉得还是以马的灵活和居高临下才最能掌握主动。我脱下外套，用袖子系在腰间，里面穿的是去年结婚周年吉雅给我买的草绿色纯棉衬衫，开领。最上面的几个纽扣全都解开了，我又放松了裤带，为了突发情况时好使用腰力（我常常崩断腰带）。我将手伸进褡裢里，摸到一瓶水或饮料。紧握着塑料瓶，一阵冰凉传递到手心里，续而传到心里，我感到舒服受用。一时间也不愿意喝，就那么握着瓶子，呆呆地勒马停了片刻。

我等了一会儿，就看见吉雅正在赶过来，吉雅的马稀罕地没有多少汗水，她本人却大汗淋漓。她向我要水，我把手里的饮料扔进褡裢里，重新拿了一瓶冰凉的给她，"快喝吧，瞧你累的。"我说，"干吗那么急，我在这里等着呢。"

"我怎么知道你会等我？我怕那几条狗，你看。"她指指桥，"它们已经在站岗了。你说会不会咬我俩？"

"它们敢。"我不屑地说，"假如它们真的咬我们，那就闯大祸了，自会有人活活剥了它们的皮。我倒是想看到这种事情发生。"

我俩慢慢地跟着羊群，羊群的前哨已经过了桥，几条狗无动于衷。羊群里也有好奇的，或者是不服气的，几只羊直直地朝狗走去，眼里的挑衅意味十足，几只羊用力地在桥上拍打着蹄子，叫了几声。有两条狗歪着脑袋思虑片刻，然后掉头下了桥。剩下的三只不怎么友好，但对羊的无理取闹也没做出激烈的回应，其中的一条红火焰体型硕大，它横卧于桥头，嘴皮子耷拉在前腿上，一条粉红、深红、紫红等几种颜色层次分明地分染了的长长的舌头垂吊在嘴唇下，让人联想到是不是得了什么病？它眯着眼睛，偶尔睁开，泛着凶光。背上毛发乌黑闪亮。一条蓬松的大尾巴悠然但快速地晃动，一反它极静的身体。瞧得出，它算是这里的头儿了。边上的两个家伙保镖般站着，更彰显它卧着的尊贵。

又有几只羊加入了对它的无理观察中，它还是懒洋洋地不动。数量超过了十只的羊团失去了耐心，它们的蹄子擦着它黑黝黝的大鼻子过去，很多羊腿踩在它的前爪上，它依然没有理会，仿佛一群白蚂蚁打跟前走过。羊群都过了桥，我和吉雅距狗十几米的地方停住，我发现这是一条以前从没见过的狗。抛开别的不谈，这的确是一只雄武强悍的公狗，已经蛮可以称得上"匹"了，其次它是一只捉摸不透的狗，我几次试探都无功而返，这期间吉雅等得不耐烦，去找狗的主人理论，不巧的是左右两户都无人。也就是说，如果不等后面又要快赶上来的一群牛羊的话。我俩现在就要想办法过桥。我倒不是怕狗，如果是一两只的话我是无所谓的。全力的话应该摆得平。但今天是三只，另外桥下也有两只，我从刚才就想若无其事地过去，但每次到了桥上，我都能看见红火焰狗翻开层层叠叠的厚嘴皮子，露出又长又尖的獠牙。那獠牙出卖了它原本还有的那么一点憨厚，它直接变得残忍狂暴了。

我每次都丧失勇气。

小桥只有两米半来宽，它就占去了三分之一，另外两只占去了三分之一。留下的三分之一看上去似乎已留有余地但其实不是那么回事，我不想掉到渠里去。渠水很深，我不会游泳，怕呛水而死。

后来我想起来，赛恒朝鲁在前面，既然他可以安然无恙地过去，那么我也可以。我和吉雅商量，吉雅持不同观点，她说："狗对人和人是不一样的，也许它看叔叔顺眼，但看你不顺眼呢？"

我一听就不高兴了，我说："我怎么就不顺眼了？我怎么就不顺眼了？"

"不是我看你不顺眼，我是说可能那狗看你不顺眼。"吉雅像看白痴一样地看着我，"你怎么对我吼起来了？"

"是你说看我不顺眼的。"

"我就是看你不顺眼。"

"跟你吵，没意思。"

吉雅获得了胜利，她催促我，如果不是那个原因的话倒是可以安全过去的。我再次鼓足勇气上了桥，红火焰狗果断地睁大眼睛，它跳进渠水里。它的两个打手虽然没有跟着跳下去但也灰溜溜地溜下桥去了，我伸进裆裤里的手掏出来一条丈长的皮条，皮条颜色乌黑，充满坚韧感。皮条的一头在套在手腕子上，另一头系着一块约五寸许的犹如银条一样的铁条棱子。我一甩，铁棱疾驰而去，发出"呜呜"的声音，沉重而有力。我看了一眼空荡荡的小桥，甩动的铁疙瘩狠狠地砸在刚才红火焰卧过的地方，铁棱条在水泥枕木上面碰擦出微弱的一点火花后跳开倒在一旁。我再次晃动手臂，将其收回。牵马走过桥面，顺便往渠里瞅了瞅。水面平静深幽，不起波纹。狗已不知去向。

　　过了桥又是一段两边对称路道，一条铺满砂石并且时断时续的小路占据路道里的大部分地方，因为嫌砂石路上硌脚，所有的畜生都不愿意在上面走，害得我不断地重复"之"字，来回驱赶砂石路两边草地上偷懒的放缓步子或干脆卧下的羊。好在这种路况快到头了，这段路只是热水滩和大沼泽的一个过续带。用一个小时走出这段路，便是那臭名昭著的一片连着一片的大沼泽了，每一片沼泽都向外翻动着污黑的散发着难闻土腥气的淤泥。大沼泽是统称，它其实是百来个小沼泽形成的，牧道里排列着十七个小的，分成大的三片。这三片无论如何都是绕不过去的，在没有连续降雨的情况下要过去还不算太难，但也格外挑战着羊的爆发力和极限，弱一点的羊很容易陷入而无法自拔，并且越陷越深，最后消逝。有的艰难地一次次地拔腿走到一半或即将出来的时候，终于耗尽所有力气，卧倒在宛如黑芝麻糊似的泥水上，等待着有人去救援。今年天气大发善心，连着半个月一滴雨也没下，但我还是担心，不断地问吉雅会不会过不去？还是会损失掉几只羊？吉雅被烦得要死，就打发我前去探察情况，于是我忐忐忑忑地去了。

　　我一路催马疾奔，不久来到第一片沼泽前，小心翼翼地进入其中，探察沼泽的湿度、深度和黏性，我从每年都走的那条路线过去，最深的地方马腿有近一半陷下去了。真是万幸，完全在我的承受范围之内。

我又来回地检查，最后终于确定，第一片过去是没有问题的。看看羊群还很远，我接着去了另外两片沼泽，除了最后一个稍稍有点困难之外，总体而言，今年算得上是近年内最乐观的一次了，这就足够了。

　　于是我返回，在上垭口前最后一个牧道的拐弯处下了马，靠着铁丝网坐着，掏出手机玩了两把桌球游戏，随意地翻阅了信箱里的短信。其实也没什么，留下的都是些废话式的或是安全的垃圾，一些有内容的不安全的第一时间就全部删除了。

　　吉雅以一种均衡的速度赶着羊群款款而来，她不断地朝后张望。后面有一群羊追上来了，赶羊的是叶西尖木措。我早知道是他。他在过了热水以后拼命追赶，当然是有目的的。他以前是吉雅的追求者，现在应该也还是，因为在我们结婚那天他喝得酩酊大醉，扬言说要把她弄到手。我早就谋划着要收拾他一顿，但一直没机会，我不能让别人看出我是因为他说过那样的话而整他的。我一直在努力地经营自己在公众面前胸襟开阔、大度无私的形象，人们一提起我首先想到的是好的一面，而不是别的什么。但到目前为止，此目标似乎遥遥无期，甚至愈加模糊了。但我绝无放弃的打算。这是一项长期的投资，必须具备的是耐心。

　　我刚才看见他跑到吉雅跟前好长一段时间，他们聊了很长一段时间。看到我返回他也返回了，之后我一直观察着吉雅，她频频回头看叶西尖木措，叶西尖木措也一直在看着她。他俩在两百米的距离上眉来眼去。我把这些瞧得一清二楚，感到无比恼火，我被吓了一大跳，怎么想也觉得吉雅不会干出格的事，我看到的其实也算不得什么，但我就是不高兴就是生气就是憋得慌。她伤害了我，她在我的眼前和别的男人眉目传情，绝对是的，我的直觉不会错。

　　吉雅距我渐渐近了之后就没再往后看，她若无其事地赶着羊群拐过弯,也没到我这里来,远远地问了一句,沼泽怎么样?

我没理她,目不转睛地盯着远处的叶西尖木措,他的感知敏锐一点的话一定会发现我杀气腾腾的敌意。也许是真的感觉到了,他跑到前面堵住了羊群,不再走了。

"你干什么?"吉雅叫了一声,她的声音有别于之前,变得有些迟疑和忐忑,真是一种心虚的表现。

我还是没理她,继续坐着,继续盯着已经下了马也坐下了的叶西尖木措。他的手里亮刺刺的东西一晃,他在吃东西。这个胆小鬼连回头的勇气都没有。

吉雅定定地勒马站了一会儿,她在思量或权谋着什么,然后做出了最终的决定,她跟着羊群走了。

我出了身汗,虚脱得连站也站不起来,大口大口地喘着气,眼瞧着她走远了,一次也没回头。我深深地喟叹一声,为自己感到难过。我轻轻地喊了一声,她像是没听见,继续走着。也许她听见了,但装作没听见,她真狠,一旦决绝了就会放下所有负担。吉雅是个什么样的女人?我突然间失去了对她的掌握,换句话说我了解她吗?我知道她每天想的是什么、她做事的意义是什么、她对我的真实度又有多少?我越想,越认为我一点也不了解她,说来她只不过是和我结了婚,和我睡在一起,和我说说话,和我……除了现在的婚姻,其他的事她都可以和别人做……我根本不了解她。

这件事像一段堵住心口的硬木塞,一段时间内不能拔除,也不会不顺畅,但我相信总会有一天自然地疏通如初的。我本就没有打算要等叶西尖木措来,等身体的奇怪毛病好一点后我追上吉雅,我们都沉闷无语,默默跟着羊。地势因为上山的缘故而慢慢加大了陡度,羊群越走越慢,但马对于这种挪动的速度极为不满,蹄子几乎就要踏倒它们。我和吉雅想到了一起，同时下了马，就像散步一样走着。我的心绪也慢慢平静下来，并不再想迁怒于吉雅，却依然想知道他们聊了些什么？我斟酌了一番措辞，以不惹她发火的前提下打探到内容，这很有难度，我想了好一会儿也不知道如何开口。

而她似乎打定主意不主动和我说话，在路道的一边紧挨着铁丝网走，目视前方的山峦和羊群以及那些牧道两边寥寥无几的藏民人家。

我顺着她的目光瞧过去，首先映入眼帘的是牛粪墙，宛如长城护卫着牛圈和羊圈，或绕着大大的圈把房子圈进去，然后又和别人家的"长城"接连在一起，形成了一大片黑乌乌壮丽的夺人眼球的景观。

牧道下方的一家房子外面紧挨着扎了一座大帐篷，一座活动式的蓝白相间的大帐篷。这种帐篷是近几年下来的项目，每个村都有一些，帐篷门口支着一架同样属于国家项目的太阳能电板，足足有一张小床单那么大，带有两个电瓶，45A 的，这副电瓶能轻松带动很多小瓦数的电器，非常实用。我眼红它已不是一天两天了，去年村里来了四十组这种太阳能，召开群众会的时候按户抓阄儿来决定太阳能归属，我的运气实在奇臭，连毛都没抓到。那天吉雅眼巴巴地等了一天，最后极度失望地埋怨我，几天没给我好脸色。

这会儿吉雅也在注视着那副太阳能，从她那热切的目光中流露出毫不掩饰的欲望，那蓝幽幽地折射着青光的太阳板仿佛是她的失去多年的恋人，她是那么地含情脉脉，其他的一切这一刻都暂时远远退却了。

这时从帐篷里面走出来一位高挑的年轻女子，她身高少说也有一米七，脸色红扑扑的，目光皎洁；她的头发橘黄，柔和、顺溜，我不确定是不是染过的，但我从来都没见过如此好看的染过的头发，所以我更倾向于是天然的。我认出来了，她就是去年我帮助一起捉跟我的牛群跑了的牛犊的那个女孩，显然她也认出了我，她抿着嘴，轻轻地点点头，然后目光快速地放到吉雅身上，只是一触便回，她扫视了羊群一眼，接着回到我身上。

我也笑着对她点头致意，但没说话。她的表情有一点忸怩，可能是没想到会碰到我，可能更没想到会碰到我的妻子。去年我们为了那一头小牛犊在垭口山根滞留了差不多一个小时，就我们两个人，在跑来跑去的抓牛犊的过程中和她聊起来。起初她警惕十足，根本不搭理我，但架不住我极具针对性的提问或不经意间恰好的赞美，让她撤去警惕，不觉地开了口。后来越聊越投机，捉小牛犊变得三心二意了，有好几次都有机会抓住但我们都没有那么做，都装作就差那么一点的样子把牛犊从手指间放走。其间我们还歇息了一会儿，时间大概有十几到二十分钟。我当时还信誓旦旦地说明年转场时要到她家讨口水喝，她也爽快地答应了。今天再次见面我立马想起了这茬，犹豫着要不要真的讨口水喝？可褡裢还装着好几瓶水，我要是真的喝了她的水，不就明目张胆地告诉吉雅我和她在玩一个危险的游戏吗？更严重一点说是在向吉雅宣战了。

想是这么想，然而我蠢蠢欲动，刚才的那种憋屈感再次涌上心头，凭什么她能和别的男人打情骂俏说说笑笑而我就不行？既然她可以在我的眼皮子底下做出那种事，那我理所当然也可以，而且还是理直气壮的可以。

于是我说："你好，好久不见！"

我以为她会羞涩胆怯更有可能转身离去，但她没有。她反倒是向前迈出几步，将身子靠到路道的铁丝网上，她紧紧地靠着，铁丝在大腿到肚腹勒入衣服里，勒出一条条陷入的痕迹。她摆弄了一番脖子上的头巾，双手握住了最上面的一道铁丝，仅片刻她就松开了右手，续而撑开手掌扶到了与她的身子只有一尺之遥的已断了半截的水泥杆子上。她似乎是在为说几句话而摆好一个恰当的姿势，她的身子站得笔直，微微地昂着头，这样目光不至于和我说话时太仰视，她做好准备了，才开口说："是啊，好久不见。"她张嘴露出一颗虎牙，这是她的特征，只有左面有而另一面没有，导致她的笑比有两颗虎牙更具有蛊惑人心的魅力。那颗虎牙让她的那面脸颊出现一个不显眼的小酒窝，只有在她开怀大笑的时候才明明白白看得清楚，她这一笑，刚好闪出五六颗洁净的银牙。"今年你是否还会把我的牛犊赶走？"

这句话问得——充满暧昧，令人浮想联翩。吉雅突地一动，我们的位置便调换了，本来是她靠近这位翩翩美女的，被我一夹，成了我最靠近她，几乎我的腿和马肚子要蹭到铁丝网了，我和我的马停在了和她一手臂的距离……

吉雅先是耐人寻味似笑非笑地瞥了瞥我，然后才好整以暇地打量起她——这个我费尽心思也没在去年问得出名字的藏民女孩。我突然觉得吉雅在正式地将目光投入到一个和她一样漂亮的女人身上时一定会产生强烈的甚至是剧烈的危机和愤慨，因为这位漂亮的女人给她的不管是直觉还是表象都表明和她的男人有一些道不清说不明的故事，一些她所不知道的事情，也许她还想到了故事里还有哪些会更加使她暴怒的内容，还有哪些不堪的细节……

吉雅表面上丝毫没有什么动静，而且相当有涵养地表现出善意和微笑。她没有让马停下，继续缓缓地从我和她边上过去，语调轻快地打着口哨。打马来回地驱赶着在路道里的垃圾和灰土堆里面刨动着寻找什么吃的羊，挥动着手里的缰绳……

吉雅看起来根本没有生气，又似乎在强烈地压制着怒气，我搞不清楚。格外不想在她面前失了面子，于是我若无其事地和她聊起来，对她的名字我有一种几乎偏执的渴求。我央求她告诉我，语气和神态完全像是和恋人在窃窃情语，我被自己吓了一跳，不敢相信会如此自然地表露出这种神情。而她倒镇定得很，一脸的自然。难道她并不觉得我的举止有什么问题？不对不对，她是一位敏感的姑娘，怎会没有察觉？她是以这种处变不惊的方式巧妙地回答了我的问题！

真是个聪明的女孩，多么棒的应变能力。我差远啦，吉雅也差远啦！

我说："牛群刚刚过去不久，难道你没看见？"

"我刚睡醒。"她有些不好意思地摇摇头。"我什么都没听见。"

"那你还是去看看吧，以防万一。我的牛全是左耳大红穗子。"

"算了，今天跟走的可能性不大。我就赌一回。"

最后我向她告别，表示秋天返回的时候希望还能遇见她。她笑而不语地点点头，转身弯腰去转动太阳板了。我则向吉雅追去。

我刚好在第一个沼泽地赶上了羊群和吉雅，她正专心致志地吆喝着领头羊踏入沼泽里。但那青头羯羊战战兢兢地疑迟不前，它来回在沼泽边缘跑动，每一次听到吉雅的声音它都将前蹄向前伸出去，轻轻地踩到散发着腐朽之气的软软的黑泥之上。蹄子一旦稍微陷下去一点它就仿佛受到多么恐怖的惊吓似的闪电般跳开，躲得远远的。吉雅叫喊了十几下或更多的时候，它还是很不情愿地犹犹豫豫地不过去。这只青头羊看人行事，它活成了精，把握住了什么人才会真的对他具有伤害力。这不，我吆了一嗓子，整群羊哗哗地动起来，那青头反应无比敏捷，闪电般地跳到沼泽旁，毫不迟疑地跳进去，几下子就到了中央，然后一眨眼，它都到对面了。它一点也没有之前的婆婆妈妈。而这时，羊群还没回过神呢。

吉雅气得破口大骂青头羊不识好歹，"就是一个下锅的畜生！"她说,"到八月宰了!"她瞥了一眼我,满脸阴云。

我深怕她借题发挥,嚅嚅地应了一声,算是答应了。

她果真不满意,重重地踢一脚马肚,不管三七二十一地把羊群撵进沼泽。很快就有几只羊陷在其中不能自拔,一只今年最后产羔的母羊的嘴戳进泥中,闭塞了呼吸。它使劲挣扎着,但越陷越深,眼看就要不行了。

我想大发一顿脾气但又不敢,只好无奈地下马,小心翼翼地拣较安全的地方踩着朝羊走过去,看差不多了就用缰绳挽了个套绳,甩过去五六次才套到羊的犄角上,而这时缰绳被泥裹起来,显得既粗壮又沉重。我在马屁股上拍了一巴掌,它就把羊拉出来了。对付此类的事,它早已轻车熟路。

我又如法炮制,一口气拉出来八九只羊,才算完全过了这片沼泽。而在这段时间里,吉雅跑到羊群前头堵着羊不让走,一边喝着饮料一边在摆弄手机。如果我没看错的话,她还很有兴致地自拍了一张。

这个娘儿们,成心想气死我。她做的每一件事都是在给我添堵,让我像吞了苍蝇一样难受。可我不上当,我一副心平气和的模样,悠悠地从她身边过去。

第二个和第三个沼泽过得很顺利,没有一只羊被陷。因为是我负责羊群的路线的,换作她就不一定了。之后,一直到垭口山脚下没有停。垭口山下横断一条深深地被洪水冲刷而成的沟壑,袒露出橘红色的沙土,这种沙土混合了细沙和坚土,极易滑动。尤其是在山坡上,一个不小心就会脚下不稳,被滑出去老远。

我堵住羊群,等着吉雅将那几只被陷过的羊赶来。本来就步伐艰难,由于身上沾满了沉重的黑泥,走得更慢了。吉雅几乎是和几只羊一样地挪动着步子到来的。

我暗自得意，叫你胡来。这就叫自作孽不可活！因果循环，报应到自己头上啦！

离后面的羊群还有些距离，我打算让羊群休整一个小时，然后一口气登上垭口。只要上去了，那就是海阔天空，一路顺风了。前面的路上一直到垭口山下最外面的拐弯处都一览无余，赛恒朝鲁和牛群显然已经过去了，手机没响，也没来短信。我不放心地拿出来看看，有三格信号，看来他走得很顺利，没出状况。我们说好有情况打电话。

不过我还是打算上了垭豁后让吉雅赶着羊群走，剩下的路绝大部分是下山路，她能行。我去追赶牛群，我担心上了垭豁后牛一高兴，可能会在下坡路上撒起欢来，要是驮牛也加入其中那就有得瞧了，对此我印象深刻。很早以前，我还不到十岁，在一次往秋牧场的转场途中，就在这个地方，就在我前面不远的那片仅剩的草皮上，我家借来转场的一头马尕来的驮牛撒起了欢，它身上驮的是一整个夏天阿妈辛辛苦苦风里来雨里去挤奶打出来的酥油。装在两个满口的大羯羊的晒干去腥的羊肚里，两个肚子每个都起码有五十斤，圆嘟嘟的肚子就驮在这个拿马尕来的话说是他家的驮牛里最乖的秃头黄牤犍牛背上。这头不可貌相的乖牛，撒起欢来无法无天，酥油被它几下就摔下来，然后它用大蹄子踩烂了肚子，它用酥油在绿底的背景上画出了一幅幅漂亮的图画，从垭口一直画到山脚下，然后它翘着尾巴逃走了，从此杳无踪迹。阿妈当时就气病了，更可气的是，后来阿爸找了很久也没找到它，不得已，我们还赔了马尕来一头牛……那年是我家倒霉透顶的一年。

现在，我当然不希望再出现类似的事。

我把我的想法告诉了吉雅。"你现在就可以滚了，掉头回去找你的那位情人我也没意见。"她气冲冲地勒紧了马的后肚带，使劲儿地搬动几下马鞍，检查它是否牢固。一切都妥当了，她用力一扯马嚼子，正在吃草的马嘴吃痛，受惊地仰起头来。马的嘴角被铁环划开一道口子，流出了鲜血。吉雅理都不理，她仿佛不屑于瞧我的脸，盯着褡裢说："我用得着你吗？没有你那仁克我还更自在呢！"

"你那么激动干吗？什么乱七八糟的，累不累你？"

"多亲热啊，要是我不在你们是不是要先去帐篷里做一个，以解相思之苦？怎么样？她是不是给了你不一样的乐趣，你甘之如饴吧？"

"神经病！"我其实一点儿也不生气，因为我确实有那个想法，也觉得一定会实现的。但我看不惯她一副理直气壮、咄咄逼人的样子。"你凭什么说我？你不是和叶西尖木措聊得热火朝天吗？多亲热呀，一并儿走着，你碰我一下，我挨你一下。要是有条件，你俩是不是先来上那么一会儿，以解彼此的骚劲？"

"你就会血口喷人，我在你眼里就那么不堪？"她一眨眼便在眼睛里蓄满泪水，通红了脸，还摇摇欲坠。她迅速地用头巾的一角在眼睛上抹了一把，"如果你对我不满就送我回家吧！"她说，"我受不起这无妄之灾。"

"我明明看见了，我看见他动你了。你不要不承认。"

"你哪只眼睛看见了？"

"两眼都看见了。"

"那仁克！"

我下意识地"嗯"了一声。

"你就是他妈的王八蛋，我要挖了你的狗眼。"她果真冲过来撕住我的衣服，手也果真朝眼睛而来。

"瞧瞧，接受不了我这个活生生的证据？你在我的眼皮底下和你的前男人勾搭在一起，你太歹毒了！"

吉雅再也说不出什么，她气得哭起来。

我觉得有点过了，一激动胡说了两句。其实我什么也没看见，那动手动脚的话是我瞎编的，目的是看看能不能诳出什么来？显然算盘打错了，我什么也没得到。

我倒没有太在意伤害她有多深，她不应该那么脆弱。被几句话打倒，那多可笑？

但是她哭个不停，看那架势，一般的劝是起不了作用的。我对症下药，从她最在意的事下手，"那个女孩不是你想的那样，去年她的一头牛犊跟着牛群到了那里。"我不管她看没看，依然手指着已经经过的对面的山麓说，"她来抓牛犊，我帮忙时认识的。你没发现吗？我们连对方的名字都不知道，其他的更是一无所知。你莫名其妙地吃什么飞醋？"

我真真假假地解释了一遍这事，信服度我认为已经很高了。她果然信了一点，哭泣不觉停下了，转动着眼珠在思量我说的话到底有多少是可信的。其实我也没期望她全信，假如她真的全信了那可就够傻了。她只要信了一点，也就等于是全信了。

她果然傻傻的，我突然发现吉雅除了已有的那些优点之外，又加上了这个。

"你渴吗？"我把两匹马的缰绳结在一起，压在屁股底下。我坐在她身边说："我的腿已经开始痛了，被马镫皮带磨破了。你没事吧？"

"你干吗那么用力？你别碰我。"

"我没有用力。"我说，"褡裢里不是有'四环素软膏'吗？给我抹一点。"我说着将脚伸到她面前。

"把臭脚拿开！"吉雅刚好抹了口罩和头巾，她皱着眉在我的脚腕处用力打了一拳，然后往一边扔开。她站起来走向她的马，一只手伸进褡裢里，歪着头摸索了片刻后掏出用塑料袋卷起的软膏。她重新回到原位，依然皱着眉将我的腿拉到她的腿上，她嘀咕我的脚臭得离谱。接着散开塑料袋，袋子里除了"四环素软膏"，还有一瓶"红花油"，是去年我摔下马弄坏了脚踝用剩下的。她拿起软膏就要抹，又停下来。她看着我说："为什么你不自己抹？我差点儿上当了。你怎么自己不抹？"她的声调提高了好几个档次。目光不移地注视着我，一旦看出什么不好的苗头我相信她一定会大骂我一顿。

"我的腰伤犯了，弯不下去。"

"你不会又被摔了吧？"

"哪有，我今早驮垛子的时候扭了一下。没事，现在只是轻微的有些痛，等到了休息一晚好了。"

"你真是一点儿也不让人省心，等安顿好了，让叔叔辛苦几天，咱俩去看看你的病，开几服药。听说有一个中医的药对腰伤很管用。"她低头给我轻轻地把软膏涂在脚上说，"这次我说了算，你听我的就行了。知道吗？"她抬头横了一眼，"你的脚真是太臭了，正好这次也顺便瞧瞧。不应该啊，这么臭！"

我有些不忍，觉得不应该骗她。其实我的腰一点儿事也没有。

我看着她涂完药，脚在她的怀里无耻地晃荡了一阵子。她看着后面越来越近的羊群，先是皱了皱眉头，然后说："我们走吧。后面的羊来了。"

"他有病吧？赶那么快？"我适当地表示出了一丝吃味，把大部分的劲儿都吃力地压在了心底。

"你不走也行，等叶西尖木措来了好好打探一些你想知道的事。我走了。"她站起来拍拍屁股，解开两匹马的缰绳，将一条扔给我说，"我告诉你，我可是很迷人的，有很多都还在追我呢，他就是。"她美滋滋地指着几百米外的叶西尖木措，手臂在空中上下摇摆几下后一弯曲,到了头顶。她把头巾放下来,戴上口罩。她没有戴手套,常年劳作使她的手显得有那么一点粗糙和黑,但很好看。比洁白如玉好看。

她看我傻傻地坐着不动,就拿缰绳轻抽一下,幸灾乐祸地说:"傻了吧?看你以后敢不对我好。"

"我啥时候对你不好了?我一直都把你含在嘴里,捧在手心里!"我心情沉重难挨,满心的苦涩。她的话虽然是玩笑但谁能保证不发生呢?我就亲眼见过一个女人被拉布旦骗得要死要活,到后来非要和他在一起。他费了好大的劲才摆平那事,他从中得到无数的教训,感慨女人就是世界上最傻最爱幻想的一种动物,所以骗起来轻松愉快。可一旦过头了,那就成了艳祸。

我知道吉雅有些得意,每个女人都希望自己永远迷人漂亮。但正是这种情绪会让她们陷入险地,自拔艰难。她接着打了我一下,问道:"你怎么不说话?吃醋了,还是生气了?"

"难道不应该吗?"我站起来,见她紧紧地盯着我,在等待后面的话。"你拿那些人来威胁我,仿佛你随时会走一样,你真的在打这主意吗?"我翻身上马将静卧而喘息的羊群惊扰地动起来,盯着领头羊吆喝,青头浑身一激灵,兔子般窜过深水沟,它接连跳了五六个蹦子,待碰到滑沙才停住。它回过头来望着我,咨询下一步的指示。

我关注着羊群井然有序地、两只或者三四只一排地跃过深渠。但也有例外:一只暮春时分没有和羊羔隔奶的年轻母羊领着屁大点儿的羊羔居然不理会我的命令,没听见似的沿着深渠朝着上源头去了。我一边想着吉雅的过分,一边麻木地盯着那对母子愈行愈远。那一刻我清晰地触摸到了直觉的边缘,差一点就窥到其真面目。但还是功亏一篑,吉雅有意或是无意的一声断吼惊得羊群集体整个儿往山上移动了一大截,我被惊得中断了所有冥想,而那对母子一眨眼就消逝了。我暗叹天意如此，倒是和她无关。

我不含感情地指示她去追赶那对仿佛是在逃离的母子。而我牵动着马缰，来到深渠最窄并且看似毫无危险的地方，磕着马一跃而过。我先是紧贴着左首的铁丝网打马登山，一百米后下马，小心翼翼地踏上宛如流水滚动的滑沙之上。我的马没有必要地精神恍惚了短暂的一瞬间，就被干脆利落地摔了一个跟头。它费了好大的劲才重新站起来，僵硬地蹬着四肢，臀部渗出一大片艳血，它不肯往前再迈一步。

眼瞧着后面的羊群渐渐逼近，吉雅也在长长的山坳里不见了踪迹，而羊群却有再次卧下的打算。我不得不做出妥协，我将褡裢和马鞍卸下扛于肩上，放松了缰绳并轻轻地甩动……它果然给了我一个满意的眼神，拣着自认为靠谱的地方踩下了蹄子，它开始专注地登山了。我决定大胆一回，扔开缰绳让它自个儿解决到山顶之间所有的事。它有了自主权后奋力地远去，一眨眼就到了垭口上，它乖乖地在垭口上那个用石头垒起来的小敖包周围啃青草，等待着我。

我用了半个小时就将羊群撵过垭口，吉雅不出所料地将那对母子堵在前面。我没有到她面前去，而是远远地嘱咐她路上机灵一点，可别丢了羊。

我走的时候瞥见她把头扭到一边去了。

4

我母亲她极有可能已死了。她死的原因多数是因为我——但也不能全怪我——为此我痛苦、悲愤，几欲随她而去。

我已在冥冥中感知到她从遥不可及的天宇对我给予的关怀,和不能抚养我的愧疚与歉意。是的,我确定是她。

她死了以后才有机会看到我。

那个叫那仁克和叫赛恒朝鲁的两个家伙在天色即将拉下黑幕的时候绷着一张驴脸驱赶着已消耗完巨大体能的我的同胞们到达一个地方,然后停下不走了。路上还算走得顺利,过河的时候我全身都湿透了。那感觉当真是与众不同,美妙得无法形容。如果硬要说的话,那就仿佛重新回到了母亲的身体里一样。

过了河,赛恒朝鲁特意跑来看我有没有被淹死。见我目光炯炯,他皱眉躲闪了一下,又满意地扬扬眉头,扯出一丝笑意。

赛恒朝鲁看起来不年轻,但也不老。但如果认为他是中年也大大不妥。我强烈地感知到他好似随情况穿梭于岁月里,多年如一日的他本身就已对年龄不在意了。就像他不在意财产一样。无论如何,他和那仁克一比就显示出优越来了,他温柔,对我们绝对不胡乱打骂。除非你把他惹急了。他对我不错,我从他的眼神里没有体会到一点儿刻意的恶毒(我相信白天从他手中朝我飞来的石头不是他的本意)。后来我就想,像那仁克那样明目张胆地宣告天下我对你不怀好意的人实在是太少了,因为大多数人都被训练得像个多棱镜一样,只有适合的时候才会展现出适合的一面。那仁克无耻且张狂,他完全没有把我当成一个生命来对待,再加上像扔垃圾一样地丢掉了我的母亲,我发誓一定要让他不得好死。长大了我踩死他!

天色一黑到底。赛恒朝鲁和那仁克开始下毡包。他们在一片盲目中摸索,褡裢里有手电,可谁也不去拿。他们更可以生一堆火;利用营地周边的干牛粪,但他们谁也不管。他们就像生玉石眼的牛一样在乱撞。不过欣慰的是两人还算有一点小小的默契,居然在如此的情况下把毡包歪歪扭扭地搞起来了。我在不远处侧耳倾听，似乎感受到毡包像残缺又受伤的牛，脊梁不正，当场大伤。这使我淌下眼泪，又想念起母亲来。不知道她死了后是不是好受一点？

我突然决定等夜深人静，浮华远去后去找找看。即便她死了，她的生气残破于荒野中，但她那存在过的证据就是我需要祭奠的。实物的寄托远比精神的更令我安心。

我生要见牛死要见尸。

那仁克卸下最后一个牦牛的牛鞍。牛群迈动着硬硬的脚步朝毡包背后的大山坡走去，在刚刚冒出山涧的月光中厚实沉重。它们像一具具似真似幻的雕像，于银镀的冷辉中摄入了生命。生命暗淡地泛光。

毡包旁边剩下的几头牛都拴在一条临时的牛挡里，这几头格外壮实的同胞现在疲惫异常。自后半段路程以来它们再也没有耍过脾气。现在就更别说了，站在牛挡里一动不动。要不是偶尔反刍，还真以为它们死了呢。我在离它们不远的地方，仔细观察着它们。虽然我自刚出生就诧异自己怎么会如此成熟，什么都知道，就像一头活过百年的某个生命，但我其实更羡慕它们的完美身材，当然也仅仅是羡慕。我也毫不含糊地知道我若真的心想事成也不见得是件好事。我虽然无远大理想，但也不想成为一头被用来驮东西的牛。所以我看着它们累得要死要活，毫无威风可言。顿时就觉得作为一头牛，长得壮硕是多么可怕的一件事！

那仁克和赛恒朝鲁差不多做完了事。六头驮牛被解开脖扣，它们在赛恒朝鲁的几声短促的哨声中混入牛群。这时候月亮全部跳出来，亮堂堂照在群山里，夜也在这雾霭朦胧的色调下柔和优雅，宁静的草原无声胜有声。

赛恒朝鲁和那仁克进了毡包，他们一直都没有说话。过了一会儿，毡包里一束跳动的弱不禁风的橘黄灯光碰撞了月亮一刹那,然后融进月光中。

赛恒朝鲁和那仁克也许没有看见我,也许看见了但没理我。我趴在草地上,闻着青草的清香,渐渐地有了力气。我一直眺望着来时的垭口,期望能够奇迹闪现而看到母亲的身影。母亲是我的心头肉,我不能割舍。

月上中天。万籁寂静。

毡包里的灯光仿佛随时会被风灭掉。

我先轻轻地走。我走得晕晕乎乎,脚不着地,身子摇摇摆摆,仿佛随时会倒下去。在毡包前面几十米后突地出现一断坎,我来时没有注意,如今猝不及防地滚了下去。被摔得头痛腔痛。我弄出来的响动挺大,老远也能听得见。在坎沿下逗留许久,侧耳倾听。世界安详,并无不妥。

我重新站起来,奇怪的是被摔了一跤,走起来倒顺溜了。我打一泉眼顶头经过,一时好奇喝了两口。肚子里就啪啦啦地响个不停,过河时我担心乱响的肚子,竟然没注意是怎么过去的。我登上垭口,肚子还在响,虽然不觉得累但浑身发软,有几次口中无知觉地吐出白沫。我看见白沫像铃铛一样挂在我的嘴边,格外好看。我在垭口上举目四望,只见天地间混沌一片,哪里还有我母亲的影子,她怎么还不来?难道她真的死了?我呆立良久,不由得真正悲从中来,眼泪溢过睫毛,滚滚而落。我真想号啕大哭一场,但几度张嘴都难以出声,最后只能涩涩地哞叫几声。

我静静地站立良久。眼睛极力地穿透茫茫夜色,在每一个疑似母亲的黑影上停留扫寻。我的眼睛疼痛发涩,再也看不清远处的动静。我下了垭口,进入了那条长长的并且很不好走的小霄兴沟。这条沟里现在没有一户人家,在今天经过的时候我看见了好几处扎过毡包的窝子。这就说明是有人家住的。我沿着从小霄兴山深处流出来的河水坚持前行。我不断地喝水,以此来抵抗越来越饿的肚子。河面上的冰厚实笨重,洁白无瑕,在月光下宛如一面光彩耀眼的镜子。河的两岸边沿处鬼鬼祟祟地冒出一缕一缕的水线,我的嘴要用力吸好久才能攒一口。我在喝水上面也花了不少时间,月光逐渐变得白炽贼亮。月光和玉镜的冰面相互照映,一时间使我睁不开眼。我不得不稍稍地远离冰河,在一片高低起伏的草地里行走。草地里很不好走,我只得加倍出力。还没走出去我就累得瘫倒在地上了。浑身犹如被抽筋扒皮。我真想舒服地睡一觉。但理智告诉我,假如我就此放弃,那我也许就真的再也站不起来了。而我却有这群山一样多的理由要活下去。

我用不短的时间再次攒了点儿力气,当感觉到可以站起来走一段路时,我立马开始启程了。

好不容易出了草地,前面的大地平缓延伸开去,在目力所及之处,看见了一个在移动的黑影。我高兴坏了,不知是从哪儿冒出来的力气,让我飞快地朝黑影几乎是跑着过去。

我以为我的母亲来了。

黑影很快就接近了我,可并不是我的母亲。黑影是一匹马以及一个人;马是黑马,人是吉雅。

这时我才发现羊群就在她的前面走动,如同一片融入月夜游荡于原野的幽魂,而不是什么羊。只有"沙沙"的摩擦声杂乱地碰撞在冷冰冰的气流中。他们集体噤声,宛如哑巴。

吉雅看见我非常惊讶,她跳下马来,左右地歪着脑袋瞅我,仿佛在看一件美妙的艺术品。她的目光富有侵略性和不能轻易察觉的得意。

得意？她为什么得意？我本是胆小，如今体弱，不由得在她的眼皮子底下卧倒。刚才神秘出现的力量不翼而飞，我几乎虚脱了。

吉雅蹲下来，她轻轻地摸我头顶的一撮银白色的毛发。那是我浑身上下最长的一撮毛，光滑油亮。她就不断地抚摸我的头毛，眼帘垂下，目光凝视。她时而皱皱眉时而咬牙，然后她干脆揪住我的那一撮毛，使劲地甩动我的头。我努力地坚持了一会儿，接着晕过去了。

在我晕过去的那一刹那，假如可以的话，我一定会咬烂她的屁股。我这才发现，原来这位看起来是最顺眼的漂亮的女人，也有不为人知的一面。她身上的香味一度使我产生依赖的感觉，但我的这个闪动的念头还没结束，她就把一股本不该属于我的怨气发泄在我的身上。我又承受了一次无妄。自从来了以后，我自认时运不济，倒霉透顶。我恨不能重新回去。

每一根草都想说话，都有或阴暗或明朗的心事。每一头牛不管它长得是否好看也都有自己的心事。如此说来，作为更高一等（他们自认为）的人，心事像洪水一样泛滥着。

我被吉雅驮在马上。她搂着我，就像搂着她的情人。这是我第一次被一个女人搂住，也是唯一的一次骑在马上。从此以后我再也没有享受过如此的待遇，反而是我经常被人骑。尤其是那仁克，他在我不到三岁的时候就整天整天地骑着我到处跑。那时我多小啊！累得要死，但他美其名曰在趁早调教我。他说他从我的眼睛里看到了我长大后的桀骜不驯，所以他早早地未雨绸缪。

吉雅一路絮絮叨叨地骂那仁克。我听得津津有味。觉得她突然又不那么可怕了。我一边偷偷地笑，一边可劲地闻着她身上的一种令我迷失的香味。自降世以来还不曾闻到过如此叫人不可思议的仿佛沾满了水藻般的味道。我打量吉雅，头回发现她居然长得这么好看，不可思议地好看。她的脸或者是皮肤在我看来完全可以和味道和眼睛相媲美。我从她的身上幻想到了我未来的女伴,这是我始料未及的,我也应着这突如其来的想法开始在脑海里勾勒"味道女人"。吉雅突然在我的头上扇了一巴掌,她怒喝道:"看你那色眯眯的表情就知道你也不是什么好东西,跟那仁克都他妈的一样。"说完她还显得不解气,又拽着我的耳朵揪了又揪。我欲哭无泪,也根本不相信她说的屁话。又无可奈何,觉得她原来还是一如刚才地可怕恐怖。

羊群过了冰面,爬到一道山坡上。继续默默赶路。它们一心就想赶到窝子上,卧在去年卧过的场地上,以沉睡来缓解乏气。

吉雅跟着,也穿过一大片鞭麻丛打马渡过冰面。相比鞭麻丛,冰河对面的斜坡就好走多了。马蹄在冰面是"嘚嘚"地脆响。马步迈得小心翼翼,生怕一不留神摔倒。已是后半夜,空气冷战如刺。光秃秃的山坡被惨白的月亮照耀着,仿佛一面不知边界的瀑布,无声,却有大音扑面而来。我们都在其前面战战兢兢地走。常常冷不防地从山顶的高山柳林里传出"刺啦啦"的动静,而后毫无征兆地没有了。我的本能告诉我里面有着可以对我造成致命威胁的东西。我的心开始慢慢地颤动,眼神呆呆,脑袋空白。我扭头看见吉雅好似什么都不知道。她身子在马上坐立得笔直,目不斜视。一只手按着我,防止我掉下去,另一只手扯紧缰绳。马在一条只有一尺来宽却超过一尺深,长长的几乎望不到头的小道里一步一步地沉稳地迈步。她好像已经沉浸在了一种遐想中,一种诱惑中。对外界的事一无所知。

我害怕,故意哼哼了两声。又扭动身子,又有病似的甩头。试图引起她的注意力,让她同我一起面对这段叫我瘆得慌的夜路。我的动静果然有效,惹得她大发火气。她尖锐地大哼一口,用半截缰绳狠抽了我七八下。我大声地哼哼,这次是真的,我疼得浑身抖动起来,随即就从马上摔下去。吉雅在我掉下去的那一刻松开了手,她没有勒住马。马也没有停下来的意思,人和马都不看我一眼。径直地走去,仿佛我已经在掉下去的那瞬间就从世界上抹除了,仿佛再也没了这么一头刚出生的倒霉无比的小牛了。对此我并不怎么在意,这正合我意。我还要去找母亲呢,当然不愿意让吉雅把我搭回去。机会只有一次,假如不能在短时间内和母亲相见,那我就乖乖地和来找我的那仁克或者赛恒朝鲁回去,或者他们不来,我自己想办法活下去……或者我直接饿死。

但世上不如意事十有八九,我的念头来不及在脑海里多转几圈,吉雅又风风火火地回来。我明明看见她在青色的烟雾中消逝,可一转眼她已站在我的面前。正好我迷迷糊糊地抬起头来,张望着魔鬼般的吉雅。她甩动婀娜多姿的瘦腰下马,轻捋柔发。她用有力的小脚踩断了我鼻子跟前的一束枯草,在枯草彻底死亡的声音中蹲下来,她拿轻佻的目光打量我。好像我是罕见的动她心扉的稀罕人。

吉雅的手轻轻地刮动我的鼻子,她不厌其烦地重复这一个动作,手法老到,轻重始终如一。她的眼睛一眨不眨地盯着我,起先我在如此执着的目光中心跳如雷,大冷夜的冒汗。可后来发现不是那么回事,她的目光变得痴痴呆呆。已经穿越我而去,不知所踪。

这种情况持续了好长一段时间。我不敢有丝毫的动弹,生怕引起她的不满,再把我打一顿。由于长时间地仰着头颅,我的脖子又酸又痛,都快坚持不住了。要不是她的反复无常让我印象深刻,我早就放弃了。好在她的马关键时刻帮了我一把,它的后腿不小心地碰到了吉雅的后背。她在猝不及防之下猛地扑到我的身上,我被毫不客气地压倒。不由自主地发出怪怪的声音。

吉雅再次把我放到马背上,和刚才的位置姿势一般无二。我们三个继续上路，她始终没说一句话，沉默使我很压抑。四周静得我不敢畅快呼吸，我张着嘴，用鼻子和嘴巴同时努力。马蹄声闷雷般地响，声声敲打在我的心上。我一直奇怪的是吉雅居然一点儿也不害怕。她似乎天生就不知道什么是害怕。她比我强多了，后来我想，她肯定也比那仁克强多了。

我们走完了一条我以为永远也不会有尽头的小道。又接着踏上了另外一条小道。这条小道和前面的那条没有多大的区别，它只是稍微地往下了一点。延伸出去的也不笔直，而是慢慢地斜着到了冰河边。到那里就看不清楚了。我们刚走了不久，山谷里就传来和吉雅的马蹄声截然不同的一种声音。虽然我在第一时间就确定那声音也是马蹄声，但也有一丝的疑虑。那声音简直太猛烈太肆无忌惮了。吉雅浑身"突"地一抖，她眨巴眨巴眼睛。一张脸戏剧化地迅速变得阴沉，刚才的木然只残留了一点点的痕迹。她看了我一眼，我分明从那眼神里看出了警告。当时如果我胆子大一点的话，我可以做一些让她添堵的事儿。然而我一动也没有动，我甚至闭上了眼睛。我被她真的吓坏了。

来人不用想也知道是那仁克。说得这么肯定只有一个原因——他的胆子还没大到那个份儿上。虽然他把吉雅一个人扔在半路上，天也黑了。还好吉雅的胆子比他大多了，不至于在夜路上吓出个好歹来。但如果他一直都不管不顾，那就不是小而简单的问题了。吉雅非得闹出个动静来不可。

那仁克和吉雅在小霄兴的一条斜坡小道上马头对马头、人面对人面地碰上了。

那仁克努力让自己做到面无表情。我看见他的脸在几乎已经躲进云雾里可以微弱不计的月光下变成了薄薄的一片，宛如一张干枯的树叶。他蹬直了马镫，身子在马上欠起。他的屁股不在马上，而是悬在离马鞍三厘米左右的空中。

他龇牙而笑。

"你怎么走得这么慢?"他不看吉雅,他看着我,眼睛里似乎要闪出刀子把我捅死。"这个狗屎大点儿的畜生,连屁都夹不紧就开始学会跑了?扔掉算了!"他对我横眉瞪眼了一会儿,才把目光挪到吉雅身上,又龇牙轻笑几声。忽而又对我咋咋呼呼,"等回去了再收拾你。"

吉雅面无表情,她是真的面无表情。就算心里不是,但最起码也比那仁克的正规多了。她轻提右面的马缰,让马横跨一步到下一条小道上。马刚跨过去就走动起来,很快出去几十米。那仁克跟上来,跟在吉雅后面。我的头朝后,刚好和他眼对眼。一直到家他都拿那双死鱼样的眼珠瞪着我。

大霄兴的太阳升起的较晚。太阳从两座陡峰之间出现,第一时间就照到下了毡包的这片窝子上,照到我身上,我在睡梦里感受到了温度,暖洋洋犹如回到了母亲肚子里。睡意已去,但我不愿意睁开眼。我想让这种感觉在我的身上多待一会儿。

毡包里稀稀拉拉地出了响动。他们要起来了。

过了一会儿,赛恒朝鲁第一个出来。他披着衣服深深地咳嗽两声,吐出一口浓痰。我刚睁眼就看到那口痰向我飞来。来不及做出反应那痰便死乞白赖地粘到我的身上。我的肚子里一阵阵的拧巴,就算没有吃奶也要把喝过的水吐出来。我又难过又愤怒,"嗷"地一声站起来。我恨不得回敬他一口痰。我更可恨的是不会这一门功夫,所以我吃了亏,泪眼汪汪地瞪着赛恒朝鲁,终于对世上的人死了心。赛恒朝鲁被我突然立起吓了一下,惊奇地看着我。仿佛我本身就是一件匪夷所思的东西。他远远地瞅着我撇了撇嘴,那意思是说,这小家伙都快饿死了，居然还这么转。

所以说，不是好东西。

赛恒朝鲁几秒钟后对我失去了兴趣，他转而眺望毡包后面的山坡，那里一头牛也没有。牛都去了深处的旮旯里，隐隐约约看得见一两个点点的黑影。

赛恒朝鲁拉来揽在远处的马，备上马鞍。他拉着马找来一根大约有我高的木橛子钉在一处牛皮大小的微微凸起的硬草皮上。他抬着一块大石块吃力地把橛子钉下去一半，他跪在地上，回头瞥毡包一眼，嘴里不清不楚地骂着。他把马拴在已钉牢的马桩上，缰绳在马桩上绕了两个圈。马是一匹大青马，高大那当然是高大的，但以我看来，还是缺了一点马应有的傲气；势不可挡的雄姿。大青马的四只蹄子全是泥，看不见蹄子原本的面貌，不过我想跟我的蹄子无多大的差别，反正都是蹄子。它无精打采，这一点我很不喜欢，我觉得作为一匹大马，起码的精神面貌是要维护的。就算昨天它累得要死，今天也不是缓过来了嘛！眼睛——说起眼睛我不知道该怎么形容。但肯定和我的不一样，说起我的眼睛来那仁克他们惊叹的没完没了，我倒是没觉得有什么大不了。人的眼睛我已见识过几对，说实话和别的动物的没有太大的区别。我不知道他们为什么就此而咋咋呼呼的不消停。大青马的眼睛和一头母牛的已经差不多，一点锐气也没有，像个娘儿们。

赛恒朝鲁在马桩旁坐了会儿。他叫那仁克出来。畜生！他好端端地对着大青马骂，畜生！他又对我骂。我和大青马都不理他，他骂的不是我们。但不管大青马，我还是有一些憋屈的，我已受够了委屈，但到目前为止还得接着受。这一点打从娘胎里我就知道。命运是否在捉弄我的时候我就不由自主地想起母亲。我无比想念母亲香甜的乳汁。我最遗憾的是没能吃到一口，哪怕是一口母亲的乳汁，哪怕我吃一口，我也无憾。就算她死了我也不至于像现在这般过度伤心。

那仁克磨磨蹭蹭地从毡包里出来，紧接着吉雅也出来了。他俩看不出谁还在火气中，气色都不错。我很失望，本来觉得就算我自己不能报仇，但他们各自找别扭也马马虎虎地让我得到一丝快慰。就像昨晚一样，我不能忘记的第一次报复的快感，是那仁克和吉雅给我的。

吉雅捋一捋头发，忙着去烧茶了。

赛恒朝鲁去了泉水头，他在那里洗了脸和手。我看见他还喝了几口。那泉水就是我昨晚走过时喝过的，水质甘甜香醇，至今让我回味无穷。泉水在一定程度上顶替了我所缺欠的乳水；说不定也是我能活着看到第二次阳光的关键。

那仁克第一件要干的事居然是来欺负我。我虽然已饿得麻木，但我很好强，从赛恒朝鲁出来朝发怒我一直都站着。我撇着柳枝似的四条腿站得四平八稳。他走过来一脚踹翻了我，然后骂了一句畜生。我这才想起他昨晚说过今天要跟我算账，于是我索性就不起来了，反正他已不是第一次打我了。有一句话说得好：好汉不吃眼前亏。我得学着察言观色，我是直接趴在草地上的，他又踢了两脚。大概觉得无趣，所以不再理我了。他向四处瞭望，不断地发出感叹，仿佛发现了令他惊诧的东西。其实他什么也没有注意到。沿垭口山梁往西走，陡然地高起来的几个峰圆圆茸茸，其中的一座上出现了几头鹿，在峰顶悠闲地转了一圈就重新蹿进高山柳林里，仔细看的话还能看得见若隐若现的脑袋和灰色的犄角；毡包斜对面崖上飞进飞出的老鹰；一群从最里面的山鼻梁上冒出来的黑压压的牛群……这些他都没看见。我顺着他的目光游走在山间地头，也是头一次发现此地的景色居然是如此令我心旷神怡。以后要生活在这样美妙的世界里，抛开其他的不愉快，我觉得还是挺好的，至少我不再悲观。那仁克走到泉头，在赛恒朝鲁刚才洗过脸的地方蹲下去，他的双手不去触碰泉水，只是含情脉脉地看着泉水，好像在看一件稀世珍宝，或者比吉雅更令他心动的女人。赛恒朝鲁顺着河流往上走了半截路，他频频地朝牛群隐没的山旮旯里张望。他终于在一处地方停下来，像一根木桩似的矗立良久。那仁克还在凝视着慢慢变色的泉水，我饿得眼前发昏，想起泉水的力量。慢慢地也来到泉头，站在依稀记得就是昨晚停住的地方。我颤颤巍巍地一口气喝了一肚子的水，顿时就觉得不那么饿了。这时赛恒朝鲁突然大吼一声，我看见他朝那仁克挥手。那仁克还在凝视着泉水，他没看见。我看见了。

"那仁克——那仁克——"赛恒朝鲁大声地叫他，嗓音变得很难听。当时我无法恰当地形容，等大了以后我对此做了补充：我觉得他的声音就像两片锈迹斑斑的铁皮在一起摩擦，甚至比这更难听。

那仁克其实早就听见了，我看见了他眼睛在闪烁。赛恒朝鲁不停地喊，一声比一声急切和愤怒。那仁克很不情愿地回过头，他的脖子毫无征兆地徒然伸长了好长一节。像一条蛇。他伸着脖子静等了片刻，见赛恒朝鲁不再喊，他不说话，又把脖子伸了伸，似乎在提示，我听着呢！

"快点拉着马走。"赛恒朝鲁喊，"一半的牛没有了。快点！"

赛恒朝鲁又矗立着不动，唯一的变化是他的右手在空中微微地摆动着……

那仁克狠狠地骂了一声娘。他犹不解气，朝泉水里吐了一口唾沫。但他随即就觉察到不妙，一直都坦然不动的手飞快地伸进泉水里，把那摊还来不及化开的唾沫捞了出来。他把带水的唾沫甩在一旁的草丛里。

他看着我，果不其然地骂了一句"畜生"。我看他是很想再揍我一顿的，但距离着实有些不便。最起码要绕半个泉头才能够得着，他悻悻地瞪了我一眼，扭头走了。

赛恒朝鲁和那仁克连早饭也没吃，风风火火地骑着马往那个山旮旯里奔去。不一会儿便不见踪迹。这期间我一直都待在泉水边，冷眼注视他俩离去。我不时地要喝上几口泉水，以此来对付饥饿的折磨。虽然我嘴上不说，但实际上眼看他们离去我着实松了一口气。那仁克在不到两天的时间里成功地在我的心里留下了阴影，我非常希望他们能够一去不回，那么我就不用再提心吊胆了。

我又喝了一口水，发现泉水已经不起什么作用了。这时吉雅提着两只用牛皮包裹的小水桶来舀水。我盯着那木桶看，不禁想到是不是自己也会有那么一天站在水桶上于水边晃悠……

吉雅显然对我的表现格外吃惊，她觉得出生不到三十个小时的牛犊居然能够自己找到水喝真是一个奇迹。看她若有所思后更加惊讶的样子我敢肯定她到现在才想到昨晚我的确是独自往回跑的，不是那仁克胡说八道。吉雅的眼睛如刚才刺眼的阳光，她丢下皮水桶跑到我的跟前来，小心翼翼地蹲下，像昨晚那样再次用右手轻轻地抚摸我的脑袋。尽管她抚摸得很轻很温柔，但我还是惊悸地倒下了。我已经精疲力竭，再无力自己站起来。吉雅抱起我，她像在呵护自己的孩子一样将我紧紧地搂在胸前回到毡包里。她把我放在一条厚厚的毯子上，从毡包一角的黑锅里取出一个饮料瓶子，里面不是饮料，凭着对乳汁的渴望，我一眼就觉察出那是乳汁。难道她要给我喝吗……我既激动又感动，泪水再也止不住地溢出眼眶……在毯子上打湿了一片。我泪眼蒙眬地抽动着耳朵向吉雅，这个可爱的女人表示感谢。

吉雅忽而消失了，却又忽而出现了。她的手里拿着一个奶瓶跪到我跟前；她用奶瓶的奶头轻轻地触碰我的嘴，轻轻地安慰我。她叫我不要怕，快快地吃奶，快快地长大……

我怎能不懂？又怎能禁得住诱惑？

我狼吞虎咽地用一眨眼的工夫就把那一瓶奶水全部喝光。总算压制了凶猛的饥饿感，但也不真的管用。于是我的目光又凝视着吉雅，蕴含诸多因素，主要就是叫她再拿一瓶来。她果然不负所望，又灌了满满的一瓶来。

我连着吃了四瓶。我还想要，但吉雅吓坏了。她死活不再给我吃奶，她打着我的屁股把我赶出了毡包。她露出洁白闪亮的牙齿对我笑，双手捧着我的脑袋，在我的额头上、也就是那块三角形的白毛上亲了一口。她叫我不要乱跑，自己转身收拾毡包去了。

我终于不用饿死了。

我看着她的绝妙的英姿不禁喜上眉梢，她良好的态度让我悬着的心放了下来，我打算以后就跟在她的身边。每天都见到她。

赛恒朝鲁和那仁克去了大半天便回来了。

他们同时也把牛群给撵了回来，所有的牛都拉着长长的鲜红的大舌头，从舌头的深处不断地冒出热气。牛群的头顶不一会儿便形成了一团淡淡的云雾，越来越高地升上天去。

显然他们是累坏了。

我敏锐地发现最后缩在一起的几头半大的牛明显不对劲，他们的眼神里露出痛苦的表情，身子在微微地颤抖，比别的牛更警惕，他们真是可怜，一看就知道是挨了打。

赛恒朝鲁和那仁克把牛群收拢在毡包的左边大概五十米处，那里袒露着褐色的土，不长一根草。仔细观察的话还能发现土里面掺和着大量的牛粪渣末。也许原来不是褐色的，而是被牛粪一混，就成了现在这个样子。

牛群被收拢之后异常安静，几乎一动不动。赛恒朝鲁和那仁克的两匹马浑身大汗淋漓，被拴在马柱上垂着头一个劲地喘息。按照后来我的经验来看，它们是彻底乏了，没有个两三个月根本缓不过来。那两个家伙没有多看马一眼，急匆匆地钻进了毡包，里面那仁克的声音立刻就出现了："赶紧弄点吃的。我快饿死了，这些畜生一会儿也不让人安心……唉……有凉冰的茶吗？我渴死了……"

"人家还没搬来，这几天要小心，狼很快就会像闻到了粪臭的苍蝇一样围住牛群的。从今晚开始把牛圈住。"赛恒朝鲁啊啊了片刻，打了一个喷嚏。又停顿了片刻后说："等会儿我俩把铁丝网拉起来。昨晚运气还真好！居然一头也没损失。"

我听到那仁克哼哼唧唧着算是应答。然后他又大声地对吉雅嚷嚷："你干什么，能不能快点？吃完了还有事儿呢……冰茶没有吗？给我一碗凉水……"

我没听到吉雅的回应。她一直在沉默，她受了委屈。可能想哭吧。我更加恨那仁克了。

为了听不见心不烦，我走得远远的，混入牛群里面。

我刚一进去就有两三个不长眼的家伙晃悠悠地过来，不怀好意地把我围住。其中的一头憨憨地站在我正前方，对我挤眉弄眼，仿佛在发情一般。我心情本来就不好，一看到如此恶心的同胞顿时怒气冲天了。我挺胸抬头，浑身黑毛倒立"嗷"的一嗓子大吼，几个小家伙被吓坏了，蹦起来几尺高后从空中逃窜，仅眨眼的工夫便消失得杳无踪迹。

我喊了一声，感觉舒服了很多。心思也活络起来。我打量了整个牛群，凭着超牛一等的敏锐毫不费力地将牝牛全部剔出来，又从中拣出散发着非同一般的乳香的牝牛，我还没吃饱。我朝一头看起来挺和气的牝牛走去，她的身边依偎了一头比我还小的小不点。我觉得跟这个小家伙夺食是一点问题也没有的，关键要看牝牛的态度。大多数牝牛都会保护自己的孩子不受伤害，我把头伸到牝牛的胯下去——危险极大。不过也有同情心泛滥的牝牛，她会把我当成自己的孩子一样地对待。这就要看我的运气了，假如我的运气好，那么这头牝牛一定是一个慈爱的母亲，我就会成为她的儿子。我的确渴望能够成为她的儿子，那样我就天天都有奶吃。

我慢慢地摸索到她的身后，那头小家伙好奇地看着我，一点也不害怕。我不禁感叹真是一个胆肥的小家伙。我并列和他站在一起，努力做出亲昵的动作：我在他的脑袋上用我的脑袋蹭，他舒服地闭上眼睛。我用这会儿工夫偷眼打量了一下牝牛，她歪着头看我俩，她似乎很满意。我看见她眯着眼点了点头，我大喜，更加卖力地帮他在全身挠起痒痒来。我挠着挠着自己也痒痒得不行，于是我们真正地开始相互帮助解决困难。

等到他完全舒服了以后，左一晃右一晃地踱步到母亲身边，懒散地把身子放心地靠在坚实的大腿上。他瞥了一眼母亲的硕大的奶房，似乎提不起一点儿低头吸两口的欲望，他干脆闭上了眼。我痛苦极了，恨不能顶替他上场去吸那甘甜的乳汁。我虽然激动，但不露于表。看似无意却又眷恋地也来到他的身边站住，母牛的奶房清晰地在我眼前微微地偶尔地抽动着，我已经闻到了令我蠢蠢欲动的味道。我死死地盯着牝牛右边的两只奶头，有一个奶头尖上积聚了一团黏黏的米黄色的奶珠。奶珠等聚到一定的程度后便脱离奶头，隐隐地没入草地里，然后接着再次开始积聚……

我使劲咽了口水，多么希望奶珠是掉进了我的嘴里。牝牛伸着脖子有韵律地摆动着牙齿，倒嚼着吃进肚子里的东西。她对我没有兴趣，这正合我意。我又往前挪了两个小步，真好挡住了小家伙的头。我还在闭着眼，我低下头，我的嘴唇已经碰到了牝牛的大腿内侧，离奶头只有几寸之遥。牝牛还是无动于衷。我的胆子再次放大了一些——我直接把嘴巴顶到奶头上,但我并没有张开。牝牛还是动都不动,我张开嘴,接了一滴奶珠咽下去。接着,我含住了一只奶头,牝牛突然回过头来,她在我的屁股上闻了许久。我吓得立马放开了奶头,将头缩在奶房之下,静静地等待着结果。

牝牛三番五次地闻我的屁股。她并没有拿起蹄子来踢我,这让我感激不尽。她在我和她的孩子的身上闻来闻去,最后继续倒嚼去了。似乎已经默认了我的举动。我简直高兴坏了,毫不犹豫地再次噙住奶头,等了片刻,牝牛什么反应也没有,仿佛不知道我的存在一样。我轻轻地吸吮了两下,立刻就有一股暖暖的无比香甜的汁水流进了我的喉咙里。我全身都欢快地骚动起来,我再也控制不住自己,大口大口地吸吮着乳汁。牝牛的乳汁真是太多了,我都咽不过来。乳汁顺着我的两边嘴角一直流到胸脯上,又继续往下流,流到草地里。乳汁一发不可收拾,流起来简直没完没了。我只吃了一个奶头的奶水就饱了,等停下的时候,奶水还在使劲地流,像飞下的瀑布。

按照我原本的打算,在看来很老实的牝牛这里骗得吃一顿奶之后再另想办法,但当我吃得饱饱的,像小家伙一样靠在牝牛坚实的大腿上晒起太阳来的时候,我突然放弃了之前的想法。既然她对我这么好,我又有了这样一个看起来还算可爱的兄弟;重要的是她的奶水简直源源不断,仿佛一条银色的河流,那我干吗不干干脆脆地留在她的身边,给她当一个乖巧的儿子呢?

我被自己的想法欢喜得摇头晃脑,并用儿子的眼光不断地打量牝牛,也许从此以后她就是我的第二个母亲了。我得好好地瞧瞧她。

我仔细观察她的时候才发现,她的确很强壮。即使是站在一群牛里,旁边也有很多大公牛,但她依然不失风采,在我看来她甚至是最好看的牛。看到这里,我很快进入了一个乖巧的儿子的角色:我迈着小步移到她的眼前,好让她能够全面地审视到我。我一点也不害怕,说实话我对自己的身体那真是充满了必胜的信心。拿我和小家伙一比,不知情的以为我才是她的孩子呢。

尽管是这样,但我还是小心翼翼地把我的所有的举动做到最好。她的眼睛如愿以偿地睁得大了一些,左眼慈祥右眼疑惑地看着我。我也及时地抬起头尽量以楚楚动人的姿态回望着她,仿佛她就是我的一切。

要说我的优点,值得我自豪的,我觉得我天生就极具表演天赋。我大概从一出生便知道自己该干一些什么事情,相对于长大后的犹豫不定婆婆妈妈,小时候的我就显得果断多了,简直就像一头大牛。我才貌双全,聪明灵巧,基本上是牛见牛爱人见人爱。面对慈爱的母亲,我成功地成了她的第二个儿子,与小家伙一同分享四个奶头。由于母亲的乳汁多得无法计算,我和小家伙也就不用为了多争一个奶头的吸吮权而打起来。所以我俩在牛群里算得上是惹牛羡慕的一对好兄弟。

我天生体健,如今又有了充足的营养,所以优势就显现出来了。没过一个月,小家伙被我甩远了。我俩站在一起,谁都说我才是哥哥,他像弟弟。对此拉加气得半死,老是跟在我的后面,唠唠叨叨地让我说清楚,到底谁才是哥哥。

5

红石崖下有一个狼窝,寻常难以发现。它在猫儿刺和鞭麻丛以及稀稀拉拉的一片灌木林的掩盖下,格外隐蔽。洞口之上横卧一长条大石，似熊似豹，英武非凡，大石显红色，残阳有如流淌的鲜血。狼窝朝南洞开，黑黝黝深不见底，洞旁有一羊肠小道，弯弯曲曲地缠绕在半山腰，一头入深山不见，另一头出山口也无踪。我年复一年地在这一带放牧，熟悉这片草山的每一条路和石头，熟悉每一处狼窝，甚至熟悉它们的气味，但刚刚发现的这处狼窝让我格外恼火，在我的眼皮子底下，居然有一个不曾被发现的窝点，看洞口的圆融光滑、土层的扎实，显然是一个经营不少于三四年的老窝。要不是我兴致勃勃地想要再次碰碰运气来拾几根鹿角，可能再过几年都未必能发现此处。我是直接把一只脚踩进植被丛里，跌了一跤，直到两眼瞪着洞口时才算明白的，从这点可以看出这窝里的狼是多么的狡猾奸诈。

　　我对这个新发现产生了兴趣，迫不及待地想知道是谁的家？

　　我将马拴在一簇高山柳上绕几圈打了死结，每次这样做的时候我就来气，因为巴日根深蒂固的一个臭毛病的缘故，我凭白地要在这件小事上比别人多花出更多的时间，一次次地加起来，一日日一年年。这多花出去的时间已然在我生命中占据了很大比重，已经超过了拉撒，仅次于吃喝和睡觉了。所以我看着是在拴马，其实就是在消耗生命。

　　我的巴日红得跟一块血似的，失去比例地长，就是缺了点身高（他比一般的马要矮上那么一点），但我很中意。只有一个毛病是我极力地容忍也无法忍得下的，只要挣脱了缰绳，巴日那真可以说是彻彻底底的脱缰野马，瞬间便跑得了无踪迹。在此方面吃了无数次亏，后来我一骑上马，就不由自主地握紧缰绳，握得手关节发白，握得手臂抽筋。但凡下马拴马，我也是将缰绳绕了又绕结了又结。然后我觉得还是不保险，只有眼里看得见它心里才算是踏实一点。

　　八九分钟过去了，我横看竖看都觉得蛮结实了，足够半天内无忧，这才朝狼洞走去。我要好好地研究研究，以便将来和此洞之主打交道。

我在狼洞周围转悠了大半天，入山的羊群返回来经过我，朝山口匆匆而去。西坠的太阳光线横劈在对面的崖壁山峰上，碎石宛如干枯的动物内脏闪着幽光；往下移百多步，灌木林僵僵地摆动，吸纳着光，整体阴气森森；再往下，一直到谷底的河床，都已早早坠入黑暗之界。

一天的时间仿佛叫了几声，打了个盹、想了会儿心事和撒了几泡尿就草草结束了。疾速得叫人神经变迟钝，身体变慵懒。

研究了几个小时，最后得出结论——此洞之主乃成年狼，经验丰富。按照"兔子不吃窝边草"的通理，我往年损失的那些牛羊应该和他没有什么关系，当然也不排除此狼异常地狡诈，他反其道而行，利用了人类的思考误区……于是他如鱼得水……假如真的是那样，那我觉得根本没有必要和他斗智斗勇了。我在明敌在暗，他轻松耗死我。

我其实一无所获。我根本就什么都不懂。

我又花了些时间解开缰绳，骑着马往深山里去。羊群可能已经到了毡包后面的山梁上，所以我不用操心，现在我唯一要做的就是收拾好后尾，如有遗留在山里的羊，不管是在河边还是山顶，我都要赶回去。

运气显然不错，后面一只羊也没有落下。

回去的时候我顺便把牛也赶了回去，省得吉雅或赛恒朝鲁再跑一趟。我把牛赶回家的时候，着了墨色的气流刚好将草原全部串通连贯，使之成为一个沉重的整体。毡包门前的两匹马和慢悠悠地回到卧处的羊群以及远处的山峦都模糊了。我帮吉雅一起将十三头牝牛和牛犊都拴在牛挡上，然后把羊群收拢在圈里。

赛恒朝鲁一直坐在门口用黑白牛毛搓牛脖环。过几天要添几头小母牛在挡里，第一次产了犊，从来没被人动过乳头，反抗是肯定的。

但吉雅对此有经验，只要拴在牛挡里，只要被困住了四条腿，对付起来有的是办法。

我问她晚上吃什么？

吉雅无言。她小跑着去泉边，那里放着三十斤的白塑料桶，桶上缠着一条蓝色的绸带，以前是我用来勒束皮袄的，自从吉雅嫁过来以后，我把带子贡献给吉雅用来背水。要说背水也可用牛毛绳或者塑料绳，但那些绳都又细又硬，我怕吉雅洁白光滑的俏肩被勒坏了，弄出伤口。于是不同意吉雅用乱七八糟的绳子，正好我的带子又轻又宽，又柔软，用来给她背水真是再适合不过了。

这条不算新的带子也背过其他的东西，比如牛粪袋子或者枯枝干草。

吉雅弓着腰走过来，一步一步地走。我没看见她蹲下去背水的样子，可我还是能够想象出她的样子：和以前一样，她总是会把屁股撅得老高，水桶在她的背上不安分地左右晃动，眼看要往一边掉下去的时候，她手扶着地站起来，水桶又回到原来的位置，她反过双手托着水桶底朝家走。一步一步地，随时调整走姿。

到达毡包之前，她需要经过一面颇为陡斜的土坎，土坎上已斜着走出来一条小道。雨天泥泞时特别费劲，但在干燥的日子里由于常年的实践，要上去还是不算难事儿。她上了坎儿，打我身边经过。山里深处传出"锵锵"的叫声，空旷的山谷如同巨大的扩音器将那声音无限放大延伸而来，颇有震耳欲聋之感。刚才还静静地无比安详，这音一出顿时有种骚乱，各个地方都有各种的音回应出来，仿佛所有的野物在讨论一件大事。虽然没能听明白那"锵锵"是什么野物发出的信号但后来我轻易地辨认出了几种飞禽或爬兽的声音。黑夜总叫人产生陌生之感，就像第一次走入地窖。

我目送吉雅进了毡包,点亮了煤油灯。我离着毡包十几步,双手搭在嘴边刺啦啦地吹出几个尖声。我的呼喊之音像波涛,涟漪着去了。野外的各种音色仿佛被卡住了脖子,"嘎"地同时消失。我满意地抹抹嘴,回首朝鬼魅般站在后面的赛恒朝鲁露出亮闪的牙齿。

赛恒朝鲁攥着一小捆搓好的牛毛线,把它丢给我说:"今晚赶工缝出来,明天早晨就把它们绑起来!"

"我们不妨在傍晚的时候和母牛一起绑,那样会轻松一点。"我建议道,"早晨牛群肯定在山顶,赶回来怎么着也得两个小时,太麻烦了。"

"多让它们饿一饿肚子,吉雅对付起来会容易得多了。怎么,你不愿意?"赛恒朝鲁说,"你去问问吉雅愿不愿意。"

"我根本不是不愿意……算了,就早晨吧。"

"早一点起来,在挤完奶之前。"

不是我挑刺,赛恒朝鲁正在逐渐地朝某一个非常难以确定的方向走去,他老是一副教训人的样子,他再也没有以前那么可爱了。这样,我就觉得自己丢失了一份宝贵的东西,但已追悔莫及,他执意如此了。

夜晚沉沉地睡了,毡包的门缝里透出去一条顽固的光线,把毡包前面的草地劈成两半,各自迥异。这俨然是两个世界了,一方野物活跃、水流激昂;一方寂寞、重量在掠夺一切。

吉雅煮了三根羊肋骨,刚好每人一根,有大有小,最大的一根上面肉多油厚,啃起来相当爽口,却轮不到我。那是赛恒朝鲁的,他会心安理得地津津有味地啃得光光的,只剩下白森森的一条骨头。余下的中大的才是我的,但和赛恒朝鲁的一比较就显得寒碜了。这种事有时候会让我变得毫无胃口,背着赛恒朝鲁对吉雅提出警告:一两次出现这种情况或许情有可原,但三番五次的话就是有意的了,又不是没有一样大小的肋骨,就算没有也可以多煮几条,何必如此?

吉雅根本没往心里去,这不,这次又是这种情况。她把熟了的羊肉捞在一个小塑料盆子里,端放到我俩面前的矮桌上,又在盆里斜放一把短刀。她在羊肉汤里下了切好的肉粒和土豆,以及粉条。炉子里填了牛粪,旺火使肉汤滚得"咕嘟咕嘟"响,她坐在我对面,拿起最小的一根肋骨撕下一口,在嘴里嚼动。就这会儿工夫,赛恒朝鲁已经将属于他的骨头消灭了一半。他吃起来又快又响动大,柔软的羊肉嚼在他的嘴里比面包还要轻松,整个毡包里都是"呼哧呼哧"的声音。谁也一声不吭,炉火红通通地照耀着我们每个人的脸。

吉雅三两下撕光了骨头上的肉,她从碗柜里拿出发酵好的面,摊开一张在案板上,切成指宽的条状,又操在手里用两个拇指捏扁、拉长;拉得长长宽宽的面条一头在左手头上,另一头搭在左手腕上;她用右手快速有力地从面条上揪下指甲宽的面片儿,干脆利落地甩到锅里;一臂之长的面条一眨眼的工夫就被她变戏法般均匀地漂浮在乳青色的汤里,她开始下第二条了……

我和赛恒朝鲁聚精会神地看着吉雅的独自表演,她的动作流畅舒展,具有高度的严谨性和标准性,我们百看不厌。吉雅似乎也对此情有独钟,她享受这种完全能够驾驭的优美表演。

津津有味地观看完了整场演出,我们吃的时候都各自多吃了一碗,仿佛这样才更能够充分地表达对她演绎的赞赏。

赛恒朝鲁一吃完就抬屁股走了,他会在外面摸黑走两步,然后睡觉去。

吉雅收拾着碗筷,正眼都不瞧我一眼,我觉得了无生趣,气呼呼地直接拉开被子倒下了。

一夜就在这样的气氛中悄然过去,我俩谁也不和谁说话,都在等待着对方的妥协。这次我狠了心要给吉雅一个难忘的教训，打定主意坚决不主动和她说话。打冷战？奉陪到底！

不过话又说回来，看吉雅的态度，要想她服软，希望渺茫，相当于水中捞月。这个女人，外柔内刚，性格执着，很不好办。我想着这件事情进入了睡眠，在夜与昼交替间最浓密厚实的那段黑色里，我自然醒来，原本要去赶牛的，但我没动弹，我假寐了一会儿，旁边的吉雅根本没有要起身的打算，她呼吸均匀，显然还在熟睡中。我顿时觉得憋得慌，于是就在被窝里翻来覆去地动个不停。我用眼角扫视吉雅，她像是真的在睡觉，又像是在装睡，我拿不准。但我觉得闹出这么大动静都不醒来，与她以往的反应有差异，这就是说，她在装睡。真他妈的装得像，差点儿就被骗了。我歪过头闭上眼，这次真的打算睡一个回笼觉了。

我刚刚觉得有了那么一点睡意，赛恒朝鲁那山羊似的叫声就唐突地轰进耳朵，我实实在在地被吓得半天缓不过劲来。气得直冒白气，这一刻我无比想念以前的赛恒朝鲁，那是多么好的一个赛恒朝鲁，那么乖巧，那么令人省心。没想到他一变，居然就成了现在这个样子，他已经不是一般地讨厌了。他活像一个被酒精烧坏了脑袋的唠叨人。

我磨磨蹭蹭地起来，盯着吉雅的脸看，看她是否会露出破绽，但直到我走出毡包，吉雅也没抽动一下脸皮或者颤动几下睫毛。我在她的眼前用力地挥动了几下拳头，拳风呼呼，吉雅无动于衷。

破晓在即，四野迷雾笼罩，寒风卷动浓雾，幻现出千姿百态。浓雾沾到我的脸上，冰凉而不失柔和。这是夏天极好的清晨，极好的一天，不会有暴烈的日头和没完没了的雷雨。适合去玩，去垂钓、游泳、爬山或者别的什么。我真想去那样做，但一想到一大堆积起来的活计，只能遗憾地咂咂嘴。

赛恒朝鲁叫了那一声后仿佛死去,帐房里再无响动。他是在等,等我把牛都赶回来他也就起来了。我突然想到,昨晚需要缝的牛脖环被我忘了个干干净净。我拿着那几根牛毛绳来到赛恒朝鲁的帐房前,用绳子在帐房上啪啪地抽了几响,"这些牛毛绳,"我说,"昨晚我忘了缝了,还是你缝吧。我去赶牛了,牛翻过了后山鼻梁,再不去就来不及了。我需要一个多小时。"

我把牛毛绳丢在帐房门口,从毡包的钢绳上解下抛石绳,背着双手去骑马赶牛了。赛恒朝鲁的帐房里传出动静,他骂着畜生娃出来了。他站在那里骂骂咧咧。我连头也没回。

吉雅也掀开了毡包的门帘,我听见她对赛恒朝鲁说:"阿吾你不要管,让他来了自己缝,他现在是越来越不像话了。您不能这么惯着他。"

"你俩这是咋了?"赛恒朝鲁语重心长地说,"吉雅,你要拿出魄力来,狠狠地给那仁克一个教训。我看在眼里记在心里,你对那小子,真是没的说。"

这个臭婆娘,真是欠收拾。我索性原地坐下,看看她还会说些什么。

吉雅不说话了,她低头从毡包后面的布沿下拉出一个破塑料水壶,又摸出一把剪刀,从上面剪下巴掌大小的一片来,她拿着去点火生炉子了。

赛恒朝鲁一会儿的工夫就摇头叹息了七八次,后来他盘腿坐在草地上,从鸭舌帽的内侧抽出别着的大针开始缝牛脖环。

吉雅倒了一壶水搭在炉子上,她用冰凉的水洗了脸和手;将牛角梳子蘸了水梳头,她的头发浓密发亮,就像刚出生的小马驹的尾巴。

她的手略显得粗糙、干燥、发红，但手指纤细、小巧，又难得地舒展。她穿了一件雪青色的长长的衬衫，一条已经洗得发白的牛仔裤和一双短勒的棕色平底靴。她几乎从来都不戴帽子。她三两下洗了脸梳了头，把洗脸水泼洒出去，毛巾也扔进盆子里，放在了草地上。

她开始拾掇早饭了。

一直到后山鼻梁那边我才把牛群堵住收拢，我骑着马在牛群里缓缓地打了几个圈，牛群微微地散开了一些，形成了一个巨大扇子状，我从一头数起，牛群显得很安静，我很快就数到了另一头——一百三十七头，一个不少，很好！不用再跑去找了。我再次收拢牛群，朝回赶。

从山梁我只用了二十分钟就把牛群追逐到牛挡里了。

赛恒朝鲁速度也不慢，他已经缝好了一条牛脖环，三条搓好的牛毛绳子并在一起用草根一样细的牛毛绳一针挨一针密密匝匝地缝起来，足有三指宽，甚至更宽。有一臂之长，长短是绰绰有余了，我担心是不是太长了一点，这些牛看起来脖子粗得很像一桩木头，但其实不是这样，是那些长而厚的毛造成的假象，你一摸上去，立马就变小了。

吉雅做好了早饭，她用昨晚剩下的面烙了薄饼、冬天腌的酸辣萝卜，以及只掺了少量水的一壶奶茶；还有奶酪，涂抹在薄饼上吃，格外可口。

她叫赛恒朝鲁吃饭，自己咬了一张饼子和几口酸辣萝卜，匆匆地到牛挡里清理昨天的牛粪去了。夏天由于牛吃青草，牛粪很稀，她会把牛粪像油饼一样摊开在草地上，虽然拾掇起来很费劲但吉雅还是觉得摊开越大才好呢。这样更有利于吸收阳光，只要整晒一天就可以烧了。夏天雨水多，天气善变，她得用一切手段多多收集烧柴。

等她弄完,又把周围的能看见的都弄回来并都做了处理后,我们将母牛拴起来,又用半个多小时才把需要调教的小牛抓住,套上脖环和木扣拴,拴在牛挡里。我拧住最坏的一头黑牛的犄角,赛恒朝鲁小心翼翼地用两条绳子把它的前后腿都捆起来。这头健壮的牡牛自从牛犊生涯结束后已经有快四年没被人碰过了,它有的是力气,轻松地蹦跳了几下,赛恒朝鲁捆的绳子就松落掉下来,他又让我拧住头,但这次我连它的犄角都挨不到,它的犄角乱甩,一不留神就会被打伤。我的手臂被牛角轻轻地触碰了一下就疼得不得了,我皱着眉和牛怒目而视。赛恒朝鲁看了我那么几眼,一声不吭地取代我拧住牛角,牛居然一动也没动。仿佛它的前面根本就没人,犄角也没有被动过。

赛恒朝鲁的藐视让我憋了一肚子火,而成心和我作对的母牛更是叫我气不打一处来。但我不能在这个时刻发火,我蹲下去将松落到地上的绳子环扣解开,我先慢慢地挪步到它的一旁,把前腿缠了几圈后绑死,然后将绳子从肚子底下穿过去,同样在后腿上绕了几圈。吉雅提着挤奶桶穿着蓝色的大裙慢慢地接近它,赛恒朝鲁也松开了牛角。它又跳动起来,不过这次没能得逞。它很快就放弃了,好像已经打算逆来顺受,接受被挤奶的命运。

吉雅如愿地在它身下单腿跪下,将挤奶桶和手一起伸到肚子下面,她动了乳头。它猛烈地向前跳了一蹦子,又向左跳一蹦子。吉雅在它即将跳动的时候敏锐地躲开,等它安静了她继续重复着刚才的动作。

三头小牡牛花了她一个早上的时间,日头快速移动,已经是上午九点多钟了。她解开了已经明显乖巧了不少的牛扣环,把它们朝右往上山去的牛群方向逐赶了几十步,它们翘着尾巴一趟子跑了。她返回牛挡,收拾了挡里剩余的几坨刚刚留下来的还热气腾腾的牛粪,提着小半桶牛奶进了毡包。她要赶紧热牛奶、打酥油,还要滚曲拉。而我要去迎接今天转场到来的邻居恰汗塔·哈图一家子,他们家到达营地的时间就像事先经过精心的计算一样地准时,从来都不会在三点这个钟头上有所出入,每年都是如此。赛恒朝鲁跟着羊群进山了,初来乍到,山里空旷寂静,在没有足够多的牛羊群和人之前,山里是狼的地盘。所以必须时时警惕,万万不敢粗心大意,一旦狼入羊群,那就不是被弄死一两只羊那么简单了。狼会明目张胆地将一部分羊撵走,一路上它将把伸嘴够得着的地方,比如羊的颈部、腰部、或者在大腿上咬上那么两三口,它不会一下子弄死,它会让羊在死亡的恐惧中不知道身在何处,慢慢地流血而亡……它越过这些可怜的羊,继续追逐着羊群,一直撵到羊跑不动了,它才会挑三拣四地喝血掏心肝;悠哉地细嚼慢咽,直到有人影出现。

两年前琼贝家就被这么整得一蹶不振,前车之鉴理当引以为戒。在这样关乎家庭命运的大事上赛恒朝鲁绝对是不敢掉以轻心的,更何况他早已有过类似的经历。

我全程观看完了吉雅的劳作,紧跟着她进了毡包,不顾她的反抗,把她压倒在毯子上。夫妻间的事还能有多复杂呢?完事后我开始动身,她递过来一瓶水,送给我两个白眼。

在翻越垭口的路上看见几只去年出生的小马鹿刚在林子边缘一探身又巧妙地隐身于那些暗影里,只有一只小公鹿幼嫩的小角穿过叶子,轻微地摆动着。这些鹿艰难地维护着这片灌木林,不使牧人侵占。自从没了枪,我已经很少打它们的主意了。我相信别人也一样。

我不断催促着还没缓过劲来的马从垭口往下坡路奔跑。我没骑巴日,他已经够累了。而这匹马没有名字,因为它来的时间不长,我还没和它混到那么熟的地步,而且很快就不是我的了。我打算卖了它,换点钱来花花。以前有兴头那阵子倒是给每一匹到过我手里的马起名,但后来觉得那根本没意义，又不会一直陪着我，一晃我可能就已忘了。尤其是我给一匹马起名"闪电"并参加了几次小型的赛事，由于成绩不好，几个朋友嘲笑说，"闪电"果然是"闪电"，一闪就没了……

　　那以后我就谨慎多了。从不轻易给没多大前途的马儿起名。巴日也差不多，但他总算比别的马要好上那么一点，比如在速度上就使我常常产生一些幻觉般的盼头，但每次都失望，甚至是极度失望。有一次碍于面子，我没在人前做出格的事，回去后把巴日的头拽得低低拴在木桩子上，整整抽了七十鞭子。从那以后巴日留下了一个习惯，当骑着它的人微微地动弹一下手臂，它立刻就惊恐地跑起来，拽都拽不住。而且一旦拴着的时候总要想方设法挣脱了跑掉，迫使我每次都像对付大型野兽一样小心谨慎。我想过再换一匹，但一来找不到一匹中意的好马，我现有的几匹只适合随便骑着放牧，上不了比赛场面；二来尽管他有这样那样的毛病，跑得越来越慢也罢性子越来越烈也罢，他在我身边待了三年，马上第一千个日子就到了。无论如何我都无法像对待别的马那样对待他。我们之间的事，就像两根脚趾，不挨都不行。

　　我跑了一会儿，来到表哥海青家的对面，他家和另外两个表哥都住在一块两亩大小的小平台上面，小霄兴的水紧贴着平台流淌而过，他们几家从来都不用去背水，需要的时候就走几步下去拎回来两小桶，一天拎三次足够了。现在他们都还没有到来，我默默地分析了片刻，参照了去年到来的时间和今年他们几家羊群的整体身体状况，以及羊羔断奶的天数、对未来几天天气的变化总结出他们还真是得需要十来天才能到来。照目前的情况来看，未来一个星期内，能搬来的、只限于大小霄兴的人家不会超过三家。别的地儿我不知道但这两处所住的人家我是一清二楚的。这一来我就挺得意，我的羊群算得上是很棒了,就今年整个春天和初夏来说,这两片地区没有谁的羊群能比得上我的羊群。比较羊群的好坏有两种方式:第一种是羊群的品种,这就不需要了,我的羊群和所有人家的都一样,都是一个品种,即"藏细毛羊",种羊都是来自祁连山,没的说。第二是比羊的体质,在这一点上我就有了极大的优势,我的羊群能在这个时候跋涉几十公里来到夏牧场,并且还没有一个掉队的,这本身就很好地说明了实力。现在我的羊群好,吃膘快。等入冬产羊羔的时间就会提前,一提前,来年羊羔断奶的时间也可以提前。羊羔断奶早,母羊就可以多有一点时间来把身体恢复得更好,为接下来的"夏吃山花秋攒膘"打好基础,这就形成了一个良性的循环,只要不出大错,不出灾害,羊群自然不会再垮掉了。我一边自鸣得意一边感叹,别人不知道,我为了这一看似简单的良性循环可是扎扎实实地下了几年苦,受了几年罪。但我甘之如饴,就好比中意了某一件事物,心甘情愿为之付出汗水。

反复地将自己置身于历年深刻的缅怀之中,我唱起淡淡的伤怀的歌,又情不自禁地身心愉快。我摇摆着手臂,一人一马行走在小霄兴中央地带的鞭麻丛里。这种植被只活在高原,还挑地方,死亡率也很高。但难能可贵的是,它想复活的时候就会复活,随心所欲。不看任何人的脸色。每年死一茬活一茬倒也没有灭绝。鞭麻丛高不过膝盖矮不过脚面,乱麻麻地一大片,不时地有老鼠和刚出窝的幼鸟在蓬乱之下钻来钻去;交配的兔子即便是马蹄险险地要踩到它们的头顶也舍不得分开,它们恍惚不已,继续温存。

我在一对欢好的兔子前停息片刻。目光匪夷所思地产生焦距,所以我看到的一切都宛如显微镜般纤毫毕现。我无数次地观看过马、牛、羊、狗,以及各种野外生物的交配,渐渐也看出些许名堂。生命的孕育附带着神秘的未来空间,时间是一种流动的物体,每看见一次生命孕育的起源我都仿佛经历了一次轮回，我不断地受到洗刷，愈加无知，但从另一面来说，我只差一步就彻底明悟了。

我对还没有结束的两只兔子默默地祝福了几句，这才继续赶路。天气不错，阳光纯净干脆。阳光在我的脸上晒得多了会发痒，一挠就隐隐地凸起几个或者十几个小疙瘩，有的几天时间便客气地消失了，有的却耍赖似的留下来，安了家，不走了。对此我也没什么不满，并坚信是阳光逼出了皮肤之下的毒素，所以从来都不去在意，有时候还会有意多晒晒，尽管我的脸已经足够黑，也足够凹凸不平了。

鞭麻丛一完接着是一片平整得跟一张绿色的大纸片似的草滩，一直展开到河边。吉雅说她就是在鞭麻丛和草滩的交接处发现妖的。他还没理清世界的基本状况就开始按照自个儿的想法行事了。我一再跟赛恒朝鲁和吉雅强调妖这家伙，绝对是一个祸害。老天爷的眼皮子底下能出现这样的一个怪物，不是妖怪是什么？所以要认真地慎重对待。但他们不为所动，俨然把妖看待得比牛重要多了，他已经算不上是牛了。吉雅对他好得不得了，一天看不见就对我发脾气，好像我已经害死了他。

过河之前，我瞅了瞅太阳的位置，大概地估算了一下时间。如果把迎接的地点放在一成不变的那个地方，那么我才算是走完了三分之一的路，剩下的路很匀称，恰好是一半的上山路和一半的下山路。我还有时间，可以一边慢悠悠地走一边胡思乱想：或者快走，去那小店里待一会儿，要一桶方便面、一根火腿肠、一包榨菜和一瓶酸梅汤，看看正午的新闻或别的什么，再不行就打一把台球，赌十块钱……

觉得这个想法不错，我就加快了速度。单人单马没有累赘，我用最快的而又不会使马大乏的速度赶到了小店。进去后第一眼就往左侧的墙壁上瞧，那圆形黑色的时钟的时针离十二点差了一刻钟多一点，我满意地抿了抿嘴,这才看向柜台里面。让我诧异的是掌柜的不是熟悉的年老女人拉毛卓玛,而是一个看着将奔而立之年的黑脸矮个子女人。她一张嘴,一口纯正的海北地区的藏语显得硬朗。她又重复了一遍:"你要什么东西,吃方便面?"

"我吃面。"我用汉语回答,"拉毛卓玛呢?"

"她不在。"她也转用别扭的汉语,"你进去吧,我给你泡面。你还要什么?"

"火腿肠、榨菜和饮料。"我说,"没见过你?"

"这是我的店。"

"你的?"

"是我的,怎么?"

"真没见过你,我每年都要打这里经过两三次。从来都没有你这一号人。"

"你什么意思?"她拿着手里的方便面晃了晃,"你倒是管得多,吃不吃?"

"你误会了,"我简单地解释道,"我是说你以前可能在别处,或者很少来这里。我和拉毛卓玛阿尼熟得很,她从来都没说起过你。"

大多数第一次见面的人往往都是不好相处的,这个女人脾气异常暴躁,她觉得我侮辱了她,轻视了她的存在,所以不愿意做这笔生意了。天知道我哪里侮辱了她。这个女人太矫情了,和她的母亲相去甚远,拉毛卓玛女士精通生意经,即便是你指着她的鼻子大骂她也有办法让你最后乖乖地掏出钱来买东西,并且以后,一直买下去。

若不是我坚持,她就赶我出来了。我几次三番地抬出她的母亲,才算使她有一些顾虑,给我卖了东西。但她绝不给我泡方便面,显然那是她无法容忍的。固然是我没有把话说清楚,但她也犯不着如此执拗，估计她是可怜地早早进入更年期了。这么一想，我便释然了。

午时的阳光滚烫如火，小店里闷热，苍蝇到处飞，她也不管。梁上垂吊而下的几条苍蝇粘上密密麻麻地粘了无数的小黑点，再也容不下哪怕一只苍蝇了。我似乎闻到了一股令人窒息的怪味，无比恶心。要是拉毛卓玛在的话是不会有这种事情发生的。我对这个女人更加失望了，她根本就不会经营生意，也没有脑子。

我到了里间，坐在三人沙发的一边，拆开桶面的膜盖，熟门熟路地去拎暖瓶，顺便打开了电视机，从很高的碗柜里拿出碗倒了一碗开水，在桶面里倒了三分之二的水。我坐下，按着遥控器找新闻。这时候她进来了，在我和电视、暖瓶以及桶面上扫视了几圈，冷嘲热讽地说："哎哟，你还真是自由啊，不拿自己当外人呀。"

"我每次来，拉毛卓玛阿尼都让我照顾自己，时间一长就习惯了。"

"谁知道到底是怎么回事？"她关了电视说，"我阿妈不在，而我根本就不相信你。少套近乎，你这人有问题。"

"你才有问题。"我说，"顾客是上帝你懂不懂？上帝！"

她假兮兮地笑了几声，嘲笑我的可笑。她坐在靠窗户的单人床上，双手扶着床沿，拿那双黄仁的直愣愣的眼珠盯着我，监视我的一举一动。我的话她压根儿懒得回答，或者是不屑于回答。

我就在她冒着针尖的目光下吃完了桶面，然后将凉的有些温和了的那碗水一饮而尽，火腿肠装进上衣兜里。她把暖瓶拿走了。她把暖瓶拿到原位置（也就是电视机旁的角柜里），这时候她要赶我走的意图就非常明显了。于是我走出了商店。正好看见恰汗塔·哈图的老婆迎面而来，她肯定是提前来泡方便面的。"梅婶好呀，"我走上去问候，"路上还顺利吧，我刚吃完面。"

"那仁克你来了，"梅婶下来马，她顿顿脚，把皱叠上去的裤子抖下来,"又要麻烦你了,去下水渠看看,今天不知怎么了,好像疯了似的折腾了三四次,我的装碗碟的柜子被摔散架了,碗碟大半报销了。气死我了!"她说着说着沉下脸,一副痛苦的表情。

"这是怎么啦?往年你们家的驮牛都挺乖呀!"

"可能那几个畜生被鬼抓魂了吧,现在连吃饭的碗都没有啦。"

"不用担心梅婶,我家有,借给你。"

"嗯,我会去和你媳妇借的。"

"那我去看看,梅婶快去吃吧。"

"你也不要着急,事情也不是那么糟糕,听说你的这匹马臭毛病不少,我可不能让你出事。"

我拽了拽手中的缰绳,尽量耐心打保证,"对付这种家伙,容易得很。再说我可是一名骑手,什么样的烈马没骑过?"

"反正你小心点,别忘了你去年是怎么吃亏的。"

"梅婶你怎么老是提往事,我早就忘了。"

"我前几天去看你阿妈,她就不放心你,要我帮着看住你。"

"我去看看,他们不会又停下了吧?"

说不定她是主动从阿妈那里讨得这个权利呢。太犯愁了,要是梅婶一定要管我,这个夏天定会了无生趣,我哪也去不了。我深知梅婶的厉害,她的眼睛像鹰隼一样犀利,在那种电击般的锁定下试问我还会有机会吗?

没走多远我便看到了恰汗塔·哈图和他的儿子东知布,他们跟在牛群的后面,羊群在他们的后面。东知布长得太过庄重,看上去要比他的阿爸还成熟些许,尽管他才二十三岁,但高猛魁梧一身严肃,旁人第一眼就会觉得这人靠谱——无论是从体形还是从面庞上。

恰汗塔·哈图已过不惑之年四载。俗话说四十四,才出息。说明人一旦到了这个年龄会做出一次必要的改变，或者是说人到了这个年龄在各方面才算是真正的成熟了。恰汗塔·哈图没有令人敬仰的本事，但他用自己的踏实勤奋赢得了最起码的也是最宝贵的尊敬，而且这种尊敬还是他用最原始最老土也是最执着的方式赢得的。除了操心拾掇牲口，他再没干过别的事情。他事业的全部就是牛、羊和马。

不过这几年，他突然，猛烈地开始了自我毁坏绝好形象的不良行为——他赌博啦！虽然这事现在只有很少的熟人才知道，但相信用不了多久，所有的人都会知道的。

他皮肤光滑白净，嫩耳柔发眯眯眼，另有一口好牙。他常常做一些与年龄不符的事——即使年过四十也是如此——这就使得他年轻了不少，起码不像四十岁。

东知布如果有可能，就不会和他阿爸走在一起。那会让他有一种压力，正如别人所说的那样，他们不是兄弟，却胜似兄弟。父子这种关系更多的是体现在血液里而不是世事中。有时候东知布会对我发发牢骚，他愤愤地埋怨父亲过于年轻的脸，更有那特立独行的处世哲学。他怀疑自己会老得很快，并在阿爸之前死去。

在心里，在不愿意言说的背后，他羡慕阿爸的皮肤和相貌羡慕得要死。怎么也想不明白传承的血缘，怎么会出现这么大的差异？

我和他们碰面，简单地聊了几句，我催促哈图快去吃面。哈图不去，他让儿子去；儿子更不去，让阿爸去……后来，我和东知布一同说他，他才走了。

"真磨叽，"东知布说，"他早饭也没吃，昨晚去打麻将，今早才回来。"

"精力真充沛呀！有一个传闻不知是不是真的？"

"什么？"

"阿吾他欠了人一万块，打麻将输的。有这回事吗？"

"有，怎么没有。"他有帽子不戴，背在身后。厚厚的脸黑得浩浩荡荡，连那双厚厚的嘴唇也是黑得堂堂正正。"为这事，他俩都整了几十回架了。"

"哎呀，真是太不应该了，难道你没有说说？"

"说？说什么？我才不会给自己找不自在呢。"他张着厚大的嘴摇头。

剩下的这段路走得很顺利，再没有哪一头不开眼的家伙跳出来闹事，我一直期盼着一头驮牛站出来表达不满，把身上的东西甩得七零八落，然后用铁一般的蹄子毁坏它们。那场面真是蔚为壮观。遗憾的是每年也仅能看见那么两三次，运气不好连一次都没有，今年我还没见到过一回呢，我只好把希望放在随后几天而来的邻居们身上。

到商店时哈图两口子已经吃好了休息好了正等着我俩，他们赶着牛先走了。东知布去吃面。我懒懒地跟着羊群继续移动，默默地想着心事。

不到二十分钟，他就追上来了，一边放马奔跑一边嚼着饼干。

他递给我一瓶罐装"雪花"牌啤酒，已经被打开了拉盖。我俩并排走着，喝着冰凉的啤酒。毫无头绪地聊着，净是那种用不了几天就会忘得一干二净的胡聊。

后来就默默地赶着羊。

翻过垭豁渡过河，再走几公里就到平滩和鞭麻滩的交接处了，也就是妖倒下的地方。我看着这片残绿的草地，思索妖到底是如何想的？他在筹谋什么？到这儿东知布不愿赶了，坚持要把羊群丢下。他说得振振有词，"去年也不是就在这儿丢下了吗？天黑的时候它们照样到窝子了。"

我们抽了一根烟，耽搁了一会儿，羊群就散开在这片很久以前是河滩的草滩上，它们缓慢地移动着步子，忙碌的嘴巴配合着同样忙碌的眼睛,只要被眼睛一盯上,嘴巴会以最快的速度把那束草扯进嘴里,继而嚼动着咽进胃里。

"总得让它们吃点吧?"他说。

"那就丢下吧,"我说,"不过晚上不来的话我可不来帮忙。"

"你用不着担心。"他掏出手机看时间,"这个破手机的信号差得一塌糊涂。在这里,还是'诺基亚'好使。"

"几点了?"我说,"三点整能到吗?"

他叼着烟说:"咱哥俩又不是爬。跑起来吧。"

我下了马,松开了马肚带,重新将马垫子和鞍子归于其位,端端正正地安置好,再次扯了肚带。

事先瞧好了远处的一个地点,大概有一千米左右。喊了一二三后,我们同时松开马嚼子,马因对这类事儿习以为常,反应力也不慢。几乎就是松开的同时撒开了蹄子朝前奋力奔跑。蹄声闷闷地响,自然而然地带动着心跳急剧加速,仿佛是在奋力地追赶马蹄声,和其一致。

我的巴日最先到达终点。我想和它今天走的路程较少还是略有关系的。东知布随后赶来,并不埋怨坐骑,只是嚷嚷昨晚马吃得太饱还没好好消化,而前不久又给它饮了水。

收着马缰,慢慢地走着。东知布有点炫耀地说起他在察拉龙哇收购羊羔时遇到的惨痛经历,他憨厚的嘴唇频频碰撞,宛如一对串联的马掌。他将"乌朵儿"缠在手腕上,用恰到好处的力道不间断地砸着马鞍前桥,眼睛死死地盯视着我,仿佛我已化身为那个使他挨揍的女人,"想不到啊想不到,"他说,"我真心实意地想买,出足了价钱,四百块啊……上哪儿找去……"

"你大可不必如此呀,大可另找别家。卖羊羔的人多得是,你大可来找我,我是会卖给你的。"

"你没看见，我告诉你你没看见。"他堵在我的马前，恨恨不休地说，"你要是看见了一定会要死要活地把那群羊羔买下来。太棒啦，我无法形容。我告诉你，那羊羔比你的大母羊都高出一截。太棒啦！"

"照你这么说，四百块确实是低了一些，你应该出到四百五试试，或者更高一点，总不会赔了的。"

"四百五？去你的四百五，"他叫嚷道，"后来我出到了五百、五百一、五百二。他妈的。"东知布让到一边，和我并肩齐行，他口吐脏话，"他妈的，欠肏的娘儿们，她耍我，等我出到五百五了她说她根本就不想卖！"

"纯属是运气不好，如果你交了好运，那笔买卖一定是成了。"

"当时我可不这么想，我气坏了。"他尖声嚷嚷，"我和她争辩，引来了几个男人，不分青红皂白就把我打了一顿。不过也不错，"他突然撇着嘴哈哈地笑起来，"我一个人干翻了他们三个人，但到剩下的那两个时我没了力气，被整惨啦。"

"虽然你是大块头，"我说，"但不可逞匹夫之勇，见势不妙趁机就溜，傻瓜才会留下来挨揍。"

"气昏了头脑谁会在意那些，我当时只想出拳出气！"

"还是你运气好，万一那些人没有分寸，把你打成傻子，可让你的父母怎么办？"

"你咋说的和他们一样？"东知布不满地嘟囔一声，说，"你酒也不喝，烟也不抽，说话老气横秋，做事又思又愁，就像个年迈老头！"说完他自个儿大笑不止。

胡说八道的东知布让我非常气愤，将我说的根本就不是一个人，而是一只老山羊。他由着自己的厚嘴巴胡说。他最能使人生气愤怒，以至于我万分地想揍他。"就你这张损嘴，的确是挨打的东西。"我说，

"要是哪一天你出息了，知道话不能乱说，我想你是不会动不动就被打的。"

我和东知布一路拌嘴，不知不觉已登上垭口。我家的毡包洁白如蜷缩成一团的小羊羔，正以自己的态势寂静地运动。哈图老两口的马拴在我家门口。牛群正在渡河，河水小而清澈，河中央长长的窄窄的坚冰宛如一把银光闪闪的阔剑。一颗颗大牛粪似黑珍珠般地嵌在宝剑上，煞是好看。

一头驮牛笨头笨脑地被卡在一条冰缝之中，进退不得，身上的垛子担在冰上，牛的四腿插在水中，肚毛漂在水中。这头牛使了大力气，牛鞍连带着驮子都离牛而去，像桥梁似的架在上面，两面的冰像大平原。

东知布敏捷地跳下马，三两步跃过条冰，赶在驮牛逃跑之前堵住了它。那牛一紧张便猛然掉头，试图择路再逃。但它蠢笨之极，又已体力不支，竟然滑倒在河边。罪魁祸首一溜儿歪斜地只是在表面上消融的冻泥上划出了几道干脆利落的深深的痕迹……它把脑袋支在痕迹之上，半晌不得动弹。

直到我们过去，那牛也没能挣脱。东知布奸笑几声拧住驮牛的犄角，他抬起牛头，将其重重地砸在地上，发出"砰砰"的重响。那么几下之后，那牛异乎寻常地老实了，也乖乖地站立起来。东知布扣了它脖子里的脖环，将它拉到垛子旁。我们重新解开垛子上的牛毛绳，重新给牛备鞍，抬着垛子捆上去。这一耽搁就是半个多小时，牛群散开着到了窝子上了。东知布骂骂咧咧地放开牛，在它的屁股上捶了几拳。驮牛哞哞地喊着直奔垭口而去。

"算上这一回，今天就是整整被折腾了五次。从来都没有像这次转场这么多磨难，你发现了吗？"我俩紧随驮牛，它跑得更快了，东知布的头发里有汗流出来，呈混沌色，稍有异味，他说："这些畜生一点也不能心疼，一旦你把它当成心头肉它马上就会转起来，马上就不像个畜生了。得抽，得狠狠地操办，那样才乖。"

"只是个别的而已，没必要一棍子全部打死。畜生里也有好畜生，让人顺心的畜生。这点和人没什么区别。"

"我可不觉得，我这人眼里揉不得沙子，那句话怎么说？哦，对了，叫完美主义者，我就是。"

恰汗塔·哈图两口子出来了，和赛恒朝鲁一起把驮垛子的牦牛从牛群里隔开，撵到每年他们家固定的窝子上，一头头抓住，开始卸驮子。

他们卸得极快，一转眼就已经多数卸完。只剩下最后的两头还驮着，背着空空的牛鞍的七头牦牛都散开在四周，而我们在紧追的那头笨蛋又惹事啦，它一溜烟地沿着垭口山坡的小道斜斜而去，看那样子是打算进山，根本没打算先到营地卸驮子。它已经离我们快一公里了，它还在快跑，丝毫没有累了的意思。恰汗塔·哈图一见到我俩出现在垭口就叫喊起来，一边用手臂指着那头牛。隐隐约约听到他的话："快去追……给我打死它……"

东知布气得直瞪红眼珠子，急促地催马在下山路上狂奔，一路呼喊着要打死它。我对着他的后背说了声我不去了，然后慢悠悠地下了马。这段袒露青色和红色的砂石，又被暴雨冲击成无数条大大小小的沟壑朝山下延伸而去，早已不适合骑马而行。有一句古老的谚语说得好——上山不骑马不是马，下山不牵马不是人！

快要到达水边时，那里铺满了绽放的牛骨花。那是一种小如幼指，闪着黄色的芒晕的对瓣花朵。它们最先感受到夏天的气息，准时出现，又准时隐去。只要哪里有它们的身影，哪里便充满了一种养眼又养神的花香。那些即便是最受不得花香的人也会情不自禁地静心欣赏，好似它散播的不是芳香而是愉悦和舒畅。

我在这片金灿灿的花群中捡到了一根短小的、四叉的马鹿角。这根鹿角掩埋在土中的一截色泽灰暗，而暴晒在阳光下的却晶莹剔透，美得撩人心动。

按我们的传说，拾到鹿角的人会交上好运。算上这茬，我已经连续三年拾到鹿角了，头一年的最大，有一米多长，分成八叉。是一种几乎很少见的几乎已经绝迹的特大马鹿的角，有幸得到它的人在我所认识的人当中我是唯一的一个。就在那一年，我娶到了吉雅。那根角被我夫妻如旷世珍宝般地藏在佛龛内，与佛祖一起享受我们的供奉。

第二年的那根也不错，虽然不及八叉，但也有着完好无瑕的六叉，那叉角又圆又尖，光滑的几乎可以当镜子来用。当我的脸出现在上面时，立刻就带着一种圣洁的色泽，隐隐有华光流动。第二根鹿角被我和吉雅用黄色的哈达缠得严严实实，然后被当作挂祭祀所用的架子，后来成了圣祖像的靠背了。

这次我又拾到了第三根角，虽然略有瑕疵但那也显示着不俗。我暂时还没有想好要用来干什么，但可以肯定的是，这根就在去营地的路上的角既然没有被他们发现，似乎正是在耐心地等待我的光顾，那我理所当然地会拿回家去，也会使它满意。

我扛着鹿角回到家，把马拴在牛挡里，顺便卸掉马嚼环。我的马浑身是臭烘烘的汗，正是旧毛的脱落期，那一根一根的仿佛钢针一般的混沌色的毛发成千上万地扎在我的身上，怎么也弄不下来。我站在牛挡里，向双手掌心里唾了几口唾沫，搓一搓在衣服和裤子上划拉来划拉去，一会儿又顺时针打着圈，一圈一圈地再划拉……直到我的手掌间出现一团变得柔柔的、紧紧地拥抱着团结在一起的毛发……我花了几分钟大概地清理了衣服和裤子上的马毛,然后朝他们走去,我再次将鹿角扛在肩上,赛恒朝鲁首先瞧见了鹿角,他咧开嘴笑起来,大声地对那两口子说,这小子又拾到了一根鹿角。他成功地引得所有的人都停下活计向我张望,连吉雅也闪现在毡包的门口,大家一起炯炯有神地瞪着我脑袋旁的鹿角。我故意将那最不凡的一面朝向他们,鹿角被一束阳光透中,顿时青光四射,惊动了那两头驮牛,它们闷雷般地长叫一声挣断脖环蹦跳着逃向牛群,紧接着天边也似乎炸出几起沉甸甸的巨雷声。

恰汗塔·哈图和他的老婆来不及惊恐于这神奇的一幕,他们一人跑去骑马,一人甩着肥墩墩的大屁股去追赶牛去了。只留下赛恒朝鲁惊悸似的抽缩着脖子和嘴巴,一副立刻会死去的样子。作为当事人的我尽管眼前突现大朵的青气,耳朵里响起难明的呓语,头发几乎自行旋转,并成一幅图案顶在天空,但我还是强装镇定。稳稳当当地双手高举鹿角,缓阖双目,不择方向地胡乱跪下。我急念九遍六字真言,再次睁开眼来,只见天地再无异常,一如本就如此。只有两头驮牛左突右冲,死活不肯回到原位。

与此同时,一水之隔的东知布撵着回来的那头驮牛突然间口吐黑血,倒地而亡。结束得不明不白。

6

我和拉加在每一片用铁丝网分隔开来的草场间的通道中戏耍着赶回自个儿的牧场的时候。我们的母亲正迎面朝我们奔过来,恍惚间我以为世界在震动。

对于我俩擅自离开去玩闹，她简直愤怒十足。她用犄角和后蹄把我俩实实在在地收拾了一顿。她因材施教，我比弟弟壮硕不少，所以挨揍的力道足以使我疼痛半天；弟弟弱小，当然是不能和我一样的，我猜测顶多他承受了我的一半，但那也够他受的了。母亲自有主张，我相信我俩的疼痛感肯定是一样的。

眼下刚刚入冬。第一场雪覆盖草原的第二天，约莫黄昏光景，乍然而起一股相当诡异的飓风，把毫无防备的初冬之雪横吹而起，恰似乌云低低地掠过。等入夜时分，一枚完整皎月照亮大地，草原已然彻底变身，它又变得和以前一模一样了。

我和弟弟追逐着向东而去的遮天盖地的"乌云"奔出草场，沿着阒无人迹的专为我们这些牲畜而余留出的牧道追去。

"乌云"放缓了行程，我俩渐渐离得近了，但却永远到达不了跟前。仿佛一次的邂逅，就是永恒的诀别。

牧道的长度超出我的想象。笔直得就像一根丈量天地的褐线，其重量足以陷地三尺。永无尽头的牧道和永不照面的"乌云"完美地契合于一处，相融而变。我突然觉得这牧道就是那"乌云"的尾巴，它会越来越长。于是我停下来，止住弟弟。我们目送"乌云"消逝在眼前。而牧道的一个拐角原来也近在眼前。

返回的途中，我先前高涨的情绪忽而跌落，继而沉迷。

一种无处不在的忧郁像血液般流淌于我的体内。我默默地埋首走路。对拉加的叫喊不闻不问。我小小年纪就已经沉默寡言了。促使我这样的，是蕴含在舌头中的精华地慢慢流失。没错，我的语言正在经历着某种我有所察觉却无能为力的灾难。我正在经历着遗失自我的全部过程。

而与此同时，我对人类的感知愈加鲜明、敏锐。我正在脱离我命定的物种，转而靠近危险的不可预知的我隐隐感到兴奋的另类身份。当我的牛的存在黯然失色的时候，我的意识已经悄然生息地另起炉灶，并深入探索得有声有色了。

然而退一步讲，我的出生就昭示，我和我的同胞们绝不相同。所以天生具有优秀直觉感的同胞们疏远我早是情理当中的事。那么我又何必患得患失呢？

前不久，养母意外而罕见地流产了。这件事对于整个牛群来说就是个屁似的小事，但放到我和弟弟以及母亲的身上，其意义是非同凡响的。我一直以来特别希望能有一个妹妹。就像那头有银色的脖颈的小牛犊一样。有一次我心痒难耐，主动过去打招呼，却因为大部分的语言丧失殆尽，又带有一种在她看来别有意图的表情，因此她漂漂亮亮地拒绝了我的好意。她强调虚假的罪恶重于付于行动的犯罪！"这是我娘说的。"她伸出一只前蹄用嘴挠着关节处，以相当怪异的成熟的语气做了补充，"所以我的好脸色倒是会给那些罪犯的。因为罪犯一旦犯了罪，内心就不会犯罪了。"

"又是你娘说的？"

"是呀，我涉世不深，断没有自己的主见的。"

一个深度潜藏的计划就这样搁浅了。我彻底失去了再找一个"干妹妹"的兴致。转而渴望母亲给我生一个出来。恰在这时，母亲就轻飘飘地从阴道流出一摊腥臭的奇形怪状的血肉。她堆着眼角屎，远远朝我悲催地呐喊，是老天夺去了我的骨肉啊……

相比于我和母亲内心某种愿望的破灭，弟弟就显得从容许多。他全然不关心有弟弟或妹妹和什么没有有什么区别？他暗自懊恼的也许是：早知如此秋天的时候他就不断奶了。如今母亲的乳房干瘪地紧贴于腹部，静等来年的膨胀。

我想刻意忘掉发生在我身上宛如蚀骨的变化。力求回归"牛"的原位，回归与顽强的意识对立的一种状态。为此忍受何种痛苦我都是别无怨言的。在胡德格，赛恒朝鲁花费一天的时间将我们赶到这里。为的是让我们吃吃咸味十足的圣湖之水，以便补充体内所需。头天傍晚到达之后，我们分散开在湖边，随便喝盐水，吃湖畔一带的沙地里生长的冰草。我们像列车似的排列成一行，全无例外地将嘴触到水中，狂欢地牛饮。

赛恒朝鲁站在堤岸的高处，俯视我们的一举一动。

湖边已经有很多细碎的冰，西风刚烈。用不了几日，湖水将在一夜之间全面结冰。赛恒朝鲁正值赶在结冰前完成这一两三年一次——在某种比如特别闲的情况下也会一年一次——的工作。按照母亲的说法，都到这个时候了，饮海水这种只会在秋天干的事怎么会发生？她和我和所有的牛一样都不确定那仁克和赛恒朝鲁到底是怎么想的。

既然搞不清楚，以我当前的状况，更是不愿意多生事端的。

我有感于内心的焦虑、苦闷，那默默的痛苦。这乍来到波澜壮阔而澎湃的海边，置身剧烈的伟大面前，竟产生了细微但坚定的决心。我沿着湖畔独自散步，冷眼旁观意识与灵魂燃烧着火焰的缠斗。几次我都想介入其中，想拽回自我，回到那牛群当中去，但每每功亏一篑。

既然如此，索性，我就由他去了。倘若我从此步入歧途，身陷自己的痕迹中难以挣脱，那也由不得我了。在做出这个看似鲁莽的决定之前，我突然想到先祖也许是格外乐意看到我的抉择。这正是他们一直以来遥不可及的梦想。如今被我轻而易举地得到了。

那么我是不是应该有所觉悟，而后感到庆幸呢？

走得远了。远离了牛群，那种仓皇的疏离感终于露出全部面容，硬硬地了解了我的后顾之忧。下一刻，妖是妖，牛是牛。就像信心爆炸那么有力。

赛恒朝鲁在喊叫。其意自然是叫我别找不自在，速速回群。而我也再不疑虑，转身往回走。即便回归牛群，但我是我，牛是牛。我回到牛群，就像一个幽灵浮荡于牛群。

以上是我在一岁半时候的一些幼稚而可怜的纠结，说白了就是无病呻吟。借鉴某个用污垢堆积的指甲念诵经文的老藏民的话：都是吸气出气的东西，干吗分那么清楚？于是我静下心来，蹄子涉水而行，目睹了另一番绝美的日落。

我们在海边喝了三天的盐水。海滩一带除了用铁丝网隔去的，其他地方基本上是没有什么可吃的。所以我们也就饿着肚子，实在不行就使劲地喝水。这招我早已试过，坦白地说确实有点用处。夜间卧歇于干燥之地，倾听风和水默契的协奏，不禁感慨丛生。曾几何时，我为生命的脆弱而受惊不已，一出生便使命般地思考；如今一转眼，竟然莫名地追究身份问题了。沧海桑田不过如此。

第三天的夜里，忽然起了猛烈的西风，天空中流窜着不安的尖锐的寒气，前赴后继的寒气组成的军队呼啦啦地掠过激荡的湖面。待次日黎明，启明星的微光中，只见圣湖的青色之水荡然无存，取而代之的是沿岸一座座矗立的银白色大小不一的墓碑，以及往里平展推开的犹如一幅平淡的背景般的冰面。终于，我瞧见了母亲念叨的冰封的圣湖。

极为短暂的时日里，得以目睹两个性格各异的圣湖，我也算是有幸了。因为并不是每个牛都有这样好的运气。

天色一亮,赛恒朝鲁眺望着白闪着的冰面喟叹一声,他牵着马,催动我们启程。返回那卡诺登山麓的草场,重复无力的颓然生活。这时,我猛然意识到,我的思考是多么难能可贵的存在。它时而突兀时而隐秘地阻绝了我彻底地滑向堕落的深渊。促使生活的乐趣跳跃着升华,期待像脂肪一样介入我的体内,战斗的欲望陡然猛烈。我迫不及待地跑在前面,和领头的黄公牛和大盘角的犍牛一起领导牛群前行,我自信地昂首,斩灭了所有的妄念。

我的变化被母亲无一遗漏地看到眼里。直到我自个儿走出迷茫,迷幻的眼睛流露着朝气蓬勃,她终于松了口气。在途间小歇时踱到我身边来,低声细语地说出了她的喜悦。

"现在,我终于才算真正放下心了。"她说,"我愈加感到力不从心,兴许撑不到吃青草的时候了。你已然成熟,替我照顾好你那不成器的弟弟。"

我喃喃地"嗯啊"着,心眼儿颤颤的,眼眸黯淡、迷糊。继我那生下我后再未谋面的母亲——我意识到过不多久——我又要失去至亲了。可除却悲伤,偷着流泪,我又能怎么样呢?我只有稳稳地接受,像领取一份恩赐一样心甘情愿地接受。

凝视母亲憔悴的面容,发现她似乎高估了自己活命的期限。在我看来,她整个儿的状况无疑在预示着,自从未曾成形的弟弟或妹妹没了之后,她已然在不觉间踏入另一个世界一步了。

另一个世界。

这是我从人们那里听到的,乍一听之际,我曾有那么一丝疑惑,因为仿佛身体深处的某个地方裂开一条缝,当时我以为那就是"另一个世界"的入口。这使我既恐惧又兴奋,一度疑虑要不要切实地去触摸它……现如今看来,当真是稚嫩得可以,竟是什么念头都敢产生。

　　春上,临近五月。我们辗转了分别位于晢合么日和凯热的两个小小的草场,终于回到了自己的草场里。之前,我们只在人们过年的一个月里,那仁克为了省事——草场里有雪,所以就不用三五天地给我们饮水——才把我们送达了这里。但我们也仅仅沾了过年的光很短的一段时间,三月初,他重新将我们撵回凯热的那个早已吃光的才四百亩大小的破草场里。我听说他一转身,便把自己的草场高价卖出去了。那笔钱用来支付这两个草场的费用绰绰有余。

　　他从来都是这样的浑蛋!除了压榨我们,也不放过其他任何一个可以压榨的机会。有一次他和赛恒朝鲁吵架,我得以窥知他把相当一部分钱昧下来,给了一个新近勾搭的情人了。这事吉雅屁都不知道,我遗憾的是,要是我会说人话,就把这事告知给吉雅了。可赛恒朝鲁也真是隐忍,尽管和那仁克大小吵不断,却愣是没有给吉雅透露这方面的一丁点消息。诚然,他是怕破坏掉一个家庭,然而所谓隐瞒不过是把炸弹的引线接得长了一点而已,当所有续接的引线都燃尽了,难道不爆炸吗?由于冬天我时常不和他俩见面,所以并不知晓事情现在如何了。他还在和那个情人幽会,并时常为其解决一些经济困难吗?还是已经结束,老练地尘封了?我相信事情一旦败露他会在第一时间将自己清理出去,站在另一个人的位置上发表言论,无非想说,怎么会是那仁克的错?事情有多复杂,他就有多冤枉……自打听过了他俩甜蜜蜜地缅怀相识相爱的那一段美妙的日子,并珍惜收藏之类的胡言乱语之后,我就发觉原来吉雅的可爱恰恰就在于她的白痴。她越白痴,她就越可爱、美丽。

　　这一发现让我目瞪口呆,对待吉雅的态度已经悄悄地发生转变。

同时对那仁克的卑鄙无耻有了进一步的认识，实在吃惊责任于他而言竟是如此轻松简单。我独自溜达时，将他的所作所为贬得一无是处，仿佛他已经是世界上最肮脏的东西。可是，那每每的恍惚中，我又为什么会萌生一种对他的羞答答的崇拜呢？

我意识到摧残我的，是那狡诈而隐遁的欲望；是与生俱来的"胎记"，绝不易改变。那么我使其壮大，成熟起来吗？总结听到的人们常说的一句话：欲望产生堕落！我不禁怀疑，所有的都是吗？还是哪些欲望才能产生堕落？我相信所有的答案都是不同的，因为每个心里的"堕落的欲望"是不尽相同的。而我的欲望，到底算什么？

我给不了自己清晰的回答。别人也不能。

我试图把自己放在那仁克的角度，以成年男人的思维看待问题。但首先阻扰我的是我的黑压压的同胞们，它们的无声和无知凝聚的是箭的穿透力，一射即中。而它们却不知道已经很成功地阻止了我的一次冲动。于是我退而求其次，摆脱牛的桎梏，随便以什么眼光审视，判断欲望的准则，却也是失败的。至此我已明白，一种根本的转变是多么困难。

回头来说，当我们重新回到已经吃得光光的所谓"自家"的草场时，他们三个人正在折腾一所房子。这所属于地窝式的房子之所以不全称其为地窝，是因为它的大部分是袒露在外面的。挖在地上的坑有我的三四个身体那么大，二尺深。他们拣最硬的牛皮草，挖出的每个草皮块都有婴儿床大小，一尺厚。他们就用这个将房子垒起来，头一天他们挖开地坑，开始垒到地皮表面；第二天黄昏时分已经到达最顶了，第三天下午刚到房子就封顶了。接着混合了泥巴和干草，厚厚地涂抹在外面和里面的墙壁上。等这道工序完成，就等同于房子竣工了。让我忍俊不禁的是那门和那窗的窄小超乎想象，那门能容一个人侧身进出就是极限了；而那窗，不如说是一个烟筒般的窥视孔，可以从里面瞧见巴掌大的一片地域……

我每天无事，闲来好奇，便尽量靠近，一边近距离观察他们怎么干活，一边也想听听他们在说些什么。让我奇怪的是这所丑陋的破房子竟然丝毫没有引起他们的争论，真是咄咄怪事。因为在我的印象里不管干什么，他们都会从各自的论点出发而争论一番，不采纳是没关系的。但要说的话一定得说出来。

难道这是他们一致的意见？

那仁克以前是不屑于在秋牧场盖房子的，他认为在草木丰盛之极的秋天住在房子里有碍蒙古人对金色自然的感知。另外，他还舍不得草场被破坏。然而有些事情或观念转变得实在是有些快了，那些和那仁克想法一样的人们，一转眼便先盖起房子来。有条件的人盖的是砖瓦房，但更多的是这种草皮块的房子。不过是一个住的时间久一点的临时点，又不是冬窝子那样的定居点，确实没有必要盖得那么好。砖瓦房光鲜亮丽、气派，同样价格也不便宜。在困难的时候——他们一直都挺困难的——委实不易多生开支。

开源节流。

每每遇到花钱的事，那仁克就会搬出这句话。很有威慑力地强调节俭和勤劳。而每次赛恒朝鲁最不愿意听到的，就是后面的"勤劳"俩字。他攻击讽刺那仁克连这俩字的边儿都挨不着，因此有何资格要求别人。在他看来那仁克就是在含沙射影地说他。这是不可忍的，反击是必然的。那仁克的狡诈、赛恒朝鲁的敏感以及吉雅的无动于衷，构成这个家庭奇特的现状。我从中领会到，原来吵架并不是一个家庭不和谐的罪魁祸首，或者说不是主因。有的时候，吵架反而让家庭更加凝聚了。所以我很快失去了对他们吵架的兴趣，转而在意那些人们字里行间流露出的，片段的、模糊的信息。譬如，赛恒朝鲁突然说了一句：马家的人想让马金山进巡山队。

从中我联想到的首先是枪！巡山队当然得有枪——那是会对任何活物产生生命威胁的鬼东西。接着，我想到了苍茫无人烟的群山和偷吃草场的藏民的牛，还有最主要的，那些天南海北的盗猎者们……

短短的一句话可以有这么多的未知全部但却使我向往的信息，已然足够了。很多貌似不相干的话语一点点地积累起来，到某个时间段就会起到超乎想象的作用。我仿佛生来便明白经验和知识同样重要，道听途说包含种种……

这正是我为什么在全然没有由内而外的转变之前就喜欢往人前凑的原因。相较于同胞们交流的吃喝拉撒睡，显然人们的言语的内容要丰富宽广有趣得多。我又恰好掌握一种同胞们意想不到的优势，当然想使其发挥出好的价值。就像一头公牛，使命就是好好配种一样。

我利用一切条件来获取人们的故事，并以自己独有的方式想象着、分析着、整理着。久而久之，我的学问自然地提高了。我格外喜欢有学问的感觉。因为一头牛有很大的学问是一件匪夷所思的事情，是一种荒诞的奇迹。在这件事情上我是以牛作为第一的，始终都觉得，一头有学问的牛比一个有学问的人厉害多了。试问有学问的人很多但有学问的牛有吗？

所以我一这么想就兴奋得难以自制，仿佛机器一样自动地学习着，自动地清滤着被吸入大脑的各种信息；删选、精炼、提取……我不得不感叹自个儿的天才聪明。当一系列的事情抵达一个既定的点，一个瓶口一样的地方，另一个转换的世界也将为我打开。我期待着。

7

　　这年初秋的一个和暖的日子里,管青嘉一家邀请我家和恰汗塔·哈图一家同去过中秋节。

　　管青嘉的老窝子原本是在热力木最深处——每年转场都得走个两三天,对于任何一个牧人来说都实在是够呛——一个叫大搅石的地方,名字的由来就是因为那里有一个连体的混乱的大石头。

　　他遗弃老窝子的根本原因我想就是因为太远了,另外大搅石不停地破坏牛羊的脚,或折或断,流血流脓的每个夏天都不得安宁,也就数他的羊群里瘸腿羊最多,颇有一点壮观的味道。迫不得已,他就琢磨着转移营地。他盯上了我们这儿。从去年他就想着搬来,可是恰汗图以不能一人做主,得和邻居商量为借口搪塞过去。当时我的心思一半放在令人忧心忡忡的妖身上,一半尽关注那个狡诈的狼窝之主。不管哪样都让我不痛快,恰汗图询问时我一赌气就没吱声,这事就算是搁下了。今年恰汗图又问,我回答无所谓。于是管青嘉就来了。

　　他请大家野炊一天,意思是感谢大家对他的接纳。因为按理说打很早以前起,他内定的所有人认同的营地就在大搅石。如今跑来,算是"越界"了。

　　管青嘉嘴上长有几根蜂尾般稀稀疏疏的黄胡子,他有一个可笑的噘嘴的小毛病,尤其是慢慢地说话的时候,那嘴就像鸟嘴一样。他身板矮小但能说会道,使人超脱约束。他成功说服了赛恒朝鲁和我,东知布家也没能幸免。我们攀上他家后面蜿蜒的山梁,一直到红石崖,也就是去年那个狼窝的上方。他遗憾地说起马玉良，说要是他们一家在就好了。接着他又成功地说服我们大家明年一剪完羊毛就组织起来，野炊、打牌、钓鱼。

他让儿子才仁和我骑着摩托去公路边的商店买散酒和零食、烟还有水果，他罕见地掏了一百块钱给才仁，叫他全部花完。才仁惊得手一抖索，疑虑不定地瞪着阿爸。家神保又重复了一遍，他才抽了鸦片般地精神抖擞，咧开嘴响亮地应了一声。我俩揭开摩托上的盖布，就地划拳，三拳两胜。我赢了，于是我掌车。他家这辆车是前年买的，嘉陵牌子的，好使。我只骑过那么有限的几次摩托，其中这辆的确最好骑。才仁不断地提醒我换挡的时候要捏紧离合器，不要打了齿轮！

我们花了半个多小时出了山口，驶上崭新的砂石路，我加紧油门，拉出一股长长的尘烟。我从后视镜里看着如黄龙般的烟尘，觉得漂亮极了。

公路边的商店是"老字号"了。从很久以前就"扎根"在这里，经营的范围逐渐广泛，从最初的简单食品，到现在的服装、特产、电子产品、便捷的餐饮和杂七杂八的杂货。简直无所不包。我曾在这里买过一条手机链和马掌马钉，三条耐磨的用来骑马的厚牛仔裤、一瓶鹿血和石羊大腿肉，还有别的东西，总之花了很多钱。开店的两口子是重新组合的家庭，各带两个孩子，男人的两个女孩，女人的是男孩。四个孩子刚见面的时候是六到十岁，他们一点儿也没有给父母添麻烦，一直都乖巧懂事，学习好。现如今都已长大，大女儿和二女儿工作顺心，事业领域分别在文秘和兽医方面；三儿子当了摔跤运动员，才二十出头，正是强劲的年龄。他参加过几次赛事，得过第二名和第五名。去过俄罗斯和日本，听说今年十月将再次赴俄比赛。几个儿女都很棒，因此老两口常常高兴。只是小儿子脑部中风，不得已中途退学，缓了近一年，已经明显好转。现在家帮忙。我和才仁一进门就看到他敦实的身影在柜台后忙碌，他穿了一件宽松的蓝色运动衫，同样是蓝色的圆领的运动内衣。头发极短，后脑勺有两块疤，左边的眉毛中也有一块小一点的。他胖了，眼睛没有以前大。脸很白，他光明正大地抽着烟，毫不避讳老父。待人依旧直率。我和他聊了一会儿，他邀请我改天一同去登山、拍照。对此建议我怦然心动，愿意去。但一想到他不稳定的身体状况，生怕出事而脱不了干系，于是遗憾地拒绝。他无所谓地摇摇头，取了一条哈德门牌香烟放在柜台上说："我主要是为了找一个给我照相的人，我姐要去临夏学习，她要我的照片。要有好风景的。"他在一个塑料袋里装了半袋苹果和梨，称重了跟烟放在一起。"我打算去夏格尔一带，听说主峰后面的一些山峰险峻陡峭，景色着实不错。我有一部'索尼'相机，5200万像素。超清晰。你要照片吗？我现在就给你照一张！"

"你的相机借吗？"我说，"借我两天。"

"不借。"他果断地摇着头，"门儿都没有。"

"也行，哪天你给我在大汪塘照几张吧！我需要几张钓鱼的照片。"

"好啊！我也可以弄几张。你喝啤酒吗？我请客。"

"那就来一瓶。"

"他是谁？"他问我正在挑拣零食的才仁是谁？

"你不认识？"

"没见过，面生得很。"

"我邻居，管青嘉你知道吧？"

"知道。"

"就是他的儿子。"

"哦！"他说，"哎，才仁，别挑了，过来喝啤酒！过来聊聊。"

他与才仁握了手,递给才仁一瓶啤酒,瓶盖已打开,我们碰瓶而饮。结完账,还剩七块钱。才仁花六块买了三瓶啤酒,我们又喝了才散。回去的时候才仁骑前头,他整的速度比我要快得多。在路上想着心事,恍惚地听到他说什么嘉陵车最大的特点就是省油,一公里一毛……或一毛二……

事不凑巧,东知布得到一条消息:有人手上有一群牛正要出售,急需买家,特急!这条有价值的消息是毛易胜说的。他是一个常年活跃在牧区的贩马者,为人精明无比,能够和任何人做得了买卖。他来看东知布的一匹早已说好的儿马,在商定好价格后,他说出来这条信息,并附带了自己的判断:若是压一压,那群牛价格会在一个极为理想的范围之内。

我和才仁回去时他走了不一会儿。我暗叹自己时运不济,竟然没能在这极有赚头的生意中掺上一脚。提不起兴头玩,一整天都闷闷不乐,等着东知布到来炫耀财富。但我没有等到他,他一夜都没有回来。第二天、第三天也没有回来,直到第四天下午,我从山里放牧归来,快到家时瞧见他孤身独马地出现在垭口上。我一看见他,不知怎地就有一种感觉,觉得买卖是成了,但我没从他的身上感受到胜利后的喜悦,反而有一种极度憋屈。我知道了,他赔了!他把事情搞砸了。我打马来到河谷,停在那里等着他,他姗姗而来,居然给人一种瘦了的感觉。

我俩一起往家里走,他开始发牢骚:"真是没想到!"他说,"我倒了八辈子血霉啦!"

"如实说说吧,怎么了?"

"我收了十七头牛。"

"然后呢?"

"价格也的确合理,牛看上去也不错,有卖相。我买下来了,一共三万八。"

"你拉去宰了还是转卖了?"

"我确实联系好了一个人,但我怎么算都有很大的赚头,所以就没卖,我拉去屠宰场宰了。"

"多少斤?"

"最大的去骨才一百一十斤,最小的不到五十斤。去他先人的你说怎么就会有那么怪的牛?它们明明看上去很不错啊!真的很不错啊!可把皮子一扒拉,就剩骨架了,连黑肉也没多少。"他气愤地嚷道,"气死我了气死我了,冤死我了。我咋就这么倒霉呢!"

"你到底赔了多少?"

"一万!"他干脆利落地说,"算上食宿费的话就不止一万了。你可别对别人乱说,更不能让我阿爸知道。我阿爸要是知道这事儿,那我再也别想做买卖啦。"

"那就别做了,我也没见你赚多少钱。像这么个赔法,你两三次都不一定能赚得回来。"

"你不懂,这做买卖他妈的就像赌博一样,时间长了会上瘾的。当你估摸着买下了一批牛或者羊,然后想方设法在这之上赚一笔的时候,那时的感觉真是不同凡响,亢奋会一直伴随着你,做什么事都精神饱满,直到这件事完全结束,要么赚了更加亢奋几天,要么赔了懊悔几天,这事才算完。"

"我觉得这种买卖一无是处。我原本打算也涉及涉及,现在听你这么一说我看还是算了吧!"

"你也不是做买卖的那块料。"

"为什么?"

"因为你不会讨价还价,而且见到心仪就胡乱出价,不管到底值不值。就像那匹银火小马，你觉得它哪里值一万！"

"那是走马，早有人出了更高的价了，但我不打算买它。"

"那你用它干什么？"

"骑啊！看你这话问的，你等着吧，等到了明年，它会成为这一带最顶尖的大走马！眼热死你。"

"我就知道你舍不得，所以你不适合做买卖。"

"我也不打算做了，没意思。"

"这次算是栽了，你说我怎么才能把这亏了的补回来？"

"我咋知道，你自己琢磨吧，我回家了。"

"别说漏了嘴。"

"我有分寸。"

"下午你去赶牛。"

"你干什么？"

"我替你看了三四天的羊哪，你是不是应该还回来？"

"别那么小气好不好，咱俩一起去吧？"

"不去，我有事。"

东知布的事确实让我打消了做买卖的心思，至少对牛羊的买卖是如此。我自认还没有练就一双火眼金睛，可以毫无失误地估计到牛羊的斤数；也没有能耐左右市场的价格，肉价一天一变，即使是估计准了肉斤，但肉价一塌照样啥都没有了。我想东知布的赔和肉价也有关系。这事不能干，做生意又不是只有这么一条道，总会找到适合自己的，不能急。

这么一思考，我最近焦躁不安的心突然间静了下来。

我在帐篷门前给巴日打了马绊，也揭下了嚼环和骑垫。我一打量两个帐房，就知道赛恒朝鲁不在，我不晓得他去了哪里，但这正好，最近我和他老是闹别扭——事实上我们一直在闹别扭——连带着让吉雅也不得安宁,她给阿爸阿妈打了两次电话,告了我俩的状。这事的源头是剪完羊毛之后的一星期内,夜里来了阵雨,羊跑了。我以为他会堵住羊;他以为我会堵住羊,或者故意让羊跑掉的,总之,第二天羊在才保扎西家附近和那几家的羊全部混成一团。这下麻烦了,一看那架势便知,一天两天是整不清楚的。我们一共九个人多半天才大体上将羊群分隔,到了下午,羊饿坏了,低着头到处跑着啃草,眼看有分久必合的架势,再一想羊也得吃饭呀!于是各自赶了回去。回去的时候我和赛恒朝鲁吵了起来,吵得特别凶悍,比分隔羊群的时候有精神多啦!我俩一路走一路吵,把羊丢在了滩里,羊很快分成了两半,一半积极地进入了山间的灌木林中,那里有各种未知存在,但草势旺盛;一半保守地留在了滩里,顺着山脚缓慢地朝着家的方向移动。我俩一直吵到了家里,更加注意力集中了,丝毫没有要罢休的意思。吉雅懒得说我们,她当场拨了阿爸的号码,她将我俩一网打尽,说我俩一天到晚啥都不干,专门吵架。她这么一说我就觉得这娘儿们真他妈的睁着眼睛说瞎话,明明她也有份,现在摆明了是不认账啊。她吃准了我只能在心里发发牢骚,不能把她怎么样。

  吉雅打完电话不到一分钟,我的手机就响了,但我没有接。然后赛恒朝鲁的手机响了,他掏出手机看了一眼便按了接听键:他"喂"了一声,然后长时间沉默,似在倾听似在愣神,然后"嗯"了一声结束了通话。他瞧了吉雅一眼又瞥了我一眼,我从他瞧吉雅的那一眼中看到了鼓励和肯定,从瞥我的那一眼里看到了叫嚣和蠢蠢欲动。我本能地感到了冲我而来的阴谋气息势不可挡,轰然将我包裹……我视此为对他的宣战,大怒,不假思索地将羞辱和肮脏之语宣泄出口,以此来捍卫我的不可侵犯……于是他冲我来啦,双目通红,霍霍磨牙,那一刻,他无一丝保留地展示出邪恶的一面……恍然间我觉得他变成了一种奇异的物体腥气阵阵地冲击我。这是我头一次发现他的怪异之处,但已经晚了。他仿佛一头饥不择食的饿狼般地把我扑倒在地,然后森然一笑。在那一笑中,我刚刚积聚起来的愤怒之力转瞬即逝,我只觉得万籁俱寂,似乎在等待一个特殊的时刻。接着,有无数巨大的密密匝匝的黑影朝我纷纷而下。我被淹没了……

我破了相,待在了医院里,耳根那里缝了十一针。赛恒朝鲁把我送到医院,然后回去了。有一大堆事儿在等着他呢。我心安理得地留了下来,每天打完针后就无所事事地在走廊里瞎逛,一看见熟人就躲起来。这游戏让我兴头大起,玩得不亦乐乎。从门诊部到住院部,一天下来我起码得溜达十几趟,顺便观察那些病人的状况,尤其认识的人。我脸上有纱布,只要不是极熟的人,否则不会被认出来。我之所以这样做是因为这件事阿爸和阿妈一无所知,他们还以为我在夏窝子呢。

后来我专门观察熟人。从马红红算起,到刚刚进入住院部的乃旦。我看见了有十四个熟人在短短的四天半的时间里住进了医院,他们都得了各式各样的病。我无比惊讶,不看不知道,一看吓一跳。原来我有这么多的熟人得了病。我到底有多少亲朋得了病?又有多少我不认识的人得了病?恍惚间我觉得全中国都得了病。全是病人!我被惊吓出一身冷汗,简直天塌了。但这种想法不过只是那么一刻钟,我马上便察觉出不对。这些他妈的跟我有什么关系?我也在生病呢,我的阿爸阿妈也在生病,从来都是有人生病……就像是生活中最不可或缺的一件事情。所以仅是那么一瞬间的诧异,之后我便不在意了。这的确不是什么奇怪的事。我兴致勃勃地继续我的游戏,我从这十七个人当中选出了四个人作为重点观察对象,他们分别是:马红红、扎歌、九天保和文昌才仁，两男两女。他们的年龄大概在二十岁、三十岁、四十岁和五十岁，我特意挑了两个比较年轻的女人。我觉得只有年轻女子才能让我提起观察的兴头，我强烈地想知道他们在住院期间会发生什么事。也许是听到了我的冥冥召唤，与我同住一个病房的一位有腿疾的老者出院后，马红红被安排到了我的病房。她的母亲和哥哥扶着她到来，她的哥哥右手拿着输液瓶，输液管的一头插在马红红的细小的手背上，几片胶布就占据了她的大部分手背。她被扶着躺在床上，这才有时间打量我这个病友。她瞧了两眼，没认出来。我高兴坏了，认为这有便于我重新去认识她。她是"西海宾馆"老板梁柳的前妻，生得美貌、丰盈，并且浑身都是成熟的欲望。我觉得这才是她那么迷人的真正原因。唯一美中不足的是她的额头出乎意料地大而亮，要是男人顶这么一个额头那真是相当于祖坟冒青烟了，但放到女人的身上就显得有些怪异，根本不好看。好在她有自知之明，用长长的刘海给遮挡了一大半。她成功地打扮了自己，成了一个模样漂亮的女人。但漂亮女人总是麻烦，她得病也不肯安宁，那张性感的嘴话说得太多了，变得让人厌恶、气愤。她一点儿没有我想象中的娇弱、怜惜及可爱。我粗略地观察了她一天就失望了，觉得无聊透顶，直接失去了将游戏玩下去的兴趣。但我还是以除此之外无事可干为理由说服自己继续坚持下去。不过把观察对象转移到了扎歌。她正被卡在青春和更年期之间的年龄，倒也坦然得很。她是乌兰哈达的好骑手仁青的妻子，她本身对于马和赛马充满激情。几乎可以在每一次的赛会中看见他们两口子，每次都是扎歌牵着马遛弯，而仁青则在人群和马群中游走，除了和人聊天，取得一些资料外，他更多的是观察和分析、揣摩一切参加比赛的马，以便做到知己知彼，调整战略。他一直以来都这么做，久而久之，他的心里就有了谱，遵照这个谱，他知道如何才能发挥自己马的最大优势,再加上他的黑马本身的本领也是很硬的,所以出现了一个现象——他的马很少有不拿奖的时候,大都是冠军,很少亚军、或者第三第四名……

一匹经常拿奖的马总是不差的。名气也就随之而来了。

接着他们两口子也出名了。说起乌兰哈达的仁青扎歌,牧人谁不知道!

两次踮着脚从土黄色的门窗里瞄了一两眼,没瞄出个头绪。这间病房有四个病床,她的病床位置挺刁钻,在靠门这边的里角。从门窗看起来特费劲,而且还被墙遮挡了一半。后来我借口找人进去了一回,才得以完整地看到她,她面容憔悴,披头散发地靠着被子闭目养神。一双朝着我的脚肿得老大,那脚不白,泛青,无光泽。从外表瞧不出她得了什么病,但显然情况不乐观。她闭着目,好像睡着了。但房间里人进人出的,我以为她更有可能在闭目养神。我打算去和她聊聊,打探打探情况,可这时进来一个男人,直接坐到了她的身边。那神气就像她的丈夫。男人?这个不明身份的男人一搅和,我倒不便上前去,再说也摸不准是个什么情况。于是我取消了她的资格。

对于剩下的两个男人,我一下子就缺乏了起码的兴致。勉强在门口晃荡了会儿,算是对自己有了个交代。然后又百无聊赖地在各个走廊里巡视,渐渐地我发现,医生和护士还有老是在我的眼皮底下出现的人们,他们开始烦我了。开始拿不正常的眼光瞅我,让我浑身不自在,再也无法溜达了。我打定主意歇两天!不下床地歇两天。第二天我果真一天没出去,就在床上躺着,和马红红聊天。我给她讲了两个很荤很荤的故事,逗得她哈哈大笑。作为回报她给我讲她的初夜的痛苦经历,但是一种直觉告诉我她的初夜没有痛苦。她显然讲了不止一次，水平很高，引人入胜。让我仿佛身临其境，震撼不已。接着她缅怀了交往的几个男人的优劣，真可谓一针见血，令人拍案叫绝。我因为有了这么一个好玩的病友而感到高兴，她也满意。我俩打算好好地深入地交流，做一对知心朋友。她的家人被她用各种理由打发了，不到饭点绝不出现。而我是个"秘密病人"，更不会有人来。这就给我们创造了一个适宜的畅所欲言的环境，我简直心花怒放。越看她越漂亮了。她格外喜欢笑，肆无忌惮地笑。在她笑的时候，有一颗发黄的牙齿引人注目，在一堆白色的利齿中，那颗黄色的牙身份显赫，宛如一位皇帝，被臣下们护卫在中央。我起先还没有太在意，但到了后来，发现这颗显贵的牙齿几乎起到了画龙点睛的作用，只有在它的帮助下，马红红无论干什么，只要她一张嘴，一露出它，她就会立马靓丽上一大截。我居然每每都迷失在这一刻，感叹创造的奇妙。马红红高兴我的态度，她允许我亲了两次她的脸颊和一次嘴唇。

我足不出户地守着她，为她端茶送水。给她削心形的苹果，我为此割破了手指，血浸染到苹果上，鲜艳夺目，腥味扑鼻。但她毫不在乎，吃得津津有味。我惊悚地感受到，她连我的心也一起吃了下去，而这正是我担心的。我觉得有一只魔手在向我伸来，它想抓住我，然后随意拿捏。我害怕极了，想着要不要逃跑？或者我更加期待着发生一些什么事情，激动彷徨不知所措不知所云……

到了晚上，关了屋里的灯。走廊里的脚步声却不息，邪恶多端地敲着地面。我俩关紧门，四手紧握地坐在一起，她全面向我透露所有的隐私。她说她是一部复印机，复印了大部分人的历史；她还复印了绝大多数的女人。她表示女人难堪、苦闷、傻兮兮、多疑，还不会讲道理，而不是不讲道理……

我同意她的说法，另外我还觉得女人不现实、白日做梦。

我俩兴致勃勃地讨论女人原始欲望是如何产生的……她说女人就是女人，没救了。就像厚土之下的骨头，没救了。就像……

聊天就像放屁，令空间产生奇异的变化。一失察，天已大亮。我的阿爸用出色的直觉或嗅觉找到了我，他那尖锐的目光刺痛了我的眼睛。我的心中一阵阵的惊悸，我绷带下的皮肤大张毛孔，冷汗出来了。我呼叫神灵不应。我被他逮出了医院，他毫不在乎我的病情。我没辙，只得黯然神伤地和马红红告别，她用媚态鼓励我给她打电话。但她没告诉我号码，我也糊里糊涂地忘了问。我忘了大部分的对话，只记得她给我看的她的浑圆的乳房。那一双令人惊叹的乳房上整整齐齐规规矩矩地烙着各六点圆圆的紫印，宛如和尚的脑袋。她无限爱惜、温情款款地交代：这是一个骄傲的男人留给她的不灭的记忆！

我想象不出让她那么陶醉的是一个什么样的男人，但我知道我无法和他一比高下。我走的时候，马红红她怎么就那么高兴呢？我当时差点儿就流了泪。阿爸把我踹出医院，我在阿爸阿妈住的那个平房里住了一宿，夜里我独自在一个大炕上辗转无眠，沉寂已久的幻想再现，她勾起的是我的隐私，与爱情无关，那是情欲迸发，已近将我燃起。

第二天，阿爸亲自搭车，把我押送到了315国道拐向乡道的三岔路口。赛恒朝鲁已经骑着摩托车等在那里，我第一眼看去就感觉到他精神抖擞、心情大好。他在乐呵什么？有什么可乐呵的？我稍稍那么一想便明白了，他正是站在一个胜利者的高度上怀着愉快的心情来接收我的。是的，就是接收。他将我从阿爸的手里接过去，就像在接一根香烟、一瓶啤酒一样地接过去。然后他又会以胜利者的姿态把我假惺惺地安顿在帐房里的那张床上，再然后……

赛恒朝鲁正眼也没瞧我一下，他屁颠屁颠地到一边和他的哥哥鬼鬼祟祟地嘀咕去了。他俩磨蹭了两刻钟，我看见阿爸慈爱地拍了拍他的后背,那一刻,他的背立马软和了下来。变得乖巧了许多。接着他俩走回来,走到公路上去搭车。这件事儿花去了这一天的一个多小时,到了下午也没截住一辆车。我和赛恒朝鲁分别劝了他两次,叫他别走,到牧场上转一转,看一看。毕竟好几年都没去过了。可他不去,说怕心脏闹腾。"弄不好又得花钱住院,打针、吃药、受不了。"他说,"也就那样,我都住了几十年了,早就待烦了。"

总算截住了一辆去往西宁的小车,车主和副驾驶都是中年人。答应把阿爸顺路带到县上,阿爸从窗外问司机要多少钱?一听说不要钱高兴得很,麻利地坐到了后排椅上。他叫我们赶紧回去,好好操心牲口。阿爸走后,赛恒朝鲁一言不发地掉转摩托车,他微微地回过头,暗示我上车。到这时我才突然发现,赛恒朝鲁已经学会骑摩托车了。管青嘉家的这辆摩托车在他的手中很乖,他就像是骑了多年摩托车的老车手一样。好奇心暂时压住了理性,我在路上追问他是啥时候学会骑车的,怎么一下子就整得这么熟练了?但他缄口不言,对我爱理不理。

"太小气了吧?"我说,"我被你打成这样都没说什么,你居然转上了。你想干什么呀?"

"我打你怎么地?我打你是因为我是你叔叔。"他看起来十分恼火地对我叫嚷,"可你听说过侄儿打叔叔的吗?我他妈的这次丢脸丢大了,知道他们是怎么说的吗?他们说我……"

"他们是谁?"

"他们就是所有的人!懂吗?是所有的人。"

"你管他们干吗?这些年你的闲话还少吗?怎么怪到我的头上来了?"

"这次能一样吗,能一样吗?要是将来你的儿子打你一顿怎么样,你会怎么样？"

"你他妈的在咒我儿子呀？我告诉你，我俩的事就是我俩的事，别把无关的人扯进来，有意思吗？"他明明知道我和吉雅最伤痛最不敢提及的就是孩子的事，却要偏偏这么说。

他说完了好像有些后悔，但还是硬着嘴，"这是一个道理。儿子和侄儿有多大的区别？"

"行了行了行了，好好开你的车，最后吃亏的是我，不是你。你嚷嚷什么呀！"

"我要是被别人打一顿的话还心甘情愿呢。我无法接受我的侄儿，我最疼爱的侄儿居然开始打我了，我都觉得没脸活在这个世界上了。"

我看见他表情严肃，还带一点悲凉，似乎说了心里话。他可能难过得很。我不再接他的话茬，我们谁也没有再说话。他专心致志地开着车在泥泞松软的土路上拐来拐去，摩托车灵活得像一头小鹿在奔跑。一洼洼泥水池在轮子的暴力下向两旁飞溅出去，油一般地粘到草丛里。一路上草老鼠在前面跑来跑去地跑个不停。有时候它们傻傻地直接撞到轮子底下，被碾成一片碎肉。那肉粉嫩纤细，像水一样软弱多变。赛恒朝鲁当了一回冷血杀手，一路上弄死了至少十几只草老鼠。我看他其实是在碾我，那些老鼠都是替我死的。世界上最悲惨的是莫过于被冤枉而死，不管是人还是老鼠都一样。他太小家子气了，不就是打了个架嘛，至于这样吗？他什么意思？是在拿可怜的小耗子的死来表达对我的不满？他在等着我出声求他放过小耗子，那就是等同于我在求他原谅了。他想得美！就算是这些小东西全部死光了我也不会求我。死光了才好呢，有种就把所有的老鼠全部碾死，省得破坏草场。

我冷眼旁观，瞅着他的后脑勺想象他傻兮兮的愤恨的表情。他的双手紧紧地握着方向把，很少、几乎不减油门。仿佛这个铁家伙吃的是水，而不是油。我差点儿想提醒他现在油贵得吓人，不能这样浪费别人的钱，但最终还是罢了。我觉得不能说话，一说话就显得被动了，很有可能丧失所有现有的优势。他比起几年前张狂多了，无法把他和从前联系在一起。相比现在，我倒更喜欢以前行尸走肉时的他。那时候的赛恒朝鲁像一条小狗一样乖巧，对我很好。那时候我喜欢他有充分的理由，现在我不喜欢他也有着充分的理由。我从他的身上深刻地体会到了"人之变"的本质。我用这个教训进行了一次回顾，推敲了自己的过去和未来。所幸我的过去是一如既往的过去，这很好；未来但愿也能真心如初，不要变。我阻止不了别人的改变，但愿能阻止自己。

在尼冉布腾扎西门前，过那条深深的溪水时由于技术不过关，摩托车涉水后排气管堵了水，车子灭了。正好在最深的地方，我们的鞋和裤子到膝盖以下湿透了。尼冉布腾扎西的老婆把头探出帐篷，鬼鬼祟祟地窥视我们。她叫周姆，长得不错，她自我感觉也良好。就是有时候打情骂俏不分场合，这点的确让人头痛。我下了车，踩着几个隐约能在水中看得见的石头出了水。站住的地方地势高了不少，但我还是看不清她的脸，我想看看这段时间她的脸是否又白了，又嫩了。她家的烟筒里冒着密实的浓烟，她可能在做午饭了。尼冉布腾扎西进山了？或许出山了？都有可能。赛恒朝鲁叫我下水，我们一起把车弄了上去。他骑上去开始击马达，将那块红色的小按钮摁了几十下，一直摁到电瓶没电了，车也没着。在水中停留了一小会儿，它就坏了。

赛恒朝鲁又开始脚踏启动杆，踏了几十下，还是不行。他叫我去唤才仁或者是管青嘉来，"主人家来了可能明白毛病在哪儿？"

"我不去。"我说，"你去叫吧，我在这儿等着。"

他瞪了我一眼，接着扭头瞥了还在探头的周姆一眼，哼了一声走了。我就地而坐，扭动了一番身子，一边摸着头上的纱布，一边琢磨吉雅在电话里的意思，她突然间变得非常有主见了，而且态度强硬。警告我说再这么闹下去就别怪她不客气。这和赛恒朝鲁有没有关系？过了一会儿，我扭头瞅见周姆还在门口站着，于是我向她招了招手，她没什么反应，好像没看见一般，其实她真看着呢。我突然感到悸动，便起身朝她家走去。她家倒不是离得很远，我走了几十步，她离开帐篷，向我这边走了十几步后停下，侧着身子等我过去，她这是迎客的架势，以此来警告我打消心里的小九九。我无视了她的警告，大声问尼冉布腾扎西不在？她回顾了一下帐篷，把两只手背在身后摇头轻声说："不在。"

"他去哪儿了？"

"不知道。"

"不知道？怎么会，我找他有事。"

"他从昨天就没回来。"

"那他昨天去哪儿了？"

"热力木，去看断奶的羊羔了。"

"他借走了我的缰绳，到现在还没还呢。"

"是不是用尼龙绳织的？"

"正是。"

"我去拿来，你等会儿。"

"不请我进去坐坐，我渴得很。"

她站住，用左手轻轻地摸了摸头发，她的头发是红褐色的，被烫染过。她瞥了我一眼，"不方便，家里没人。"

"那你总可以去给我倒一碗茶吧？"我说，"你是不是想多了？我可没打算泡你，我就是来喝一碗茶的。"

"吉雅怎么嫁了你这么个浑蛋。"她气冲冲地说，"我刚点了炉子，哪来的茶？没有。"

"哟哟哟，你这人真是开不起玩笑，上次赛马会你不是还朝我扔东西吗？还不是和我开玩笑吗？"我慢慢走到她身前，瞧着那双奇大的眼睛补充道，"看摔跤的时候，我们不是坐在一起聊了很多而且很开心吗？"

"我可没有损你。再说，"她别过头去说，"你一直瞧不起我，不用狡辩，我看得出来。你表露得很明显了。"

"冤枉死我了，我怎么就看不起你了？"

"你多牛，哪里瞧得上我这种货色对吧！"

"你什么意思？"

"想喝茶还得等一会儿，不过你叔叔他们来了。"

赛恒朝鲁确实出现在了小土梁下，快到摩托车跟前了。不过没有才仁，也不是管青嘉，来的是东知布。他们发现了我，一个劲地往这边张望。我和她道了别，告诉她缰绳下次来喝酒时再取走也不迟，然后我返回摩托车处。我们三个人刚好一起到达，东知布一边检查车子，一边套我的话，想知道我和周姆说了些什么？我一边应付着他一边想着周姆的变化，没想到仅仅几十天不见，她就变样了。我突然想起来她的整个人都有了很大的变化，似乎有了些随意，少了些固执。一下子，她就比以前有吸引力了。

东知布在摩托车油箱底下一带倒腾了片刻，然后拍了拍手骑上车，只一脚就踏着了车。

赛恒朝鲁问怎么回事？很简单，东知布说油门加多了，油淹了。赛恒朝鲁哈哈了几声，他叫我俩骑车回去，他走路回去。

"不用走，"东知布说，"这车乘三个人没问题。"

赛恒朝鲁不听，自顾自地走了。我瞅着他走到能听到我说话的可能性之外才说:"别理那个傻屄,咱们回去。"

"他怎么回事,不是差不多正常了吗?"

"哪有那么容易,我看是更加严重了。"

"那倒不至于,我看他挺好。"

"管他呢!"

"我先不回去,你要是没事咱们去一趟阿尼博让吧。"

"干吗去?"

"哪里有一整群羊羔要卖,我去看看。"

"我的也卖呀,你舍近求远多麻烦。"

"就你那些拳头大小的东西?"他直接拿格外鄙视的眼神看着我嘲讽,"是你傻呀还是我傻呀!"

"你也太夸张了吧。"我辩解道,"我的是春羔,能一样吗?到了十月你等着瞧,看谁的羊羔好。"

"你去不去?"

"去!我倒要看看,你瞅得上的羊羔到底是怎么个好法。"

"哎哎哎,我何时说那些羊羔好了?我这才要去看呢。"东知布掉转摩托,驶向来时的土路,他再次强调道,"不过我想,它再怎么差也不会比你的差,这是肯定的。"

我叫他闭嘴。

我们花了一个小时也没到阿尼博让的营地,一场突如其来的大雨使河水暴涨,阻断了我们的去路。我们在大骆驼家的小商店里买了一瓶"头曲",和大骆驼一起分着喝了。我这才有空打量小店,有三十几平方米大。他将其从中隔开,一半用来住人烧饭,一半摆了货和一张单人钢丝床。货物大半是饮料,各种各样的饮料。我一数,居然有四五个是我没见过的。方便面也不少,各种各样的方便面。有的我还没见过。此外有啤酒、小缸的散酒、少量的几种瓶装酒和各种果脯、鸡腿鸭脖凤爪等也满满的一大纸箱。我用三块钱卖了一瓶"柠檬水"尝了尝鲜。结果很失望,味道像抹布水一样难喝。

我更多地留意了大骆驼的女儿,想不到都那么大了。和大骆驼一样是个高个子,小小年纪就快赶上我了。她拿着饮料向我走来到时候,仿佛是从婴儿一眨眼就走到了少女,她似乎忽略了其中的时间,她跳跃了自己的人生?

我没想说什么,但嘴里还是不由得跑出一句来:"你多大啦?"

"十四。"她在里间的货物间走动,头也不回地说,"阿吾你不请我喝瓶饮料吗?"

于是我又掏了三块钱,请她喝了一瓶和我的一样的饮料。接着我买了一瓶头曲酒。刚才那个是东知布买的,酒快喝完时,他就不住地瞅我。

我和东知布离开大骆驼的小店,来到河边。我们轮换着瓶子喝着酒,打算等河水小一点之后就蹚过去。

日落时分,河水似乎有一些小了,混浊变成了淡黄色,浪花也少了很多。东知布醉意上涌,没完没了地跟我吹嘘他是如何在祁连的一个台球室一个晚上赢了一万块。他说他打斯诺克的技术和"小戴维斯"差不多……在手感特好的一天,几乎可以一直赢下来……他幸灾乐祸地感叹"小戴维斯"已经不复当年之勇,球技更是毫无进步,现在已有算他在内的四个人威胁到了他海北第一杆的地位……他又恬不知耻地说他最有希望取而代之。我晕乎乎的两眼发直,脸颊发麻,双腿发软。脸上的伤痕奇痒无比,我忍不住挠了几下,直到指尖上出现血迹才作罢。我斜靠在一丛盛开着十几朵金黄的小花朵的鞭麻上,居然迷迷糊糊地睡着了。我一睡着东知布就用胳膊肘捅捅,他不拿眼看我,而是用余光打量着我醒了他就继续讲，却怎么也讲不完。他有那么多的故事要讲。不管我愿不愿意听他都在讲，我想打断却打断不了，只能任由着他唠唠叨叨地诉说。说着说着，我又犯迷糊，又睡着了，不用一两分钟他便发现了，然后又把我捅醒……

一直到了暮霭四合，环绕的山峦只留下一线极其模糊的淡影，河水转变成阴沉的黑色，什么都看不清楚了。我俩还没过河，不知何时东知布不再说了，他默默地睁着大眼，一个劲儿地想心事。

我俩半夜里过了河。漫无目的地前进，糊里糊涂地进了一家开在路边的移动商店。和一群陌生的人喝着酒，吹着牛，还打起了架！说打架实在是抬举了，那简直是丑态百出。

我们足足喝了三天，酒精麻痹了我的神经，在我放松了警惕的时候俘虏了我，摧毁了我。使我沉陷于舒散的毛孔的旋涡中。

最后一扎啤酒也搬到我们的中间，小商店里的酒被我们喝光了。面包和方便面也告竭。店主大概在昨天突发善心，帮着老婆给我们做了一顿羊肉粉汤，有效地缓解了连日来被酒精摧残的胃腹，同时也起到了醒酒的作用。我当时的确难得地绝对清醒了，极度地惊诧于怎么会没有一点印象地跑到如此远的地方。我辨认出脚下之地是远离大霄兴远离洪呼日口远离热力木的哲么日，已经远远脱离了我寻常的活动范围。东知布看羊羔的计划早已泡汤。他在我清醒的时候睡过去，无法唤醒。等他醒来时我却又醉了，对他说的所有的话都持反对意见，包括回家的建议。我强制地要求他继续喝！继续醉生梦死！

是撕心裂肺的难受和疼痛制止住了越来越危险的狂欢，大部分人都离去，除了一个青年男子被人接走，其他所有的人我都没什么印象。喝酒的那会儿，我记得人还是挺多的，一转眼大多都不见了。残留原地已溃不成军，个个形如枯槁，不成人形。

我和东知布颤抖不止，浑身无力。他摸索了半天也没找到钥匙，最后不支，一屁股跌倒，汗如雨下。钥匙最终在车座和车座垫子之间找到，是我找到的，他的这种藏钥匙的习惯已成为自然，对我来说相当深刻。

东知布彻底放弃了去看羊羔的打算。事实上我们无法确切到底是几号了？这个问题更多是压在我身上。我从来没有如此疯狂过，觉得不可思议。是出于什么样的一种目的而做出的如此行为完全不得而知。我只记得在河岸碰酒瓶时产生细微的一连串的蠢蠢欲动，它最终演变成了一场浩大的疯狂，圆满了心底最深层次的野蛮，消化了堆积成重量的欲望。

这是一次清洗。

我用这样的想法来麻痹自己，以期内心的焦躁稍许缓解。

这次的狂欢，几天时间应该是有的。家中别的情况我不担心——有赛恒朝鲁在，等同于一个心放在那儿——但就怕妖故技重演。赛恒朝鲁是走不开的，就算去找也就是在附近象征性地转转。妖要是在那一带等着我们找到那就已经不是妖了。妖的翅膀硬了，他早已学会声东击西，把自己的行踪搞得飘忽不定。铁了心和我们玩捉迷藏。他越打越皮实了。

我想尽快卖了，却舍不得。

"你干吗没事给自己找事儿？"东知布用颇为鄙视的语气说，"难道世界上除此之外就没有牛啦？难道就没有超级棒的牛啦？你要是真心决定改良牛群，我帮你。我给你找几头不差于妖的公牛来。"

"你不懂，你不知道妖到底有多么妖。他几乎就已经不是牛啦，更高一级的存在。那些凡俗之牛怎能和他相提并论，简直在侮辱他。"

"更高一级？"他撇着嘴提醒，"那不就是人吗？"

"没错，差不多。"我说。

"你真够抬举他的。你怎么不说是你亲兄弟。"

"差不多。"我说，"有时候我还真这么想。哪怕仅是一瞬间。"

"你刚不是放狠话要宰了或者阉了他吗？"

"我气不过，说一说出口气不行吗？我哪敢来真的。你以为妖是什么？他来到我家一定是有我无法弄懂的原因。他就是来兴旺我家的。"

"那他还跑，什么道理？"

"我分析了他的举动，觉得不是跑，他更多的似乎是在寻找什么，他可能是在找他的母亲。你记得吗，就是那头脾有病的麻嘴牦牝牛。"

"倒是有一些印象。是一头优质牛。你怎么给扔了？多好的牛。"

"它流血太多，已经不行啦。再说也够老啦。我索性就撒弃了。"

"生活本就无常，你居然自己还要填一些进去，难道你多年来就没有感悟到多一事不如少一事的道理？"

"拉倒吧！"我最反感东知布一有机会便显摆他的口才和大道理的德行，我对此反感极了。"你只不过做了短短一些时间的买卖，懂个屁！"

"你看你看，每次我一说到严肃的话题你立刻翻脸。"东知布把车速减低了两个挡，为了说话方便他将油门也控制到了最低点。"俗话说得好！读万卷书不如行万里路！说到走过的地方，我这几年天南地北的见识着实不低，而且经验丰富，感触了某些深刻的东西，所以换个角度来说真实体验才是最宝贵的。你说是不是这么个道理？"

我一时竟然无言以对，隐隐倒是有些认同他的一些话。但要我承认那是万万不能的，我无法想象那样的话他会嚣张到何等地步。再更深层次地挖掘，嫉妒、愤怒、羞愧以及难以言说的情绪强烈得要破茧而出。我仅仅用一片薄薄的重量压掩着，不让其出世作乱。但也无法做到更好。"没想到啊没想到。"我努力使语气变平和,"没想到你倒腾生意时日不长,倒把嘴皮子倒腾得愈发利索了,倘若你把生意也做到如此地步,那就相得益彰了。"

"做生意得慢慢来,没有一蹴而就的成功!我才多大?二十四岁!"他格外地加重了口气,"我准备把三十岁以前的时间全部用来加实基础。积累,积累,再积累。同时勾画改正我的蓝图。马无皮鞭则不勤,人无目标则不定!直到开始闯荡我才明白,一个个能够实现的小目标才是整个大目标不可缺的基础。可惜明白得有点晚哪!要不然,假如我在二十岁,或者十八岁便明白了这个诀窍,我至少已经完成了三四个小目标了。真遗憾!"

他用罕见而自责的态度皱着眉摇着头,诚心责备自己的后知后觉。

之后一直到家,我们都没有了说话的兴趣。可能是出于妖的寻找或吉雅的责难,我紧张得手心冒汗,心头直颤。

东知布将摩托车稳当地停在帐房的门口,差一点就进入到帐篷里面了。吉雅从帐房里啐骂着扔出了一块牛粪,砸在车座上,然后弹跳而去,留下了满座的碎屑。

东知布没下车,朝帐篷里嚷嚷:"对,就这样揍他,喝酒能喝一星期,反了天了。"

"啥?喝酒?你们一直在喝酒?"吉雅幽幽地问道,"这么说我的担心是多余的了?"

"我先走了,进不进去你看着办。"东知布一句话绝了我谎言的可能性之后,一脸安然地扬长而去。

吉雅站立于炉子旁,炉子里突兀地冒出一大股浓烟把她吞没,她的一张脸时而隐现,死死地盯着我的目光中蕴含着极度的愤怒和委屈的泪水。

这架势叫我憋得慌。难道她一这样，我就得屈服吗？凭什么呢？我一直兢兢业业，因此有绝对的权利偶尔地想干什么就干什么！

我进入毡包，一巴掌打翻炉子上的热茶壶。然后拉开被子躺下，几天以来积压的困意一股股涌上来，我几乎马上就睡着了。当我闭眼之前，那最后的一瞥中，看见吉雅蒙蒙地站在门口，挡住了斜射进来的阳光。

8

季节的变换对我来说也就那么回事，热是那么个热法，冷也是那么个冷法，并无多大区别。我天生皮糙肉厚，对大自然的各种气候变化感知迟钝，几乎就没有。我算过这么一笔账，假如我再生得娇嫩一些，或者说生得不太强壮，我可能会少活十年，甚至更多。像我们这种以天地为屋的野物，强壮是最大的财富，是一切的基础，是衡量我们价值所在的关键。就拿我来说吧，因为结实、高大、品种好又富有漂亮的外表，所以在我到了三四岁，可以拿出来换点钱的时候，那仁克和赛恒朝鲁一致同意将我留下来当种牛使用。而与我一起长大的同伴大多数都被红色的一辆货车拉走了，我的一个弟弟也未能幸免。他走的时候哭得一塌糊涂，我所有的同伴都凭着对危险天生的敏锐感知而激烈地反抗，不过没用，那帮浑蛋为了杀鸡儆猴把一个闹得最凶的同伴的两条前腿都打折了，然后用绳子粗鲁地拖进了车厢里。他们看起来常干这种事情，早已轻车熟路。我的其他的同伴都丧失了反抗的勇气，他们像绵羊一样老实。他们坐着货车走啦，我当时除了替他们悲哀之外，还有一些羡慕，我从来都没有坐过汽车，不知道是什么滋味。

我庆幸自己长了一副好身板。所以我更怀念自己的母亲。

我的同伴们被拉走是临近冬天的时节，正是攒够了膘，最有力气的时候。这一年那仁克为了省钱就没有卖哪怕一小片草场，他把自己的秋草场让羊群吃，把我们牛都扔在了大霄兴。每过个三四天他就出现一次，清点我们。然后收拢我们赶进大霄兴的最深处，然后又走了。

到了冬天，他就不怎么来了。

我和一百多头牛生活在深山里，隔个十天半月出来在山口那儿转一圈，然后返回……

最冷的那几天，那仁克和赛恒朝鲁联袂而来，不过这次让他们傻了眼，气得半晌没说一句话。我当然知道这是怎么回事，我亲眼目睹了比我小一两岁的六个小家伙和那头正值壮年的笨蛋是怎样在粗心大意不留神的情况下被有组织有纪律的大小三只狼以一天一个或者两个的速度消灭掉了。我和其他的同胞看着神态各异的三只狼在我们的面前咀嚼着同伴，如同就在咀嚼我们自己。我们多次都试图阻止这几个恶魔，但是没用，一旦我们冲过去，它们马上就远远地跑开，蹲在几十米以外耐心地等待着，我们不可能永远都守着那些已经惨不忍睹的尸体，我们也要吃饭、喝水、休息。当我们一走开，它们就得逞了，它们摇摇晃晃，得意扬扬地回来，将肉和骨头咬得吱吱地响。

我第一次遇到这种事时还不到一岁——但我已懂得很多，尤其是危险——那次我差一点就命丧狼口。当时我吓傻啦，站着一动也不动，眼里全是恐惧。我悲哀自己总是切身地感受到死亡的胁迫，我也深刻地接受了这种教育，也许我能活到现在就有那次潜在的影响。那次与我当面的两匹大狼拖曳着腥臭的舌头，闪烁着莹绿的酷酷的眼睛，欲将撕我而后快。是我的母亲,她用那公牛一样壮硕的体格和无私的爱及勇敢救下了我。

那仁克和赛恒朝鲁的心情我能适当地理解,也习以为常。因为在之前两年多的时间里他们的这种状态我屡见不鲜。唯一和以往不同的是这次的灾难似乎有些沉重了,快要赶上去年全年的总和了。难怪他俩一副根本不愿意相信的表情,并且一站就是老半天。他俩来的时候是上午,然后一直站到中午,接着他俩就吵了起来。

"我早就说了这样做不行,你看看,"赛恒朝鲁直接近距离把唾沫唾到那仁克的脸上,仿佛只有这样才能稍微地缓解一下他内心极度狂暴的怒火,"你看看,现在好了吧?你满意了吧?几千块钱舍不得的结果现在出现了,你看见了吧!"

"你这话是什么意思?今年的情况如何我们都清楚,那是迫不得已,你别给我放马后炮,这事谁都有责任,谁都要自己反思,而不是去指责别人。"

"我只是如实地说出了实话。"赛恒朝鲁手指头捣着那仁克的眼睛说,"你给我听好了,这事儿你负全部责任。我不管了,你自己去和你阿爸说去。"

"我早就知道会这样,你永远都不会勇敢地面对事实。"

"我用不着你来教育。管好自己吧!"

……

我高兴坏了,第一次看见他俩吵得这么凶。个个都脸红脖子粗,他们激动得不能控制自己,居然打起来了,只见赛恒朝鲁揪住那仁克的头发,然后在他的屁股上用皮靴的硬尖戳了几下,那仁克陡然地惨叫起来。他用力一挣,在赛恒朝鲁手里留下一撮头发,马上有血从头顶流下来，流到他的脸上，继而流到他的脖子里。那仁克发出一声悲壮的号叫，冲向赛恒朝鲁，将他一头顶倒在地，那仁克接着号叫，我看见他掐住了赛恒朝鲁的脖子，赛恒朝鲁无规律地摇摆着两条长腿，他用膝盖把那仁克顶过头去。那仁克趴在地上，他刚要起来，赛恒朝鲁瞅准机会骑到他的身上，大拳专门往最疼的地方招呼。但没过多久，就在我看得津津有味的时候，那仁克翻身了，他直接在赛恒朝鲁的肚子上踹了一脚，赛恒朝鲁滚了几个跟头伏在地上不再动弹……事情乱套了……

那天下午，我们围成一圈参观那仁克和赛恒朝鲁的殴斗。他俩东倒西歪地躺在地上，赛恒朝鲁一半的身子还处在残雪中，有些地方浸湿了。他们的衣服全都撕烂了，无法比较哪个更好。我的同胞们摇头晃脑，哼哼唧唧地各自传递着信息，他们觉察到了此次事件的不同寻常。而我也认为这次事件可能会对我们产生一系列的影响。果不其然，他俩那晚根本没有回去。赛恒朝鲁拾来了几捆干柴和一小堆牛粪。那仁克登上半山腰去，惊动了三群雪鸡。回来时提着血淋淋的两只雪鸡，个头有我的蹄子那么大。他们默默无语，生起火堆烤雪鸡吃了。

我们想要散开去山野觅食，也被他俩收拢起来，赶到火堆的一边。

夜幕垂临，空气冷飕飕的。满天星斗灿若琼花，叫我头晕目眩。我们都意识到这是待在这里的最后一个夜晚，明天要走了，出了这档子事他们再也没胆量把我们这一大群财产继续扔下，至于秋草场够不够我们吃那不是我们的问题，总不会把我们饿死的。

那仁克的脸上肿了几块，和赛恒朝鲁差不多。但他的头上血迹斑斑，明显有一块地方除了血块再没有别的。那一片地方的黑头发已经散开来插在草地中了。赛恒朝鲁头上倒完好无损，不过血出现在他的小手指上,还比平时大了一圈。看得出来那让他很不方便,会常常碰到。不动便罢,但凡一动弹,手一活动,比如吃东西什么的,他就猛喳喳地抽缩脸,没完没了。

叔侄两人各自躺在火堆的两旁,有时赛恒朝鲁朝火堆扔几块牛粪或干柴,有时那仁克这么干。他们铺着马盖子,枕着马鞍,身上裹着硬而厚的红毛毡,谁也不瞧谁。赛恒朝鲁凝神眺望漆黑的夜色,仿佛立马会跳起来消失在其中。那仁克拿他那典型的死鱼眼瞪着我们,他指不定在盘算着如何整治我们呢。

火堆里的牛粪或干柴噼里啪啦地爆脆而响,火苗直挺挺地往上蹿,幻化出至少五种颜色,绚丽夺目。我看得心驰神迷,不由自主地往前迈出了两步。我对世间的各种颜色早已上心,觉着它们代表大地上最本质的物体,远比看起来更真实的还要真实。

我已经有好几个月没有看到过火光了。

我又朝火堆多走了几步,火苗几乎就要烧到了我的胸毛,但就这当口儿,冷不防一条带火的木棍以不可捉摸的轨迹横飞到我的身前,然后粘在了我的肩上。我的毛发冒出烟来,接着蹿起了火头。一股焦煳的味道顿时弥漫,我疼得嗷嗷嗷地叫。我胡乱地甩动了几下,木头掉在地上,一头还在冒着烟,黑漆漆的像马的生殖器。毫无疑问,棍子就是那仁克打过来的,这会儿他正在乐滋滋地挠着脖子,眼神变成了一种得逞和高傲的意味。我曾经不止一次地想过,有朝一日我要让他受折磨,痛苦,为自己犯下的罪恶忏悔,请求我的原谅。等我有了足够的自信和自我保护措施我就付诸行动。但今天,当那根木棍仿佛厄运一样降临到我的肩上,当我身上烟尘四起,令我对自己无限怜惜的时候,我再也忍不住了。仇恨像雪片一样纷至沓来,我露出了凶残的禀性,对暴力的嗜好,我把他看成了一匹狼,我冲向他,用犄角将他挑在草地上滚动如轮……

……我从他的身上踏过去，宛如踩在一团棉花上……

然后我又突发奇想，用后蹄子踢了他几脚，他的身体极具弹性和韧性，怎么都踢不烂。这和我所想的不同，看他俩的模样，我以为要弄出一点血来是很轻松的一件事。

我没有回头，直接跑到了牛群里面。混在群里，同胞们一个个都对我投来佩服的目光，但更多的是期待和忐忑，甚至是傻乐。

赛恒朝鲁"哎呵哎呵"地怪叫着蹲在那仁克跟前，双手像蛇一样在那仁克的身上忽上忽下，看起来更像是在寻找着什么。

那仁克动了那么几下，然后就没反应了。

我看得惶惶然，思谋着是否要逃之夭夭。

倒不是因为那仁克，而是赛恒朝鲁间歇性地发出一种毛骨悚然的声音，使我瘆得慌，而那仁克只是起到了推波助澜的作用。

那一夜我平安无事，但也惊得没休息好，也没吃好。我们这一类讲究的就是无夜草不肥。我把这笔账算到了那仁克的头上了。

那仁克呻吟了一夜，他的声音却叫得令我实在不得安宁。因为我曾经在他和吉雅的帐房里听到过这种声音，不过那时候是吉雅发出来的。也比此时他所发出的要好听得多，不同的是，他的呻吟有那么三四个小时，几乎就是一夜。比那一次时间长了可不是一星半点。

回过头来说我，那一夜我真正和牛群格格不入。他们起先是不停地围着我转，我以为是表示对我的敬佩而扬扬得意。但当一头小家伙对我嗤之以鼻时才发现原来所有的目光都充斥着匪夷所思的警惕和惊恐于不忠的震撼。

原来自冲向那仁克，将他撂翻在地的那一刻起，我和他们已不觉地岔开路了。我被委婉地驱逐出群，他们害怕我给他们带来灾祸，或是因为我的所作所为已经超出它们的理解范畴，所以就显得荒谬了。我突然意识到这是一片蒙昧之地、是非之地，参差不齐的牛群正是这里最原始的抑郁。我煞费苦心所要表达的，正是它们最鄙弃的。我真是糊涂透顶，居然做了一件吃力不讨好的事。这无疑也很好地说明了我是一头与众不同的牛，一生下来就是。

我想明白了这些，想得足够彻底。对我的同胞再也不抱希望。于是我决定离开，还原我无常的本质。我的年迈而又死不了的母亲看破我的心思，她试图劝阻我，但失败了。她情绪低落，默默落泪。她又一次说起自己的死期，"就在眼前了。"她说，"你弟弟在一片血红的震动中离去……我又怎能放心你？"

她颤巍巍，走路倒看不出什么，可一跑起来就叫我心碎。我不能带着她，又不放心她。思忖许久，我找到冷淡超脱的克什，她是一头年满五岁的母牛，今年本该产崽。但她没能入眼一头可使她欢心交配的公牛，于是这事就耽搁了下来。她对我说过，要是我再长一岁的话，和我一起她倒是挺乐意。别看她是母的，可比我还要狠，从来都没有吃过亏。基于此，我找到她，恳求她代我照顾母亲。不要让她受无妄之灾，或整天忧郁。

晨曦初现之际，群山轮廓渐现，干冷的空气卷动了寂静。我离开了，乘着世间最安静的时刻，我独自出了山谷，沿着一道梁架朝西飘然而去。

我打算先到小牛头垭豁，然后去德给龙哇转转。那里我听先辈多次提起，是一处风景宜人、美女如云的地方。正好适合我并不平静的内心，我想用美丽祛除邪恶，好让自己回归原以为的正常。

我的同伴和赛恒朝鲁以及那仁克都被我抛下了。他们的思想处境叫我担忧，我开始追根溯源为什么我们牛在这漫长的岁月里不可思议地失去了最不可缺的进取心？然而退一步想，存在即是道理。所以，除了我母亲，我不想为任何人或同胞担心。

我脚下的这一片土地质地松塌，一路踏来，总共踩进去二十三个鼹鼠的地下通道。其中有一个通道里一只鼹鼠正在蠕动，它被吓坏了，反应很迟钝，可能以为是天塌下来了。这只丑陋的鼹鼠让我想起现在是一切生物交配的准备阶段，用不了多久，草原上将一片繁忙。尽是生命的礼赞。而我也蠢蠢欲动，我首先要面临的不是母牛，而是那些好勇斗狠的成年公牛，他们的占有欲强烈到无以复加的地步，不好好抓紧时间干正事，却专搞一些争风吃醋的把戏。爱美之心谁都有，我懂得欣赏。想尽快地和美丽的小母牛待在一起，和她们说说话，调调情。假如其中一个愿意，我会整夜整夜地对她倾诉，让她如亲生般地了解我。虽然我已经丧失了大部分的言语能力，但在爱情的光耀中我相信我可以说很多很多的情话。

途经一个人家，是坐冬牛场的。住在进热力木的第一个山口一带，那里地势平坦，冬天降的雪普遍比山里和别的地方要少。正适合冬天牛群生活。最棒的是，冰封的大河对面就是连绵不绝的原始植被林。虽然出于保护的目的从几年前就用铁丝网严严实实地圈了起来，但对于铁了心地要占公家便宜的人来说，再紧密的铁丝网也难不倒他们。我看到这家的牛整群都进入了植被林，在沿着大河一溜儿的山脚下和那些没有过多密实的植被的山坳里散开。那里的草一直没吃过，长得又高又多汁。我很想进去，去见识一下这个牛群的不同凡响。不过马上，我看见一个男人已经开始收拢牛群，正要往外赶了。这家伙还是在担心的，我听赛恒朝鲁有一次说过，现在对草原环境的保护越来越重视。有人在不定期地巡视草原上的保护区，破坏保护区的人要接受处罚,严重的会坐牢。

那个男人嗷嗷地对我喊,似乎是想让我留下来。我突然觉得让人——不管是任何人——看见我真是一件非常不明智的行为。那仁克或赛恒朝鲁要是成心来寻我,一路打听就可以轻松地找到我。我决定以后尽量不让人看见我、发现我。那样我才有可能得到自由。

我打一生下来就渴望着自由。我原本打算等再长一岁,有了更大的力气和更长更尖的犄角后离开,可惜人算牛算不如天算。我没想到会控制不住怒火,进而做出虽然我不后悔甚至还很得意但却很被动的壮举。我不得不提前实施我的计划。现在,我已初步自由了,等到我再战斗几次,磨炼出一些技巧和煞气,那我就真正地长大了。

我无比渴望那一天的到来。我会在很多年轻漂亮的牝牛面前打败她们心目中最强壮的公牛,然后和她们交配。

在诸如此类的遐想中我来到小牛头垭豁,此时此地的雪有几尺厚,除了最上面的一尺是松软的以外,之下的全部都坚如磐石。这里风大得叫我不敢相信,似乎只要我稍不留神就会被风刮走。从西面的山坡上刮来的石头像小矮人一样密密麻麻地被插在雪中,有的保持着原貌,有的却被雪团裹得严严实实。我看见一头去年死去的牛的尸体,它的血肉无影无踪。骨头散了架,几条粗粗的肋骨像矛一样刺向长空。大风打那上面经过,摩擦出吱吱的怪响。置放着一只羊大小的牛头的小牛头俄堡,是这一带的标志。人们经常会提起它,仿佛它有一种魔力,能够让人无法忘记它,并要长长提及它。赛恒朝鲁说:尊敬小牛头俄堡的人都有一生的好运。假如那个人有一天倒了霉,那他一准儿开始亵渎俄堡了。我以前嗤之以鼻,但现在觉得真该如此。我不由自主地跪在俄堡前,祈祷我能有一生的好运。

我,说起来算得上是一头不错的公牛,对着一个牛头磕头,这事儿叫人看见了肯定会大吃一惊，说不定会吓出病来。但我没管有没有人会看见我，我只是做了我想做的事。

我磕了三个头。磕第一个的时候不得要领，犄角先着地，被砸起一片雪花来。我并不满意这个，重新来；这次我控制着慢慢地来，总算好多了。我的额头——那块比雪还要白的额毛紧贴在地面的雪中。我连磕了三个头。风雪更加强劲了。

完了之后我并没有马上起来，而是充满好奇地仔细观察打量着俄堡，我发现它没什么特别，就是大大小小的石头垒起一座大大的石堆，在最高处放了那个牛头。牛头年代已久，居然发出一种惨惨的白光；犄角裂开几十道口子，右边的根部还缺了一大半，可能是因为失去了平衡，牛头往完好的那边倾斜。我顺着那个角度一歪头，正好看见右眼眶里的一个鸟窝。那是去年留下来的，被深深地安置在最里面。到现在还完好无损。这个鸟窝里一定诞生过不少于两只的小鸟，它们可能从对于它们来说酷似于天窗的眼眶里正式打量世界，就像我刚生下来时的心情一样。我觉得，俄堡、牛头和鸟窝真是绝配。因为，俄堡就应该是孕育生命的地方。

天光大亮以后，我才意犹未尽地站起来，朝四处张望了片刻，又回味了一下自己的所思所得。然后我才离开，我朝下走了一千米，还没到山下。倒看见一群石羊打我鼻子跟前跳跃过去，它们一点儿也不怕我，仿佛我根本不存在。我目送它们跳进一片乱石堆里，接着销声匿迹了。

我在不远处发现了一处低洼，奇怪的是没有被雪覆盖，那里的草不高但极为厚实、紧密。重要的是似乎没怎么被吃过，我已饿了半个晚上，于是就高兴地吃起来。我吃着吃着，不知道过了多久，反正我差不多吃得饱饱的了。但就在这个时候，我冷不防抬起头来，看见一个人居然悄无声息地站在我的眼前。这一幕和我出生的那一幕是多么相似,我惊恐地发出了一声仿佛不是我的叫声。然后重重地挨了一颗石子。那石子正中我的鼻梁,划开了一道几厘米的口子,我感到鲜血像春天的融雪一样慢慢地浸出来,顺着我宽阔的鼻梁往下淌,接着钻进我的嘴里来。眼瞅着那仁克又举起了手,我再次叫了叫,转身便跑。我一边跑一边想,他是怎么找到我的?怎么找到的?

我本来打算继续朝着原定的目的地——德给龙哇跑,但那仁克很快便追上了我。他骑着近一年才煞费苦心弄到手的跑马——尕追追。这个浑身如同被洪水冲洗过的家伙的确是一匹有耐力和敏捷的家伙,我是跑不过他的。我不停地吃石子,逃不过他们的掌控,只好憋屈地返回。但即便我成心要回去也免不了要挨揍,那仁克对我恨之入骨。他可能非常愿意把我打死在撵回去的路上。

事实上他也是那么做的,我差点死在回去的路上。我再次直面那仁克的凶残和狡诈,以至于我产生了他是无敌的这样的念头。他用几个小时就把我撵到了大河湾一带,赛恒朝鲁和整个牛群都在那里等着我们,或者说在等着他。我浑身伤痕累累,血流如注。每一块肌肉都在遵循着一条传统的道路跳动不已,我厚厚的韧皮多处划开裂口,露出还是粉嫩的,像刚开始上火要烤的肉。我知道我不能倒下,我必须紧紧地跟着牛群,跟着妈妈。要不然世上就再也不会有我这么一头牛。我的一生才刚刚开始,我不想死。

我要和那仁克战斗到底,直到他彻底失败为止。

我的母亲再一次拯救了我,她一步不离地护在我的身后,不让怒叫的石子砸到我身上。为此她挨得不比我少。我想到她后面去挡住石子,不想她受这磨难,但她不答应。她不断地鼓励我,她说:"妖,你要是个一品棒牛就奋起直追,到牛群里去。"

也许是那仁克打得累了,他住了手,开始用嘴来催促我们。母亲说这是一个好兆头,趁机会难得快快溜,指不定就不用挨揍了。她用头拱我的屁股,好让我的动作再快一点,再快一点……

她笨拙而坚定地跟在我后面,一双憔悴的眼睛留意着后面的情况。

弟弟走后,她颤颤巍巍地把全部的爱都放到我的身上了。我感受到这份无私的爱的沉重,如铠甲般包裹着我。

我奋起直追,回到了牛群里,混在当中宛如浪涌般前行。直到这时,我才发现,原来这条路是我从来都没走过的——它既不是回秋牧场的路,也不是去那卡诺登任何一个地方的路。这条路是脱离于我所熟悉的环境之外的,也就是说,前面的风景是我从来都没有领略过的。我天生好美色,好未知,我甚至爱任何一些没见过的东西。我常常这样想,也许是出生时的打击,使我的性格迷路啦。这正是那仁克赐予的,但这没什么不好。

我看见远方的低矮起伏得像馒头一样排列的山峦,在冬日的艳阳下腾起烟雾,迷迷糊糊。我暂时忘记了疼痛,和母亲讨论关于未知的想法。母亲赞同未知就是财富这一说法,她叫我多思考,向更深的领域探索。她说:"一头有学问的牛会长出宽阔的额头,而且,学问越高深额头越宽阔明亮。就像一汪湖水!"

我们正朝着那地方儿去,很快便置身其中。领头的几头牛有驮牛和老牝牛,也有成年的公牛——一头拥有令我极为羡慕的银光闪闪的尾巴的土黄色的公牛,他叫毛蛋。

他们几个轻车熟路地带头走,一看便知是对这条路熟悉于心的。我问母亲咱们这是去哪儿?"咱们去察拉龙哇,"她说,"那里的草茂盛时会有你那么高。"

"现在呢,"我问,"是否也有那么高?"

母亲说："孩子，现在是冬天。"

这话使我充分意识到，就算是世界上最好的草，不管它如何顽强，到了该死的时候一样得死。母亲的言外之意是——在这个时候，能填饱肚子就不错了，比那牛高的草呀什么的都要实在。

"你们经常去吗？"我问，"去年和前年怎么没去？是不是有特殊情况？"

"只有在没得吃的情况下才会去察拉龙哇，那里一直是藏民的草场，那仁克家以前也经常租来给我们吃。你可以这样理解，冬天和开春要是不下雪——尤其是春天——要是没有几场大雪来压一压呛人肺腑的尘土，那你就要做好外出的准备。家里的那点草场根本不够吃，你千万不要独自离开，外面是很危险的，有多少人盯着像你一样流浪的公牛。一旦被盯上你就完啦。我听说夏天公牛的价格最好。"

"瞧您说的，我这不被赶回来了吗，其实我是害怕了才逃跑的。那仁克真狡猾，他是怎么找到我的？"

"他是牧人，专门跟我们打交道，也许那日托勒把一辈子的经验都传授给他啦。但我看他比他父亲差远啦！你初出茅庐，在这方面欠缺经验，要是换了那个家伙，"她用嘴指着领头小组里的那头公牛说，"那他可就有的愁喽，他不会轻易被发现的。得费很大的精力和时间。"

"我也会有经验的，等到明年就好了。"

"你可以去跟他聊一聊，他被公认为热力木最棒的公牛。他是你的榜样。"

"他跟您交配过吗？"

"当然，"母亲说，"很早以前连续三年，很稳定。"

"你们的孩子全都卖掉了吗？"

"有一个被冻死了，那是我的错，我因大意而老天给我的教训。"

"那是老天的罪孽。你是最好的母亲！"

"以后，我相信你也会成为一个好公牛的。"

"就怕他们有别的想法。"

"所以在正式确立你为公牛之前，你得尽量收敛，以免惨遭横祸。"

"嗯，我先忍忍，以后有的是机会报复。"

"君子报仇，十年不晚。"

"我看我们这一拨里也有几头大有希望被留下来。"

"那你得在这个冬天养精蓄锐，战争离你已经不远了。"

战争！多么抢眼的词语。我仿佛看见铺天盖地向我冲来的敌人，他们一个个都比我大，更大，或者和我一样大，他们的角如同一片黑雾，他们都是公牛，和我一样有着繁殖后代的高贵能力。

我想让身体尽快好起来，再长高一些，再强壮一些。我听从了母亲的话，开始养精蓄锐，等待属于我的时代。

我们一直走到快要天黑，才到达地点。这是一片比较平坦的地方，被铁丝网分隔成十几块大小不一的草场，我们被赶到一个远离那户人家靠近山脚的草场里。母亲说得没错，现在是冬天，草场里面的草刚刚好从雪地里冒出半截，我们不用拿蹄子刨雪找草了，这就足够好啦。要知道，在过去的两个月里，我们在大霄兴只重复一套动作——抬蹄——刨地——拱嘴——吃草——

我烦透了那套动作，现在终于不用再做了。

我在草场里转了一圈，了解了地形。我在隔壁的草场里看见十几头牝牛和她们的牛犊，应该是那仁克进去了的那户人家的，还有一群羊在与我隔着几道网栏的一片不大但草势格外茂密的铁丝网里。

我一眼就看出那片草场是打青草一冒头就没进去吃过的，相信羊群进去的时间也不会太长，因为我闻得到了那些草籽儿的香味，它们还挂在草头上,摇摇欲坠。现在,全便宜那些羊了。他们一定美得不亦乐乎。

不知不觉间,我竟然走了这么远的路,到了这里还没有倒下,我为自己的坚强感到欣慰。为了尽快恢复身体,我迫不及待地吃起草来,几乎就是狼吞虎咽。那些伤口仿佛达成一致——统一对我发起进攻,各种各样的痛苦像潮水一般袭来,一波接着一波,不停地冲锋。

我走到一边去,尽量离开了母亲,"放心妈妈,"我对她说,"我没事,几天内就会痊愈。"

我找了一块凹地,艰难地躺下,很快便闭上眼睛。我浑身抖个不停,我累得要命,想忘记这一切,好好地睡一觉。等我醒来,也许真的就没事啦。

9

妖近半年来出走得愈加频繁了,一个招呼不打,一去多日不见踪迹。他已然不把我放在眼里。几个月前一顿胖揍着实让他老实了一段时间,就算离群也只是在附近牛群里瞎转悠,我看他是在物色几头漂亮的母牛。自家群里的他显然看不上几个,还收不了他的心。他已经尝到了甜头,乐此不疲了。对此我睁一只眼闭一只眼。毕竟现在早已过了交配的时机,他也只能用眼睛解解馋。

等明年开春母牛们发情的时候他将真正派上用场。是驴子是马到时候才知道。不过相信他不会让我失望的。

这次我有预感他跑远了,弄不好会丢。要知道图谋一头好牛的人,和想染指一个漂亮女人的人一样多。在这一个草原接着一个草原的高原上,我没有信心保证他的永久性归属权。倘若他落在一个豁出去的牧人手里,我又有多大的把握要回来?

所以,当我有了这个直觉后,马上准备,拾掇。一次次地寻找,我像出牧一样被习惯性培养了。只有在找到他的那一刻才有怒气,其余时候我是很平和的。

细致地研究妖逃走的几个方向、几次前科的记录、最近他光顾过的牛群以及他逃离第一天被人发现的地点——当然最后一条得在寻找的过程中问过目击者才能得知——干这种事我已经相当熟练,并且重视经验在其中的作用。首先,我怀疑他不会翻越伊库礴到孔阿嘎者去,他曾在那边受到过一次挺惨的折磨,几乎一个月才恢复。按照趋势学来推断,若无实在之必要今生今世他都不会再去那里了;他同样也不会往南,那里的秋牧场和冬牧场正是长脚蚊子的天堂。作为一头拥有非凡智慧的生物,我相信他即便是糊涂也不会犯此类错误。况且他那么聪明。

那么,只剩下西北了。一个空洞的概念,一个无比辽阔的地域。要在这片土地上寻找一头刻意躲藏的黑家伙,无异于大海捞针。

往往这种时候,丰富的经验、聪慧和运气就显得格外重要了。有个别大师般的人物,可从留下的粪便的色泽和气味中找到线索,跟破案专家一样厉害。我是万万不敢奢望有那般本事的,那除了天赋,还需要时间和次数的叠加。相比于此,我更倾向怎样减少这种既无聊又烦躁的征途,甚至直接让其消失,直接成为历史。早在两年前我便把研究的方向重点放在了这方面,但到今天也没有突破性的进展。唯一可以肯定的是,放弃养牛,所有的问题都不是问题了。

一句废话!

我的确面对广袤的未知感到发怵，感到心惊。每当眺望那遥不可及的山顶的群牛我立刻浑身无力，顽强的疲惫严重阻挠了前进的步伐。山脉那磅礴的压力能瞬间将我摧垮。有时候我实在不行，便停下来，耐心地等待着傍晚牛群自己慢悠悠地下山来喝水，或者等牛群之主把它们赶下来。

为了更加省力，去年夏末我花大价钱重新购买了一架高倍数的望远镜。某种程度上可以顶一百个我，的确做到了省心又省力。

一旦踏上征程必须得认真，不断分析、询问、猜想。每前进一千米说不定就会有新的发现。寻牛是一个格外费脑子的技术活，锻炼的不仅仅是人的胆识和忍耐力，还有别的隐藏的东西，比如艳遇、危险什么的。

我翻过垭豁掉转马头。出山口就没有必要了，赛恒朝鲁走过的地方我是放心的。他依然会遵循自己固认为的那一套方法：翻垭豁，出小新口，然后一个河谷一个山谷地无一遗漏地走遍整个洪呼力，不放过丝毫犄角旮旯。他的观点是当下的细致是为了扼杀以后的重复。这个概念是早年前形成的，当时他找的几头牛如同世间蒸发，他足足奔波了二十多天，足迹踏遍大半个甘子河草原和几乎整个藏区的夏营地——也就是祁连山南沿支脉的所有高山草甸——还有青海湖西北岸的一小片地方。

他最后打算放弃，牵着疲惫不堪，已不堪重负的马打道回府的时候，意外地在洪呼力河上游附近一条深深的小小的峡谷地带碰到了丢失的牛……从此他痛改前非，重新调整了方法和心态，形成了在我看来有些过于迂腐死板的"妙招"。

他的确用这招好几次快速地找到了失牛，也就愈发地盲目了。

所以我特别放心他所到过的地方。我朝北进山，计划抵达尕小新河谷的尽头之后，从小新峰右侧盘过去，然后在热力木深处的大搅石滩找一找。如果还要继续的话，到时候视情况而定。

眼下我口渴得厉害，下马趴在溪边喝足了甘泉。"大吼"偏偏跑到上游去喝水，吓唬他也没用，理都不理。他那黑宝石般的眼睛散发出幽幽的光芒。他只有在喝水的时候才显得不那么机灵，不那么紧绷着神经。

我想我喝到的水里肯定有他的唾液。

"大吼"对不远处低头觅食的一群马长长地嘶鸣一声。当下便有一匹儿马翘着尾巴奔过来，当我刚起身时他们已经嘴对嘴地彼此嗅着打起来了。"大吼"因被阉，野心已磨灭大半，遂不敌那匹枣红长鬃的儿马。没一会儿便吃了不少亏。我急忙拽动缰绳，把他拉过来。

枣红儿马还不罢休，它竟然大胆地扱着耳朵尾追而来，巧妙地逮住机会在大吼的屁股上啃了一嘴，疼得大吼弓起身体猛地往前一蹿，前蹄堪堪擦着我的胸落地。这可把我气坏了，趁儿马得意之际在它扱着的最薄弱的耳朵上抽了一缰绳，第二绳还没甩起它便受了惊，一溜烟地奔回马群。使我干瞪眼干生气。

大吼的屁股肿起来一块。他有一点轻微的瘸，行走受影响，时间一长定会坏事。

真是一次无妄之灾。

果然，还没到山谷深处大吼右后腿已明显僵硬了，那块水肿不见小，反倒更大了。大吼尽管优于一般的马，但他毕竟也不是宝马良驹。我牵着走还可，骑上去立马就原形毕露了。如此倒霉的事儿我还是第一次遇到，自得到妖失踪的信息后一直便不怎么顺，总感到心堵。对此次的寻程潜意识里已经持悲观态度，之所以不愿意承认，想必是前几次的结果在作梗。

眼下急切要解决的问题是代步的工具，回去换一匹是最不可取的方法，再说也没有了现成的马，要揣摩着到不知在哪个山坳的马群里去套。一去一来，一天就完啦。丢下大吼徒步更蠢，那样我永远也别想找到妖。

我找了一个有信号的地方，给赛恒朝鲁打了一个电话，回复是不在服务区。给吉雅的也是如此。我彻底死了心，放了一首歌曲听，这是一首粤语歌曲。一句也没听懂，但曲子不错，很适合在沮丧颓废的时候享受。

手机里总共有十一首曲子。我反而不着急走路了，换了一个舒适的姿势侧卧，把所有的曲子都听了一遍。安安静静地听着，阳光当头射下，线条强烈，色彩跳跃。多么难得的沉静，仿佛我被特意安排到此，接受一份短暂时光的美妙体验。

土黄鼠打脚底下再三奔走，有的站立在自家的门口，毫不示弱地与我对视。我想我可能冒犯了它们的领地而遭到反抗了。这些该死的破坏王，早已心安理得地把任何一处停留下来的地方都当作自己的家了。

这也是在所难免的事，相比往年，我做得到心平气和，不至于像个精神病人一样对着它们破口大骂。

我到目前为止最后悔的一件事就是因痛心草原被残害而当众失态地发表了一通激烈的事后连自己也想不起来的演讲，结果非但没有博得牧人们的尊敬反而起疑我是否脑子出了问题？

从那以后我再也不干类似的傻兮兮的事情了。

我将《故乡的原风景》听了三遍，然后关掉了音乐，手机装入内衣的兜里。这时，一群马磨磨蹭蹭地进入我的眼帘。我一眼就看出这群马就是那匹儿马的群。几乎同时我的脑海里闪现出一道灵光，虽是乍现但我已经找到了解决问题的办法：乘骑一匹马所需要的工具就在大吼身上，揭下来换到另一匹上去即可。我要做的只是想办法在马群里逮住一匹而已。没有套杆套绳没关系，相信总会有一些办法。比如可以用缰绳将就一下，虽然短了点但好过没有；比如可以把马群赶到乱石夹缝里，一堵出口它们插翅难飞。

权衡了一番后我决定还是保险起见，辛苦一点赶到乱石缝里去。在开阔地一旦失手让马群受惊而逃出山那可就前功尽弃了。

一边缓缓地赶着马群我一边打量着马群里面的骟马，思量哪匹更适合远足，更适合翻山越岭。我中意的有三匹：一匹沙青色的，头高臀圆，步伐矫健，眼神机灵无比。我知道它，它叫"春雪"，是罗藏丹增的爱马，常常参加比赛。虽然不到壮年但在这方面经验是很丰富的。它最大的缺点是身高腿长，耐力方面有待考验。我心里痒痒地想骑一骑，罗藏丹增平常爱护得过了头，别人想骑门儿都没有，现在机会难得，管他以后怎样，先骑了再说……但最终还是舍弃了。因为我实在担心半路乏了走不动了的情况发生。

第二匹是一色乌黑长鬃的壮年大黑马，它的形象使我联想到坦克！我觉得它就是一匹马群里的坦克！这种马最适合接受艰巨任务，它具有平凡的外表和强大的内动力。我一看它便感知到那种给人的安全感，似乎像寻牛这类事他可以轻而易举地应付。

我中意了。它很强大。

不过我还是将目光移到最后一匹马，那匹把大吼咬坏了的贼坏的家伙身上，我看它精力过剩，没一刻安静。它一身的厚膘看来是攒了有两三年了，光滑闪亮的毛色赋予了它一丝不凡的神韵，儿马的优势让它处处显得高马一等。看谁不顺眼立马冲过去撕一口，惊得其他的骟马躲得远远的，那几匹母马被它像小孩一样地操心、守护着。它看任何东西的眼神首先便是警告，而后才会视情况而改变。

好一匹儿马。尽管对它大有意见但我不得不说，好一匹骄傲的骏马！

我头脑一热，决定就骑它。过一回瘾。

马群在乱石口停下，接着转过了头，打算离开。从赶着马群起，我一直没出声，就怕惊着它们。此刻我依然不出声，只是慢慢的，远远地堵住，尽量让它们放下警惕。它们果然停下来，也没有骚动。有一匹小的毫不在意地领了头，踏上了乱石中间那一块绿茵茵的草甸上，接着其他的跟进去了。我不急不缓地过去，轻易地便堵住了口子。

抓儿马的过程中我既没有用缰绳也没有用别的什么东西。这家伙异乎寻常地老实乖巧，我的手还没碰到它的脖颈时它报着耳朵，伸长了脖子，在马群里硬冲。很快就把自己逼入了绝境：它冲到最前面，直接面壁了，连转身或倒退都不可能了。瞅准这个机会我几步冲到它的屁股后面堵住，别的马见口子一开便一溜烟地跑远了。儿马惊慌失措，四蹄乱踩，大头左摇右摆，可就是解决不了困境。它的屁股几乎挨到我身上，我朝那浑圆的屁股上用力地抽了几缰绳。它猛地朝前扑去，前蹄和岩壁摩擦闪出火花来。等蹄子落地，它再也不跳弹了，泄气地耷下脑袋，任凭我完成戴笼头备鞍等整套程序。

儿马的背上僵硬死板，骑着很难受，一点也不似我的大吼。懂得怎样调节和马鞍以及骑乘之人的节奏，做到既省力又不伤身。瞧他的就知道没骑过几次，说不定自从两岁时调教了以后手都没碰过。更可气的是他走了不到一里就汗出如浆，气喘吁吁，累得要死要活的。真他娘的一匹中看不中用的无能无耻之辈，我被它给骗惨啦。一股气之下便不管不顾地打起来。我是用缰绳抽，用马镫磕的。而且是在突然的情况下，儿马它也许做梦都没想我会毫无征兆地就对它大打出手。

它出于本能地立刻蹦跳起来，接着才是出自疼痛地乱叫怪喊。我的错误在于对后果缺乏准确的估计，居然就傻乎乎地骑在它身上动手，这就怪不得它了。我被晕晕乎乎地老半天才甩到地上，紧接着又是老半天回不过气来。当时如果它再加把劲，将我甩得更高一点或更远一点，说不定我立马便一命呜呼了，何来之后的事？

一来二去，等背部、手臂和小腿的伤痛减轻一些，我淡定地牵着它回到谷底，将它拴在一丛鞭麻之上，又一瘸一拐地撑着马群再次到乱石缝口，付出成倍的汗水才再次将马群哄进乱石夹缝里，这时一天已过去大半了，等我抓住了坦克黑、那一套程序做完、安安稳稳地乘骑着它重新到达被摔的地方时，一天过去了。最后的夕阳勃发最后的余热和斑斓色彩，将小兴山峰拦腰截断，下半部阴影笼罩、远景难辨；上半部金光涂染、兀自庄严。我一天不顺，不成想最后时刻得到回报，欣赏到难得一见的美景，心里的憋屈不经意间消散而去，焦急变得缓和，把妖忘至一边去了。

我根本没有打算回家，即使天已黑。这难不倒我，眼下我有两个选择：一是就地安营扎寨，养精蓄锐，次日以饱满的精神状态投入"战斗"中；二是出山谷，挑拣一户人家，喝酒或是一起搭伴去泡妞。

后者当然更合我意，一个美妙的夜晚多么精彩纷呈！青春正在我的体内蓬勃劲道，欣欣向荣。然而俗话说得好：眼红还得有那个本事！

之前疯狂疯癫，忘乎所以，一切苦恼都远离。但不是消失，终究回来了，而且在最不应该的时候到来：困、麻木、难受、痛苦的后遗症……似乎再不想多做一个哪怕是丝毫不费什么劲的动作。一旦坐下，我敢肯定，我就再也不想站起来了。不管是精神上还是体力上，突然间透支了，透支得无比猛烈。连打个电话或发个信息的力气都没有。

我做了剧烈的挣扎，睡一觉是个好主意，但没准就睡过去了，安详得什么都不知道。可要这样熬下去更不是个办法，那可能真的就过去了，十分痛苦地过去。思来想去，看天色尽管已暗墨，气温下降，四周静得可怕，但离危险还有一段距离，我在手机上对了闹钟，调到四个小时以后的十二点。我一定要在午夜之前醒过来，午夜一恍惚间竟然成了阴阳之隔的分界线！我不怕冷，不怕小动物，就怕狼舅舅。死不怕，无法忍受的是被撕碎、被吞噬、被当皮球一样地玩耍……

我把对好闹钟的手机捏在手里。我的手机是很久以前买的，这款上翻盖的"摩托罗拉"在集货市场对面的手机维修店里摆在最显眼之处，被我无意间相中了。那天我和阿爸早上宰杀了一只羯羊，吃了肠子、肉，也喝了放入葱花香菜末的羊肉汤，我出了一头一鼻子的汗，仿佛刚从水里捞出来。阿爸斜靠着被子在剔牙，有那么一会儿他停顿下轻轻蠕动的手指，恍然地说：这张皮子得尽快卖了，大热的天要捂一天的话就没人要了。其实没那么夸张，他之所以如此说是醉翁之意不在酒。他是想溜到镇上去喝酒了。他在剔牙的时候突然间想到了"皮子"这个极好的掩护。可是我不知道他的想法，一听要去镇上立马双眼发亮，死乞白赖地缠着他带我去。阿妈本来对阿爸的小心思一清二楚，拿定主意死活不同意，让我一搅和后她翻了翻白眼仁便点头了。但阿爸的脸瞬间拉下来，踢着我的屁股骂了一句小畜生。我丝毫不在意，只要他带我去，即便再踢上十脚八脚也权当做了个噩梦。那时候我一直想把每年去镇上的次数从两次增加到三次，要是四次就更好了。

阿爸骑着他用二十一只对齿到满口不等的羯羊换来的一辆二手、或是三四手的又笨又老的摩托车，阿妈连接起她的两条头巾，把我和阿爸拦腰绑住，以防我掉下来。按说到我这个年纪的小伙子不应该处于幼儿的保护阶段，我本人更是羞于被人看见。但谁叫我有一个傻乎乎的毛病，傻呆到一旦骑到摩托车上就控制不住睡意，我都十六岁了，还是会睡着，而且很快。

卖了羊皮，阿爸顺便从旁边的商店里买了一瓶"互助大曲"，然后他说咱们到市场去转转。我就是在进市场前好奇地进了手机店，并一下子就挪不动脚步了。我从未抱任何要得到它的想法，一丁点儿都没有。我只是想端详着它，过过眼瘾。可令我实在想不通的是，阿爸竟然果断地掏出六百块钱给我买了这部手机。那时候大多数人都没有手机，小部分人还不知道手机是什么东西。从那以后我总算对他的坏印象有了一些改观，我减少了背后骂他的次数和质量。

我的手机一次也没坏过，只是换了一次电池。

一直用到今天，在我即将昏睡过去的当口，所剩下唯一可以信任的东西。这时候我倒觉得，远比有人在身边更加令我感到安全。而人有可能会忘了或者也睡着了，还有可能故意装作忘了或者走开。

10

我在母亲的劝说下跟着那头土黄色的老公牛学习战斗技巧和如何选择能平安地生下牛犊而不会流产的母牛，以及如何在保证身体无损的情况下多多交配……诸如此类的知识。原本只差在他的影响下让所有的牛都慢慢地接受我来当下一任头领的事实，但天不遂牛愿。今年开春的时候，他落魄了，接着一命呜呼。他一死，立马就有几头资格够老的家伙蠢蠢欲动，想挑战我岌岌可危的地位。但鉴于我以往表现出的勇猛和善战，以及出类拔萃的体格，使他们有贼心没贼胆。一连多日举棋不定,开了多次碰头会议也拿不出个主意来。我一直冷眼旁观,将他们的小举动看得清清楚楚。暗自冷笑,我打算直接和他们摊牌,利落地解决这件事。我和其中的一头最不服我的打了一架,挑伤了他的前腿。接着我示威,愣头青般地拿犄角和脑袋与一堆坚石较劲,头皮渗出了血也不在意。那堆石头被我拆得七零八落,他们果然被吓住了,垂首表示臣服。正是积雪刚刚融化,青黄不接的时候,南风带着春天的气息一天接一天地横扫整个海日磋。自那气息第一次钻入鼻孔,进入肺腑起,我们就更虚弱更难熬了。我们在海日磋的小曲陇深处,一片千亩左右的草场上。它的主人是久美多杰,一个格外善于斤斤计较的中年男人。那仁克用很贱很贱的价钱买了这片已经被吃得惨不忍睹的草场,他让我们就吃这个。这个王八蛋,为了省钱,尽买些别人吃剩的"残羹剩饭"。将我们东赶西撵不消停,我知道他是怎么想的,牛嘛,皮实,有口吃的,不饿死就行啦。他把曲陇口自己的草场保留下来,再过一段时间给母羊吃。不过他好歹把快要产犊子的母牛赶到了那里。他检查母牛是否怀有牛犊的方法简单便捷,只需一掀牛尾巴瞧瞧奶房就有数了。奶房有大碗那么大的就是有犊子的,之下的就没有。他花了一下午的功夫瞅了近六十头母牛的奶房,拣出来四十几头去吃好草。在走之前,那仁克不怀好意地盯着那十几头根本就没怀孕的母牛好一阵子,然后沉默着走了。我发现这些可怜的心惊胆战的母牛里大概有那么两三头是和我在去年夏天初次履行配种之责任时所交配的对象。她们没怀上,是否与我有关系?但赶走的群里也有几头我跳过脊背的母牛,她们显然是怀上了。我感到兴奋的是不知道我的孩子会是什么样子?会和我一样有一双令人惊悚的眼睛、会打娘胎里思考,一出生就非同凡响吗?还是正常、平凡、愚笨,一如所有的同胞?

这事叫我头痛，焦虑得开始失眠。我完全没有做好接受任何一种结果的准备。患得患失，乍猛的惊慌、恐惧。

至于这些没有牛犊在肚子里的娘儿们，她们愁得半天没心思舔草，琢磨那仁克的眼神表达了什么意思？她们压根儿没想到找我这个跳过她们脊背的"丈夫"帮忙，因为她们没有进步到那个程度。我很同情她们。这其实也没什么可琢磨的，不外乎两种结果。第一，找个傻子忽悠一番然后以很高的价钱卖给他（那仁克他做梦都想这么干一票）；第二，等到秋天，膘肥体壮了，拉去宰了，压冬肉……那时候更好买。

她们的命运几乎已经注定……但也不一定，这就要看她们有多大的运气了。离深秋还早着呢，未来的事谁敢保证？

一个月前母亲最后一次千篇一律地嘱咐我照顾好自己时，我几乎已经完全丧失了和同胞交流的能力，一度十分沮丧。周围的环境宛如跳蚤附在我身上，极其不自在。虽然之前我也并不随意开口，一副傲慢模样，可那心境是不同的，那会儿我不开口是觉得没有必要，除非不得已，否则我宁可装聋作哑。但当我真的哑口了，却又是一番心绪，毕竟我不是真的想哑巴。我早已知道会有这么一天，孤独、排斥，这些我也享受已久，平心而论并不认为有多么不可忍受。因为我清晰自己的追求，我在想着自己的追求时在同胞面前很有优越感。我对他们的一言一行看法多多，但从不说出，不是不愿，而是不屑。可一旦再无机会去说了，就有一种几欲将我憋死的感觉。原来我是那么地想说、想表达。为时已晚。

因此，那段时间我状态全无，哪还有一点公牛的风采。母亲说她最后一遍遗言的时候，我根本没意识到什么，以为她依然会苟延残喘地活着，隔一段时间叫我去把那担心之言再说一遍……我心不在焉地嗯应着，恍恍惚惚地离去。没到第二天，母亲她远离牛群，靠着一沿土坎，殁了。

　　由于本身的烦恼已足够有分量，所以我竟然没感觉到太多的悲伤，我原以为母亲去世后我会比生母的死要伤心得多，没想到没有。她一离去，我的所有的亲人都离我而去了，世间仅剩我孤独一身，那份凋零，我深深体味着。

　　我也很想念拉加。

　　小时候我对他很是疼爱，喜欢他。他是那么可爱、调皮。一个小机灵鬼。但慢慢长大了，他就变了，首先他失去了冲劲，干什么都是一副无精打采的模样。而且他也不拾掇自己的皮毛，瘦便瘦了，但毛发总该理顺的。一年到头朽成一个一个的疙瘩成何体统？母亲老糊涂了，已不知道教育他，他遂就更懒惰了。我倒是没少说，可他不听，对我爱理不理。为此我揍了他一顿，于是他决然和我断交了。尽管在一个牛群里但他绝不和我碰面。即使碰面了也不瞧一眼，在这方面，他做得挺好。

　　如今他彻底消失于世间，要论起来还是怪他自己，虽然他努力了不见得会有所改变，但又怎敢保证一定没有机会呢？世事恰恰就难料在这里。救命的稻草也许就隐藏在惯常之中。他的死是十分有道理的，那仁克怎么会允许这样的一头牛生存下去？拿他的话说就是在浪费草场。

　　这几日眼看吃的草越来越差，吃不饱。我难以忍受，谋划着怎样逃走。虽然历次出逃都无一成功，但俗话说吃一堑长一智，我学乖了，不再轻易犯傻。我知道那仁克和赛恒朝鲁看我看得紧，他们一定是嘱咐了在"洗羊池"那边住牛场的索南和切华，让他们平常留意一下我。

所以只要我被他们或者其他的人看见了,那绝对是逃不出去的,等待我的又会是一场刻骨铭心的痛,难愈的伤疤……

我想永久逃离也罢酝酿阴谋也罢,都是基于一点,那就是自身的安全保障。因此才没有触犯他们的底线,而有些事情,则需要在特定的环境下才能实施。我不着急,好整以暇地留意他的一举一动,慢慢分析这局势。

那仁克的无耻我领教已久,心存畏惧。我想着计划中的逃跑不是一天两天了,心里早就有了一点头绪。成功的概率相较以往无疑是提高了很多,我是说逃出去后能够有十几天的时间和那仁克独处。我也想了各种会发生的意外。比如说:我在路上被别的牧人逮住,拉去卖了;或者被别的牛给打伤了,生活不能自理;或被狼群围攻至死,分解成食物再分解成屎……这些都有可能,尤其是冬天的时候。一想到在前途中如此危机重重我确实有了那么一丝丝犹豫,想就此打住,去做一头轻松的公牛。但从古至今,一些生物一旦拥有了智慧,相应地,也就有了责任。责任重于泰山,大于天!我心甘情愿地打一出生就背负了一种责任,那就是为智慧而战。况且还有那冤屈和悲苦——我要代母亲讨一个说法。

这次我打算往东,利用那里的山涧草甸、冰川、野密林,以及个个尖锐挺拔的大山和那仁克来一次旷日持久的捉迷藏游戏,我希望他不要太笨,尽量在我的计划时间内找到我。并和以往一样,满腔愤怒地追打我,他打我打得越狠我越高兴。人们都说冲动是魔鬼,怒火会蒙蔽心灵之眼。我就想要那仁克那样,如此我才会有机会。

……要做到事发之后的几个小时或者更多的时间里神鬼不知,沉沉的黑夜无疑是上天赐予的最佳礼物,所以乘着那乌铅色的大幕拉开还有些许工夫,那寂静的空荡正被阳光晒得迟钝。我铆足了劲狠啃了一肚子饱草，再用彻骨冰凉的泉水补充了水分。然后静等光阴一寸寸跌落。

草原酷似破碎的牛皮，在千疮百孔中残守着一点点心酸的光辉。如今的我不占有什么，草原、河流、山花、母牛、头领……我只是……也只愿意侵略，相比占有的费心费力，侵略真是世界上最潇洒自在的行径了。我惊诧于那些拥有散播种子能力的同胞们，他们顽固不化的占有意识日久年深，已经形成固态的僵硬之姿，严重阻碍了交流与学习。他们的领地意识致使他们失去了向前看的目光，更别提大步前进了。他们戴上了眼镜，眼镜里的近处愈加鲜艳，但看不到远方。

良好的休息有助于接下来的大动作。我横卧曲陇深处的山坡上，四周草地光秃秃的裸露着本身，一坨坨灰暗的牛粪如同缩小的帐篷，密密麻麻、挨挨挤挤的集会般的形成一片黑色的湖水。这汪"湖水"周围放眼望去全是抖动的茂密草丛，在斜阳下宛如黄色的波涛。

有一种煎熬叫作"想吃"，那真是世界上一种挺残酷的折磨。

我们每个牛每天想得最多的，看得最多的是随便朝哪个方向望去都是天堂般的景象，而我们却活在地狱中。我们每天骂得最多的是那仁克，其次是这个草场的主人，我想不通是什么样的人会拥有如此惊天动地的毅力和耐心，可以将整片草场所有的围栏做得如此密不透风！别说是一颗牛头，一只蹄子，就是一只小羊羔都要费时费劲才能钻得过去。他还加固得那么高，即便是牛群里最高的牛也得仰视着瞧高处铁丝网线折射的冰冷寒光！

我们这群牛，天赋异禀、各怀绝技的有好几个，唯一拿这千亩草场的围网没有办法，看家绝技全都不好使。和我一样有想法要逃出去的牛很多，好歹已经关乎到了来年的生死，即使再过分我觉得也不过分。但不一样的是他们只是单纯地想逃出此"监狱"到别的草场吃好草。至于吃完以后会发生什么，那就无法顾忌了。眼前永远最重要！可以想象他们一出铁丝网的门就作鸟兽散，各自奔向早已瞅好的目标，以千奇百怪的姿态进入那些铁丝网内的草场，乘着还没有人发现狂吃海吞一顿，然后再以千奇百怪的方式出来，随心所欲地溜达……或继续留下来，一直吃到草场的主人到来，被揍一顿后赶出来……

不管是哪一种选择，毫无疑问的是只要出了"监狱"，就没有他们干不成的事儿。

几年来，我从自己和同胞的身上深切地体会到了朝不保夕，有了上顿没下顿的忐忑生活。每年后半年我们都被饿怕了，一旦有了吃的就像疯了一样，不吃个三天三夜把自己撑得快要死决不罢休！尤其是见到好草的时候，那场面简直惊心动魄，叫我看了心酸不已，同时也异常愤怒，为什么他们就没有一个敢站出来反抗，没有一个敢登高一呼，聚众抗议？

我的想法未免太过于理想化了，其实他们都比我聪明，知道反抗也无用，说不定还会把闹事的头儿宰了。就在众牛面前宰了，将肠子一截截割断、清洗，将里脊肉"吱吱"地割下来，剁成碎块和葱末一搅拌装进肠子里，成为一条在人们闻来香喷喷的肉肠，煮熟了，当着他们的面欢快地吃着……试问，在明知极有可能会上演这一幕的情况下还有谁会不顾自身安危，为了同胞而大义凛然地站出来，成为一道被人们用来杀鸡儆猴的试验品？即便人们不杀，同样有多种办法达到最终的目的。我凭牛类中少有的智慧研究了几年，他们的确被赋予精灵的某些特质，泯灭精华的同时无限地放大辐射了恶劣。所以人们个个都有一副聪慧如妖的脑袋，绝对不好糊弄。

也就是我，凭借一样如妖的聪慧和少数几个人斗了有限的几场，且活了下来。那仁克给我取名"妖"，是不是早有预感，他先知了？

这当然不可能,别人不敢说但那仁克绝对没有"妖"到这个程度。既然他一无所知,或者有些警惕,在我看来都对我的计划构不成太大影响。就那仁克傲慢自大不可一世的作风来说,总有那么一天,他会失去警觉心,麻木在枯燥的时间里。那就是我的机会!

来到这世间,我自认为最大的收获是学会了忍耐,学会了等待时机。这本来是人们的长处,但现在似乎——至少在我的认识中——已经很少有人用了。对此我很不理解。

极静思动,我站起来做了一套热身运动,将身体调整至最佳状态。

眼前的世界很安静,空气流动迟缓、笨拙,宛如水银溺漫草地。整个牛群与我相距遥遥几百米,彼此难相见。我抬眼朝四处巡视一番,然后朝草场的一角走去。既然要出逃,我又怎么会没有准备?早在两天前,我寻得一处网围栏的薄弱处,花了两个夜晚悄悄地用犄角连磨带挑地弄断了三道铁丝。由于网围栏年久生锈,加上有些松弛,居然没有弹跳到一边去,依然松松垮垮地挺着。如果不近身查看,根本难以发觉。简直就是天然的障眼法。

这一次,仿佛老天也在有意相助我。

我来到那地方,用头将铁丝网挑到一边,然后奋力一跃。已然跳出了"监狱",我的头顶有无数星星见证了这一壮举,略感遗憾的是没有哪怕一声的赞叹!

不远的地方有一片泥滩,夏秋之季臭气卓著,令任何生物闻之作呕。现已冻僵,如铁似钢,踏在其上比草地坚实多了。这次我要朝南走,穿过它会节省大量时间。我一定要在天亮之前到达喜玛楞堡,这段路程疾行的话天亮前可至。然后转而西进,去草褡裢。那里此时正是藏民的冬牧场,水草肥美,重要的是那里的铁丝网形同虚设,对我来说无疑是天堂。在那仁克得知我逃走之前(他至少要三天后才会来查看牛群）我可以先犒劳犒劳自己，白天目标太明显，我就躲到扎乌拉措湖边的丘陵地带去。那里甚少有人去，安全大有保障。等到夜里，我便随便进入哪个草场，独自享受一个夜晚。我估摸着那仁克整装待发开始寻找我怎么着也得三天以后，所以我给自己的期限也是三天。三天后即便再留恋不舍，我都要义无反顾地启程。我最终的目的地是喜玛阿日冬，此地一面靠海一面靠山，夹着斜长的小型平原。人烟处处，屋舍不断。既可以必要的时候在茂密高挺的万年蒿里躲藏，又可以适当地让人发现我的踪迹，以便那仁克能够大致判断出我活动的范围。我现在唯一担心的是出现突发情况，来寻我的人变成赛恒朝鲁。他一来万事休提，不但我难以实施复仇计划而且以他多年耳濡目染的经验和更胜那仁克一筹的聪明劲儿很快就会找到我。也许都用不了五天。

　　看来我的推断逻辑和考虑的细节还不够紧密，既然我可以临时做出改变想法的举动，那就不能排除他们提前去查看牛群的可能。当我于刚入夜如愿以偿地到达"草褡裢"，在一片崭新的无牛羊进入过的草场里偷吃的时候，我思考，思考了很久，最终决定天一亮就走，不在"草褡裢"逗留。我跨出那片草场时天地拉起了大雾，雾气湿腾腾的，几乎片刻就使我全身淋漓，仿佛刚出浴。雾气还严重阻碍了视野，前途难测。整整一个上午，我都不知道自己到了哪里？只是凭着昨夜遗留下来的稍纵即逝的模糊记忆和一种糟糕的直觉在走。其间我碰到了关在铁丝网里的两群羊，在路道里埋首赶路的一群羊和一个骑黑马的牧人，以及在路道里啃草吃的几匹瘦马。除此之外再无其他，我一头牛也没瞧见。

　　这种情况令我心头不安，总觉得四周鬼魅异常，那高高的万年蒿背后似乎有什么东西在随我一起移动，而且不止一个。我想看个清楚但目力所及之处一无所有，时间久了就变麻木了，索性不再理会。爱是什么是什么！难道我还真怕了不成？没成想反而无心插柳柳成荫，一道敏捷的身影闪过眼底，虽然惊鸿一瞥但也足够我瞧得清楚，那是一条硕大的流浪狗。一身土黄之色，和此地的环境相映相融，且悄无声息，远看根本无法发现。之所以认定是流浪狗是因为他瘦骨嶙峋，形同枯鬼。他一直同我一起西行，我一直都看不见他，隐蔽功夫堪称一绝，有很多值得我借鉴学习的地方。我不认为他傻到来打我的主意，他可能另有目的，那已和我没关系了。

我一直以为我在朝西走，但到中午时分雾霭渐渐散开之际，我惊讶地一眼望见了大海。海面冰光闪闪，化作无数刺芒射入我眼，疼痛酸涩使我泪流不止。心里更是无比丧气，西面是不会有海的，我迷路啦。由于甚少——除了来吃海水的那次——几乎就没来过海边，我不确定此处是哪里。我看见一条沙丘蜿蜒地深入海中，形成一个半岛。沿海是一道望不到头的黑泥滩，和金黄色的海沙泾渭分明。蓝色和白色的海冰，金色的沙滩、黑褐色的泥滩和泛黄的蒿草依次展开，构成了一幅格外壮观的画面。静得仿佛一捅就破。

我暂时忘记了迷路的烦恼，默默地静静地以似懂非懂的心态欣赏着这幅景象。以至于毫无察觉地从宝贵的时间里花去了两个小时。是那只流浪狗再次窸窸窣窣地凑到离我不远的地方，他夸张地嗅闻把我惊醒。他完完全全展现在我眼前，一条鲜红的舌头随轻风飘动。我从来没见过如此长而灵动的舌头，竟然可轻易地遮盖住眼睛。我一翘大尾巴做出一副攻击的姿态后它并没有转身而逃，而是用那条罕见的舌头"忽悠"地一下盖住眼睛。他蹲在一垛蒿草边，身体僵硬。过了一会儿，他将舌头移动寸许，拿那只天生的独眼瞅我。我毫不费力地从那眼神中读懂了一个意思——绝对的善意!

我放下翘着的尾巴,他喜闻乐见地跑过来,和我一道站立,目光也重新回到眼前醉心的风景上。

但我已经心不在焉了,勉强享受了一会儿,权当是陪伴我的这位"朋友"了。朋友?朋友这个词一从我脑海中蹦出来就活跃不已,我这才意识到临世多年,多少个白昼黑夜从我身上穿过,而我却没有一个朋友,而我也没想过去交一个朋友。即便是在最孤单无助的时候也没想过,是因为不信任吗?是因为高傲得不屑一顾吗?还是因为怕……

"朋友"这个词震荡了我的心,促使并且鼓励我找一个朋友……就如边上的被美妙景色俘虏的这条颜色实在难看的流浪狗,拿来当朋友似乎没什么不妥。并非只有交往了才会成为朋友,一见成友更显得坦诚、爽快。

不知道他叫什么,估计连个名字也没有。既然已经拿他当了朋友我觉得为朋友取一个够响亮的名字是义不容辞的事,所以我在没经过他的同意下就直接给他安了个灵光一闪便想出来的名字。我的这位朋友,他从此以后直到死,都叫伊门。

伊门伊门。多好的名字啊!

他疑惑地转过头来看着我,那分明是在询问——你在叫我?

我也被它的举动弄得惊疑不定,心里又连着叫他的名字。我观察到他确实再次发出问题,叫我干什么?怎么回事?我差点逃之夭夭,他的眼睛大有古怪,居然无障碍无困难地把想要说的话传达到我的脑海里,他说他就叫伊门。

伊门伊门,原来伊门就是伊门。

于是乎,我们的友情全然是天定的。是腾格里把他派到我的身边,做我的好搭档,好伙伴!

我止不住内心的激动、愉悦、幸福和迷茫，和伊门滔滔不绝地聊了起来。我不用张嘴，伊门也不用收缩舌头，我们仅凭眼神便做到了心领神会。快捷无比。方便无比。精确无比。

此时我完全忽略了原本让我难以忍受的外貌，仿佛使用了障眼法一般越瞧越喜，我们并排一站，亲昵地用尾巴抚扫彼此的大腿，开心极了！

有了伊门这个朋友，他睿智地表明无论遇到怎样的情况，他都会是一个合格的"军师"，可以献上不赖的不少于两个计策供我挑选。就现在，当我告诉他我的处境后伊门果然立马给我献计：第一，古往今来，不管是逃跑还是伏击，都不会选择如海边这样的开阔地。虽然大片大片的蒿草看起来能起到隐蔽藏匿的作用，但我忽略了最重要的一条信息，他说我忘了脚下是一片什么样的土地，这是被盐水浸泡过的，表面惨白内里暗黑的松软的沙土结构。我的体重超越了冻土的负载能力，我每踏下去的一脚都像一颗烙在大地上的"心"，漂亮无比。我就用无数颗漂亮无比的心给那仁克留下了一条既特别又鲜明的痕迹，只要那仁克来到海边随便在哪个地方发现了我的"心印"，他就可以轻轻松松地跟着一条弯弯曲曲的漂亮印记找到我，而且绝对用不了几天。如果他在明天早上发现了印记，那不到中午他便一定会站在我的眼前，拿那双死鱼眼恶狠狠地瞪我。

我在无意间已经犯下了一个极为低级的愚蠢得让我感到脸红的错误。纠正的方法倒也简单，我们再次折而北上，穿过仿佛层层叠叠的营造出诡异空间的蒿草地带，来到了一条砂石路上，然后继续向西前进。直到傍晚时分，我和伊门抵达一处格外陌生的地方。我以前就甚少出门，难以得出个头绪。奇怪的是伊门也感到惊讶，就在之前的一个小时他还吹嘘说圣湖周边没有他缺席过的地方。可一眨眼，宛如是活生生蹦出来的,我们的眼前便有了这么一处"飞地"。伊门老脸难得地红了一下,也头一次把那条鲜红的舌头收进嘴里。他匆匆撇下我打探情况去了。

他并没有叫我做什么,所以我停留了片刻,然后慢慢地跟上了伊门。但伊门的脚程很快,我一不留神他便无影无踪。还好空气中滞留着他身上的那股惊动肺腑的臊臭气,凭此我慢慢地跟了去。虽然是冬日,可阳光强烈,气温连日来逐渐升高,我体味到了夏日午后的感觉。背脊发烫、滚热。行走在这条无风尘土自扬的路上,两边的铁丝网延伸至天边,与铁丝网一同高的蒿草圈一个连接一个,紧实得密不透风。路就被积压在其中,既局促又顽固。

大概过去半个小时,伊门出现了。他遥遥站立于一根水泥杆子顶端,用僵硬的前爪向我招手。我起先以为他探到危险,叫我别过去,差点儿转身离开。伊门怪叫两声才明白他的意思,他的爪子实在不适合做这类容易误会的事情。

事实证明我的观点是对的,在此后一段时间里,伊门因为过于频繁地高举前爪而惹了不少祸,就连他的死也和爪子有关系。这让我唏嘘不已,充分认识到太执着于自豪的事是不对的,得意更不是一个好东西。

11

半夜稀稀落落地下起了雨——傍晚还是一个灿烂的晚霞,一转眼急变了——我躺着没动,坚持了一会儿,雨愈大了。只好起来动身,总比一个地儿待着挨冻的强。我在返回山口还是翻越垭口着实纠结了一番，后来一狠心，打马朝北走。我觉得在半路上找一个避雨的地方也是不错的，还节省了往返折腾的时间。对前面的一段路虽说不上特熟，却也走过一次。一回忆，找到有点印象的一个地方，有些远，尤其是在夜里又下着雨。估计需要点时间。我看了手机上的时间，已是一点多钟了，等折腾到那里基本在黎明时刻。一想还是算了，躲什么雨呀，又死不了人。直接走，天亮了找一个人家吃点东西，再打探一下妖的情况。

忘了带雨衣，好在有手电筒。随便擦了擦马鞍上的雨水就骑上去，大黑一直没有停止吃草，他在雨水里乐在其中，走得比半天更加轻快一些。看他这个样子我减少了盘绕而上的次数，有的地方直接笔直地往上蹬，他也精神抖擞彻彻底底地执行了，显得非常乐意如此。我们以极快的速度到达了垭豁上。此时我外面的皮袄全湿了，越来越沉。骑着马无所谓，但一下马就难以忍受了，走了不到一里我的肩头被压得僵硬、酸痛。腰带已经勒不住皮袄了，一个劲往下掉。走路受到严重阻碍，我把它脱了，搭在马鞍上。里面穿的是人造革外套，可能有那么一点点的防水功能但也指望不了太多。淋就淋吧，我不是怕冷，而是受不了皮肤潮湿后的那种黏糊糊的滋味。像是把泥抹到身上了似的，到处都痒，从心底里发痒。

脱去累赘果然快多了。手电筒的光很强烈，惨白惨白的光能照到百米开外，看得清清楚楚。别看只有三四寸长的一点小东西，可着实好用。和马匹一样，是居家旅行必不可少的装备！

雨水扑打在山石的面上、之间缝隙的凹坑里，青青的草皮上发出甜甜的、宛如糖果和牙齿碰撞的音色。一些没有长草的光溜溜的地方，雨水的声音变成一群蚂蚱飞鸣。雨水淋湿了马鬃，水滴顺着一撮一撮的长鬃跌下去，在草丛中隐没，在石面上弹跳。电光所到之处，雨水精彩纷呈。

雨夜呈现原野另一面姿态，与阳光之下的迥然不同。它更悠远、孤寂，更加具有一种脱离于尘世的僻静和冰凉。行走在这幽幽的凝练时光中，心灵颤颤自动，强大的重力无处不在。失去了以往的轻盈，脚步不再飘浮，踩得踏实又震痛，每一脚都如此，已走不快了。四点过了一刻，我观察了周围的地形，陌生得很，大概没来过此处，但又确信没有迷路。这就古怪了，也许只是偏了一点点，也许是雨夜的缘故，让原本就不是那么清晰的记忆和此时此刻无法契合……也许都不是，我泯灭了从前，现在的才是真的……

又走了一个小时，天蒙蒙亮，但见之处湿雾弥漫。我彻底迷路了，不知身在何处。总算知道一直往下走就会找到人家。我饿得发昏，手冻得僵硬，迫切地希望看见一个帐篷、一股袅袅飘起的炊烟、一塘旺旺升蹿的火苗，和一碗黏稠而烫嘴的奶茶、几片酥香的焜馍……迷雾不见消散反而更厚实了，我大概估算了一下，要到河谷地带还有一段距离。河的两岸正是人烟较为密集之处，虽说别的地方——比如在半坡或者在那些小的山坳中——也有人家但眼下的情景实在不适合盲目地从大片地区找一户人家。沿着河边寻找的话概率将大大增加，我预感到三公里内一定可以看见帐篷。我仿佛已经看到了一顶尖尖的小白帐篷孤零零地驻扎在前方不远之地——我果然看见了。而且正好有一个人邋邋遢遢地漫步出来，转过身朝帐篷后面的迷雾里大吼一嗓子，接着打了一个响亮的喽喽。然后他才看见我。"哦！"他将头发捋到一边去重新戴上帽子，把帽檐也拽到一边去。他迎过来，远远地喊："那仁克你又开始找妖啦？"

"我真希望你看见过它。"我把缰绳递给他说，"你要是把它收留下了那我就该请你喝酒了。"

"那可让你失望喽,我出去了几天刚回来。不过,这一路上,我是说从察拉口到这里的路上绝对没有。我只要在眼角里稍稍地刮上一点,那是不会失眼的。所以前天这一带没有,昨天我的窝子后面一带也没有。对岸不知道。你走了一夜?快进来吧。"

他的窝是我见过的最乱最脏的地儿。从到这儿开始他可能就没有叠过被子,上面和周围散扔着几双烂了的、没洗过的袜子,再往后堆着一大堆吃的和用的东西,马笼头和鞍子也在其中,一个面带里装着几个脸盆大小的困馍馍;边上的另一个袋子里装着一条条的、乌黑乌黑的风干肉,露在袋口的几条面上已长了白毛和绿毛;一个盆子里撂起来十几个碗和碟子、勺子,全都脏兮兮的,一看就知道攒了起码有十几天;他的备换衣服像毛球一样塞在皮制袋子里,但我看见那些大多可能都已穿过,穿脏了以后懒得洗,直接就塞在里面了。他的水壶表面上淤积的污垢绝对要比水壶本身还要重,白色的水壶已经变成紫色的了;茶壶也差不多,炉子上盖着厚厚的一层灰,当他的手在炉子上面活动的时候会带起一阵阵的灰尘,像雾一样在帐篷里飘荡起来。我最不能忍受的是那片抹布,那不是抹布,那是毒布!他一拿起它,几乎令人窒息的臭味扑鼻而来,几欲呕吐。我差点夺门而逃,是冰冷和饥饿控制住了我。我实在需要一些温暖和一点充饥之物,哪怕再脏都无所谓。南科热情地叫我快坐下,脱了湿透的衣服,换上他的。被我婉言谢绝了。我脱了外衣搭在挂毛巾的细绳上,鞋子和裤子也脱下来搭在炉边的牛粪袋子上。他拿着捣火棍拨弄了一番炉火,然后添了牛粪,将茶壶放上去。他把被子踢到一边腾出一小片地方让我坐下,他用那条"毒布"抹了一只碗,给我压了一个"者麻"。我转过头去张望外面迷迷蒙蒙的世界，尽量不让自己去看他，尽量不去想那抹布和碗里的者麻。炉子"砰"地一声响，冒出来一股浓浓的烟雾罩住了帐篷里面，紧接着烟雾火苗跳跃，炉子着了。

"我让你把它卖给我你不听，现在你花多少时间在它上面，划得来吗？"

"当然划算，再坚持几年，我的牛群将改良完毕。到那时候我的牛群是独一无二的。"

我说这话的时候，其实已经在隐隐地担心了，好像今年他更少了，到底是怎么回事？可话虽如此我还是对他有信心的。他的那些种子，无疑是最好的，有那么两三头小公牛非常优秀。这就够啦！毕竟我不能养一群公牛。

我接过碗，下意识地朝里看了一眼，仿佛看见了无数的细菌在里面欢快地游荡。我喝了一口，奶茶很浓烈，尝不出什么异味，但心里还是难受得要紧。我一眼看出，他的手指甲很久没剪了，又长又宽，里面存满了生活中的垃圾。我深深地、深深地吸了口气闭上了眼睛，以最快的速度把者麻搅拌着吞了下去。我现在更担心的是心里已经有梗，那会不会嘴上起泡？我有这个毛病，一旦被脏东西咽一下嘴上便起泡，十几天不见好，特疼。

南科也给自己倒了碗茶喝。他还是穿着那件永远也不见脱下来的军上衣，戴着那顶永远也不见抹掉的绿帽子。他坐在对面，身上的酸臭气味散布于整个帐篷。其实他长得挺耐看，双眼皮大眼睛，透彻；挺直的鼻子，中正；正方形的脸盘，大气；大小薄厚适当的嘴巴，精确。他的皮肤也好，没有红血丝和高原红，没有斑；不白可也不黑，正是一种理想的男人的肤色。如果拾掇一番绝对是个美男子。就连那颗金牙也掩盖不了容貌的光彩。遗憾的是他从来都不怎么在意这些，好色如命的他结了三次婚离了三次婚。眼下孤身一人，女人缘依然不断，搂着这个，想着那个。我认为衣冠楚楚外表堂堂干净利落是讨女人好感的第一要素，但在他那里不适用。他照样讨女人欢喜。我不知道有没有女人对他说过你太脏太臭这样的话，从一个男人的角度来讲不说不可思议，从一个女人的角度来讲不说更不可思议。抛开其他的不谈，我对他处理与各种女人之间复杂关系的能力佩服不已。我嫉妒的是他似乎天生具有这种本领，所以才轻而易举地处理得漂漂亮亮。他刚才说出去几天了，我认为他去找第一任妻子了，这个藕断丝连的家伙，他每年都会让那个可怜小巧的女人的心灵受那么两三次的折磨。而且受折磨的不止她一人。

他给我添了茶，拿来了馍馍让我吃。"咱俩打个赌吧。"他说。

"什么赌？"

"赌谁先找到它。"他说，"我帮你找，咱俩分头找，谁找到谁赢。"

我本能地觉得这家伙有备而来，他一定是知道妖的下落，很有可能就在他的牛群里。我说："妖就在你的牛群里吧，把他交出来！"

"没有，我赌咒。真没有。"

"那你知道他在哪里？"

"我也不知道。我真没见到他。"

"我不信。你肯定知道，不然你不会这么说的。"

"我是特别想得到他，现在病急乱投医。可能我运气好，偏偏就先找到了。怎么，你到底赌不赌，是不是怕了？"

他面部表情把握得相当好，看不出破绽。但我直觉他有鬼，妖的下落就在他身上。得想个办法让他说出来。可一时间也想不出什么好办法。他走到帐篷门口，又朝帐篷后面的大雾里"嗷——嗷——"地吼了几嗓子。他的羊群从我刚来的那会儿就出圈了，这时候估计已经到半山腰了。雾太浓，可能会慢一点。这种天气给狼提供了最佳的隐蔽环境和偷袭条件，他喊几声用来预防此类事件发生。他居高临下地看着我，继续激将道，"行不行给话，我还得去看羊呢。这天气……"他站在那里没动，眼神一个劲地朝雾里张望。

"说吧，到底怎样你才能告诉我。"我说，"别跟我说你不知道，没意思！"

"嘿嘿，就知道骗不了你。不过几瓶好酒应该吧？"

"'青稞王'不算寒碜吧？"

"这下子可让你出血啦。"他幸灾乐祸地说道，"就算我得不到妖，但常常敲诈你一番也不错。"

"他在哪儿？"

"有人说他在热力木最里边，快要到大通山了。"

"什么时候的消息？"

"昨天。"

"昨天？"我不知道赛恒朝鲁是否去了那里，什么时候去的？如果他去了，现在已经找回来了吧。"他是什么时候到那里的？"

"这不知道，不过好像已有几天了。"他穿了一件破旧的军大衣说，"你上哪儿去？记得走的时候把门关好，压上那块条石。"他指了指门的一边说。

"赛恒朝鲁出去几天了，按照他以前的路线，昨天、前天到热力木，也许他已经找到了。"我穿上半干的裤子，自己倒了一碗茶边喝边说，"你知道他的作风，只要走过的地方，绝对可靠。"

"你想打道回府的话，正好咱俩一路。"

"那走吧。"我一口把茶喝完，穿上了鞋子和衣服。衣服和鞋子一点都没干，连半干也不是。我算是多此一举。

南科从浓雾里牵出来他的"追风"——一匹只会短跑冲刺的海骝马。追风已经连续两年没得到名次，究其原因是一千米的赛事越来越少了，最短的趟子都是两千米的。不得已南科到祁连去比赛，那里最长的也不过一千五百米，甚至还有七百米的，正适合追风。南科说追风赢得了两个冠军。我觉得他在撒谎。在追风的比赛成绩问题上，他从来都不说实话，还充满对不公的抱怨和各种各样的成绩不好的借口。赛马人都知道，南科的马，永远是带着这样那样的难处上场比赛的，没有一次身体精神俱佳。按岁月划分，追风正值壮年，但速度不及少年时代，它已后续无力了。我欣赏南科对待马的那种一如既往的态度，从来不会因为比赛的得失而怠慢。他从骨子里真正热爱马的。

他给马戴上嚼环，背上扔上去一张轻飘飘的马垫子。然后用半湿半干的牛粪封了炉火，滚过石头压住了门布。上马之前我们各点一支烟。我讨了他一包烟。我到后半夜就抽完了。

他的羊群不见踪影，常待的几个山坳里没有，他分析可能直接上山了，在垭口附近。他诱惑我不要回去，不要回家去。或者他说，以寻找妖的名义去溜达一圈，物色一个情人去。顺便散散心，体会一番自在的滋味。

"咱们有没有自由心里知道。"南科说，"一年到头被捆绑在畜生身上。出门寻找倒成了一件自在的事。我是说如果放下负担的话。你放下了吗？"

他说这话的时候，我浑身上下难受得紧，潮腾腾衣服黏贴在皮肤上，到处都痒，都来不及挠一挠。出发之前雨已经停了，晨光来回几次也未能冲破云层，之后消停了。雾不见明显的消散，随着不断地升高，反而愈加浓密。攀至三分之二处，满眼湿冷之气翻滚，彻底把我们包裹。我打了个寒战，一咬牙穿上了无比沉重的皮袄。四周的能见度不足十米，我对四下张望的南科说："羊群好像没上来呀。你下马去看看。"

他闻言下马弯腰草甸和乱石之间的那些袒露的红色的松软泥土里仔细勘察，片刻后起身，松了口气说："有脚印，还得往上。"

"快到雪线了，大雾更密。成心在折腾你呢！"

"这群畜生。"他说，"牙口全污染了，抓不了膘。八月全他妈整光了，换一茬。"

"我的也有被污染的，拣一拣，一百只也有，可能更多。"

"都他妈的是那些工厂害的。"

"又能怎样？我们是弱势群体。知道吗？就是没人搭理的那群人。"

"越折腾损失越大，却又不能不折腾。如今我们牧民连草原都待不下去了，你说可笑不可笑？"

"照这情形，再过几年，我们得去当老年搬运工了。"

"那也得有人要啊。"

"呵呵。"

"你去不去？到祁连天峻收一批。我打算收两百只对齿四齿的母羊。这样明年起码能多领一些羊羔。"

"我想收点羯羊试一试。"

"你收羯羊干吗？"

"育肥吧！"我说，"价格合适的话我收一百只多一点。育肥起来，我想多少能赚一点。"

"杨本木搞育肥发了，说是一只羊能净赚五六十。十二月他拉了两大车去屠宰，回来又收了一群，不知道多少。"

"他已经掌握育肥的技巧了。一巧难得。"

"育肥也是个苦力活。从另一方面看，还是母羊轻松一点。"

"这要看情况。像你,有三个春草场吧?换吃的草场多,当然多养母羊划算。我就不行,只有一片春草场,还不到五百亩,连一百只母羊都不够吃。我租了尼珠尖措在德给隆洼背后的那片草场三年,每亩十九块,算下来根本没有赚的,一年白辛苦。"

"也是,现在草场的确成了大问题,但大家还是各有妙计。"

"什么妙计。"我反驳道,"迫不得已,逼到这个份儿上了。"

南科嘿嘿地笑了笑,"我俩搭伴走吧。你收羯羊我收母羊。"

"到时候再看吧。谁知道八月羊价怎么样?高买低卖可不行。"我说,"要是有五百左右的羯羊,体质也行的话我就出手。"

"占没手今年还来吗?我看称重卖给他比较保险。去屠宰太悬了,我一直搞不明白,是谁在操控价格呢?"

"这里面水够深的,我也不明白。"

"钱都让这种人给赚了。"

"我们就是他们的奴隶。"

"为了一年赚个几万,我愁出了白头发。太他妈的不公平了。"

"你赚的钱都花哪儿了?"我一直好奇这个问题,终于逮着机会了,我问道,"一个人,牛羊都不少,也没有负担。你把钱花哪儿了?要不就是有大存款?"

他得意地在马上调整了一下身子,闪亮着眼睛说道,"存款倒是有一两万,那是用来应急的。其他的全花了!"

"全花了?"我夸张又真正惊讶地叫出来,"一年好几万,你全花了?"

他居然有如此魄力。

他快速地点点头,用一种缅怀美好的慢沉沉的语气说:"我在女人身上花得不少,在赌博上少一点,还有的随随便便不知怎么就没了。钱真的是不禁花。"

"像你这么生活真潇洒。"我打心底里羡慕道,"自在又风流的生活,在我看来你是独一份。"

但我另外觉得,我要是他的话绝不会这么生活,他花的都是冤枉钱。等于辛辛苦苦把一年的劳动果实拱手送给别人,和傻子有什么区别?这从另一方面说他也是一个没有梦想没有计划什么都没有的人。我突然意识到他也许是一个不值得深交的人,好在我们也只是普通的朋友。按我的想法,有那些钱又是一人吃饱全家不饿,那就应该在衣着、吃住、旅游等方面投进去。最起码这些事都是有意义的。

不过每个人的想法大有差异,在他看来可能我的想法可笑没劲呢。鸟鸟不同,人人当然也不同。

我还是忍不住问:"你没出去走走吗?"

"哪里?"他说,"你说哪里?"

"外地啊,那些地方。"

"没有。你开什么玩笑?我大字不识一个,连话都听不大明白怎么去?什么时候饿死的都不知道。"

我暗叫一声惭愧,居然忘了这一茬。的确,就不识字一个,已经牢牢地把他捆绑在一个地域了。但我还是觉得,假设我也不识字的话,也不会拿钱去干那些没有意义的事情。人起码得保持最基本的体面。太邋遢的人的心也少有整洁。那是一种得过且过的心态。一种自闭的独活,外物与人已经不占重要位置了,必要的时候完全可以抛开。

雪线之上雨还在下,不大。越往上,雨变成了雨珍子,再高就是雪了。南科的羊群分成十几个小队,排列在多个乱石与积雪夹击之间的草甸上觅食。那些地方的雪化开的时间不久,草是新鲜的。

南科尖锐细长地打了一个"喽喽",回声振荡重复。羊群无动于衷，连抬头的都没几只。我看出他担心羊群太分散，想收拢赶下山去。既能保证羊群的安全又不用在这寒冷的天气里挨冻。但那些流石和到处都是的积雪让他望而却步，他的懒关键时刻发挥了重要的作用。他下马，把马垫拽下来铺到不太湿的硬草皮上，他躺上去，身子缩在了皮袄里。"算了。"他说，"反正它们吃的差不多了自然会下来。"

"那你就在这儿等着？"

"嗯。"

"我走了。"

他调侃地笑着说："你不打算考虑考虑我的建议？"

我知道他指的是什么，心里也蠢蠢欲动了一会儿。但终究还是没能下得了决心。我没能耐如他般活得潇洒。"算了，我还有一大堆事儿呢。"我说，"等八月要是咱俩一起去收羊的话，倒是可以利用机会好好地浪一浪。"

"那就说定了，咱们出省去。你放心，花费我都包了。你带着我就行。"

"看来我得花些时间做做准备，当好一次让你挑不出毛病的导游。"

"你滑得很，所以我相信你。"他以胜利者的口吻说，"酒和烟别忘了买。我后天去你那里。"

我想到小商店里的商品，似乎没有这么贵的酒和烟。我说："山嘴的商店里没有，你让我上哪儿买去，等八月吧。"

他果断地说："那不行。反正我后天就要，你可以到三岔路口恰热的商店里去，那里要啥东西没有？"

我没再理他的胡搅蛮缠，骑上马一头扎进了大雾中。一路没停地翻了山，到了小新河谷深处。看见马玉良的儿子马金山和冉布腾扎西，他们身披马垫像秃鹰似的蹲在一处凹地避雨。后者可能是来查看牛群和马群的。他的马群就在我前方，牛群在狼弯的阳坡上，一半在弯的最深处。我的羊群，和东知布家的、马玉良他们两家的混合在一起，全面铺开在河谷里的滩地东知布雪线以下的山坡上，靠垭豁那一带的所有小山坳里也有白影闪现于雾水之中。来放羊的只有马玉良的儿子马金山一人。东知布不知又跑哪里去了，他定是给马金山许了好处——极有可能是给了一包烟——自个儿溜了。我走的时候让他看好羊群——其实只是例行公事般地一说，压根儿没指望他会负责——他答应得很爽快，没准他当时已经和马金山达成协议了呢。

冉布腾扎西老远就呼喊："那仁克，你看到我的牛了没有？三个小犍牛。"

我没回答，等他俩来到跟前下马时才回复："没看见。这么大的雾，能看见啥？"

"昨天呢？"他问道，"尕小新那一带呢？"

我扭了扭身子，尽量使衣服和皮肤的粘贴松开点，好让我缓口气。这种感觉有时候像憋住了呼吸，头脑晕晕乎乎。我解开了皮袄带子，将皮袄顶在头上蹲在他俩的中间，向马金山要了一根烟抽起来。

"哎，你到底看见没有？"他又问。

"你看我骑的这匹马。"我说，"你看是我的马吗，这是尕小新一个马群里的马。我的大吼被踢伤了，没办法，我抓了一匹。对了，那马群里有一匹长鬃的红枣骝儿马。是谁的马群？"

他手指抠着鞋帮子思索，轻轻地念叨："红枣骝儿马，长鬃……哦……我知道是谁的了，是哈斯巴根的。剪羊毛的那几天，听说他用'白一点'（一匹走马）换了一匹四岁的红枣骝长鬃儿马。应该没错。是不是在他的营地背后的山麓？"

"是在那儿。"我说。我一想，那马群里果然有几匹眼熟的马，只是缺少了他那几匹最常见的、标志性的马才没认出来。我点点头,"听你这么一说我也想起来了,他是不是有一匹塌腰很厉害的黄牝马?"

"对!瘦得快要跌倒的。"

"对!"我说,"那就没错了。既然是他的马……"我看了一眼静站的大黑说,"那我就再骑几天,今年我太缺马了,等秋天要好好地物色一匹稳妥的马,就像这个黑马一样的。一年夏天没有三匹马还真应付不过来。"

马金山点了第二支烟,他耸着鼻子,摸着发青的下巴说:"可一到冬天,到第二年开春,这么长时间难得骑几回。甚至一回也不骑。干吃草。三匹大骟马吃起来,那可了不得。"

"说得是。"冉布腾扎西赞同道,"马群吃草实在是吓着我了。去年差点就没把我整死。"他显得心有余悸,而且像做了噩梦般地摇头叹息着说,"后来直接没地方去,所有的草都吃完了。连牛的草也吃了一个月。每天晚上一点瞌睡都不来,干干地急。哎呀——"

"所以你卖完啦,现在剩几匹?"马金山笑着问,"你不会把'青蛋蛋'也卖了吧?"

"什么'青蛋蛋',这个瞎损。"他不满地骂道,"你要点脸行不?损人可以,别说我的马。"

马金山说的"青蛋蛋"是冉布腾扎西自己的牝马产下的一匹青马。他训练成了一匹走马,虽说不上很好但骑着玩一玩还是可以的。这匹马的颜色独树一帜,青涩灰暗的确很难看。所以大家——也就是圈子里的人——都叫它"青蛋蛋"。没有一个人愿意叫他起的名字,因为没有一个名字如同"青蛋蛋"这么地般配它。而且自从有了这个名字以后,"青蛋蛋"愈加地像"青蛋蛋"了。

青蛋蛋和冉布腾扎西的故事就是我们所有骑马人的故事。因为每一个骑马人和自个儿的马，虽然有很多千奇百怪的故事，但那份人与马年深日久产生的感情却是最感人的。谁都不愿意听到别人弹嫌自己的马，就像冒犯了祖先一样。奇怪的是人人都喜欢挑别人马的毛病，批得狗血淋头才叫好。在小型的练马集会或大或小的赛马会上，几个、十几个人聚在一起，轮番对所有的马进行轰击。那场面简直惊心动魄惨不忍睹。胆小的、暴躁的、心虚的以及扛不住打击的得到一边去。那是男人与好马的残酷聚会。

所以马金山一说冉布腾扎西的马，他的脸立马就变了。要是再听到过分的话，他指定会脸红脖子粗地和马金山干起架来。

"虽然长得是难看了点，"马金山继续说道，"但有得有失，青蛋蛋走得是越来越快，越好啦。想想看，它才四岁，严格说还不到，进步的空间多么大？"

冉布腾扎西抿了抿嘴唇瞅了金山一眼，把话题岔开了。

金山嘿嘿地轻笑一声，换了个姿势蹲下。眼珠子骨碌碌地在各山各坳之中巡视。

我在能看见羊的身影的地方一番打量，心里便有了数，知道除了少数，其他的我的羊都到平日里常去的那一带去了，并没有因为超大规模的混合而乱了方寸。但我还是对东知布格外不满，每次他都这样，从来就不负责任。"那家伙又去哪里了？"我对金山说，"你应该拒绝他。"

"我不知道。"他说，"就算他说了我也不信。他是越来越会撒谎了，比真的还真。"他一边说一边轻轻地抚摸着自己的脸。

他细腻白皙的皮肤因潮湿的空气而粉红嫩润，他要是不张嘴的话，那真是一个漂亮非凡的小伙子。我由衷地赞叹了他的脸。金山只是冏冏一笑，说他姐姐的皮肤比他的要好一百倍！

更好？我暗自嘀咕他该不会真的是恰汗图的私生子？如今大家都

这么说。而且细细地端详他果真和恰汗图长得有几分相似。不知是什么缘故，在我看来他俩的神情气质比容貌更胜一筹。

"你是没见过我出嫁多年的姐姐。"他赞叹道，"我那姐姐的皮肤连最好的羊脂白玉都比不上。她已是孩子他妈多年，可一点都没变。"

"怎么没见过？"我说，"我小时候她还背我过河玩呢。只是她一出嫁，我再也没见过。她怎么不来坐娘家？"

"太远了。来了又忙得匆匆而去。这一年多没回来了。"

"你大大怎么就把她嫁到那么远的地方去了，是哪个土包子拱了你姐姐？"

冉布腾扎西哈哈大笑，乐不可支地盯着金山。他啧啧有声，仿佛眼前就是那个美貌之名久留不散的回族姑娘。

金山和他的大姐长得一点也不像。尽管我对她的印象多有模糊，但依稀回忆起一二。我记得，她常常背着我拣着石头踩过河，到营地对面的滩地里去摘盛开的野花。我记得她穿着红色的布鞋，在露出水面的石头上轻盈地跳跃，不让清水打湿好看的永远都是那么干净的布鞋。那时候她大约已经成人了，是个亭亭玉立的大姑娘。她是我见过的最爱干净的女孩。当我一看见"姐姐"这俩字，脑海中出现的就是她不清晰的背我过水的身影。在我心底里，一直当她是我姐姐。金山一说姐姐，我产生了强烈的想要见见姐姐的冲动。"你姐姐什么时候回家？"我数指一算，大概有十五年没见过她了，不知道见了还能否认出来。"你姐姐快回家了吧？"我说，"两年总该回来一次吧？"

"她回来的时候都是冬天。今年要回来的话也可能不例外。"

"说了半天，"冉布腾扎西说，"你姐姐到底嫁到哪里去了？"

"是临夏，具体是哪儿我也不清楚。"

他显然不愿意多说，站起身去牵缰绳结在一起的三匹走远了的马。

这时候雨停了，我和冉布腾扎西将各自的马垫子垫在屁股下坐着。我才想起还不清楚赛恒朝鲁回来了没，于是问冉布腾扎西。

"昨天就回来了，妖也回来了。你这趟出去的时间够久的呀，听说在哲么日喝了几天的酒？"

"头脑一热，跟着东知布那个贼孙到处乱窜，不知怎地就到了那里。把胃都喝坏了，现在都疼呢。"一说不舒服，它马上就有反应了。我再三确定了一下，才明白这真的不是心理作用，它是真的疼。我说："以后再也不敢连着几天喝酒了，什么时候死了都不知道。"

"那是，我上次喝酒你知道吧？后来过年时又连着几天，可能有八九天没间断，喝得胃出血了！住了半个多月的医院，吓死了。"他心有余悸地摇头。

"原来那次你是喝病了，那怎么说是肠炎犯了呢？"

"没有。"他说，"哪还有脸说是喝酒出的事？再说我阿爸重面子你又不是不知道。"

我一想也是，他阿爸最喜欢干这种事。冉布腾扎西还是那么瘦弱，脸色蜡黄、缺血。不是一个喝酒的料，而且他的酒量很小，醉了以后收拾不住自己，去年我家剪完羊毛大家狂欢，到了深夜都各自散去。他也醉醺醺地回家去了，第二天我看见他的一只靴子丢在出山的路上，剪羊毛穿的皮裤也丢在路上。我拿去他家的时候听他老婆讲，他所有的鞋子、袜子、裤子以及衣服都没有了。他仅穿着衬裤和衬衣回来的。他丢失的其他衣物再也没找到，最大的可能就是被牛嚼着吃进肚子里了。即便如此，他还是贪杯成性，和醉三宝形影不离。每年糊涂的时候远远多于清醒的时候。当醉到一定程度之际，恰好手头没了酒，他会去扫荡人家。他俩会亲自翻箱倒柜地搜查，找不到不肯罢休。他俩在没有喝酒或者微醉、小醉……反正不是大醉，那就是最好的人，待人真诚、无私,愿意给任何人帮忙,只要做得到,从来都不会说不。再难的事,再费时费力的事,也都愿意帮着去做。没人会真正地计较他们的那些荒唐事儿。

看他的状况不佳,眼睛真是吓人,眼白全黄了。说明他的肝脏处于病态,而且还很严重。"你戒酒了吧?"我说,"再喝就该死了。"

他点点头:"戒了快一百天了。现在抽烟抽得狠,一天一包不够,有时候耍起牌,抽得更多。"

金山将马缰绳递给我俩。他骑着他的那匹正在调教的两岁小马去中央山鼻梁左边的河谷深处堵截羊群前哨了。我和冉布腾到另一边的河谷去,这种天气羊群很容易断开,丢失的可能性很高。所以尽早截回来是正事。

再过一两个小时,正在消散的大雾将彻底清开。到时候把羊群收回到能从家里看见的地方,我们就可以回家了。我和冉布腾扎西约好去参加下个月在穆勒大草滩举办的赛马会。到时,他会骑着青蛋蛋去参加,而我也会与我的"流夜"在儿童走马中一试身手。

12

我无意中与一头母牛迎面遭遇,一下子相中了她。她是一头特别漂亮的母牛,她没有犄角,从额头直至鼻孔有一片呈长方形的白毛印记。她正是成熟的年纪,她怀有身孕,并且即将临盆。有那么一瞬间我居然对她生育的兴趣超过了她本身。因为我突然意识到原来自己还从未好好地细致地观察过一个生命降临的完整过程,以我对生命的敬畏这是不可原谅的罪过。好在我马上就有一次弥补的机会，岂能错过？

我跟在她的屁股后面，把伊门忘得一干二净。

伊门也没跟着我。他消失两天了。

白脸母牛我暂时叫她阿姆。她对我跟踪她的举动非常不满，咋咋呼呼地叫我滚蛋，若再闻她的屁股就用蹄子招呼。我理都没理，厚着脸皮稍远一点地吊着。不久后我发现了异常，她相当突兀地寻了一块平地，嗅了嗅卧下。然后她开始产犊了。

但也仅是我一愣神的工夫，她便已经生下了。

阿姆自己也糊里糊涂，还在积攒着劲道，还在按照规矩一步一步地慢慢来，她还没完全准备好，孩子就已经生下来了。正在屁股底下扑腾扑腾着。这个孩子也许是她有生以来生产最顺利的一个，今后可能也是。阿姆满怀情感地起身转过来，而在此时我也凑上前去，和阿姆站在一起，端详脚下的细的不忍细看的小东西。抛开阿姆的想法不谈，我几乎就是呆掉了，从来没见过一头牛会这么小。哪怕再小也到不了这个地步。这小东西根本不算是牛，他比小羊羔只大那么一点点。这么说吧，他和我的一个蹄子差不多。我根本瞧不见他的眼睛和耳朵。我以为他是流产的，是个死物。正要踩一脚时被阿姆一下子撞开。阿姆对我横眉冷对，她保护住自己的"孩子"。这时候我瞧见他动了动。阿姆撇下我俯身照看孩子了，阿姆用舌头，用头轻轻地拱着他，使他处于最合适站起来的姿态。但他接着没再动，眼睛也没有睁开，他的脑袋紧贴在地面上，浑身湿漉漉的。不过只是暂时的，很快被阿姆舔得干干净净。他那么小，而阿姆的舌头又那么大，没几下他的皮毛便似黑色绸缎一般。他挣扎了几次也没能站起来。阿姆不停地给他打气，为他加油，万万不要放弃。

我站在一边，仿佛回到了那年的那个上午，我的母亲也是这样鼓励我的。她的舌头的热度至今在我身上温存。我无法释怀的是再也见不到她了。

阿姆想尽了办法，那个小东西还是站不起来。在我看来他极度虚弱无力，离死也不远了。阿姆眼看无果，倒也镇定。伟大的母爱激发了她的聪明才智，她绕着他转了几圈卧下，卧倒在小家伙近前，接着她又费了一些时间才把乳房对准小家伙的头部，她发出一种近乎低泣的召唤之音，在这种声音传递给了他之后，小东西费力地微抬起头，咬住了摩擦着他鼻子的一只乳头，渐渐地，他的喉咙滚动得欢快了。慢慢费力地挑开了一条缝，他的眼神凝聚到母亲身上，一眨不眨。阿姆也怔怔地注视着儿子，眼底积存着忧虑。镇定如她也对儿子的未来感到迷茫，忧患他已可预知的多灾多难的一生，聪慧如她也无力为儿子铺下一条不那么艰辛而苦涩的道路。她舌尖泛上的苦味如同麻草的茎根多有回味，产后的满足也多了一丝难言的伤感，地上显目的一摊鲜血告示新的生命无论多么羸弱、多么不合理、多么难堪都得享受到应有的尊严。而阿姆给予儿子的，恰恰是最重要的。

这难忘的一幕，是我一生中最值得记忆的事件。当然我也那样做了，从那以后，我时不时地，有意或无意地，更有可能是强迫式地想起这件事，想起阿姆和她的不知是死是活的儿子。我无比渴望他能活下来，并且活出个样子来，但一种残忍的规则却告诉我那几乎不可能。没有谁可以忽视规则而活得自在。即便是我，装着一颗人的大脑，做事会三思而行，也难以挣脱无所不在的束缚。成天都得分出部分心思来应付来自自然深处的折磨和挑战。

阿姆逗留了五天，每天分八九次卧下去给小家伙喂奶。阿姆的奶水跟当年我的养母的奶水一样多，小家伙吃不完，奶水涨到一定程度后便像溪水似的自动流淌下来，渗入灰黄的细土中，细土染成黑褐色，渐渐在阳光下干硬，但仍然能轻松闻到悠悠的乳香和腥腥的泥土味。经过五天五夜的养精蓄锐，小家伙终于站起来了，他的腿细得跟万年蒿的草秆似的，而且严重缺少毛发，紫红色的皮肤堪堪地暴露着，假如天气骤然变冷，他最后的归宿一定是冻死！

他一旦站起来，再也没有跌倒过，这一点远比我强。阿姆高兴得对我叫，拉着长长的橘红色的舌头将儿子舔得一尘不染。除了幼小和难看的皮肤，他总算变得像一头牛了。

在此期间，伊门狼狈地回来了，他被撕咬成重伤，多处流血不止。一只右耳整个如同铃铛般吊坠在脖子上，仅仅一点细绳宽的皮子摇摇欲断地连着，头颅鲜艳夺目，宛如赤红的陨石。伊门显然不在意，难掩兴奋地吹嘘起一段非凡的经历。他声称得到了一位"美女"的青睐，短时间内感情飞速发展，已到了考虑出双入对的阶段。不料半路突然杀出一个狗东西来，破坏了他的好事，并在决斗中眼看胜利无望后无耻地算计，表示投降引得伊门放松警惕的最佳时机发动一击，接着连续攻击，直到伊门在死亡的威胁下仓皇而逃。

"他是一只丝毫没有自尊的可恶的阴险恶犬。"伊门大声咆哮着不满，他补充道，"所以说我没必要再遵守累赘般的风度了，既然他不仁，就别怪我不义。我要杀了他。"

"我认为你未必还是他的对手。"我从朋友的角度考虑，给出了一些建议，"他一定在蓄势待发，或有更加毒恶的阴谋在等待着你。"

"这你不用担心，我早有打算。"伊门挥动血爪拨动了一下即将离体的耳朵，愤恨地说道："我伊门多年经营，难道会没一点势力？我今晚就要弄死他。"

伊门的计划是找一帮小弟，以绝对的优势一举击杀那条恶犬，实现自己抱美女的愿望。

临走之前，他啧啧称奇地端详了小家伙，眼中射出贪婪垂涎的光芒。他嘱咐我，一旦看见其死了可千万别便宜了别的东西，一定得给他留着。在他几乎快要不记得的遥远时期，曾有幸品尝过一顿出生不足一天的牛犊肉，那真是世间美味。再也没有哪一样食品可以和那种美味相媲美了。他建议我如果不介意的话可以尝尝，保证不会后悔。

伊门来得快去得也快，那些伤势对他而言却是家常便饭，早已懒得理会了。他的状态也没有因此受到多么大的影响。阿姆自伊门到来，直到离去不发一言，但她陡然绷紧的神经和畏惧的眼神无疑说明伊门的危险她自是完全明白的。好在伊门有更加紧急的事情要做，不然阿姆能不能保证小家伙的安全是个极大的问题。当然有我在血腥事件是不会让其发生的，我突然后悔自己的实在，没有想到利用伊门的危险来实施一场精彩的英雄救美。说不定阿姆转瞬间改变了态度，对我主动示爱也未可知。

为了阿姆，也有可能还为了小家伙，我不知不觉地耽搁了五天。直觉告诉我那仁克快要到了，再跑的话于事无补，没有多大意义。于是索性，我就不走了，跟着阿姆母子，慢腾腾地挪着步，走到哪儿算哪儿。我做好了挨揍的准备。虽然这次出门计划没有变化快，等于失效了。不过能认识伊门，并且邂逅阿姆，那么所有的都有意义了。我这一生，又有几次这样美妙的旅途呢？

那仁克来得比我想象的还要快，他骑着那匹夏天时从隆洼用带马驹的母马对换过来的大黑马。这匹大黑马足已抵得上两三匹一般的马（是我见过的最大的马），那仁克骑在上面犹如半截焦木。他戴着一顶红白色的长舌帽,由于遮阳的那块太长,盖住了他全部的脸,看不清楚。只有下巴最尖的那一块有些亮度。

他一瞧见我便开始实施策略,为了防止我继续逃跑他远远地迂回了,他以为我没看见他。他朝蒿草丛走去,并很快把自己掩护起来。已很难发现了。不过他总是要到我身边来的,截住我的前路;要不就猛然蹿出草丛给我来个突然袭击,的确,假如没看见他我少不了会挨一顿胖揍,就像以前一样,被打得头破血流,失去先机等于失败了。这次好在我占得了先机,也远离着易被袭击的蒿草,我有信心这次头部不会挨打,我马上就往回跑。唯一难过的是舍不得阿姆,她什么都不知道,我不想殃及池鱼,所以再不舍也做了决断,招呼也不打一声便转身跑起来。阿姆惊奇地看着我跑远了,她好像舒服地松了一口气。我感觉到了。

当我跑出了几百步,也进入蒿草丛中时,恰巧那仁克出现在我刚才站过的地方,阿姆从突然闪出的陌生人身上嗅到了杀气,惊得踢醒美睡的儿子急匆匆地逃之夭夭了。那仁克四下里张望了一番,直到瞥见我隐隐约约闪现的脊梁后他发出雷霆般的一声怒吼,紧接着大黑马也惨烈地嘶鸣,他打马奔腾而来。我也更加卖力地奔腾而去。遗憾的是因为我是"牛",这先天的缺陷而始终跑不过马,我跑出去三四公里,离开了蒿草地,也完全离开了海边的碱土地,在即将进入真正的矮草地时被那仁克撵上来了。他没有像前几次似的抽出别在腰间的"乌朵儿"放上石子儿挥动起来,我尤其注意到他居然没有拿皮鞭。这种情况极其罕见,甚至不正常,那条鞭子像他的命根子一样,如无意外从不会离身。我的心思活泛而动,猜测这家伙出了什么事?直觉告诉我他的情况不乐观。这一刻我很开心。只要他不好我就开心。由于高兴,对他扔过来的几颗石子也选择忽视。那仁克有史以来头一次没有赶尽杀绝,当我毫不吃痛地挨了五颗石子后,他住了手。信马由缰地跟着我,我选择穿越甘子河高壒回家。

我辗转六天,行程超过一百公里,在旅途中我领略了不少风情,见识了像伊门这样的怪物,也于心底处藏匿了阿姆窈窕的身影。第七天的凌晨,我和那仁克以及颤巍巍的大黑马翻过了曲陇的下垭豁,到了山脚下,那仁克敲开了小向得家的用牛毛草皮土块叠垒而成的小屋的门,同时大喊向得的别号——小鸟。向得骂骂咧咧地开了门,他裸着上身和那仁克一起把我拴在他家的牛挡里。那仁克还不放心,用向得老婆绊牛的绳子将我的前腿捆住了,然后才放心地别了向得,牵着大坦克融入夜色之中。而我在鄙视他的过程中站立到天光大亮,四肢麻木,极度难受。我遭受了大罪,这又是那仁克欠我的一笔血债。

向得的老婆是一个异常丰满的女人,她的动作有如膨胀的羊皮筏子,令我浮想联翩。对于这个女人,曾几何时那仁克有过一些想法,按照她的随意性格,倘若那仁克想和她做爱的话基本上会成功的。但或许是因为顾及向得的感受,那仁克一直以来并没有做什么出格的举动,顶多就是在口头上占占便宜。他可能连她的奶子都没摸过。

清晨,地上铺了冰寒的霜,所有的牛都白了鼻子和嘴巴。那些可以卧下的牛一站起来,卧过的地方就会腾起一片浓浓的热气,当她提着小木桶来到牛挡把所有的牛都整起来后,牛挡里忽地雾气蒙蒙,融化了牛挡和脖环上的冰霜,化开的水滴在新鲜的牛粪上,滴出了一个个小酒窝。牛挡周围飞快地变得和往常一样了。

她开始放拴在朝小屋那边牛挡上的第一个牛犊,她放的时候很有技巧,先是用那肉嘟嘟的身子靠着牛犊,尽量不让牛犊看见她在解扣环,那样牛犊就不会跳腾。只要几秒钟,牛犊就自由了。由于占有体重上的优势，在对付牛犊这方面她比吉雅轻松很多。我不止一次看见吉雅因为被牛犊踩了脚或用刚长出的犄角碰痛了手腕而哭泣或破口大骂。一个夏天，还有整个秋天，吉雅的脚和手腕总会交替地不间断地处于受伤状态。有时候还会伤及面部、眼睛以及脖子等有生命危险的区域，她左边眼角和眉毛之间的那一小块疤痕就是这种事故遗留下来的，去年晚秋时节被一头调教了几个月也没弄乖巧反而更加坏了的对齿小牡牛轻轻地随意地摩擦了一下，她当时并没有流血，半个小时后肿得厉害，眼睛都看不见了。几天后消了肿，但留下了这块疤。这疤呈褐色，状似三颗羊粪直线连接。她和那仁克想了很多办法都无济于事，后听别人讲可以到西安去做整容手术，保证除得一干二净。这疤对吉雅的容颜大有损害，是她的一块心病，那仁克也对此耿耿于怀。他们都对西安之行大为意动，只是碍于经济方面的困扰，暂时搁下了。一直搁到现在，他们似乎已经忘了这茬事儿。我看那仁克似乎也已经接受了这块疤，吉雅也接受了。我第一次从他们的嘴里听到西安这两个字以后，曾对远方泛起了无限的遐想，对远足去旅行充满了无限的憧憬。我得到了启发，这才将往后的每一次出走路线安排得越来越远，我梦想着有一天等我报了仇、血了恨，我就一身轻松地离开，开始一生中最远的可以说是绝无仅有的一次伟大的旅行。我相信自己能做得到！

　　有关他和她围绕着伤疤的逸闻，我只知道这么多，这还是我结合看到的和听到的他们不完整的对话，再加上连猜带蒙后加工而成的。我之所以在清晨别人家的牛挡里想起这段往事无疑是因为看向得的老婆——这个异性——后产生的一连串的联想，在人类中，他们管这叫作连锁反应。

　　得益于安静祥和的一个好早晨，我没什么事可做，于是好奇地做了一回观察员。我格外细致地端详着她一口气挤完了三头牛的奶,收获了满满一木桶香喷喷的乳汁,她的藏蓝色大裓的两个下摆也被奶水浸透了,明显区别于别处,显得硬邦邦的。她挤奶的时候坐在一条还没有她的一半的屁股大的木头板凳上,由于她的屁股太大,一坐上去,根本就看不见那可怜的板凳,只有在她动弹之时才能听见板凳"吱吱"地惨叫声。

我的周围闲卧着一些牛,他们无一例外地磨动着上下颌,反刍着昨天的或是昨晚吃的草,就我因为光顾着跑路而腹内空空。我目测了一下阳光,大概是九点多的样子,那仁克还不见踪迹,他可能睡懒觉了,但更有可能在惩罚我——将我在这里拴一天——让我受罪。我假设了一下:那仁克很多时候都会以心情的好坏来处理事情,而这次他极有可能从吉雅那里受了气,弄不好大吵了一架。近期吉雅对那仁克借着找我的借口几天不回家而且杳无音信很怀疑,她觉得事情很蹊跷。我头一回看见她摔家里的一些东西,要知道平日里她可绝不会这么蛮干。她醋意横生,不禁火冒三丈。

我越想越觉得,他俩百分之百是吵架了。而我也要做好再在向得家的牛挡里消停一天的准备。明天他来不来也是个问题,他已逐渐开始使用饥饿这种极为残酷的刑罚来考验我的意志了,这已不是第一次,当然也不会是最后一次。

向得的老婆挤到最后一个奶牛时向得从小屋里出来,他刚起床,穿着一件红白方格的棉衬衫,没有外套。他没系裤带,双手提着裤子瞥了她一眼,然后朝一边撒尿去了。他撒完尿来到牛挡里,站在她的边上点了一支烟,他吸了一口,习惯性地吐了一口,就好像嘴里真的有一颗烟草似的。

"小白牛犊拉肚子了。"她说道,"拉得挺厉害。"

"那就灌药吧。"他一手插在裤兜里,一手掐着烟,看着白牛犊被屎抹得一塌糊涂的屁股皱起眉头,很不悦地问道,"别的怎么样?"

"还正常,但过两天就难说了。你还是顺便全部都药一遍的好。"

"嗯。这些畜生真多事!'邴琉'在哪儿?"

"药箱里呀。还能在哪儿。"

"那药箱在哪儿?"

"床底下,床底下。"她嚷嚷道,"你不是前几天刚给马打了针吗?"

"我哪知道你又会放到什么地方?"他朝小屋走,一边回应:"你那么能倒腾,我哪知道?"

"你先点着了炉子再来,把奶子锅搭上。"

"不烧茶吗?"

"等奶子热了再烧。"

向得进去没一会儿,她挤完了奶,提着桶也回去了。几分钟后他们一同出来,向得拿着一个灰色瓶子的药。那就是"邴琉",一种可以预防和控制很多病的药,它最大的特点是可以打掉我们肚子里的各种虫子,而且相当有效。从小时候算起,我起码已吃过一百片以上了,三岁以前我每年春秋各吃一次。对此熟悉得很。不过从今年开始有一只新药代替了它,因为那药更好。那仁克今年春给牛犊喂的就是那新药,名字叫"驱虫灵"。用这种新药的人不止那仁克一个,有很多。但继续使用"邴琉"的也不少,看向得就是一个"邴琉"的忠实用户。

他已经在手里数了一些药片,我估计大概有十到十五粒,当年我牛犊的时候吃的就是这么多。这药片嚼起来有一种大葱或蒜的味道,算不上难吃。

他的老婆提着一大瓶水,是用来把药片冲下去的。谨慎小心的人都会这么做,他们怕牛犊把药片吐出来,所以就用水冲下去,一直冲到胃里。但那仁克从来没这么做过,他会好整以暇地掰开牛犊的嘴,压着牛犊的舌尖,把药倒进去。然后全神贯注地看着牛犊的舌根不断地蠕动,他会看着最后连一片药也不见了,才会恋恋不舍地放开已被折磨得够呛的牛犊。所以,他们家的牛犊,包括两岁的三岁的小牛,都怕极了那仁克,像见了鬼似的。

他们先从小白牛犊开始,它拴在左起的第二个位置。向得将数出来的药片装进裤兜里,把药瓶扔在地上。可能是连续拉了几天或更多天的肚子,小白牛犊力量薄弱,向得很轻松地把它按倒在地,然后他把左手从牛犊嘴的一边伸进去,它的舌头被用力地按在天花板上,接着它就不由自主地张开了嘴,向得瞅准机会把药片丢进它嘴里,向得老婆紧随其后地倒了一些水。由于倒得太猛,连牛犊的鼻子里也进去了不少,牛犊被呛着了,剧烈地蹬腿挣扎,向得非常不满地哼了一声,瞪了她一眼。他放开了牛犊。小白牛犊起来后一个劲儿地摇头,看来它被呛得不轻。从它的嘴里并没有漏出一片药来,说明已经全部吃进去了。他们转而把拴在第一个的那头比小白牛犊大得多的牛犊拧倒,继续重复刚才的程序。而这时,我用眼角的余光瞥见那仁克正在赶来。他骑在马上歪歪扭扭,走得很慢,处于一种极度放松舒散的状态中。瞧模样,哪有和吉雅吵过架的样子,倒像是欢好了一晚上的样子。向得给第三个牛犊喂了药,那仁克到了牛挡里,向得的老婆回屋去烧茶。两个男人很快便让所有的牛犊都吃了药,然后他们把所有的牛都放了。那仁克将一条长长的带来的绳子一头牢牢系在我的脖子上。他和向得一个拉着绳子,一个赶着我,把我弄到了路道里。那仁克放开了绳子,他俩赶着我朝家的方向走了一段路,然后坐在路边的土坎上抽着烟。他冲我吹了几声口哨,他今天没有对我动粗。

拉绳子的意思是如果我逃跑会较容易逮住,只要远远地抓住绳头就可以了。其实完全没有必要,我要是想逃昨天晚上就逃了,今天会累死他。他到现在对我的那种近乎恐惧的警惕心松弛了很多,有些时候也拿我和一般的牛一样对待,于我而言是好事。

这段时间我逐渐意识到拥有非凡的智慧也不是一件绝对有利的事情,弄不好就是惹祸上身的根源。我因此可能会死得很惨。所以我已经尽量克制自己做出一些和牛不符的事情了。但糟糕的是,我竟然对重新活得像头正常牛产生了抵触情绪。在我无法控制自己的刹那,一不留神之际,抑或昏了头的时候,我就会做出一些额外的事。比如:看人的那种多变的眼神,和人类的没有什么区别,还有高兴的时候我会咧着嘴笑,这是我小时候从赛恒朝鲁那里学的,现在已经成了习惯,一时半会儿改不掉了。倘若让人看见我龇着一排大板牙发笑……那会惹出多大的乱子?我越想越心惊,不禁对自己从前的无知和大胆敬佩起来。是一种什么样的冲动和盲目支配我干出如此可怕而明目张胆的事情来?到如今,我只能祈祷事情一切顺利。庆幸的是,我的过错还不至于无法弥补,这就足以万幸了。

所以,我开始逆来顺受,套着长长的绳子往家里赶路。不管有没有人看见,我都按照一头公牛的正常行为行事,一旦路两边铁丝网里的牛跑到路边来我都会凑上去嗅一嗅,甩一甩尾巴,或者刨一刨地……我把以前不屑做的事情都认认真真地做了一遍。我觉得自己真他妈的傻帽儿。

我磨磨蹭蹭地一路招摇,在那仁克自家的草场里看见了那些被他赶走的牝牛,它们其中有十几头已领上牛犊了。它们根本没看见我,正可劲儿地在吃草呢。本想把我的表现给那仁克瞧瞧,但没等到他。他极有可能和向得喝酒去了。而且,翻过向得家前面的那座小山梁有一家的少妇被那仁克垂涎已久——他总是这样——正如他自己说的,看见她心里就像被猫抓了一样，难以忍受。他也有可能会去那里。他正在重复着父辈们的那一套，像基因或传染病一样繁衍着。

　　他不来，让我很难办。我不能进眼前的这片草场，但直觉告诉我小曲陇那里已经结束了。至于牛群都去了哪里——我毫无头绪。所以我只好在路边应付着填些肚子，耐心地等待着。到了下午时分，有一辆手扶拖拉机"突突突"地从垭口下来了，快到我跟前的时候我才发现是那仁克，车上坐着吉雅和小白狗角加，车上装着许多家当。他们从冬牧场搬过来了。和往年一样，那边冬牧场的羊群由赛恒朝鲁照管，他们小两口早一些来海日硌挤牛奶，获取酥油和曲拉。今年牛犊产得早。河冰也已化开，水流到处都是，比往年可能要早十五到二十天时间出青草。所以他们过来得就早。我倒疏忽了。

　　那仁克停下车，朝我走来，我沿着沙砾路往下走，一边瞧着他的动作。他拾起绳子的那一头把我拽住，然后走过去把铁丝网的门打开了，接着他慢慢地一边盘着绳子一边向我靠近。我乖巧地站在那里，轻松地低头吃着草。过了一会儿他把我脖子上的绳子解开，赶进了草场。他并没有开着车进来，因为窝子在那一头，那里也有一道门。

　　我朝着牛群走去。他们也发现了我，全部抬头张望，就像在看一场电影。

13

　　以前，一听说哪里有赛马会我就兴奋得睡不着觉，兴奋地盼着那一天。迫不及待地想在赛场上一试身手，我一直喜欢速度马，那种一旦跑起来仿佛在跳跃时空的感觉使我彻底迷恋了；后来随着年龄渐长，不再像十几二十岁那么轻巧——可以一跃而上马背——于是我喜欢上走马了。这是一种需要更高的技巧才能骑好的马，经验更加不可或缺。我刚开始骑的时候，每次训练，首先想的不是加速而是如何让马颠走得平稳，不要乱了步伐。这不是一件容易的事，除了少数极具天赋的走马，其他的走得快的马都是被人训练出来的。每天天不亮就起来盘马（一种训练方法，以马的大小而设置一长溜横倒着但空三四十厘米后排列起来的水泥杆子，然后让马走杆子之间的空隙，一个小时或更长时间，十几米长的"走道"会一遍遍地重复无数遍），接着去遛马，遛上个一千多米，再接着骑着开始热身，稍后正式跑动起来，跑得过程中既要增加速度，又要控制马走的平稳。而矛盾点在于一旦走得快了，走得到达马的极限了，稍一催促、骑手的姿势不当、出声有异或缰绳和扯环的松紧不在马的习惯范围内，就很容易使马乱了脚步……

这些年来我养了不少马，其中很多是所谓的走马——它们其实严格来说算不上是真正的走马——因为速度马一旦得到一匹好的、优秀的恰好还是年轻的，那么在几年内，甚至如果你舍不得或一直跑得好的话，七八年都可以出现在赛马场上，而走马训练难，见效慢，心里一着急或失去信心，倒卖起来就频繁了。得到一匹称心如意的好马实在是难。我养过的走马，除了四年前意外死亡的小红，入眼的一匹没有。而且小红也只在我身边待了短短的十几天。那之后我开始相信命运这回事，一个坚定的信念动摇了。小红的死是他的命，又何尝不是我的命？

尽管如此我还是没有放弃走马，时时留意着。有一次我迷迷糊糊地看中了一匹两岁的黄色小马，他叫"流夜"。流夜是到了我这里才叫流夜的。他以前叫"子弹"——一个要多俗气就有多俗气的名字。

而且这个名字的寓意也不好,我不喜欢,所以就换了。

流夜之前历经周折,去过好几个人家,每一家都很短暂,最长的一家也不过三个月。究其原因很简单,也很令人头疼——他是一匹走起来有"大骸套"(快走的时候一直颠得厉害)的马,骑手最无法驯服矫正的就是这种马。当他以恶劣的名声来到我家后,某一天我骑着他给别的马饮了水回家的途中,他突然间一顿,然后变了步伐,他像一匹已经很成熟老练的走马那样踏着又稳又快的步子奔跑起来。我一下子就感觉到他的"走"是"大走"(走马中最有出息的一种走法)。这一令人震惊的变化使我欣喜若狂,一种他原来是属于我的感悟油然而生。不然无法解释他怎么之前不变,到了我身边立刻变了?

我还是有一些不确定,骑着他参加了几次清晨多马参与的赛练。他的表现是那么完美,不可抑止的激动刺激得我浑身发热、大脑充血,飘飘然地得意。是的,我根本不用鞭打,甚至不用刻意管理,只要顺其自然就行。他自个儿懂得怎样走才是最好的,他一次也没有走乱,而且越来越快了。很快有人要买他,价格飞一般飙升到四万,对一匹马而言,已经很高很高了。但我怎么能卖?我心疼他还来不及。在我的精心照料之下,他的膘情眼看着好上来,脱光了旧毛,新毛光滑亮丽,油水十足。他走得更快了。

夏天,大多数赛马人除下了比赛马的笼头,解开了扎着束的马尾,他们的马回到马群,回到了群山的广阔天地之间撒欢、打滚、啃食一天天在长的鲜嫩多汁的青草与山花。而我学着几个狂热的人,并没有放流夜去马群,依然天天给他喂饲料,天天黎明时分骑练,隔三岔五小比一次。我相信有些有经验的人说过的话:一旦停了料,比赛时他定会乏得更快,比不得一直吃料的马。哪怕再好的草也比不上粮食。

夏天还没过几天,我已经喂给他一百斤玉米蚕豆和豌豆的混合料了。虽然心里很早就有准备，但经常地，尤其是饲料完了需要买的时候，我还是感到吃不消。一匹比赛的马简直太能吃了，而且越来越能吃，吃得越来越贵。我不断地调整着喂它的饲料的内容，不断地跟风，别人喂什么，我就喂什么，哪怕再贵，也咬着牙豁出去了。我对流夜充满信心，他绝不会让我失望。我仿佛看到无数的荣誉和奖金、奖品将我湮没。

木热草原的集会——大型的赛马会——的前五天，我们一伙——我的朋友尼玛、多布丹、恒本、玛尼乔合珠，还有嘎日迪和冉布腾扎西，以及金山——骑着马，牵着比赛马来到了赛场。此时虽然离比赛还有好几天，但已是人头攒动、骏马成群。都和我们一样，是提前来熟悉赛场的，也有拉着马前来做买卖的。在赛场的外围，小尖顶帐篷和五颜六色的旅游帐篷扎满了一大片比赛场还要大得多的草地，每一顶帐篷旁边都有拴马的橛子，有的橛子上还绑着三四匹或更多的马，有的空空的——也许去练马遛马了。到处都是马粪、空酒瓶、废纸箱这些垃圾。空气中弥漫着酸酸的闷闷的怪味。寻找着一个合适的驻扎地一路走来，数不清的人在数不清的帐篷里喝着酒，唱或叫喊。显然，这场有史以来草原上规模堪称最大的赛马会让所有人都兴奋不已，急切地等待着大显身手。我从一个个张狂的、野蛮的身影中看到巨大的威胁，对流夜的信心隐隐地动摇了一丝。奇怪的是我居然没有从那些不凡的骏马身上察觉出威胁。它们似乎把威胁转化成一种能量，加持到骑手身上。它们相对比人们安全了。而人们的危险也同样来自人们。

我们一直走出的这片"住宅区"也没找到一个很合适的地方，不得已，便把两顶帐篷扎在了"郊区"，再往前走一小段路就是一个露天的公共厕所，大便和纸屑到处都是。令人作呕的气味忽断忽续地飘来，但凡能有一点点可能我们也不愿意在这里驻扎，但是来的人太多了，这片被指定的区域几乎已满。往东是条河，沿河密密麻麻地也已经挤满了帐篷，往南和往西被铁丝网隔开，里面别说是住，连坐一会儿也不行。所以我们只能委屈在这儿了。不过管理人员说了，他们正在筹划于河对岸划出一片地来给后到的人们住，让我们委屈一两天。唯一需要担心的是一旦下雨河水高涨，能不能过来是一个问题。晚上我们还得商量一下。说实在的，我从来没想到广无人烟的草原居然会有这么多的人，仿佛都是一夜间从地下冒出来的，仿佛他们生活在我看不到的地方。也没想到会有这么多的马来比赛，而且每一匹看上去都是那么优秀。我的流夜的优势全没了。他在其中一点都不起眼，吸引人眼球的马比比皆是，叫人眼花缭乱。

其间有一个管理员——或者是举办者之一——过来，关照我们随便对付一个晚上，然后明天搬到河对岸去。"那里有的是地方，随便你们怎么住。"他安慰道。

"明天可以吗？"玛尼乔合珠说，"不是说要筹划吗？"

"今晚筹划，明天早上就划下道道来，你们放心吧。"他到"厕所"去撒了泡尿，皱着眉头走了。

他走后我们一琢磨，干脆到对岸去住吧，帐篷扎在离河不远的地方准没错，又不会赛马赛到对面去。

嘎日迪打了包票两天内绝对无雨。就是说到对岸去暂时是安全的，足够了。再说就算是下雨也不一定是大暴雨起洪水呀……我们七嘴八舌地讨论了一番，然后立刻动身搬过去了。黄昏的晚霞一照，两岸形成鲜明的对比，一面是熙熙攘攘、乌压压的一片喧闹，一面是清清冷冷、孤零零的两三帆白布；我们的马更自由，在偌大的草场上轻松地晃荡着。真是叫人疑惑，为什么白天有空的时候、不练的时候让马到这边吃吃鲜草呢？没有谁是笨蛋。第二天天不亮，有人来了，叫我们立即滚开,并且还有罚款。"这里是主席台的位置,是受到保护的草地。"来人说:"你们好大的胆子,眼睛瞎了,还是以为自己了不起,有特权?"他是一个高大的、具有威慑力的即将步入老年的男子,穿戴整齐干净、头发一丝不乱,剃光了胡须。他的脸很黑,毛孔很大,有许多不平的地方。总体而言他像一个常年发号施令的人。

嘎日迪和多布丹联袂而出,与其交涉,"昨晚不是你们的人来说可以住在这儿的吗?"多布丹振振有词地说道:"还说今早就划出这一片当作新的'驻扎区',别的地方不允许。"

"这里也不允许。哪个混蛋说的?胡扯!"他让另外一个人带我们去真正的驻扎区,叫我们把自家的马粪收拾走,一颗也不许丢下。

太阳快要出来时几辆蓝色的货车拉着东西来了,恰好停在我们住过的地方。卸下的东西有钢管和木板,还有其他的一些东西。有人立即着手测量主席台的具体位置,他们开始建起来。可是不对劲,中午过去一会儿,我们吃了午饭来观看的时候,发现一道高高的约莫有二十几米的布墙挡住了对岸的驻扎区,也挡住了赛场。原来主席台的正面不是河对岸,而是面向草原深处,那里一旦拆掉了横亘着的铁丝网,就是一片极为辽阔平坦的草地。而且已经有人开始从远处拆除铁丝网了,铁杆子或水泥杆子也一并拔去,把有可能妨碍比赛的一切都拔去,真正的比赛场地是这里。对面的乱糟糟影响不到这里,突然冒出来很多戴同一种鸭舌帽的人,以治安员的身份禁止一切人和马、车辆到主席台这边来。要熟悉真正的比赛场地得等两天后,开幕式前才会开放,流动的商店、饭馆、放录厅、做各种小生意的全部安排在对面。只是一个上午,来来往往的车辆不绝,一下子又出现了很多的帐篷。我们被赶到对面去了,过河的时候发现上游几百米外开始修建简易的木桥了,上百个人在水里喊成一片,连下游的水流似乎都变小了。

有很多原本驻扎在最里面的人们开始转移，对于有赛马的人来说熙熙攘攘的人群里的确非常不适合让马待着。安安静静的地方才有助于马好好地休息。我们和一些牵着马的三三两两的人们一直朝南走，走了将近一公里，在一座残断的山包下驻扎下来。对马而言无疑是一个很理想的休息场所，而且要去练马前牵着走一公里权当是热身了。下午时分，我们一点多的时候吃了鸡蛋汤煮挂面，喝了一扎啤酒，几个人躺在两顶帐篷前的草地上懒懒散散、昏昏沉沉的迷糊了。下午恰到好处的阳光和和煦的清风里最易犯困，最易彻底放松。似醒非醒的恍惚中时间飞逝，惊醒时到了四点钟了，恒本和金山不见人影，玛尼乔合珠和多布丹牵着马去饮水了，其他的还没醒来。这一带又多了很多帐篷和马匹，但每个团伙之间离得较开阔，充分尊重彼此，很友好的、平静的赛前。

天色全暗，夜幕垂临，我赶在之前给两匹马饮了水，喂了饲料。由于携带不方便，没有拿鸡蛋出门，但红萝卜倒是带了不少——足足有几十斤。就算我们有五匹参赛的马要喂，而且一天早晚都加上红萝卜也是绰绰有余了。这些萝卜都是我带来的，全是过年前从农村专门买来的。我的马——事实上所有这一带的比赛马都吃——吃红萝卜的历史可以追溯到五年以前，自达木却到手一匹伊利马，并且以鸡蛋、红萝卜、葡萄糖等东西掺和着饲料而精心地照顾起伊利马开始，这一饲喂的风潮便迅速吹遍草原。后来我们才知道，比起热水草原的牧人，我们算是落后了，怪不得他们的马总是跑得那么好，合理而营养均衡的饲喂不可忽视。现在，在饲喂方面最有经验的还是得说达木却。我们都与他看齐，坚定地跟着走。

我用小刀将一个大一点的红萝卜切成小颗粒，倒进流夜的料袋里，然后提过去套在他的脑袋上。至于萨日，我没有给它喂饲料，拉到离驻地百米开外后，给它打了马绊放了。我很放心这样做，它和巴日不一样，并不是一匹一放开就会溜走溜回家的马。它用此点优势到过无数的赛马会——因为骑着它去参加赛马会让我最放心——而扬扬得意，别的马没有它好运。遗憾的是它再过一年就二十八岁的高龄了，在我的了解中只有无比传奇的、一生生下过多匹好马并且一年到头神秘得不见踪迹的那匹黑炭般的母马活过了二十八岁，其他的我从来没听说过。萨日一生都没吃过一口饲料，早年我也因心疼它而喂过，但料袋在它的脑袋上吊了三天它也没吃哪怕一粒玉米或豌豆，它连燕麦也不吃，在最枯燥的严冬时节把绿得惹人亮眼的燕麦送到它的眼前，它也不屑一顾。可不管是如何严酷的一年，如何干旱受灾的一年，它的膘情不会垮，它的屁股永远不会扁下去。它的力气永远不见歇，它的步伐永远那么轻巧。尽管它的速度不快，也没有一步的"大走"，但除此之外，哪有一匹马能比得上它？有时候我都替它冤得慌，不就是参加不了比赛吗？怎么就无人注意、默默无闻了呢？归根结底，还是他不是一匹比赛的马，不是一匹可以在人前和马前让你露脸的马。他比我比一些人和一些马委屈多了。但他毫无怨言，甚至脾气都少得可怜，他的身上我看见了坚韧和大度、无私与善良……他这一老，能陪我的时间也越来越少了，仿佛他在带着我的心在一起老去，我不忍再经常看见他，我不忍再去抚摸他日渐干枯的双眸、垂垂的大脑袋，以及那长长的因岁月而失去光泽的鬃鬣；我看着他离开几匹马，独自去觅食，或是去思索。他每每都让我心痛，有一天我突然意识到，原来这么多年，自打我歪歪斜斜地独自骑上马开始，十几个春秋过去了，快二十个春秋过去了，一直陪伴着我的，只有他，只有他默默地、仿佛隐身般地跟着我。当我想到这些的时候泪流满面，钻心的疼痛使我呼吸困难，愧疚之情一跃而起，叫人难掩。我错了，错得离谱，我忽略了对我最忠诚的伙伴的存在,我想用他的时候他就在我身边,我不想用的时候他也不会出现;我使唤他得心应手,却没想过多给他一点关怀。连和我最没有关系的人从我处得到的关怀也比他多,似乎,我们本来就该如此,我们的关系自然的、带点悲观的成分,少了便不会有我们了。

  我们去对岸吃饭,因为新来了一家帐房饭馆,有个小媳妇水灵灵,嫩娇娇,叫人看得心里直痒痒。这是金山说的。他非得拉着我们去一睹她的美颜如玉,妩媚似水。"还不止。"金山说,"虽然另外两个没有她好看但还是值得一看的,而且其中一个是熟人,正好可以用来当阶梯,来攀登那座'玉山'。"

  他说的这个女人美貌是有的,但我们都不相信会美到他所说的那般地步,他是情人眼里出西施啦,被迷糊过头啦。但我们还是有兴趣瞧一瞧。兴头最大的要数多布丹和拉布其力,前者因长得帅而充满自信,后者完全靠着一张嘴皮子而无往不利,他更自信。嘎日迪在某个遥远的地方有一个情人,因此并不十分热心别的女人,也瞧不上别的女人,再说他这段时间着迷诗歌,一门心思想写一些够伟大的诗歌,哪里还有别的心思。他说再过一段时间,等那火山般的灵感喷发的时候,他就写诗,写正在酝酿的爱情诗!最好的爱情诗!所以他几日来一直在回味自己的爱情,以便得到某种升华。

  因为他狂热的执着与才华,我相信他一定会写出好的诗歌。因为读书且认真,他的知识天天见长,几乎什么都懂。什么事都可以问他,他鲜有不知道的,就算他马上不知道,但过个几天,他就知道了。所以他越来越像一个大学问家,一个大学者。他的家里那才叫开眼,第一次去他家,被整整两个大衣柜的书惊呆了。那些数不清的书整整齐齐地码了一层又一层，什么书都有，但大部分是诗歌与小说，反正很多。他自豪地给我讲解这些书的来源，其中有一部分是从他老丈人那里骗来的，又有一部分是从很多朋友和别人那里骗来的，他借来了毫无负担地签上自己的大名、盖上用海底石自刻的拙劣的印章，那书摇身一变就成他的了。任何人都休想再从他手中把书拿回去。久而久之，他的这个毛病被有藏书的人摸清，从此拒绝给他借书。出门的时候告诫家里人，嘎日迪来了千万别让他看到我的书，书藏得比黄金首饰更隐蔽难寻，因为人人都知道了，珍珠项链没人动但草原上出现了一个偷书贼，常常偷书还抢书……

他的书从不外借。我看见一本很有意思的书，书名叫《灵魂的毒药》，专讲世界上最著名的作家的创作生平和他们后来为什么自杀，和作品有什么关系？我借这本书想回去读，没想到他果断答应了。由于这本书翻得有点烂，所以我大胆猜测，可能他如此爽快答应的原因是想找一个书友，以便探讨看过的同一本书。

就我所知，我生活的这片茫茫草原上读书的人还真不多，更多地，或是绝大多的人读的是天地这本大书，从一出生就读，一直读到死去。读的境界人人不同，各有见解。但热爱却是共有的。

其实我也读书，只不过是没有系统地乱读。我读书最根本的原因是因为阅读强迫症引起的，从零零散散的眼见就读，形成如今的几百字几千字地读。我和嘎日迪最牢靠的交情不是因马产生的，而是书缘。

嘎日迪和我走在后面，他说因为激动，他昨夜半宿没睡，写了一首小诗，趁此机会打算念给我听，是关于这场难得一见的赛马会的诗。

美女诱惑在前，我根本没兴趣听他的小诗，于是我说："我要听一首完整的诗，你连赛马会都没参加写出来的诗是不完整的，是片面的，缺乏整体感的。"

他愣了愣，点头附和，"说得也是啊，是我太毛躁了。好吧，我在此期间好好感受感受，天天晚上写一点，最后修改一番，再给你念。"

"给我们大家念。"我纠正道，"这是你第一首公开露面的诗，怎能就我一个听众？我们几个都要听。"

"我怕他们不懂。"他悄悄地说，"不懂诗还笑话我，怎么办？"

"不能够，他们会懂得。"我说，"昨天冉布腾扎西还念叨无心的世界无心的圆，要命的欢蛋要命的脸蛋呢。这不是诗是什么？"

"是吗？"他斜眼瞅着前方的冉布腾扎西，似乎有些不相信他能说出这么诗意的语句。随后他的目光投到尼玛身上说："我不是说他，我担心的另有其人。你说恒本怎么每次都要带着他呢，什么意思？"

"怎么了，是好朋友嘛，就像你我。"

"他们有共同爱好吗？我觉得没有。你看他斤斤计较的那股势头，好家伙，可把我吓坏了。"他说着夸张地伸展着面部的表情，对尼玛的背影投去嘲讽的眼神。好似心有所感，尼玛忽地扭过头来，恰好瞧见嘎日迪的怪脸。他大笑起来，高声地问嘎日迪是不是脸抽风了？被他这么一喊，很多人都在看我俩，搞得我们很不好意思。嘎日迪气得憋红了脸，咬着牙低声咒骂尼玛。这时已经到了一家名叫"草原飘香"的帐篷饭馆门口，金山朝我们挤眉弄眼，兴奋得一塌糊涂。他首先进去了，随后我们排着队也进去了。里面还真是热闹，统共六张小桌子，五张占了，剩下的一张在靠近门口的地方，上面放着一袋半面粉和一小捆大葱，还有一摞没洗的碗。碗里面残留一层调食的辣子和羊油疙瘩，那羊油疙瘩虽被清油炒过但还是没能完全消融成油水，可能吃面的人并不喜欢吃羊油疙瘩，我看碗里的油疙瘩很多，那独特的带有膻气的油腻味道也是我不喜欢的。我根本不爱吃羊油。我没看见"漂亮"的老板娘但已经淡淡地失望了，做一碗面片放如此多羊油的女人，她的厨艺实在不敢恭维。一个没有好的厨艺的女人，就算再怎么漂亮也是大有缺陷的。而且她在开店中没有体贴照顾顾客，我敢打赌她很喜欢吃羊油，并理所应当地把这一喜好强加给光顾她的店的所有人。也许她意识到了，但仗着自己的美貌、仗着来人对她的讨好与迁就，她还是随着自己的性子做了。我觉得她是一个非常自以为是的女人，可能还有一点尖利。

  帐篷后面有一道临时撕开，随便将边沿缝住的门，门后还有一顶帐篷，一顶专门用来做厨房的旧的绿色的活动帐篷。那边好几个女声隐隐细语，刀与火音不绝于耳。我挑起这边的门帘，那边的门正对着我，里面阴暗，一时瞧不清楚，金山的一只脚已经跨到门里去了，另一只还在外面，他弯着腰，正对里面的某人说话。然后我听到一个女音嚷着叫他出去，接着金山被迫收回了那条腿。一个满脸是汗，雾气腾腾的女人也出来了。她瞅了我一眼，问金山要吃什么？然后又问我是不是一起的？金山问我吃什么？我说什么都行。我看她并不是特别漂亮，断定不是他说的那个女人，我给金山使了一个眼色，他装作没看见。这时候他们几个都来到门口，齐齐地望着湿漉漉的这个女人，每个人都说出了要吃的面食。这个女人皱着眉听完了，又自个儿重复了一遍，这才转身进厨房去了。

  我们等了片刻，有一帮人吃完粉汤腾了座位，在那张小桌子周围拥挤了我们六个人。这时掀开门帘出来另外一个女人，一个浮肿着满是紫斑的脸的女人，不用看第二眼我就知道，她属于被酒精长期毒害的那类人。她粗鲁地收走了桌上的大碗，随便用脏抹布擦了擦桌面。地上的烟头像子弹壳，多得无数。帐篷里烟熏烟燎，仿佛帐篷整个儿被烟草刺鼻干燥的气味渗透了。没一会儿热气逼人，汗水宛如虫子钻出体内，栖息在皮肤上，不停地蠕动着。正好到了我让烟的时候——

为了省钱和公平，六个人轮流着掏烟，谁也不吃亏——而烟盒里不足六支，我叼了一支后将烟盒丢到桌上，下手慢的金山空了手。我还没吸两口便被他打劫了。我们用蒙语轻声地交谈——其实是质问金山所谓的美人在哪里——那个女人怎么还不出来？时至正午之际，进进出出的人流搅得我们无法深入探讨与交流。我们自个儿倒了茶，一杯续一杯地喝着，焦急地等待从厨房掀动门帘而出的美女，肿脸的那个女人充当着服务员的角色，包揽了六张桌子的一切客流。饭来得出奇地慢，大概快一个钟头了才姗姗而来。总算，我们瞧见了神秘的丽人，撩动了我们心波的老板娘。她围着一条鲜艳的橘黄色的围裙双手端着一碗面向我们走来。她含笑解释了一下之所以这么慢是因为发电机出现故障而无法烧火的缘故，请我们多担待。她的嗓音不怎么好听，但相貌果然楚楚动人，她带着的那种活力四射的风采一下子就把我们都吸引住了。恍惚间、没等愣过神，她已消失不见了，然后直到我们离开，她再也没有出现，使我们觉得甚是遗憾。倘若不去管欲望的冲动，本身其实对她并无非分之想，有她这么一号人物，在这场注目又罕见的集会上亮相，更符合了我们猎取惊奇和快乐的心理。她让我们就算比赛不顺心也觉得快乐，所以几乎每顿饭，我们都在她的店里消费的。而带来的食物基本上原封不动地带回去了。

我们欢快地讨论她的容貌和身材，她的家庭背景、具体的岁数和情人，然后开始点评她的胸脯与屁股，幻想皮肤的洁白和光滑的程度，以及她阴毛的长短、性欲的强弱……傍晚给马饮水的时候这种交流达到了高潮，我们都激动坏了。人人说得都头头是道，仿佛已经亲眼见过并且体验过，人人脑袋都空前活跃，奇思妙想脱口而出，叫人叹为观止，佩服得五体投地。置身于如此刺激张扬的氛围之中，浑身的毛细胞尽情地舒张，血液快速流动，力量空前强大。但这种强大如气球般急速膨胀，接着怦然而散，零落各人心头。

　　黛青色的天幕垂下，旋风四起，那边光射下影影绰绰，河边安静了。马喝完水走了，岸边留有许多它们的粪便，还没散热的有熟豆子和发酵玉米的味道。就算离得再远，也还能听到有些马嗝屁的声音，水哗声也无法阻挡其穿透之音。

　　但"闹区"的喧嚣沸腾，却被无形之力于河边一断开隔，河边静极了。从早忙到晚，心绪没有一刻得到平缓，太累了。此刻夜色宛如澄净的液体，漫漫地湮没了我，伸展身子在柔柔的草丛中，向受惊的小虫说声抱歉，我也极愿意享受放开自我那一刹那的美妙。那可遇不可求的境地，但愿我们一同分享。

　　夜再深一些，万籁俱寂。水流突然平缓，失去声音与响动。我睡着了，无梦。在清冷中醒来，一身湿漉漉的露水。后半夜，草原已苏醒了。

　　赛马会的第一天即将到来，天空在一大早便湛蓝得令人心醉、痴迷。热浪滚动不绝，青烟弥漫。开幕式在锣鼓和鞭炮之中拉开帷幕，主席台最高处那书写着"首届达玉那达慕大会"的横幅随风而动，呼啦作响。白色的字体折射着强烈的光芒。由于要照顾马，在人山人海之中无法凑上前去，我们一帮远远地在跑道里面张望那边，对就坐于主席台之上的嘉宾一无所知，后听主持人介绍，大概有了眉目。反正全是领导。跟我们没有关系，我们的心思全在比赛上，下午就要小走马的预赛了——上午还有歌舞表演等节目——得抓紧时间让马多熟悉比赛场地，慢慢地牵着马，一圈一圈地在赛场里走。同时自己也观察赛道周边可能会影响到比赛的事物。比如进赛场的门那里就极有可能会让跑过来的马溜趟，到时候一定得记得将左面的扯环收紧一些；身子也要适当地往左倾斜。

　　尽管已经参加过许多比赛，可每一次还是会止不住地紧张，和多布丹聊天的时候也心不在焉，眼睛乱窜着，观察每一匹马，分析其能力，担忧卖相好的马是否表里如一，同样跑得好？我很希望每一匹马都中看不中用，当然我的除外。

多布丹表现得满不在乎，他一支接一支地抽着烟，客观地点评了每一匹他了解的马。他知道的其实我也清楚，不过因为他的老婆是穆勒的藏族的原因，他去那一带或更往上一带参加比赛的次数远远要多于我，所以有很多我不知道的马他也知道，我重点就听了这方面的信息。

"你看那匹。"他努嘴指着迎面而来的一匹马和人说："这个人叫宫保才旦，上穆勒有名的走马客，我小的时候他就已经在骑走马，你算算都多少年了？"他感慨地和宫保才旦握了手，问候了自上次谋面以后的境况，赞扬了他身后的那匹小黄马，惊讶地讨论了小黄马前蹄上马掌的薄厚问题，不着痕迹略带欢喜地套出了小黄马走得稳健的关键就在于加重的马掌上……然后他期盼地说希望可以早一点看到穆勒最好的"走马"的风采。宫保才旦心情大好，邀请我们半个小时后在此观看他和几个好友赛前的一次热身运动，届时他将骑出最快的速度，以便在赛前最后一次检查马的状况。

接着我们再次握手道别。

"看到没有，他很自信，说明这匹马有料！咱们得格外小心。"他回头看一人一马远去，思索着说："挂的掌你也看到了，不会少于九两，很可能有一斤。如此重量对马大有负担，再加上他本人的重量……咱们一旦和他相遇得这样：起步就要急速，等过了一千米再看情况，如果我猜得没错，他的马疲乏得会比较快，所以从一开始就逼迫他，然后等待时机超越。"

"那要是那马耐力非比寻常呢？"

他沉默了片刻，摇头道："一会儿看看情况再说吧。这是一个劲敌，咱们得开会，找出一个应付之计。"

在赛场的中央，有一大块草坪，只对参赛之人开放，我们就在那里聚在一起开了个秘密会议。绞尽脑汁到近午时，也没想到个妙主意，因为在绝对的实力面前，一切阴谋都是土鸡瓦狗。现在我们只能将希望寄托于一厢情愿上，盼着那小黄马并不是一匹有超强耐力的马。但多布丹给我们泼冷水，说以宫保才旦的为人，加之其对"最好的骑马人"这一荣誉的爱惜，我们失望的概率极高。半个小时过去了，又过了十分钟，才见几个人骑着马在赛场里走，将别的人和马暂请出场地。宫保才旦赫然其中。一圈走下来，场地里只剩下他们五匹马。他们在起跑线一排站好，都收紧着马扯环。静等一个充当裁判的人的口令。很多人都围拢过来，有人认出五匹马的主人无一不是在此道中沉溺多年之辈，堪称老祖级别的人物，这场赛前热身岂能没有看头？

尼玛乔合珠撇了撇嘴，大有讽刺地说道："都混到人头上去了。他大周巴是什么人，十几年前比'大侠'（戏称要饭的）好不了多少，现在人前抖威风。他的起家绝对有问题。"

尼玛眼瞅着前面，看似随意地说："就算人家的家底全是偷的抢的，如今还潇潇洒洒的，说明人家有本事嘛。你嫉妒什么！"

"说到底还是人家有本事，这才多久便翻身了。"恒本常年红着眼睛，活像兔子，他还有一对几乎快成摆设的耳朵，对话不大声，他就根本听不见。但叫人诧异的是别人骂他的时候他却什么都听得见。他凝神等五匹马起跑后接着专注了一会儿才说："这家伙是哪儿的人，这几年还真是挺活跃的。"

"好像在野羊沟里，不过他还有另一个家，就在塔热。我去过一次。"

众人惊讶，各有感想。

金山一时迷糊，移到乔合珠身边说："啥意思？"

嘎日迪取笑道："看你平时挺机灵，怎么愣在这儿了？再想想。"众人哄然而笑。

"不过此人的确厉害。"我说："能常年应付两个家室而平平安安的。"

"我佩服的是他那份超人的精力。"

乔合珠接口说："他两地都有孩子，加起来五个了。"

"人家现在有钱，养得起。"多布丹充当着智囊的角色，一直细致地观察着奔走的几匹马——不像我们几个吊儿郎当的——是否已经用了全力。等快完了，心里有底了，他这才开口："你们看他骑的那匹马，一点儿也不比宫保才旦的逊色。这要是他买的，没有几万块钱想都不要想。"

没多久，两千米的比赛结束，宫保才旦意料之内地得了第一，紧接着是周巴。这个结果多少让我们沮丧了，谁要和他相遇一组里，第一是别想了，弄不好连第二都得不到。指望宫保才旦骑的小黄马乱了步子等同于白日做梦。

其实我们早该想到，他怎会骑一匹走得不好且没有耐力的马来参加如此高规格的赛事？只是我们谁都不愿意承认，寄托奇迹于幻想之中。

当一匹骄傲的马得知自己对手太强，无法拿到最高荣誉，当一个人得知自己的马无缘冠军，甚至亚军，这是多么痛苦的一件事情！心头燃动的热火几近熄灭，一下子无趣了。然而要我放弃比赛那是绝对不可能的，即便明知不敌，我和流夜也要昂然上场，如同共赴死刑一般。我的流夜，早晚将独领风骚，任谁也望尘莫及。

相对于我的愤慨，他们几个心平气和，还劝我平常心。那是因为与他遭遇一组的人是我不是他们——他们根本就是对自己的马没抱什么希望——而我的流夜的运气如果不是非常好,很可能会在小组赛中就被淘汰。所以,流夜必须要得到第二名才可以进入下一轮。周巴的马不是纸糊的,不可能眼睁睁地看着我拿去第二。这次简直是倒了八辈子的血霉了,全叫我赶上了。

吃午饭时没了胃口。见到她穿着节日的盛装在餐桌之间翩翩游动也觉着只是好看而已。倒让她恼火了,以朋友的口气质问我是否觉得她穿戴的有问题?

"没有。"我说,"很好看!"

她不相信地瞅着我,端着给我的一碗面继续问道:"那你怎么一副不忍细看的样子?"

"我心情不好。你今天很漂亮。"

"什么事?"

"和你没关系。"

她吃惊地望着我,想不到我会以如此硬冷的口气说她。看清楚我是真的不给面子而非是开玩笑之后,她大怒。"砰"地将碗蹾到桌子上,汤汤水水溅洒了一片。她沉着脸,骂道:"看在常来吃饭的分儿上关心你一下,没想到是多管闲事了。"她不怀好意地把在座的我们几个人扫视了一遍,气汹汹地说:"赶紧吃了走人,还有好多人呢。可别像癞皮狗一样赖着不走。还有,今天的饭一律二十块。爱吃不吃!"

得罪了她,我等于得罪了大家。而且我还连累大家失去了她的好脸色。"你真没有男子汉气概。"金山说,"你看看那些人看我们的眼神,活脱脱像在看小丑。"

嘎日迪说:"下次只要不带他,我想应该没事。而且还可以利用此事套近乎,替他向她道歉挺好。我们有共同话题了。"

"对。"尼玛乐呵呵地问我,"我们在她面前埋汰你你不生气吧?"

我狠狠地剜了他一眼，懒得说他。一个个都已精虫上脑了，摆在面前的比赛不关心却尽瞎费心思，也不想想有多大的可能性。闷骚型的乔合珠，别看他年过四十，但心态绝对年轻，见不得妖娆妩媚的妇人，尤爱她们翘起的臀部，总想去摸一把，捏一捏。说他不想摸她的屁股，我们谁也不信。他肯定心痒难忍，正琢磨着呢。

14

这几年我有过一些孩子，他们集中出生在草原复活的季节——四月或五月。他们有的和我长得很像，有些却一点也不像。对此我没有什么可说的。他们像蒿草一样地疯长，对我这个可有可无的父亲彻底失去了依赖和兴趣——他们似乎一开始就并不存在依赖一说——没多久变得仿佛不认识了。和我一样的"妖"没有出现，这使我放下悬着的心的同时也受到伤感的吞噬。在某种意义上，我的血脉断绝了。始于这里也结束于这里。我就是一个虚无的存在，活一世也留不下什么痕迹。我难于抗拒地产生这样的想法，对此深信不疑。我正值壮年，我有大量的精子蓄势待发，等待一个生命旅行的机会，但我知道再也不会有后代了，再也不会……对此我一点也不伤心，反而觉得这样最好，说明我从来没有融入过这个世界，也没有被排斥，而是处在一个恰好的位置。一个并不健全的位置，仿佛就是专门为我设置的。我不想冒昧地违反我们这个——其实是所有的——种群的自然生存规律，一切应当以正常的方式进行。

由于草场的压力，那仁克锐减了我们的数量，原本他是打算像海边的那几家一样把牛的数量从一百零几提升到二百。他也那样做着，可这事不是单单加个数字的问题，每多一头牛，后面紧跟着的就是他吃饭生存的一系列问题。所以问题还不是有钱就可以解决的。最终，他被迫放弃了这一不大不小的理想，将牛群控制在了一个合理的、不会有太大压力的范围内。我有幸还能继续活着，其功劳多半归于吉雅。我的很多同胞，他们大规模地、集体地走向了末路，将脖子伸展于屠刀之下，就连春夏之际胆大的欲和我争夺配种资源的公牛、我的算得上是一个情敌的黑奇也没能逃脱死亡的召唤。

　　我们被圈禁，失去自由——从来也没得到过——我们渴望自由。但在这天地之间，有多少生物不是我们的敌人。我几乎想不到几个。这片天地就是一个不大的牢笼，当生命都失去了时，一切都没有了自由。如果这个世界上有一种自由值得称道，那就是无拘无束的想象力。它比任何自由都值得信赖。

　　我从来没有这次般伤心难过过，即使我的生母含愤死去时、养母溘然长逝时也没有。但我为同胞们的苦难与艰涩、他们为存活一日的奋斗而心头绞痛。后来不得已，也因不堪于折磨，我把时间抛在了身后，独自前行，走在了时间的前面。我想比疗伤的时间更快地忘记悲痛。如此一来，孤独一如烈日之影般清晰，我的智慧逃到了孤独之中躲避预感的危险。我不禁感悟到，当一个生命的智慧学会孤独的时候，就是高于生命本身的时候。

　　生存了这么多年，近日来我常常反思其中的得与失、爱与恨、痛苦和欢乐。托了智慧的福，我积聚日日思考的力量，如今透彻了，少了许多痛苦。但我觉得少有智慧的我的同胞们，他们的苦恼可能更少。因为他们永远不会去操心未来。

人生如银铛之狱,我们也同样如此。

我正值壮年,半生遭受的侮辱已当过眼云烟,即便为了母亲的仇恨,也在大自然的美和岁月的感化之下透亮似水晶、淡薄如轻纱了。然而这次,上苍给我开了一个永生难忘的玩笑,使我再一次为自己的身份而感到屈辱,为自己是一头牛儿感到悲戚。当常使我联想到从前被打断腿的那个同胞的卡车开到草场里来,那仁克和一些人跳下车奔着牛群而来时,我丝毫没有意识到这和我会有关系。在以往的多年,我已经成为这个群体里的一个特例,一个隐身的、不存在的物体。所有牛类要遭受的来自人类的关乎生命的危险,都与我无多大的关系,我顶多,只在外出回来时吃点小苦头,远远谈不上生死。

所以我懒懒地看了他们一眼,继续懒懒地吃着草,想着我的心事。我在想,小母牛们的发情期快临近了,几乎全部的公牛都已骚动不安,把每个怒目扫尾的公牛当作对手,战争一开始便进入了白热化,鲜血天天洒在草丛里,助长吸食了血的那簇草或花朵。像我这么淡定的公牛绝无仅有,我从来都不参与淘汰赛,只有决赛才能让我提起一点点的兴头。我已经连续三四年没有尽兴地活动活动身子骨了。我想今年也不会,所以我更是懒得关注他们打打闹闹。等几日,一切就绪了,我挑几头看上眼的母牛,其他的就让他们几个以战斗的结果分配了。我不像别的头号公牛那么霸道,独占一群母牛,战败者只能偷偷摸摸地搞上一两个,还得冒着再次受伤的风险。与那些公牛相比,他们算是运气滔天了,和我在一起,可以依照准则,分配胜利的果实。

去年的那几头与我发生性关系的小妞因为产了犊,今年就不能再去跳她们的背了。我看中了四个小姑娘,加上从一开始就保持着性关系的几头成年成熟的母牛,差不多已经可以了。因为理智,我已过了求性若渴的时期,现在我更注重后代的优良与智慧。虽然再也不会出现一个和我一样的"妖",但我依然渴求能有一些比较聪慧的孩子,以便继承我的财富。我的财富能让他们在表面安详实则危机四伏的苍穹之下学会生存,就超有所值了。

这只是一个父亲的一点责任关爱,远远谈不上什么目的。

而我要说的是,有一条从天而降的绳子准确无误地套住了我的脖子。我本能地抬起头颅,绳子一下子收紧了,绳子勒住了我的气管,使我呼吸不畅,自然慌张地挣扎起来。他们六个人拽着绳子,我无论如何都无法挣脱,到最后,我憋得头晕目眩,被绳子一缠绕倒下了。在倒下去的一刹那,我诧异于想象中绝对强大的我居然就这么容易地被他们制服了?我那些用不完的力气和奸诈的头脑哪里去了?我钢铁般的意志和凶狠的劲头哪里去了……不相信弄倒我的竟然是长久以来以为可以随便对付的一条细细的破绳子!而让我更加恐慌的是,不知道突如其来的灾难带来的是什么样的后果?我已多久没有体会套绳的滋味了,所带来的惊惧更胜往昔。毕竟我觉得,小时候还是少不更事,多少比今日乐观。

他们有一个人把车开到我身旁,我的犄角缠绕了铁链,他们用铁链直接将我拖曳着、吊拽着,不管铁链带来的疼痛和伤害把我弄到了车上。前前后后,快得令人吃惊,车子就已经开上了砂石路,直奔公路而去。

铁链还在我的犄角和脑袋上,绳子被解去了;车飞快,震颤传到全身的骨骼与血肉;宛如鼓点的心跳、急速上升的血压、眼中的模糊影子和有如燃烧的喉咙……我无法集中精力思考降临的灾祸,是生是死?无从得知……无助……当年羡慕同胞临死还能坐一次汽车,如今我也坐了……漫长的颠簸中卡车又下了公路,拐上了新近压出来的一条土路,再过了一会儿,一片庞大的黑帐篷和白色的毡包扎堆,彩旗飞舞、人头攒动的大型集市出现了。卡车行驶了几个"街口",在一处有很多牛的地方停下来,这些牛被分隔在一个个的铁围栏里面,有的是一头,有的是十几头,或是几头。

我被卸下来,独自关在一个栏子里。这时那仁克拿出一条铐链,两条前腿铐住了。像人戴的手铐一样铐住了。这是怎么回事?我在想,他铐住我干什么?

头上的铁链他们拿走了。围栏的门关上了。那仁克擦着额头的汗对边上的人致谢:"今儿大家可是给我帮了大忙了,要不然我一个人是一点办法都没有的,走——"他说:"我请大伙儿吃饭去。"

"这家伙太凶了,看看那蹄子,好家伙,跟大树桩子似的。"有一个人对那仁克说:"这次展览,你这牛无疑要得第一。"

那仁克掩不住得意地假惺惺地谦虚着说:"那不一定,很多牛都还没来呢。"

……

我听了一会儿暂时放下了担心,只要没有生命危险就好。但随即,我差点气炸了肺!低头看着腿上厚实沉重,哗啦作响的"手铐",再瞧瞧周围的同胞们看我的怪异、鄙视的眼神,雷雨般的耻辱分分钟把我淹没。怒火越燃越旺,我用仅存的一点点理智压着昏了头的我,不让我做出不堪后果的蠢事。我得忍,我忍得了以前,就还可以忍下去,等待最好的机会。

圈在这里的牛分两种:一种是公牛,而且是最好的公牛,有着野牛血统的全黑的麻嘴牛;另一种是母牛,也是有野牛血统的全黑的麻嘴牛,另外,体重、身高、犄角、尾巴好像都有要求。这些同胞们,尤其是那些公牛们,个个都桀骜不驯、目中无牛、自以为是地抖擞威风。活像小丑。几个活得不耐烦的家伙在挑衅我，我的邻居就是这样一头公牛，他的犄角比我的还要长，呈很规范的圆圈盘在额头正上方；他的身材也挺好，修长却不失硕壮。他用犄角碰撞铁栏杆，摩擦出刺耳的声音，以低沉颤动的嗓音向我发出挑战。我觉得他就像一个调皮的小孩，本欲不加理会。但太调皮的孩子也是惹人烦的，我甚至不用动一动身子，猛地一回头，我的乌沉沉的犄角不偏不斜地和他的犄角相撞，干脆利落的两响炮。他吃痛逃开，在一边缓劲儿。那些想要看一场热闹的牛顿时安静了不少，有几头母牛对我投来情欲的一瞥。交配的季节，是疯狂的美妙。

　　下午四五点钟，有人钻过禁止行人的彩带来参观我们。这是自打我来了之后的第一拨人，共有七个，有男有女。女的一律戴着太阳镜和遮阳帽，男的衣着也体面，戴着墨镜，双手插在兜里对我们发表了一通狗屁不通的理论，还沾沾自喜。尤其对我的手铐充满好奇，傻兮兮地说是因为怕我逃跑而采取的措施。说这话的，侮辱着讨论我的都是那几个男的，女人们震撼于我大山般的体格，迷失在我充满阳刚的气息中，她们对我额间长长的闪耀光芒的那簇白毛和洁净光滑又满是战斗痕迹的大犄角尤为爱恋。我任凭她们娇嫩的小手战战兢兢地触摸我，并与她们拍照留念。渐渐地，她们的胆子大了，不怕我了，开始更加仔细地观察我。男人们到了我身后，从尾巴缝隙里往里看，我宏伟的睾丸着实把他们吓得不轻。他们就公牛的生殖器作为补肾品到底有多大的疗效而争个不休，但不管怎样，他们一直认为，只有像我这样的公牛的家伙才会有明显的效果。别的就不敢恭维了。看他们一个个那狼性的目光盯着我的那里看，仿佛马上就要一口给吞下去的样子。我实在是恶心得不得了！

　　他们磨蹭了一个小时，快到晚饭点的时候才离去。这期间因为看见有人可以无视禁止线——外地人冒着危险——去看牛，很多人也进来了，不过少有那帮无知人那么大胆地进入栏子里近距离观看的。还是我的周围人最多，我想除了我那夺人眼球的手铐，我鹤立鸡群的体格也是重要的因素之一。远远地他们朝这儿一打眼，首先就会看见我，有些人，我觉得一辈子也没有我这一天照的相片多。很遗憾我不能自个儿留下一张，我只是在他们贴着我拍照的时候偷眼看看他们相机里的形象，坦白说，里面的我一点也没有相片之外的我威风。不但小了，而且还模糊了，失去了生气和味道。反倒他们都露出一副兴致勃勃的神情，摆出各种姿态来。可不管怎么搔首弄姿，肯定是以我为中心的。让我感到万分不解的是，他们对我的眼睛无动于衷，没有一个人产生一点兴趣，连提一提的人都没有。他们明明在看我的眼睛，也定是发现了与众不同，他们一定在我的眼中看到了熟悉的自己的眼睛，但怎么就那么平淡呢？

夜幕垂临，篝火与灯光交织在这片草原上，空气里流动的不再是芳香与清凉，而是烟雾、酒精、骚动、粪便等物。录像厅音箱传出十里可闻的打斗声，配有强烈的背景音乐，不管何时，血腥与暴力总是那么吃香；展出变异的双头蛇、双头侏儒、连体小孩以及美女与野兽——脱衣的舞娘和老虎——的大帐篷前的霓虹灯在发电机的供力下成为夜里的明星，进去的人们无不抱以强烈的刺激和好奇心，他们从没见过变态，对醒目地贴在闪亮广告牌上的这俩字格外敏感……那些小饭馆、小旅馆、小酒馆里处处有人进进出出，或酩酊大醉地跌倒在草丛中，或兴致高昂地高歌一曲……我站在栏子里，藏匿于阴暗之中，冷眼旁观着永远不可能涉及的生活，换着角度体会这种迷失的欢乐方式，对张扬或失意、愉快或痛苦的人们不是那么理解，他们的思绪一瞬间传达了多少困惑？尽管我天生似乎人类，并效仿多年，但我仍然不确定人类同一时间的动作语言和内心，是不是表达着同一个意思？

这是一个既不复杂也不简单，但却难以表述的问题。那些小心思，那些流转的小阴谋其实说穿了没有什么，什么也表达不了。某种意义上说，他们和我们本质其实是一样的，没有区别（这点让我感到真正的高兴）。

大概八九点钟，那仁克独自一人来了，腋下夹着一捆燕麦，他把燕麦丢进我所在的栏子里，然后斜身靠着栏杆抽着烟，贼眼一个劲地瞟前面的"街上"走过的年轻女人。接着他尾随一个披紫色披巾的小女子混入人流中。我想以那女子的相貌，未必瞧得上他，或许……说不定连话都搭不上呢。

第二天一大早他又来了，来了之后对我进行了一番可有可无的梳妆打扮，清理了我的粪便和吃剩的燕麦。几乎每个栏子里都有人影在活动。他和隔壁的一个青年男子搭上了话，互报了姓名与住址，随后话题一转，说到了这次的展览。那仁克恭维了对方的牛——也就是被我教训了一顿的牛——是万里挑一的好牛，尤其是身体的长度实在是出乎意料地长。"只有这样的牛的后代才会多肉。"他最后总结了一句由衷的肺腑之言。

我瞧那青年男子频频打量我，充满了警惕与敌意。他并没有说一些那仁克期待的对我赞美的言辞。那仁克有些不快，果断地没有再聊，转向另一边走去。而这时，外面有人拿着喇叭喊，让牛栏里的人都出来。展览马上要开始了。

接着，陆陆续续有大批的人赶过来，像浏览商品似的面带微笑地对我们指指点点。照相机的闪光比昨日多了无数倍，那些小牛们，和没见过大场面的大牛们惊得乱叫乱窜，有时候笨重地撞在栏杆上吓得外面的人们也跟着叫起来。我看见一个画家模样的人，支着架子和画板在给一群惊慌失措的母牛和牛犊画像。

在每一个栏子的横杆上，都有一个大大的编号，我的号码有三个字。编号的旁边有个小纸箱，起先我没弄明白那是干什么的，等后来那些专家们来了后，他们与别的——牧区里的——一些人一一细瞧了我们，开始把手里的小卡片丢进不同的栏子上的纸箱里时，我这才明白，原来好牛是这样评选的。

毫无疑问，甚至可以说毫无争议，我以高票当选最好的种子公牛，那仁克乐呵呵地从一个老女人手里接过一条红绸缎，跳起来系在我的脖子上，又从一个男人手里接过铁东西，在我左耳上捣腾，一阵短暂而钻心的疼痛后，我的耳朵上多了一个明晃晃的橘黄色的耳号。我猜想这大概就是我从此以后地位的象征了。

而那仁克也披了大红花，站在了一辆崭新的亮丽的摩托车旁，和我一样接受着拍摄。掌声不断从四面响起，经久不息。我尽管含蓄但也不无得意地想，看来我得第一实在是实至名归！

这一天，人们来来去去的没间断过，从来没有如这一刻，我们牛会受到如此关注。我察觉到大多数的游客都带着一副赞美、欣赏的态度，只有少数一些——都是些常年宰杀牛羊的惯犯——罪孽深重的人看着我们就像在看一捆捆钞票，估算我们被宰杀了后会有多少斤肉？有的还真拿出计算器敲打了一番。对这类人，我是——我想他们也是——避而远之的。

那仁克在昨晚的那个点再次夹着燕麦过来，我饿了整整一天，除了在正午时分喝了他端来的一盆水之外什么也没吃。倒是有些观客无知地捧着瓜子或别的我不认识的乱七八糟的东西让我吃。看着他们可爱的份儿上，我就没有计较。我估摸着，既然我的事情完毕，他也得到了想得到的。那我应该可以回家了,明天,最多就是后天。听人们的谈话,后天是走马决赛之日。那明天的可能性更大。毕竟,他不可能让我在这里整天整天地挨饿。今天展出刚一结束,那时候天都快黑了,但有心疼牛的主人,急急地,一刻也不耽搁把自家的牛拉走或是赶走了。现在剩下的已经不多了,不知道那仁克意识到没有,由于我的耀眼,在这个混乱之地多待一会儿就会多增加一些危险。这些年,因为嫉妒或是报复,此类的集会上被杀死的马和极少的牛就我所知的都快要超过双数了。那么,因某种原因来刺杀我也是情理之中的事。经过昨天的事,我一点也没有把握可以渡过难关。倘若真的有人要我的命……看来不能指望他了,我得自己救自己。

那仁克走后,我警惕了一夜。我用犄角试着撞了栏杆,一旦有风吹草动我马上就撞开栏杆逃走。相信在夜里,逃走的机会很大。但直到天光大亮,那仁克和昨天的那辆卡车过来,什么事也没发生,害我白白紧张了一夜。

我只是象征性地闹腾了几下,便任他们施为,将我如上次般弄上了车。车子再次驶过热闹的集市,不到两个小时我重新回到了草场里面。面对他们不解的目光发出了一通感慨。

竟然清晰地有了一回"家"的感觉,从前,哪怕我的养母在世的时候,出于对那仁克的憎恨,待在他的草场里,接受他的施舍或指令,使我也难有安全感。但如今经历了这样有惊无险的一件事,反而被催生出来了。说来真是可笑。在回来的路上,我思考了要不要从此彻底地消失?人生苦短,且匆匆而去,有多少遗憾只能在临死时以回忆的方式昙花一现?我悟到的是,趁着有想法赶紧去做,等待是最愚蠢的事。我年近十岁,半生过去了,以拥有的智慧来评价算是一事无成,羞于自视清高。我有一段时间没有梦见母亲了,她的模样实在难于拼全。其实这倒无所谓，母亲一直就在那儿，也没有变。可我解不开心里的那个疙瘩，如果不为可怜的母亲讨一个说法我一辈子都将不安，比起以前，杀他的心淡了，觉着就算他死了，母亲也活不了。这些年感受到同胞们面对某一天突如其来的末日的坦然与平静，胜过我千百倍。也许母亲对自己的归宿别无怨言，甚至心安理得。再者，处于那仁克的立场，他的做法其实也没错。我始终对他抱有一点理解，是因为毕竟他没有亲手杀死我的母亲。

接下来的一段时间，我忙于交配，播撒种子和血脉传承——便是觉察到一切努力终将白费，我也应当交配——暂时忽略了又一年的"脱衣"和忙碌的转场时节到来。几天以后，我还没交配的母牛仅剩四头了。那仁克骑着我挣给他的奖品，牵着披了一身"红装"的流夜回来了。

在一个"贵如油"的绵绵春雨中，那仁克邀来几个好友，一个上午便把我们所有牛的毛都拔完了。到了下午他们都喝醉了，并且一直持续到半夜里。也许是因为我为他争了光，这次的拔毛我没受多大的罪，而且是第一个拔的，免受等待的煎熬。

在四季中，我最期待夏天的时光，因为在那崇山峻岭浩瀚草原上，可比这里自在多了。现在那仁克一般是不管我的，也就是说，我有时间可以随便到处逛。有时候运气好，多玩个七八天他也不理。我觉得是因为我已经很久没有逃走而让他放松了，或者以为我到处跑的年龄已经过去了，步入了令他省心的时期。于是我也就将计就计，每次失踪，顶多五六七天就回来，整个夏天，也不多跑，平均每隔半个月出去一次。我这些"出去"其实没有什么事，只是天生一颗流浪的心时不时地蠢蠢欲动，不出去溜达一圈，成天待在一个固定的地方我非疯了不可。我从一开始常常出逃，除了那始终如一的理由外，这个毛病也是其中之一。

15

我的叔叔赛恒朝鲁，不知从什么时候开始重新又对女人产生兴趣了，他瞒着我们认识了一个叫塔拉塔娜的女人。应该是在穆勒的赛马会上邂逅的（那会儿他独自一人在行动）。这个女人，我不知道她是使用什么方法使赛恒朝鲁重燃希望的，但她那爽朗的性格无疑是起了很大作用的。我很感激——我们全家都很感激——她能够青睐赛恒朝鲁。自从和她建交以后，赛恒朝鲁动不动——尤其是近两年——就乱发脾气的毛病不治而愈。他年已四十，岁月对他刮刻得比别人更狠。多年来，他感悟到一些东西，并以此总结人生。他戒了很久的酒开始喝上了，并且逐渐增多次数（幸好出现了塔拉塔娜）。"生活摧残了盲目，提醒我那遥不可及的东西不是幸福！"他这番醉酒后的哲学家的感慨着实叫我刮目相看了一阵子。他是说他的过去，还是现在或未来？只有他知道。不过我觉得，从他如今的状态来看更像是在感怀过去。

经过一年多的热恋，等双方足够了解以后，就在前不久，他以倒插门的身份去了塔拉塔娜家，算是把自己的后半生彻底地安顿下来了。他和塔拉塔娜，还有她的双亲住在草日克。有千亩草场，几头牛和百多只羊。他们的婚礼简单而温馨，见证者都是最亲的人。

阿爸非常高兴，这些年他嘴上不说，但这个弟弟的状况委实叫他费心不少。现在好了，两个经历过感情创伤的已是中年的人经过深思熟虑走到一起，显然是打算白头偕老的。他真是放下了一块心病。

我们给他的"嫁妆"是一辆崭新的摩托车和四头带牛犊的母牛，以及二十五只母羊二十五只羊羔，四十只羯羊，共九十九只，取长长久久之意。这是阿爸的意思。

他去过自己的新生活了。他这一走猛然间我还真不习惯，我俩这些年一直吵吵闹闹的，总看彼此不顺眼，一天不吵浑身都不舒服，就像没有吉雅在家里进进出出的忙碌会感到冰冷，没有了他的叨叨顿时觉得无趣得很，干什么都缺了劲儿。我相信他也会有同感，毕竟，吵架不是单方面可完成的。在适应新生活这方面——某种程度上我也是在过新的生活——他会比我适应得好，因为他在蜜月期，眼里只有爱人和甜蜜。等过了蜜月期，就自然而然地适应了。而我却不同，第一，我没有新婚，不是蜜月；第二，我还得适应没有拿到钱而突然减少了一百只羊和近十头牛的痛苦，尽管我一点也没有因为给了他一百只羊和近十头牛而不高兴——吉雅甚至觉得以赛恒朝鲁这些年的辛苦来看还给得少了——但羊群的锐减是事实，也是我每天都要面对的问题。怎么把这个缺口补上成了伤我脑筋的难题。

赛恒朝鲁走后一个月，我和吉雅去看望他。我们到时，他正在清理羊圈，这是一件非常苦的体力活，显然塔拉塔娜和她年迈的父母都不能胜任，只好一直留着，年年积攒，物色一个合格的壮年男人来干。赛恒朝鲁无疑是符合的，他干得兴高采烈。塔拉塔娜在一旁搭把手。我的运气不好，稳稳地撞到了枪口上。看见我这个劳力，可把他乐坏了，笑得异常欢快。整整一栋羊棚和一个羊圈的羊粪，其厚度超过了一尺，他之前几天浇了水，又让羊群踏得瓷实了。一铁锹铲下去，用力一掀就是一大块——倒是比干的、碎的好弄多了——等晒干了绝对是绝佳的燃料。到了下午四点钟，他让两个女人去做晚饭。剩下的多半个羊圈我俩干得满头大汗也愣是没完工。

"行了,"他说,"这点儿我抽个空两个小时就搞定了。"

"明天不行。"

"我知道。回来我再翻。"

我来找他,是想让他明天和我去一趟草褡裢,阿爸在那里看中了一批羊羔,价格也合适。所以一口气交了订金买下来了。赶一群刚刚断了奶的羊羔一个人是不行的,一时还真不习惯找别人,所以只好找他了。再说,我帮他一天,作为交换,他怎么着也得帮我一天。

为了犒劳我们的劳动,也为了欢迎我和吉雅的来访。塔拉塔娜做了一顿格外丰盛的晚餐,吉雅做她的助手。还有一瓶红酒(这是相当罕见的),点灯时分,在他家那间二十年前的老房子的客厅里我们围坐在炕上,塔拉塔娜和吉雅坐在炕沿上,炕桌不小,但也摆满了碟碟碗碗,有黄蘑菇(晒干的)炒鸡,有羊羔肉盖被,有炒牛肉、炒粉条还有几个凉菜(显然是从镇上买来的)。大菜们都冒着热气,香气扑鼻,极其诱人。

她的——也是他的——双亲我不知道叫什么名字,也没问。我觉得只要知道他们是老人需要关怀与尊重便可以了。现在的人,连起码的尊重也随意地敷衍了,还能怎么着?还是先照顾自己准没错。

最后塔拉塔娜上了一道撒着葱末和香菜末的羊肉萝卜汤,老阿咪语气愉快地催促着赛恒朝鲁打开了酒,一个热闹团聚的氛围已经形成,身心全部放松。土房子比砖瓦房暖和多了,一会儿,还没吃呢,细密的汗冒出在额头、前胸和后背,一顿热汗出得畅快淋漓。可能没有能盛红酒的酒杯,所以塔拉塔娜给每人就倒在了碗里。那颜色,在煤油灯下是墨色的,晃动的时候才会波动出一丝黑红的皱纹。瓷白的碗,黑红的酒,感觉是那么天衣无缝地搭配。似乎有一种勾引的嫌疑,酒虫咝咝而动，一口下去，大半碗就没了。一瓶一斤的酒在四个碗里没转两圈便底朝天了，第二瓶只有我和赛恒朝鲁喝了。细想，我和赛恒朝鲁这样坐着正儿八经地喝酒还真是第一次。

说来，连喝酒都是很少的。原因就不要说了，我不想和他喝，而他也有同样的想法。酒这东西，不情愿的情况下喝是会出事情的，我可不想醉了后再和他打起来。

如今他独立成家，算得上是两家了，是亲戚了。我俩反而相互客气了，气氛融融地微醉刚刚好。

约好早上的时间，我和吉雅回到家是凌晨一点整。有意思的是路上我因为酒的缘故犯了肠炎，停下来拉肚子。然后我们并没有忙着赶路，而是手牵着手，在久违的那种轻柔的心跳里散步于茫茫的夜原，彼此的温暖传递，融化去掉那些小小的碍事的小疙瘩。走到一个突兀独立的小山头，我俩相拥而吻，久久缠绵。青草芳香，露水初现，打湿了我们的脸和手臂，破天荒地地，我俩野合了。

"咱们多看一会儿星星吧。"她这样对我说。

"星星？"

"是啊。你答应过我的。"

"什么？"

"看星星啊。结婚以前不是常常看的吗？以后几乎没看过了。"

我全无印象，连说了什么都忘了。女人有时候在某些事上太较真了，男人一兴奋，吐出来的言语哪有靠谱的？但我还是有些内疚，她的话提醒了我，其实结婚以后，我从前答应的好像一件也没有做到。而她也没有说过，更无埋怨。今夜这话，也没有别的意思，仿佛顺便提了一件微不足道的事，过一会儿她自己就先忘了。我侧过身抱住她，捏紧了湿湿的格外娇柔的手，认真地许诺道："以后，只要天空好，我都陪你看星星。"

她咯咯地笑着没有说话。接着她又咯咯地笑着摸索着去找自己的不知掉到哪里了的鞋子。她像小羊羔在挑剔地拣草吃一样，这里触一触，那里碰一碰。我也帮着找，老半天才找到。她胡搅蛮缠地抱怨是我踢她的腿才把鞋子弄丢的……

次日一大早，匆匆吃罢早饭，看天气晴朗得很，也就没带雨衣。本来骑着摩托车是最快的，但缺点是赶羊的时候非常不方便，远没有骑马赶羊的灵活多变。纠结片刻，还是决定骑马。捉马的时候幸好没费多大的劲，在草场的铁丝网角落堵截住，轻轻地甩过去一条缰绳搭在"托勒"的脖颈上——他是一匹三岁的小马，去年调教的，但还没完全老实——他小惊一下，打算逃跑但周围不是马就是铁丝网，最终放弃，乖乖地被我戴上了笼头。备鞍的时候他的身子战战兢兢，不是怕，是故意不让马鞍上他的身。还是我严厉地警告了几声，他才极不情愿地老实下来任我施为。

刚开始走的那一会儿他急躁，拽都拽不住。没有调教好的马总是有这样那样的毛病，有的一辈子改不了，有的被迫或自愿改正了。我想这样不行，干脆放松了扯环，任他奔跑……还不到两公里他就乏了，不跑了。也没有了刚开始的急切劲儿，总算有点像走远路的马了。我们说好在泉水口碰头，他比我早到了半个小时，看到抽下的四根烟头我就相信了他。有一点雾还在山头，强烈的阳光直射地面，是一个少见的燥热的晚春天气。今年气候反常，雨雪不断，难得一个不刮风不阴沉的天气。按说这片干旱的地方多下一点雨水是好事，但问题是太冷了，都快立夏了有时候早上起来发现地面是硬邦邦的，被重新冻住了。刚冒着头要长个儿的青草自然免不了受伤，十天半个月的不见有明显的长势。去海边是要途经冬牧场的，虽不能直接到草场里但只要远远地一看，有没有长进一眼便知。阿爸特意在路口等着，嘱咐我俩羊羔断奶不久，再加上阉割的伤口还没好，也没缓过劲来，赶的时候慢一点。"匀匀地，"他说，"路上有机会多饮一些水。草褡裢刚出来往下一点不是有一汪潭水吗，可以在那里休息一会儿。你这匹马——"他不满地对我说，"性子急又没有调好，小心别踏了羊羔。"

"知道了，知道了。"我连忙打断他还要说的话，逃也似的离开。阿爸还在后面喊着问有没有拿"青霉素"……

本来可以一个小时到草褡裢的，可我们竟然花了两个多小时，因为路上一遇到认识的人，赛恒朝鲁就展开聊天的架势，没完没了，不催促个七八遍他不走，而且还颇不痛快地数落我急什么急，有什么可急的？我俩又吵了两句。他的话太多了。我真替塔拉塔娜揪心，她能扛得住吗？他可比一般的女人能说百倍。

到了那里，麻库才让极力邀请我俩吃了午饭再启程。"又不是上夏窝子。"他的满是疙瘩的红脸展开自然而然的笑容，因为胖，灰色西服的所有纽扣都起不了作用，他的肚子向外敞开着，一件极旧的衬衫也有下面的三个纽子是扣不上的，好在衬衫够长（从未见过的长的衬衫），肚皮肉露不出来。这么胖，麻库才让还热衷于走马，一匹好的走马于他而言比美食和美色加在一起还要有诱惑力。如今生活条件日益改善，有了闲钱，马文化正从赌博、酗酒、打架、流浪、嫖娼等众多的娱乐中脱颖而出，开始独领风骚了。麻库才让除了和他的狐朋狗友我的阿爸以及别的几个人酗酒干蠢事——这些也是很久以前的事——再无别的爱好，直到近些年，几乎所有的牧人一夜间就对赛马——是那种有规范的，能载荣誉的比赛——产生了无与伦比的兴趣，每个男人都养马、赛马。甚至很多事情——那些有矛盾的事——也是在赛马场上解决的，比任何办法有效多了。在牧人心目中无可替代的尊崇的马的名义下，少有不守诺言的坏事者出现。

麻库才让自个儿遗憾地骑不上马，但他可以让儿子骑，他的儿子也算不负寄托，长着一个能压得住走马的屁股，想不成为一个走马好手都难。这样一来麻库才让的兴头就更大了，喂养了三匹大小不一的走马，不计成本地饲养着。每个赛事上都可以看见他和他那矮矮壮壮的儿子，以及他们的马。

他对马的疼爱是出了名的，人们都叫他"莫日艾敕"！（蒙古语：马父亲）

临吃午饭前那短短的片刻时间，麻库才让带我们到了房后的一块地上，他让儿子骑着最小的那匹马去跑一圈，让我们瞧瞧这马有没有长进。"我天天看着，都弄迷糊了。文昌说进步了那么一点点，但我看不出来。你们上次见过它的比赛，好好看看怎么样？"他气喘吁吁地不愿意再往前走几步，就地坐下，然后靠着一大簇蒿草半躺着。他的胖实在叫我警觉，提醒了肥胖的可怕，我甚至对肥胖有了恐惧心理。随后有了一丝庆幸，我虽然体重较往年有所增加，但离真正的肥胖还是很遥远的。只要注意运动，相信不会变得像他这个样子。我又联想到阿爸，觉着他恰到好处的瘦真是八辈子修来的福气，但愿我也有那种福气。

说实话正在卖力奔走的这匹"胭脂扣"，上次的比赛我还真没在意，我不可能记得住每一匹比赛马的状态，还有速度。我觉得麻库才让太自以为是了，他的马又没得第一，或是第二第三，凭什么我们就得记住它？也许从另一方面说，他会记住每一匹比赛的马，所以理所应当地认为我们也是会记住的。

不管如何，我俩还是很认真地看着它跑了一千米，还别说，除了途中乱了一次脚步（但马上调整回来了）以外，它的整体实力是属于上流的，是一匹有前途的好马。赛恒朝鲁胡扯着说比上次大概可能快了二十步，或者更多也说不定。他高高兴兴地接受了这个评定，直接忽略了大概和可能。或许，有没有进步不重要，一个评价的人才是他想要的。

简单地吃了一顿午饭，我和赛恒朝鲁赶着羊羔返回。由于羊群里一只大羊也没有，这些还不谙世事的小家伙们根本不好好地往前走，警惕心特别强，好似前方有什么可怕的东西在阻挠着它们。它们一会儿朝左边跑，一会儿又往右边奔，把宝贵的力气都快浪费完了。一个小时了还没走出草褡裢。"这样下去不行啊！"赛恒朝鲁走在右边尽量不让羊羔向那边转向，他朝我说："得快一点赶，到了路道里就好办多了。"

在全世界都划分了地盘的时候，草褡裢人留下这么一大块公用的草场实在是突兀得很，这就像惊喜一样，给人耳目一新的感觉。但这种感觉一过去，这片草场就成了我俩的灾难了。

又过了半个多钟头，出了这片感觉特别大——仿佛无限大——的草场，总算踏上了正途。在严实的窄窄的牧道中它们别无选择，只能一个劲儿地朝前奔跑。我俩再次分开，我到羊群前面控制它们的速度，他在后面收尾，它们有些狡猾的很容易会落在后面。走了一半多一点的路程，两只小羊羔出现了疲乏的状态，已经跟不上"大部队"了，马蹄几乎就要踩到它们身上。我和赛恒朝鲁划拳定输赢，赢了的搂上最小的那只（它只有马头那么大），输了的搂大的那只（有两个马头那么大）。我赢了，哈哈一笑，连马也没下来，从它身旁经过时探下身去，一把将它抄上马。轻飘飘地放在马鞍前鞯上，如同一只猫趴着。

羊群的速度再次被放慢了，要是接着出现疲乏的羊那今天就不用走了，得找个人家住下。我对阿爸收购的这批羊羔很不满意，它们远没有我预想的好，可以说差远啦。要不是价格便宜它们简直一无是处。便宜没好货！它们比看上去的还要体弱，走了十几公里就出现乏羊，还有十多公里呢，能走完吗？我十分担心。担心的是睡在别人家里，吃倒罢了，我尤其睡不惯陌生的炕和被子。失眠是绝对的。

赛恒朝鲁骑的马原来是塔拉塔娜战战兢兢勉勉强强骑得了的一匹烈马，她用死去的丈夫的一匹好马换来的。赛恒朝鲁说这匹马刚来的时候特别乖——他好像亲眼所见似的说——不管怎么欺负它都没意见，备鞍也不用打马绊，随便骑着走短路连嚼环都不用，有笼头和缰绳就可以。路上见了塑料袋、死去的畜生等东西也不受惊，十分胆大地走路。真真是格外适合没有男人的塔拉塔娜的。然而和大多数心里有数的马一样，慢慢地它摸清了门道，随即调整了自己的态度，不知从何时开始变得一惊一乍的了。到了某一天，她连骑都骑不上去了。它变得比儿马还要坏。一个女人，而且是一个娇弱的女人又怎么驯服得了？

如今这马好日子到头，落到了赛恒朝鲁手里。"看我怎么收拾它。"这是赛恒朝鲁总结了这马过去几年舒坦的日子后说的狠话。瞧那架势是要剥一层这马的皮了。我对此嗤之以鼻，他的骑术和他的狠话差远啦，我觉得他有可能会被摔得很惨，但这话我不能说出口，要不然我俩又得吵个半天（他从来都不承认自己的骑术有什么问题）。不过退一步说，他即便骑得再不好，也坏不过他老婆吧？

我倒是挺有兴趣他要怎样驯服它。

他骑着这匹马，怀里搂着大一点的那只小羊羔，注意力高度集中在马的反应上，稍有不妥立马收紧扯环，勒令它停住。磨磨唧唧的就是不快走，羊都走很远了，他还在那里走走停停。看着他那个样子，我比他本人更加觉得累。就过去把我的马和小羊羔交给他，我一声不吭地骑了他的马，从地上拎起那只羊羔。这匹白马只是轻轻地躲了一下，然后再无反应。乖乖地稳稳当当地走开了……要说，看人的马最狡猾，它们往往凭直觉判断哪种人不会怕它们的小动作而又是什么样的人会对它们的每一个动作都胡猜乱想，越想越怕……甚至不敢近前……

这匹马在我的手里，它多乖呀！叫它往东，甚至不用多动扯环，只要我的身子向右么倾斜一点，它马上就知道了，机灵地转向。它赶羊也有着多年的经验，有羊羔一旦落下了，我不要管，它自个儿会过去，把羊羔赶进群里。我搂着羊羔，用细微的举动指挥着它，简直轻松极了。赛恒朝鲁看得眼红，不服气，狡辩说是昨天劳动过度，伤了腿，有些不便。而且他还说："今天又骑了一天的马，刚才我的腿抽筋了。"

我顺着他的话说："可别怪到我的头上，你干的活是你自己家的，与我无关。"

"又没怪你。"他有感而发，"你婶子这几年一个人不容易，很多事情她都做不了。又要照顾老人，太辛苦了。"

"现在好了，有了你，一切都不是问题吧？"我说。赛恒朝鲁历经多重伤痛后能找到一个归宿，让他再次焕发无限的活力，我打心眼儿里为他高兴。

"那还用说！"他瞥了我一眼，仿佛在责怪我说的都是废话！他下了马牵着走，他的腿是不怎么灵活了。我倒是相信他的腿抽筋了。有时候，即使他什么也没做，安安静静地睡着觉，做着美梦，那抽筋说来就来，大半夜的鬼叫，让我们都睡不好觉。他这毛病，补钙补了无数，没用。像女人的月经一样每月都要来一回或是几回。而且极其容易连着来，稍有不慎就来了，吓得他常常一动都不敢动。

我们上了旧的环湖公路，在三岔路口也是零公里那里稍作休息，然后接着走，羊羔们嫌公路硌痛了蹄子，于是拣着公路两边的剩余不多的草地走，但这些草地几乎全部长满了蒿草，羊羔在那些空隙中绕来绕去，有的干脆从蒿草上面跳过去，但这样一来多走了弯路，又多费了力气。更要紧的是，从这里到家都是上坡路，也就说，走的时候会吃力。眼看着有几只小的又有体力不支的迹象，估计三四公里之内可能就走不动了。赛恒朝鲁一直没骑马，他乘一只快乏了的羊羔落后之际抓住了，和被捆在马鞍上的那只一起绑住蹄子，像褡裢一样搭在马鞍上，这样即使马跑动起来也不会轻松地掉下来。"只能换着来了。"他说，"你也别骑着啦，再抓一只驮上吧！到那几只走不动了就换上去。"

"这也不是个事儿呀。咱们真得走回去？"他的这个办法其实我早就想到了，但一想到要徒步十几公里立刻有一种劳累像铅一般灌到双腿，似乎一步也迈不动了。

"还有什么办法？总不能丢在路上，但如果你不介意住在别人家里，那咱们就去。"

我没答应。心想要是阿爸会骑三轮摩托就好了，可以借了村长的那辆深红色的三轮摩托来，一次性把所有滞后的羊羔都拉走。但他不会骑，再说村长还不一定会借呢，他会怕再次发生上次的事故（他的侄子借去拉牛粪时翻了车，折了小腿）。

既然要驮，显然这么小的东西，一次两只是太少了。我们多抓了四只，也就是每匹马上驮了四只，基本上有问题的都上马了。这让我俩轻松了不少。眼下的问题已解决——虽然是暂时的。我眼瞅赛恒朝鲁，他的脸色比我白，还在健康的范围内。有一些问题——自从他成家后——一直咬着我的心尖，不拔出实在难受。这会儿没什么事，于是我问他："你跟小婶说过你的过去吗？"

"她是知道的，要不怎么会盲目地和我结婚？"

"不。"我说，"我说的是你的那些古古怪怪的女人的事。"

"女人就是女人，怎么是古古怪怪的了？"赛恒朝鲁脸色变得黑黝黝的，他僵着身子粗暴地说："我的事儿这里谁不知道？你什么意思？"

"你发那么大的火干什么？都是过去的，已经和你没关系了。"

"没关系你提起来干什么？"

"我就是有些好奇嘛，难道小婶就没问过你？"

"像你这样的八婆哪有那么多？你失算了。"

突然冒出来的这个新词叫我一愣，瞬间有点迷糊。但我马上就愤怒了，冥冥中我感到一种奔我而来的"扣子"，几乎就是锁定我了。我有些惊慌，这种非理性的、多疑的不确定性的事物往往叫我心生恐惧。接着我考虑到这个名号被传出去让大伙儿知道了会产生多大的反响……我是一辈子和这个带有强有力的侮辱性的词绑架在一起，永远不得解脱！任何人与我开个玩笑，冷不丁地来上这么一句：好你个八婆……

即便是今晚不走，豁出去地留宿在旷野里，哪怕沙狐、野狐利用着蒿草天然的隐蔽匍匐到羊群里叼走羊羔，更可能因为受到某种危险物的惊吓羊群四下逃散……我也得和他正儿八经地好好地给他留下深刻教训地谈一谈。我自打懂事以来，还没有遭遇如此惨烈的辱骂。我的叔叔赛恒朝鲁兀自在一边乐呵，为灵光一闪得到这个解气的绰号而扬扬得意。他无视我的愤怒和情绪，抑或他觉得多年的争吵都是一样的。但他不知道在人生的某些时刻、某些特别的情景之下，忌讳从来都没有远去。就如此刻，它意想不到地蹦了出来，我再怎么控制都没用。我就和他争吵起来，没给他一点缓冲的余地。他傻愣的那会儿，我都气疯了。

这辈子和他相识并如此亲近实在是我的不幸。我对他的不够敬重不是我的错，而是他不像别的叔叔那样有着高一辈的光辉和自我具备的狠劲。大多数时候我对他的认识是兄弟而非叔叔。我自信的时候都是叫他赛恒朝鲁。他不自信的时候也承认这个称呼。他在有些方面单纯得几乎可以和五岁的孩童媲美。要说生活不强调非常必要的阅历或多重考验，但他常常表现的傻——也是痴——无疑是令我难堪的。因为大多数人不知是故意还是怎么地，说起赛恒朝鲁，他们就这样说：瞧，那仁克的这个叔叔这是在干什么呀？这是去哪儿呀？

他的这种表象，眼拙的人是看不出来的，只有相处得长久了才知道。有些人初次与他相见，便觉得是个不错的人，他说来也是不错。但不错在哪里呢……也许他更愿意和有距离的人相处。

我俩在路上吵了一通。赛恒朝鲁对此没有心理准备，他气得脸色煞青。语无伦次。好在，这次我俩没有动起手来。

后来羊群走没影了，我们在公路上牵着马走，还在有一搭没一搭地相互攻击。我俩的吵架已经仿佛形成了一套流程，一种套路。我们基本上都会猜到彼此下一句会说什么，即使有些出入也在意料之内。这种吵架其实很没意思，但我俩还是自我情愿地进入，内心也在排斥不熟悉的多余的内容介入。否则，我又怎么会如此气愤呢？

16

在和伊门分别许久，渐渐把他淡忘的时候，某一天傍晚他突然登门拜访。他鬼魅般地出现在我眼前，状况看上去很糟糕（他从来没有好好地和我见过面），满身污秽与血迹，他的尾巴愈加地短了。他还瘸了一条后腿。令我惊奇的是他比从前矮小了，缩短了三分之一。从他的一蹶不振中，我觉察出事情的不同寻常。伊门大有可能遭遇命运的抛弃，沦为丧家之犬了。"出什么大事了兄弟？"我说，"难道你遭到了诅咒吗？"

伊门呜呜啊啊地痛哭流涕，难掩的哀伤弥漫在四下，麻木而绝望的眼神表达着他已心若死灰。甚至他周身的哀伤中也游动着浓浓的死气。"我来见你最后一面。"他这样说。

我大吃一惊。无法想象强大如斯的伊门也经受不住折磨的考验，那到底是什么？是什么东西如此彻底地摧残了伊门的生存本能，使得他行尸走肉般地苟延残喘？我凝视着他，企图从那毫无华彩的眼神中窥得一些蛛丝马迹，继而想办法唤起他的求生欲望。但我失望了，他已自我封闭了所有的感知触觉，我询问多次他才凭着仅存的一点意识回答了我："我一无所有了。他们都抛弃了我。连神也抛弃了我。"

"谁？是谁抛弃了你？"我趁机急问，"你做了什么？"

"我完了。"他惨叫而吐血，他人形站立。这时我才发现他的两条前腿已被截去，那利爪从腕处不见踪迹。但奇怪的是不见一滴血从伤口流出来，反而整洁光滑，宛如镜子反射寒光。伊门再次悲愤地惨叫，充满着汹涌的愤怒和不甘。他耗光了最后的力气，仰面摔倒，剧烈地癫抽不止。他呼唤我到近前，以好兄弟的身份央求我给他报仇。他回光返照的那一抹灵动的眼神在看着我狠劲地点头答应后疾速隐去，带走了最后的一口气。

伊门和那仁克的小狗的死法一模一样。我慌张得没顾得上问一问，是谁害死的他？他说的那些话又是什么意思？他留下了一大堆谜团，可能需要花费大量的时间与精力去了解真相。之后还要实施对他的诺言。而我自己的事情还一塌糊涂，一直没有突破性的进展，更是对自身的命运缺乏全面的掌控。尽管他是我的好兄弟，他信任了我。但我仍然决定，只有在我解决了自己的事，一身轻松了，我才能去兑现对他的承诺。好在我没有保证期限，可以慢慢来。

等我捋清楚了前后关系，默默注视着渐渐冰硬的伊门，才感到一丝淡淡的悲伤涌上心头，他是我唯一的朋友，现在却这么窝囊地死了。连清楚地表达思想的能力也没有地死了。可我一点也不惊讶他的死，早在去年，有一天我突然意识到伊门已经死了。我清楚地感受到他已经死了。那时候我很伤心，吊念了他并把十月初八那天作为他的忌日。所以看着眼前活生生死去的伊门，我就觉得他早已死去。这应该是另外一回事。我猜可能是伊门对自己的死越想越觉得窝囊，这才想出这一招，从地狱里跑来央求我给他报仇。

我一边埋着头啃草，一边想着这事，一转眼，伊门的尸体不翼而飞，没留下任何蛛丝马迹，空气中嗅不到一丝他独有的、苦闷的臭味。于是我更加坚定了他的死期就是去年的九月，而不是眼下的六月。

确定了这件事。我转而关心起六月——这个骚动的时间段。那仁克两口子都在这里忙转场前的事。春季草场只是一个过渡期，但很多活都要在此完成。比如：给羊群和我们牛群打的各种预防疾病的针就有多种，每打完一针度过七天的药效期才能打下一针。我们牛有三种，羊也一样。另外还要剪羊毛，给我们拔牛毛。因此他们看上去格外地忙。自从牛群回到这里后的十几天里，除了还没有产犊的七头牝牛外，其余的牛，包括我每个的屁股左右都挨了几针。那些背上出了孢虫的被戳得更多。

今儿个早上，看见"出嫁"的赛恒朝鲁赶来帮忙，他在检查拔牛毛用的"巴特日"时，我意识到拔毛的痛苦和之后的清爽即将来临。

明天、最多后天，他们就会把我们一个一个地用牛皮绳套住，绊倒捆起来。然后从脖颈处开始，用"巴特日"把一小撮牛毛缠绕其上，接着适当地用一下猛劲，牛毛就从牛皮上拔下来。被拔的地方有时候会渗出血，有时候不会。但不管有血没血，那一份疼痛是实实在在的。一头牛身上有多少毛？得拔多少次？简直是一场灾难、噩梦！我的体积够大啦，而且又皮糙肉厚，这就使得毛拔起来更费劲，我承受的痛苦更是加剧的。不过那半个小时再难熬我都可以咬牙忍受。一旦完成了蜕变，清风吹拂着毛发稀稀疏疏的皮肤，那种燥热感顿去的、清风拂面般的感觉叫我无法形容。那是一种从心底里美得冒泡的感受。但今年我很是胆战心惊，因为昨天那仁克找出"巴特日"的时候，同时也在给一把小刀点了油并在磨刀石上磨砺着。那是用来阉牛的专用刀，此刀一旦出世，就意味着有公牛惨绝人寰的时刻到了，他的命运的转折点到了。我不知道这次倒霉的是谁，而且我不得不把自己考虑进去。近一年来那仁克对我是越来越不满了，不满的原因除了我跑得不消停，还要算上我的不育症（今年没有一头小牛犊是我的后代）。他似乎常常在琢磨着怎么收拾我。如果他已打定主意这次把我阉了……我一想到这种可能性就不寒而栗，连灵魂都颤抖起来。而这种危险一般却是我的"儿子"给我带来的。世界上的荒唐事莫过于此。

我察觉到那仁克可能在考虑将我阉了出售还是以公牛的身份出售？哪个利益会更大？无疑公牛的身份就是一张非常棒的名片——如果不知道我的致命的弱点的话——再挑剔的吝啬鬼也无法从我的质量上挑出一丁点的毛病。我毫无疑问地处在了顶尖的公牛行列中，并且是最顶尖最珍贵之一。想想吧，这片草原有多大？又会有多少公牛？说我是万里挑一绝不过分，这是事实。

但由于近两年我过于频繁地消失，又有别于其他牛的狡诈。使得寻找的难度远远高出任何一头牛，凭借此我也跻身于最桀骜不驯的公牛之一，并且隐隐有独领风骚之势。很多人见了我首先便是好奇地探寻，仿佛我的出格的举动就是他们最在意最乐见其成的事。也因此，现在有魄力有胆量把我以公牛的身份接受的牧人是越来越少了。使得那仁克的脸色对我常常阴沉，就差用唾沫吹杀我。他也不得不多加一条选择，却无意间陷入了选择的圈套中。

拔牛毛的时候就是阉割的最好时期，一旦我被捆起来，他们的屁股压到我的身上，命运也就不被自己掌控了。赛恒朝鲁的小刀会轻而易举地割开我的睾丸的表皮，一只手紧捏着睾丸的根部，另一只手把两只睾丸相继地拽出来，然后在伤口上撒几瓶"青霉素"。不过短短几分钟，我一起身，身份已经发生了变化。从力量与生命的传播者，变成了这一神圣使命的遗憾和羡慕者。等于从天堂打落地狱，我还没有想到有什么事情会比这更惨！

当然我不会允许悲惨发生在我的身上。渡过眼前的难关，我想到了溜走，躲避一个月，等我身上的毛渐渐退到一起，变成一团团的朽毛疙瘩。让那仁克从我身上得不到一簇毛的利益，我想他也就不会成天想着捉着我拔毛了。最近的活动，连我自己也察觉到有些过，处在风口浪尖受四野目光的关注绝不是一件幸事。意外就藏在其中，随时有可能跳出来，给我致命的一击。所以出门躲避是一件愚蠢的事。我不能被绳子捆住，又要让他们拔了牛毛，多么困难！是，我可以径直地走过去，躺下，用眼神告诉他们可以拔牛毛了……除非是我真的觉得自己受到的关注还太少，需要加一把劲。否则，就压在心底，不要搬出来。

那么我只能执行一个突然间想到的办法——装病！而且装得要有

技巧，像"出败""炭疽""口蹄疫"这些令人胆寒的病是不能装的，一旦那样做了，第二天我就有可能出现在屠宰场的大门口。以上的病和别的一些生僻的但致命的病最好躲得远远的，哪怕是一点点得这些病的特征也不要出现。所以我选择了既不会让那仁克惊慌也没有那么轻易好的病——肺病。得此病的常见病态是呼吸有嘶声，并且经常拉着口水。以我的条件，扮演起来轻而易举。让他们难以发觉。不过我又担心打针的问题，一旦我装了病他们一定会给我打治疗肺病的针，一两次无所谓可要是连续地打下来会不会出现什么意外？比如打出什么毛病来？因为我本身根本没有肺病。

　　除此之外实在想不到别的办法，看来也只能豁出去了。我将少量的希望寄托于那仁克的身上，看在相处多年的分儿上，他能施舍出一点怜悯吗，因为我得了病而放我一马。我这样想和报复他那件事完全是两回事。如果换作他处于我的位置我也会放他一马。在我的想法中，报仇是堂堂正正的决斗、是我光明正大地告诉他之所以这样做的原因后的堂堂正正的决斗，而不是别的什么方式。

　　一夜很快过去，第二天一大早，空气中飘着雪粒，清寒的气流环绕我的周身，毛发上沾着凝结的冰水。我和大家一起吃了一夜的草，此刻正静静地站立在沼泽的边缘。我闭目养神，同时想着装病计划的所有细节。当看到那仁克隐隐从淡淡的薄雾里出现时，我立刻弓起身子，将蓄在口腔里的口水小心地用舌头推到嘴唇两侧，推出嘴唇外面，做到了既不掉下去也可以让他看见的程度。然后我压低呼吸，弄出震颤的、有阻塞的声音。我刚调整好，觉得没什么问题，那仁克已经听见了我的不对劲，他径直朝我走来了，一边走一边观察我。我心里一紧，垂下眼帘，更加无精打采了。在他离我有十多米的时候，我才仿佛刚发现他似的、慢吞吞地迈开步子走向另一边。我走得沉重，仿佛刚刚抬得动蹄子。

那仁克张口骂着一些脏话——大概骂我的可能性很大——跑着追赶了我十几步,我明白他是在看我跑动的状态。于是我很配合地、吃力地跑了几步,一看他慢了我也就停下来,拉拢着头,让口水在他看见的时候滴在草地里。

他丢下我,把牛群收拢起来往回赶。转身时我听见他嘀咕:"是嗓喉病?还是肺病?"

我一直站立着,偷眼瞧着他把牛群赶远了,这才松了口气。我知道暂时安全了。但还得拖,拖个半个月,他想对我动手也过了最佳时期。除非他愿意冒着一无所得的风险,否则只能等来年了。我认为他不会冒那个风险,时机不对阉割而死去的公牛有很多,我的价值远高于一般的公牛,他没有那个魄力。

我本来打算待在原地,没有人来驱赶我的话就一直站着,或者卧着。但转而一想,此种做法可能会引起大恐慌,从而惹出不必要的麻烦。因为一头已经走不动路的牛差不多是快死了的。一旦那仁克打电话叫来专门收购病牛死牛的东乡人,那我真的是别无选择地要真正意义上地逃跑了。既然装得不能太过,我便慢慢地跟在牛群后面,那仁克频频回头看我之际,我也会随意地吃上一两口草。以此表示我还并没有病入膏肓,只要缓几天,完全可以康复到以前的样子。

吉雅在挤奶,她围着连续三年没换过的粉红色的头巾,穿着从她的护士姑姑那里要来的白大褂。由于她愈加地苗条了,白大褂在她身上晃荡得厉害。赛恒朝鲁已经将牛挡里的两头两岁小牛的毛都拔了,只留下前腿上的一小簇。留下的原因是比全部拔完的好看一些。这两头小牛都是母的,要是公牛的话会在前后腿上都留下一簇。他正在绊第三只也是最后一只小牛，今年吉雅挤奶的母牛中只有三头的小牛是大一岁的去年的牛犊，其余十一头都是当年的牛犊。她现在逐渐减少了对不是当年牛犊的母牛的挤奶，归根结底还是能挤奶的母牛越来越多的缘故。她有了很多选择的权利，哪头母牛或者她的儿女让她感到吃力了她会丢下她去挤下一头，或是换一头。她挤的牛有二十几头。

那仁克从帐篷门口拿来两条绳子，一条是夏天揽马用的；另一条是驮垛子的牛皮绳。他一边跑过去堵截要返回沼泽的几头牛，一边在手里盘着绳子，在那几头牛转过身的一刹那他快速地甩出了盘好的套绳，大大的绳套准确地从一头牛的头顶降下去，套住了它的脖子。它往前一跑，绳子马上勒紧了。那仁克一个人拽不住，他放掉了手里的绳头，又跑去拿了那一条盘着套子的绳，他在牛群边缘转悠着，寻找最佳的一个角度，以便可以像刚才那样一次就能成功地套住一头牛。他干这些的时候，我站在牛群之外，以一个旁观者的姿态装着病，观看着他们。赛恒朝鲁拔牛毛的速度快得像是蝴蝶在扇动翅膀，几个眨眼的工夫，他便摆平了最后一头两岁小牛的一面身子，翻到另一面后继续拔起来。那仁克绝对没有这么快，事实上他都不好好地干。净找一些磨叽的事情做。比如套牛，其实没必要，他完全可以在拔牛毛之前套住，然后直接绊倒了拔掉。这样既省时又省力。可他不，他非得在绊倒一头的时候确保另一头牛的脖子里也套着绳子。否则他心神不宁，更不会好好干。等赛恒朝鲁已经开始解小牛腿上的绳子时他的第二头牛还没套住，他的技术似乎在前一头上就已干净利落地用完了。足足挥动了六七次套绳，连一次也没套住。他来了气，咬着牙骂骂咧咧。犟脾气也犯了，不管赛恒朝鲁叫他过去帮忙绊翻前面套住的牛，一门心思地追着牛群里一头黑黄色的他套了四五次都被巧妙地避开的大角犍牛，不套住誓不罢休。一旦被套住，我真替这位不知在想什么的同胞担忧，它会吃到灾难般的后果。

赛恒朝鲁呼叫无果，那仁克充耳不闻，一会儿的工夫，他对那头牛连打带追，吓得牛跑得更快更敏捷，它独自跑出了牛群，头也不回地奔向远方。他再也追不上了。他还是没有去给格外吃力的赛恒朝鲁和吉雅帮忙，转而去套别的牛。直到赛恒朝鲁无法忍受，破口大骂，他才不情不愿地过去。气呼呼地拽住了牛脖环，拧住了犄角，等赛恒朝鲁捆好了两条前腿、将绳子从肚子下面穿过去，并在后腿上轻轻地、不惊动牛地缠了一圈，然后他们一个人拽绳子一个人向上使劲拧牛的头颅，那牛挣扎了好一会儿才险险地翻倒在地。他俩迅速地一个压住了头、脖子和前肩；一个坐在了后胯上。赛恒朝鲁让吉雅替他坐上后胯压着，他捋出了绳头开始认真地、紧实地捆后腿。因为只有一个"巴特日"，是赛恒朝鲁用的，那仁克可以名正言顺地继续去套他的牛了。留下吉雅帮着赛恒朝鲁撕一撕脖颈一带的牛绒并把牛毛装起来。这次那仁克没有慌张地去套，而是转悠着寻找最佳的机会，以求一击必中。他一沉下心水平便正常发挥出来，赛恒朝鲁还没怎么开始他就稳准地套住了一头。他满意地咂咂嘴，丢下绳子到帐篷门口从袋子里翻出一把剪羊毛用的剪刀，将上面的用毡做成的套子解掉。一边走过去一边看着我，对赛恒朝鲁说："妖病了，拉着一点口水，嗓子里有些嚎。"

赛恒朝鲁其实早就看见我的不对劲了，他抬起头望着我，目光犹如钉子扎进我的肉里，我仿佛在他面前皮开肉绽了。"应该没事。"他说，"打两天头孢看看。家里有头孢吗？"

"有啊，但不多。"吉雅一边双手灵动地捡着拔下来被风一吹就要飘走的牛毛，一边说，"另外有一些是去年夏天的，因为受了潮不能用了。一次打几瓶呢？"

赛恒朝鲁说:"一次得两瓶,少了不起作用。"

"那我去看看。"吉雅说完把装牛毛的袋子交给了那仁克,跑进帐篷去了。他俩把牛翻过去,他把"巴特日"交给那仁克,自己接过剪刀准备截剪牛尾巴。按惯例他会剪下多数的尾巴,只留下尾椎处的一骨节儿。因为是母牛,又不是出售的,没有影响价格一说。由于近年来牛尾巴价格持续攀升——一斤已涨到了七十到九十元——使得有尾巴的牛越来越少了,大多数——尤其是两至五岁——的牛都只有一根光秃秃的尾巴杆,除了尾椎的那一骨节儿。于是草原上出现了这样一道奇异的风景:大片大片的牛群甩着没有"尾巴"的尾巴,费劲却无效果的驱赶着黏在身上喝血吃肉的蚊子苍蝇臭虫……模样大大地打了折扣,再漂亮的牛一旦没有了尾巴就如同人没穿裤子。就那么难看。

本来那仁克和赛恒朝鲁严守着"秃尾之牛不算牛"的审美准则,尾巴的价格还在三十和四十元之间浮动的时候不为所动,还数次当着众人的面谴责几个剪牛尾巴的人玷污了牧人对牲口最起码的脸面,也没有给它们留住尊严。但好景不长,当价格涨到七十、八十、九十甚至一百元的时候,他俩丝毫不比别人慢地行动了。从去年开始,除了实在不能剪的——比如母牛和公牛——之外,其他的一律遭到羞辱和利欲交织的对待。他俩做得更彻底更狠,更加光秃秃。

吉雅今天穿了一件我从来没见过的浅绿色的长毛衣,一条紧绷着长腿的黑条纹裤子。她还穿着专门挤奶用的深勒泥靴。当她拿着一个红色的布袋子走向他俩的时候,一点闪光跳动耳朵上,我一眼看出她戴上了那对金耳环。这只有在她认为有必要的时候才能看见她戴上。今天她比往日更加漂亮迷人。从小时候起,我对她充满了好感,觉得她是美丽的源泉。一切美都是从她身上散布出去的。尽管后来我开始忙于学习和交配而淡化和转移了这种情感，她也因为我长得太大而减少了对我的呵护与宠爱。但我一直在关注着她，几天不见就会想。我知道她也并非完全忘记了我，一旦我有事最紧张的人就是她。而且她的在乎没有丝毫的驳杂，是纯粹的亲人间的担心。这不，她一看我病了就紧张得很，亲自跑去拿药了，然后她径直朝我走过来，一脸关怀。仿佛担心我得了什么不好的、顽固的病。她太知道病对我们来说意味着什么。她很快来到我的跟前，像从前那样毫无疑迟地、怜爱地摸着我的额头，轻轻地、习惯性地撩拨着额间的白毛。她从头到尾细致地查看了一遍，最后目光停在我的嘴唇上，然后又侧耳倾听从我嗓子里发出的非同寻常的呼吸声。她细语恺恺地安慰我，仿佛已经知道我在受着多么大的痛苦。她牵着我往牛挡里去，我顺从地跟着。我的心里无比地温暖，愿意跟着她，愿意被她牵着去任何地方。

"你怎么回事，你整天在想什么呢？他病成这个样子了你都没发现？"她很生气，一过来立即质问那仁克。接着她用更加生分和不悦的语气说，"别的我不管，但他是我灌奶救活的，没有我你早就把他扔了，我相当于他的妈妈，所以我一定要照看好他，你快快给他治病。我告诉你，你别想着卖了他，我是坚决不会同意的。哪怕他再怎么调皮也是应该的……他比任何牛都重要。"她一反常态地滔滔不绝，把那仁克听得目瞪口呆，把赛恒朝鲁听得目瞪口呆。就在这一刻，我突然闪电般想到一个点子，一个绝妙的主意。我激动地颤抖起来，不由自主地加重了呼吸。太笨了太笨了，我才发现自己依然还不够聪明，居然这么久了也没想到这一点，正如人类所说：因为自满，我的思维已层层僵化了。若不是吉雅，我可能永远都不会想到这个主意。我最大的失败是居然没有发扬光大人类最得意的品德之———利用。

我不懂得甚至是不在意地忽略了利用周围的环境、人类、同胞和一切的一切。我忽略了利用能够利用到的一切。我一下子豁然开朗，冥冥中看到了一条大道笔直地展开在我眼前，一望无际。

我立马开始行动，决定从利用吉雅开始。我对她的利用是饱含情感并且是最真挚的，不会有一点的伤害。我忍不住感激之情，轻轻地用头去触碰她的腰间与臀部。在她转过头时与她四目相对，我用湿湿的眼睛望着她，似乎能把她融化。她的眼里瞬间盈满泪水，她双手抚摸我的脑袋，以一种极为低沉又沙哑的声音说："看见了吗？他在向我诉苦，他受了多大的委屈，你们究竟让他受了多大的罪？"她的眼泪再也止不住，一连串地往下掉。

天地良心！那仁克惊呼冤枉。"我今早才发现他病了，怎么就成了我的错？"

"怎么不是你的错，天天跟在他后面转，连他病了都不知道，你的眼里还有没有他们？"吉雅忙也不帮了，牛粪也不拾了，咋咋呼呼地以一贯最生气的表现方式转身撇下他们。她牵着我走向帐篷。"我先给你打一个消炎针，准没错。反正消炎准没错。咱们不求他们。"她轻声细语地对我说着，拿柔柔的眼神安慰我。一听打针，我踌躇了一下，但随后便释然了。反正我已做好了被戳的准备，现在换成吉雅来更好，我无比乐意。哪怕她从来都没打过针，哪怕她把针头戳到我的骨头上、大动脉上，我也不会皱一下眉头。我喜欢她对我做任何事。

她叫我等着，乖乖地不要跑。我哞哞地摇头晃脑了一番，把她高兴得一脸粉红，宛若桃子。忍不住想要咬一口，却被她在嘴唇上轻打了两巴掌，笑吟吟地叫我不要调皮。她跑进去拿药了。一会儿又出来，拿着药袋子跑到牛挡里去问赛恒朝鲁哪个是消炎药；一会儿又跑回来了。她跑得既轻盈又轻佻。她蹲在我的前面埋首翻动塑料袋中的药，找出一瓶头孢来。真不容易，她居然没有在那么多的小瓶子里弄混了。

可当她开始操作打针之前的程序的时候，就显现出笨笨的一面了。首先，她没有用氯化钠注射液过滤或消毒注射器，而是直接满满一管注射液注射进头孢瓶里，然后使劲地摇晃着让头孢的干粉和氯化钠液体完全融合，变成一种浑浊的液体。注射器里面残存着之前打针时留下的药水，可以肯定不会是头孢，最近一次用来给羊注射"羊痘"疫苗。所以羊痘的嫌疑最大。第一步她就做错了。其次，羊用的是十二号针头，我们牛用的是十六号针头但她傻傻地用上了十二号针头，戳我的时候很容易就进去了，但注射的时候因为药水太浓而针头又太细，忙得她使了右手用左手，用了左手换右手挤压得格外费劲。果然不出我所料，她用一根小小的针头把我臀部皮下的一块鲜肉给搅得一团糟。我体会到了永生难忘的一次打针的经历，换作那仁克或赛恒朝鲁我早就一蹄子踢飞出去了。但是她我就得忍，痛得我浑身僵硬仿佛真的病了一样我也要忍。而且我还要让她知道，她的付出是有着无比巨大的作用的。一个注射器十毫升——其实她吸的药不足十毫升——药水，她足足打了几分钟，气力憋得、劲儿使得气喘吁吁。两个手掌一片通红，还微微有些肿。可见为了我，她付出的已是够多的了。于是我立马将疼痛忘至脑后，调转屁股殷切地舔她的手掌。她眼睛闪闪地伸出手让我的舌头在手掌上面一遍遍地滑动，清洁了异于肤色的一片痕迹。我的舌头弄痒了她，逗得她咯咯直笑，却不将手拿开。她的眼睛弯弯的像某个晚上的月牙儿。我的眼里、心里还有脑海里全是她的两弯月牙儿。我的心脏狂热地跳动起来，这种情况只有在瞅上了一头心仪的母牛时才会出现。这是一种被欲望催动的心跳，只一会儿工夫，我便狂躁不已，发情的冲动如山洪暴发，更胜于以往我动情时的情欲一瞬间逆流全身血管，令血液变质、加速……我用加快了一倍的速度进攻她娇嫩的手掌、温婉洁白的手臂，续而，我飞快地进攻到她的脸颊上，冰凉如水、光滑如玉的她的脸叫我迷醉，从舌头传递来震颤灵魂的感觉，我不由迷醉了。而她也惊叫着打开了我。

他们朝这边看过来，很快越过我们的头顶，朝路上看去。我和吉雅同一时间也转了头。尽管意犹未尽，一股电流似的兴奋劲儿还处于上升阶段，我难以控制地加重了呼吸、心房整个儿跳动。我的眼神飞飘，每每瞬间回到她的身上。她的注意力已经转而去了路边，那里停着一辆摩托车，骑着一男一女。当那男的抹下围巾、女的揭开口罩，我才认出他们原来是吉雅的远方姐姐和姐夫，住在红垭豁根里。吉雅热情地询问他们去了哪里，并请他们进屋坐坐。

"不了。"他的姐姐宝玉梅说，"看你们很忙，不打扰了。"

"不忙的，又没我什么事，进来吧。"吉雅说。

"改日吧，马上要洗羊。人都在洗羊池那里等着哪。"她拍拍屁股下的褡裢，"我俩过来的时候采办了一些伙食，人挺多的。"

"我家的还没洗呢。我们这个组的还没开始呢。"

"应该快了吧？"

"不知道。夏迪知道，他是组长。"

"明天那仁克有没有空？"她的姐夫拉布其力看着正在绊倒一头牛的叔侄俩说："我有一匹小马，想请他调教调教。"

吉雅咯咯地笑了，"就他能调教马？他的胆子是越来越小了，我怕他骑都骑不上去。"她叫那仁克过来，一边说，"你自己问吧，我可做不了主。"

"你是掌柜的，怎么做不了主？"拉布其力调侃道，"他要是不听话你就不让他睡你的被窝，看他乖不乖。"他说得眉飞色舞，自个儿先哈哈大笑。他笑的时候，额头上细小的那些皱纹飞快地组合成四道隆起的、长长的深深的、冲击力强烈的沟壑。虽然年轻了但却更丑了。

吉雅瞥了得意的姐夫一眼，用一种恍然大悟的口气回击，"怪不得你在我姐姐面前这么老实，原来原因在这里，你怎么不拿出当年骗姐姐时的那股干劲？怎么，是不是对姐姐没多大兴趣了？"

"羊吃一片草场瘦哩，马骑三百天会死哩，人也一样的嘛。"他笑嘻嘻地点了一根烟后说，"所以你要小心地提防着那仁克，哪天他眼一红，会像公牛一样地走掉。"

"瞎说什么呢？"宝玉梅朝他后背捣了两拳说，"你以为谁都会像你一样？"

"全世界的男人都一样！对不对那仁克？"他朝已经走过来的那仁克说。

"什么？"他问道，"你们在笑什么呢？"

"你姐夫说你在外头有女人了。"宝玉梅说。

"啊？"那仁克吃惊地望着拉布其力，然后又望望吉雅。"别看她了。"宝玉梅说，"她早就知道了。"

"注意注意，她们在套你的话呢。"拉布其力隔着铁丝网递给他一根烟，眼神大有含意，"你不会真的有事瞒着吉雅吧？要是有那就赶紧坦白，争取宽大处理。"

那仁克隔着衣服挠了挠后背，把烟点上后说："胡扯什么呢，哪有那么多事。怎么不进屋？"

"还忙着呢，明天你要是有时间的话来给我调教小马吧。"

"小鱼肚吗？"

"我就那么一匹小马，除了它还能是谁。"

"是我一个人？"

"跟小鸟说了一声他说会过来，第二、第三次骑的话不是有扎西顿珠嘛。"

"他能行吗?"

"我让他自个儿调他死活不干,没出息的东西。"

"还是算了,要是再把腰摔坏就没人给你养老了。"

"没事,我的私生子不少。"

宝玉梅又捶了他几拳,然后呵呵笑起来。

"你说的这话我还真信,而且你也干得出来。"那仁克一直没过去,一只手扶着铁丝网抽烟,他不怀好意地瞅了我一眼,分明有着强烈的警告意味。我隐隐明白他的意思,所以故意地、鬼使神差地靠近了吉雅一些。他果然气得横眉竖眼,就差冲过来打我了。

"你干什么?"吉雅冷眼看着他说,"别欺负我的妖。你已经欺负得够多了。"

这时拉布其力看着我一个劲儿地赞叹,夸我万中无一。他对那仁克或是吉雅说:"这家伙的确成精了,你看他的眼睛,我怎么觉得越来越像一个男人的眼睛了?"

吉雅横眼瞧着那仁克,对她姐和姐夫说:"妖这么棒,有些人还差点儿几次害死他呢。要不是妖命大,懂得保护自己,他早就死了。一出生就死了。"

碍于有人在场,那仁克没有用那一套惯用的咬牙切齿的伎俩,他尽量以温和地口气说道:"胡说,那是忙得没顾得上,怎么就成害死了?没我他早就被狼吃了,也活不到现在。"他斜斜地瞅着我,仿佛在对我说明这样一件事:我的命,三分之一是母亲给的,三分之一是吉雅给的(这两点我同意,但不能忘记我的养母),剩下的三分之一是他那仁克给予的,他有权收回他给的那三分之一的生命。不错,我从他的眼神中看出,他就是那个意思。他已经无耻到了无所顾忌的地步。吉雅显然已经免疫了他的行为,即便是在有人的时候也泰然自若,仿佛他不是她的老公。

其实把我放在一个普通的牛的位置上,他说的这些话无可厚非,反而会让人觉得很幽默,但问题是我不是一头普通的牛,我甚至不是一头严格意义上的牛,因此他说的这些话怎么听着都别扭。就好像他对着一个人说,你的生命的三分之一是我给予的,所以我有权收回那一部分……

拉布其力两口子走后,吉雅正眼都没瞧他,拎着水桶去提水了。赛恒朝鲁抱怨一早上的时间连十头牛都没拔完,"自己的活都干不完你乱答应什么?"

那仁克解释说:"小马下午调教。明天花一个上午的时间肯定能拔完。"

赛恒朝鲁听了不吭声,虎着脸继续拔他的牛毛。

我转过头,凝视着吉雅,她在河水的波光粼粼中宛如精灵。自从她说了要保护我之后,我的世界亮了一大片,我突然就不感到那么孤独与冰凉了。她理所应当地、自然地成了我唯一的牢固的靠山。

她在我心里,已经和悲催的生母、善良的养母一样重要了。她自然地成了我最重要的亲人。

有一段时间,我整夜整夜地做梦,我的兄弟伊门,他对我纠缠不休,问我怎么还没给他报仇。他度日如年,一刻不得安宁。可他死得稀里糊涂,他说他不知道凶手是谁,他寄托希望于我,天真地认为以我惊世骇俗的智慧调查出凶手简直小菜一碟……

瞒着那仁克,我抽空花了几天时间重回与伊门相识的地方,在那周边做了一次小范围的不系统的探察,一无所获。接着过了一段时间,我又去了一次,还是没有任何线索。后来我觉得这样不行,我得沉下心来去干这件事。

在走之前，一年的高山草地生活即将结束，我听到那仁克和吉雅商量，是先去自己的秋草场还是去租在包呼突的那片草场……他们决定先去包呼突。自己家的草场留到十月再吃。吉雅说："就算吃不完也可以留给牛吃，再不行春天吃也行啊。热水滩人生地不熟，太迟了怕生意外。"

既然这样，我想我倒不忙着赶回夏牧场了，可以直接去包呼突的那个草场。去年也在那里待了一段时间，就我所知，他买了那片草场的两年使用权。今年一吃完，开春的三月他就得把草场交接给原主。

昨天下了一场罕见的滂沱大雨，持续到后半夜。雨水几乎不像雨水，像麻绳一样的一根接着一根密密匝匝铺天盖地地串联而落。我在这泼天的水中痛痛快快地洗了一回澡，泼打在我身上的雨水强劲有力，直接冲击皮肤，相当给力、舒服。比平时在河里洗澡多了一份"退污"的感觉。当年即便再好也不愿意长时间地被"退污"，眼看到了傍晚，雨势丝毫没有减退的架势，吉雅也因为受阻而没打算绑母牛。我随即领头，快速地朝后山的小峡谷走去，那里即便雨势不会变，可也比正对垭口这一带少风，暖和多了。虽说我们牛皮糙肉厚，迟钝而耐寒，但能够有好地方可去，为什么要受罪呢？

这秋天的季节，冷热有别，一旦冷起来，东风有力且无穷无尽。空气被一波一波地吹寒了，吹冰了。到了夜晚，疑似到了冬天的夜晚，再怎么说我们也是被扒了一层衣服的，短短的一个多月时间还不足以生长出有规模的毛发，袒露的褐色皮肤明锐十倍，冷风和冰雨的刺激格外能够感受。小一点的家伙们瑟瑟发抖，尽往他娘的肚子下钻。大牛们、母牛们、体质好的或许能扛，但瘦弱的经这么几次折腾，更瘦弱了，刚刚起色的一点小膘被果断地打回原形。说不定再来一两次就死了。起先我还对偶尔如此窝囊地死去的同胞们感到惋惜，但惋惜得多了就没意思了，觉得还不如不理会呢。母牛们再艰难那也是她们的命，就如同公牛们大多数都要面临阉割的命运一样。毕竟，幸运的只是极少数。

在小峡谷里我待了半个晚上，黎明前如漆如墨的黏稠中，我悄悄地离开牛群，赶在四周的群山之巅泛起惨白的暗光之前翻过了梁架。我走得很快，估摸着快到五点，那些要挤奶的女人们刚刚打着哈欠出了毡包，提着小木桶趿拉着鞋子走向牛挡，那些勤快的、心疼女人的男人们也穿了衣鞋，站在牛犊的挡里给女人放牛犊的时候，我已经横穿了整个冉布腾扎西的营盘所在的卡然湾，蹚过了去年夏天淹死了扎巴耶的小马驹的那条窄且深的激流，仅差片刻就完全脱离德州蒙古人的夏季传统营地了。这一带因为牛皮草地还在坚持固守阵地，几乎都不长草了，因此也绝了人家，仅剩打祖上三辈就驻扎在这里的罗布藏一家，倒是过得舒坦了。不必担心会有混合的羊群，也没有会带走小牛犊的牛群。我看见罗布藏的女人在牛挡里移动，同时看见以前有过一段露水之缘的他家的一头现在也许有七八岁的花色无角母牛。她现在变得臃肿、拖沓，全然没有当年流动的彩霞般的飒爽风姿。当了几个孩子的母亲，她冲动的情愫已然被催化成了麻木的交配。她没有看见我，我想即使看见了，她也不认得我。正如很多和我有过亲密关系的母牛对我来说宛如昙花一现，在她的眼里我大抵也是如此。倘若我一直记得她，并保留着爱恋，那我就不是我，不是种公牛了。但也不一定，我有时候的的确确会产生一种情愫、一种浪漫，那会儿我就和别的公牛全然不同了。尽管以前我讨厌自己的身份，讨厌身边的同胞，我羡慕那仁克的生活，他的每一种行为都对我有着强烈的吸引力。但没有什么事情是始终不变的，尤其是想法。如今过去这么久，我不知道从哪一天开始觉得，当一头种子没有生命力的公牛也没什么不好。我不用再为生命担忧，虽然我已经名存实亡，并不能给他带来好处，但可能是因为看在我之前几年的"好成绩"的分儿上，使得他有了一回伟大的情操，所以他已经不打算要把我怎么着了。而且我已经不怎么跑了，我只是出去旅行，完了就回来。

言归正传，这些年来大部分与我相交配的母牛我都忘了，有时候哪怕她就站在我的面前，哪怕前一年我刚刚跳跃过她的光滑的背，我都已忘记她。只有少数，在某种特殊的、令我过分愉悦的母牛我才会记住她们，但不知道为什么，很少有这样的母牛接二连三地、一年年地与我发生关系。她们无一例外的选择比我更小的，或是更年轻的公牛交配。每当这时，我理所当然地会冲上前去，和那公牛发生激战，然而即使是我胜利了，有了与她们交配的权利，她们依然对我深有抵触，无情地逃之夭夭，再去另找新欢。换作一般的公牛对此或许可以无动于衷，而我不行，我强烈的自尊心和骄傲难以忍受这样的事情发生在我的身上。而且还是我成功之后的失败。无疑，我选择武力解决这件事情，虽说除此之外我还有别的法子，所花费的不过是一些脑力思考而已。但古往今来，最有效最直接的方法首当武力。

很多无辜的小公牛，当然也要维护自己正当所得的权利，他们值得赞扬，骨骼里透着自信昂扬的斗志，更是敢于拼搏，面对我失礼的无耻的挑衅无所畏惧，即便往日唯唯诺诺，但在那最能体现自身价值的时刻，他们没有退缩，勇敢地冲向我，发起了攻击。毋庸置疑，最终的胜利终究是属于我的。但我并不十分高兴，在他们默默地到一边去舔舐伤口的时候，我看到了自己曾经过往的、残酷的，而又激情荡漾的少年岁月。他们所承受的，正是我曾经经历的。而我当年所想的，也可能是他们此刻在想的。长大，长大，快快长大。只有更强大了，才不会在下一次的角逐中淘汰。

……由此我思考……

体现我与众不同也许就该从此处开始，后来……自那以后，我除了几个固定的母牛之外，再没有参与那场惊心动魄的战斗当中去，有时候，心血来潮了，我还会童心大发，把剩下的那些个母牛，分给他们，好让他们保留精力，充分地运用到交配当中去。但好景不长，没过三天他们又开始斗在一起，全然不顾还有更重要的事情要做。在观察他们的期间，我悟到也许对除了本能之外并无其他太多智慧的他们来说，雄性间的较量远比交配来得重要，因为那是与生俱来的基因在诱导着他们，一次次碰撞、角抵、流血和受伤，反而会更加有力地激起作为雄性的骄傲，接下去这种蓬勃之气将一直支持他们的生存，而对交配也是多有益处的。

我在罗布藏的"内定"草场上思绪万千，感慨万千，站立良久，头一次于内在的震荡中缅怀曾经，产生了一种荒诞且似是而非的感觉。一度我认为，我所认为的智慧，其实是所有的同胞在某种特殊时期都会有的自我催幻；是一种处于梦幻和现实之间的存在，但却并非完全真实。有时候更多的是虚妄。但我还是那么在意这种荒唐的、无情却又难舍的欲望。是的，是欲望。是也许从一开始就已异变的欲望。而我从头至尾都丝毫不知。

太阳升起来，草原上的露水隐退或被光线刺穿、分解、蒸发。大部分露珠都在分解前一刻散开，全部浸透进青草的身体里。于是在光线变强时，棵棵青草晶莹璀璨，宛如翡翠闪光。棵棵翡翠似的小草眼看着长大了好一节，忽而，草原一变，仿佛也长高了，更厚重了……

我从德州蒙古人夏牧场的交接处不远的一家藏民家门前经过，有一个藏民中年男人正在独自一人下黑牛毛帐篷，我一眼看出那个帐篷所用的牛毛算得上是顶级的好牛毛，被哪位拥有超高手艺的人费心地用牛腿骨碾成一团团毛线，再被擀毡师擀成一条条牛毛毡，再经过诸如此类的工序，直到一座崭新的帐篷完成。这个藏民的帐篷不新，但也绝对不旧。而且保存得相当完好，丝毫没有受潮或被鼠咬。在这方面，我认为藏民比蒙民要做得好多了，就拿那仁克来比，他的粗心使得一座他阿爸完好地交给他的极好的毡包没过五年就被糟蹋得一塌糊涂，甚至已经不能住人了，为此今年他在与吉雅的争争吵吵中凑合着过来了，但明年呢？他的邋遢还表现在其他的方方面面。他甚至不如我，我虽然没有明面的财产，可在内心，我是细致而精到的。通过观察我得出结论，一个细致精到的人和一个邋遢的人在同样的生活中，前者将远远会把后者抛开走在前面，并且活得更加有滋有味。基于此，我对眼前这位素未谋面的藏民男人产生了难以言说的好感，仿佛他就是最好的人。他在离房屋二十多米的地方一个人艰难地展开帐篷，但帐篷里的横梁一个人是怎么也立不起来的，外面又没人拉网绳。房屋里静悄悄，看样子是没有人的。我想上前帮忙，又怕吓着他，踌躇半晌，还是转身离开了。促使我离开的另一个原因是我听见了一种细微的但独特的哀鸣，就在下面，离着延伸出山的路不会远。这叫声绝非狐狼之类，不似飞禽，那到底是什么？我走下凸起的路面，蹚过一连串的将土路斩断的小溪，终于在两道铁丝网之间看见了它们，原来是一群三四个月大小的小石羊，我猜它们刚断奶不久，因口渴下山来喝水，却被困在两道铁丝网之间。这里的第二道铁丝网是公家免费给藏民拉的，连水泥杆子都被涂染成了绿色，有这种好事当然好。公家拉的铁丝网够结实，和原来的一样高，想在它们这个年纪跳出去想都不用想。铁丝网像一个狭长的"监狱"，把它们困住了。看见我跑过去，一只莽撞的小羊奋力一跃，想要跳出八道高的铁丝网，但它一没有奔跑借力的地方，二是错估了自己的跳跃能力，所以被毫无意外地搅挂在了铁丝网上，它古怪地尖锐地嘶叫着，挣扎着，铁丝网剧烈颤动但依然牢不可破。被铁丝交叉勒住的前肩、大腿和刚刚冒头的小犄角根处都冒出血沫来，它的眼睛也在短短的瞬间穿了红血丝……由于惊恐难于自制，它很快透支完了全身的气力，像死了一样吊在那里。我到了近前观察，它的眼睛弱弱地转动着，哀求地望着我，鼻子里也流了血。

其他的同伴们远远地挤在一起，猜测我这不速之客的目的。遇到这种事情我从来不会袖手旁观，而且还是对我来说轻而易举的事。我稍稍退后几步，将犄角伸进铁丝网里——是交叉夹着它的前肩的那两道——用力一拽，一道铁丝应声而断，另一道也紧随其后。它的前身解脱了。我如法炮制，把夹着它后身的铁丝也弄断了。它摔倒在地，然后迅速跳起，一瘸一拐地到群里去了。我好事做到底，把剩有的四道铁丝全部弄断，相当于在这里开了一道大门，只要它们不是蠢蛋，逃出去是绝对没有问题的。

至于破坏的铁丝网是谁家的我都懒得去想，搞出这样一个长长的不伦不类的东西本来就是他们的不对。我好像听赛恒朝鲁和人聊天时说过，新的公家拉的铁丝网是和保护野生动物有关的。那么我的做法更是理直气壮。我隐隐认为，破坏铁丝网已经在成为一个癖好了，自那年第一次在小曲陇为了逃跑而搞了破坏之后，那种铁与犄角摩擦的刺耳声对我产生了得天独厚的影响，于是我一发不可收拾，这些年悄悄地破坏的铁丝网无数。我从这件乐事中发现并扩大了快感，体会到美妙的乐趣。渐渐地，于内心深处，我已隐隐把它当作一项辉煌的事业在做了。

我接着走，并不急切，全然以旅行度假的心态迈步。

时间坚定不移地走到了午时，我在路边鞭麻丛中吃了几口草，在一汪冒涌的泉水池里喝了水，其实并不渴，我喜欢清澈的泉水流进喉咙滚动时发出的那种沉闷的、迟缓而低吟的响声。尤其是持续不断的时候，好似启动的火车。

泉池里有几尾小鱼灵动地滑翔，当我的嘴唇一触碰到水面，荡出水纹时，它们惊惧地闪动，躲至石缝中去。阳光直接照射在水底，形成几片耀眼的反光，晃动的水面将这些光全部破成无数碎片，反而使无数细微的碎光集束在了一起，尤为刺眼了。

对面是莽莽的重重叠叠着展开去的青色山峦，除少有的几个山顶，其他的地方高山柳和灌木丛分上下两层泾渭分明地把持，常年在这一带活动的草鹿就在某片林子里。正是母鹿生产后一个多月，小鹿已经不再迷迷糊糊地睡在某个树根或干草丛里而丢失母亲了。忘记了是四年前还是五年的一个酷热得反常的日子里，我被那仁克火冒三丈地从格日群瓦一路撵来，他手持崭新的用刨制三年的牛皮做得超长的以成年原羚的角为手柄的鞭子，拿我当了练鞭极好的对象。到了这一带，我实在受不了，就不顾一切地钻入了林中。那仁克跟着进入，但没走几步就不得不放弃，他连人带马，想要在地形复杂的林子中追上我无疑是痴人说梦。我走进去老远还听见他在下面高声地咒骂，他气得不轻。而我被报复的快感激动得浑身通电般呻吟。而恰在这时，我踩进一簇杂草中，意外地惊起了一只不满十天的迷你型的可爱小鹿。它差一点儿就惨死于我的巨蹄之下，它颤巍巍地依靠着我的腿，大概以为是一桩大树干。好一会儿才察觉到不对劲，依靠的"树干"毛茸茸的，而且乌泱泱的，热乎乎的。它沿着"树干"仰起头，漂亮的双眸宛如两颗圆溜溜的羊粪蛋，聚焦于我的鼻孔和下颚，随后它弱弱地再瞥了我一眼，朝四处呼唤母亲。但这位母亲实在粗心，早已不知去向。就算它喊破喉咙也听不到了。

这只我蹄子大小的小家伙胆大如虎，呼叫无果后转而开始细致地端详起我来。我明确地从它眼里瞧出艳羡，显然它渴望能有一副如我的好身板。后来我离开时它寸步不离地跟着,并且心安理得,仿佛我就是它的母亲。我恐吓了几次都无甚作用,反而让它跟得更紧了。我领着它穿梭于密实的林子里,尽管不愿意,但还是得分出一半的心思来照顾它。过了几个山坳,我们意外地与一鹿群遭遇,见我只是一头牛,并不会实际造成伤害,它们就懒得逃跑了,而是好奇我怎么会领着一只小鹿。

我以为小鹿的母亲就在其中,所以把它推向鹿群,但是小鹿和鹿群都完全没有反应。它们绝大多数都领着自己的孩子,没有孩子的也不是它的母亲,因为它们的奶房都已收缩干枯了,显然不是近期失去孩子的。我想它们从一开始就流产了,或者丢失的可能性也很高。但是对我来说那又怎样,我心情不好,全然没有平时的好心肠,我打算把它留在鹿群里,但它像傻了一样,不管自己的同胞却继续跟着我。怎么吓唬都不管用。看着它已经饿扁的肚子我实在很担心,没等找到母亲它很可能就会饿死,而我却不想它死的时候我就在它身边。终究我是思想丰富的,不认为幼小可爱的无辜生命消逝在眼皮子底下而无动于衷,哪怕是有细微的影响,谁知道哪天会不会突然变动呢?

果然到了下午,约莫四五点钟,它就不行了,若不刻意放缓脚步,早就丢了。它虚浮的身子摇摇摆摆,有一声没一声的叫唤弱不可闻。漂亮的黑眼睛黯淡了。它这个样子,让我一下子联想起那年在海边遇到的那对母子,阿姆的孩子同样是那么小那么弱。换个母亲也许它就活不了。唯一的区别是这个小家伙身体的大小最起码是符合"小鹿"的标准的。只不过是弱了一些而已。既然那头算得上是畸形的牛犊能活下来,而且活得还好好的,那么它仅仅是饿了一天,远远谈不上死去。当务之急是,两天之内务必要找到它的母亲,或是找到一头可以供给它吃奶的母鹿。我不知不觉开始为它操心,设身处地地为它着想。

它的母亲要找它，最有可能的是顺原路找回去，这是每一个母性的本能。那么，我只要回去，在发现它的地方等着就可以了。那头粗心的母鹿倘若往回找，一定会看见他们的。也不能排除母鹿已经找过那里没有发现又离开到别处去了。但无论如何，在那一带滞留等待是最好的办法。

我很懊恼，早知如此当时就该等待着。说不定这会儿小家伙已经吃饱了屁颠屁颠地紧跟着他娘了。而现在，我担心它到底能不能走这么长的路。它眼看着就走不动了。事实也确实如此，返回的时候没走多少路它便停下来，或者可以说直接卧倒了。怎么叫都不起来。而恰在那时我缥缥缈缈地听到一头鹿的哀鸣，虽离得很远，但我感知到那是一种发自肺腑的悲戚的呼叫声，小家伙在听到那血脉中的呼唤后立马有了精神。它用最大的呼喊回应，但终究是弱小，声音几乎走不了多远。它很着急，分不清声音的来源。于是焦急地叫着，一面胡乱闯进了一方密林里。我赶紧用嘴轻轻噙住它，无视它的挣扎朝我认为可能性最大的方向走去。

嘴里叼着一只小鹿有种奇怪的感受，我第一次干这类事情，尤其古怪。它每扭动一下身子，我的舌头就麻飕飕地逃避一下。其余的时候舌头也一直缩卷着，不敢触碰它。要说我的舌头粗糙、肥大，整片都长满细小的倒刺，又历经多年的锤炼，能吃的、不能吃的东西基本上我都吃过，偏偏如今，却对一个小家伙的身体谨小慎微，我想，并不是我怕它，而是怕一不小心咬死它。从前我在某一次的流浪之中看见过一条狗嘴里叼着自己的三个孩子奋力逃跑，以躲避一条公狗的残暴追杀……那时候我就想，如此智慧的举动真是一件很拉风的事情，所以格外想试试。但遗憾的是没有什么好的物件可供我消遣。后来——那只是一时的心血来潮——也就慢慢遗忘了。可就在刚才，脑海里灵光一闪,我甚至都没多想,就把它噙在了嘴里。它当然没反应过来,等搞清楚是怎么回事时我已经迈开大步,横冲直撞地朝一个方向奔去。因为在那面,声音愈来愈清晰了。在奔走的过程,我琢磨着下山的时候——又是一时的心血来潮——我可以像隆湾的那几头嚼瑟的公鹿一样从林子上空跳跃而去,这样既能节省时间又可在某种程度上满足我逞强好胜的欲望。我雷厉风行,马上实施了行动,开头的几次跳跃因地势并不十分复杂,而我又格外谨慎,所以挺好的。感觉蛮不错。后来我加大了幅度,每一次跃出的距离总比上一次要远上那么一点。终于遇到陡然变陡峭的一个地方,落差至少不差于五米,我收之不及只能咬牙跳下去。我想跳出了足足有十米开外,更重要的是从高空一跃而下,颇有飘飘欲仙之感。尽管柳林里的草地常年潮湿腐朽而极富弹性,但于我而言还是无甚效果。我摔倒的时候痛得张开大嘴,把小鹿甩了出去。接着只听见它弱弱的似乎来不及大叫的一声短呼,而后一片寂静。我费力地将如同木桩子一样钉下去的一双前腿拔出来。两个大海碗粗的深洞黑乎乎,底部隐约地渗出水来。可见林子里的土地有多么潮湿。除了腿脚有些阵痛,我倒无大碍。附近根本没有小鹿的影子。之前事发突然,真是没顾上它的死活。但我觉得它不可能死。一定是被甩得远了一些。或许正在昏迷当中。我转身开始找它,但有一道比我更快的身影一闪而过,并发出独特的颤动嗓喉的靡靡之音,密实的木林遮挡了我的视线,但母鹿腻腻哀哀,我就知道它们母子团聚了。再过了一会儿,那边彻底没了动静,想来是归去了。

我原路返回。那次,我的目的地是鹞子洞。我去那里并无特别的目的,应该说是心血来潮的一次旅行。因为我早就从牧人们的嘴里听说,鹞子洞实为一处兼避暑、游乐、参观于一体的好地方。是方圆百里绝无仅有的。

那次的旅行果然没使我失望，我在那里待了两天，也有可能是三天，最后才恋恋不舍地归去。我估摸着那仁克的底线到了，再不回去等待我的很可能是一年的噩梦。

现在，当我站在重山的对面，不由自主地回忆过去时不禁奇怪，自那以后，我也有多得数不清的独自流浪，为什么就没有再次到这里来呢？是因为我骨子里有着强烈的好奇心和潜藏的厌旧情绪吗？还是说存在我自己不知道的不明原因？如果进一步深入，我将发现我对自己其实并不完全了解，甚至可以说是一点也不了解。我害怕再追问下去：这些年到底我干了些什么？

傍晚时分，水汽突兀而古怪地弥漫地表，一阵阵青灰色的雾霭侵过，毛发表面也沾满晶晶亮亮的精灵。太阳在一个小时以前被一整片从天边遮天而来的乌云取代，几乎就是下一秒，天色便换了脸。我远离我的固有地盘，完全踏足在一个分外陌生的地方。之所以如此是因为我偷了懒，想以多年的经验判断出一条捷径来，我觉得可能会节省十个小时以上的宝贵时间，但没想到走到这一带后迷路了。首先搞得我晕头转向的是迷宫般的牧道，到处都是，仿佛整片草原全被修成了牧道。真搞不懂好好的草场为什么要弄这么多的牧道？在我看来是白痴的行为。德州的蒙民看了会心疼得睡不着觉，这得浪费多少宝贵的牧地啊！德州的牧道，也许是世界上最窄最费尽心思的牧道。在这些宽敞的多岔的永无尽头的牧道里寻觅出路的时候我想，德州牧人真可怜，被永久地剥夺了浪费奢侈的权利，看看人家，如此大气的体现是因为他们即便这样铺张浪费了，他们的草场依然还是那么大，那么好！也许在他们眼里，这些牧道还有些小气了呢。没办法，从一出生我就明白，世界从来不是绝对公平的，就像牛不会有一样大小。我是翻过乞宝山来到这里的,打算横穿上热水滩的深处,直接到达大曲陇的背面,但是没想到,这里的地形地势是如此复杂,直叫我欲哭无泪,叫天天不灵,喊地地不应。经过再三确认,我踏上了一条呈东西走向的牧道,如果运气好的话,应该能到热水亭那里。本来,铁丝网于我而言简直就是玩具,这要是在晚上,管他什么牧道不牧道,直接撞过去,撞不过去就跳过去,没有什么围栏能阻挡我的脚步。但现在是白天,我一出现在此地,从远处的那些零零散散的定居房屋中就显出人影,一直注视着我。相信一旦我哪怕是跳进一个围栏里,立马会有人气势汹汹地跑来,想方设法揍我一顿。这里平坦,我跑不过摩托车,跑不过马。说到底是我的庞大的体格影响了我的速度。心里憋屈,又无耐心等到天黑,那就只好规规矩矩地跟着牧道走。经这么一打击,我果断地失去了走一条新鲜之旅的想法。还是老老实实地到达海边,尽快展开平生第一次的案件调查吧!我已隐隐激动,有种迫不及待的冲动在慌慌张张地催促着我。我巴不得一下子就飞到海边去,伊门的容颜真正地、顽强地占据在了我的脑海里,使我郑重地思考这次调查所要注意的事项。首先,自我保护无疑是重中之重,只有我安全了才会去做事;其次,作为一头牛即便是最有智慧的,但想要将一件扑朔迷离的事件搞得一清二楚用屁股想都是一件艰难的事情,我需克服的困难会意想不到地多,需要借助人、狗、别的牛以及各种可以用到的力量。尤其是要留意人们的聊天,多年来,从中我学到了——甚至可以说是大部分——很多的知识。伊门生前嚣张,且体征特殊,我想会有一些蛛丝马迹供我捕捉。倘若运气好,我将找到伊门的原主人。听听他怎么说。

不想不知道,一想吓一跳。区区一个事件,牵扯的问题真是多啊,多到差点让我望而却步了。

想着走着，不知道多久了，我到达了热水亭。雨滴正式落下，片刻后变成了雨线，接着是瓢泼大雨。商店周围空无一人，只有一匹瘦马孤零零地拴在电线杆子上。几汪浑水塘零落散布，垃圾漂浮。紧靠亭子的帐篷饭馆里人声鼎沸，好像在赌牌。我放轻脚步过去，来到帐篷后面，里面的声音非常清晰。既然要干这件事，那么从这一刻开始我就得进入状态，任何机会都不放过。谁敢保证他们说的话中不会出现伊门呢？奇迹往往就是在最不可能的时候才会出现的。

帐篷里大概有五到七人，赌牌的有四五人。有一个声音粗糙的女人。他们全部在用藏语说话，偶尔蹦出几个汉语也是和数字有关的。极少涉及其他方面。我意识到这么做完全是浪费时间和精力。我可能什么收获都不会有。于是立马掉头，沿着一直通往公路的牧道小步跑起来。我突然来了兴致，想看看这样我到底能跑出去多远？我一直跑啊跑，雨越下越小，后来就不下了。我琢磨着这一带本来就没在下雨，因为地面并无水迹，那些泥水坑也是好几天前形成的。

公路遥遥在望时看见在牧道的那一头，一片热火朝天的景象，草绿色的帐篷扎排着一溜儿，少说也有十几顶。各种机器和卡车、小车忙来忙去，尘土像粉红色的雾一样在上空经久不散。我观察了一会儿，从这一边到那一边，紧挨着铁丝网走，头一个碰到的是开卡车的人，他的车上小山似的高堆着土，停在铺设的砂石路的最头上，只要倒下去车里的土，一推平，这条路又会前进几米。那人居高临下地坐在车里，戴着墨镜瞅着我，抽着烟，音响轰天响。当我离他最近时他开了车窗，对我吹口哨，仿佛在调戏一个小娘儿们。我目不斜视，用眼角的余光瞅他，他的表情让我分外不爽，这时他见我无动于衷就打开了门，打算下车，我觉得是个好机会。就在他一脚踩到了地上另一脚还在踏板上的时候，我突然怒吼一声，高高地翘起尾巴，以眨眼的速度一百八十度掉转身子,低头犄角对准他冲过去……那人惊叫一声,接着就听见车门猛然关上的声音……再接着,我的犄角狠狠地撞在了车门上,那人在车里又急慌慌地叫着。战果并不理想,车门的结实超出我的想象,那么有力地一击,只是凹进去了一大片,并没有破开,这让我很不高兴,又在门上撞击了几下,总算破开了几个洞,聊胜于无。我气势汹汹地瞪了他几眼,然后扬长而去。我走出去很远,看见他还没从车里下来,不禁很是得意,他被吓得还没缓过神来呢。

接下去的路上,一看见一群人我就大吼,硕大的头颅左摇右晃,示威似的将一根水泥杆子一头击得粉碎,他们惊呼着退到一边去,以欣赏的目光送我离开。我得意极了,突然觉得以前的我真是全然没有一点凶狠的公牛的样子,没想到居然是如此爽快。不过我也马上意识到,我只能在除牧人之外的人前嘚瑟嘚瑟,任何一个骑马的牧人都有的是办法对付我。但这也没什么,有得必有失。谁叫我生在草原上,又在牧人家里呢?

正是夏季的最好时光,圣湖的黄金季节。公路上的车流串联起来,无休无止。比起冬春那时,拉煤的货车似乎减少了。各种各样的小轿车令我眼花缭乱。渐渐地使我产生一种色彩的恐惧,而我打小就对过公路天生有着逆反心理,我总觉得我的速度还很遗憾地没有汽车快,在我过去的时候会突然过来一辆闪电般的车,把我毫无可比性地撞飞。即便是公路上空无一物,我也觉得当我踏上油墨的路面那一刻,有东西正在朝我飞速而来……于是若无必要,我几乎很少过公路。更别说,像眼下这么繁忙的时候,我退后了,远远地听着公路上呼啸的风声,即使我闭上眼,视野中几乎全是汽车留下的影子。我在等,在等一个同胞或别的什么,哪怕是骑马的牧人也行,只要有个伴儿,我就不怕了。但世上的事,恰如那仁克常说的那样,十有八九是不如意的,我足足耐着性子等了一个半小时,连个影子都没有。眼看着天就要黑了,太阳一点点地往圣湖里掉。离我那么远但湖面却是那么清晰那么美,红得像闪耀的火。面对此景我突然壮了胆子,撒开蹄子奔向公路,我的眼里心里不再有公路和汽车,而是令我迷失的红光。一瞬间,或是一恍惚间,我已经奔跑在公路这边的广袤的草原上了,一条笔直的干净的无物的牧道通向红光满面的圣湖,我就在这"跑道"里全力奔跑。感觉不到累,越来越快。圣湖近在眼前了,但总是差那么一点距离就是到不了。夜幕拉开,身后阴云沉沉,但圣湖之上洁净得纯粹。这一刻我悟到原来深入骨髓的蓝才是这个世界最干净的颜色;才是最原本的颜色。几颗勤快的星星出现了,就在我的眼前,像果实一样引诱着我继续向前奔跑,永不衰竭地奔跑。

当我停歇的时候,我置身于冷峻但不失祥和的圣湖中,嘴唇触碰吸吮宛如母亲乳汁的圣湖之水,唯有母亲才与她是唯一。

独自朝圣,心潮澎湃。不由自主地为曾今、为过往,甚至为今天所做的坏事感到愧疚、懊悔。对善而为善心之向往。就在这庄严的氛围中,意外地,我见到了多年前曾令我无限怜惜的阿姆,还有她那生而濒死的儿子。他们同样站立于圣湖中,齐定定地注视着我。

关于阿姆的记忆顿时纷至沓来,她依然温情款款,晶莹光洁,仿佛掌握着时间的技巧,岁月如掠过的空气般从她身上过去,没有留下丝毫印记。而她的儿子,如今气定神闲,站如磐石。哪还有当年那副要死不活的样子。我不禁对他们母子这些年的经历产生了无法抗拒的好奇,到底发生了什么才会使得我看见了眼下的这幅场景?他们的状态,和我记忆中的差的可不是一星半点。

另外,在看到阿姆的那一刻,我感到一种强烈的紧张、不知所措……见到阿姆我高兴,是的,我的心跳很快,我觉得我脸红了……

踟蹰片刻，阿姆走过来跟我打招呼。她婉婉地向我问好！我傻傻地点头。她微笑着看我一眼，离开圣湖到岸上去了，我下意识地跟着。仿佛本应就该如此。

阿姆脚步不停，径直往前走，旷无人烟的湖岸寂静、滚烫、自由。阿姆的儿子应该也有七八岁了，但严格意义上说他一点没有七八岁的样子，倒像是一头三岁的小牛。他童心未泯，一路蹦蹦跳跳，快乐无比。看着亭亭玉立的阿姆，我的直觉告诉我这些年来她只有这一个孩子，再无生育过。强大的母爱令我肃然起敬，更觉得她的不凡了。我放快脚步和她并肩一起，回眸给她一个最温和的含情的眼神。我们的目光对视，她明白了，眼底羞涩一闪而逝，赶紧垂下了眼帘。

"好久不见了。"我斟酌着用词对她说话，且一点也不惊讶自己多年失语怎会突然复苏，仿佛一切原本就是如此。"这些年你好吗？你的儿子真棒！"

"谢谢！可我还是担心，你看他永远都长不大。"她忧郁地看向在跟一垛蒿草较劲的儿子，声音低沉地说："这些年我们娘俩一直在躲避，冬天到南边去，夏天等这边的牧人转场了再过来。沙岭里也躲了不少时间。好在还算是平安吧。"

我听着心里难受，酸涩得想流泪，"苦了你了，还要照顾儿子。不过我看他无忧无虑的很好啊！起码是幸福的。你也知道，这几年我们的日子是愈加地难过了，肉价年年飙升，对我们是祸不是福啊。"

"正因为如此，我才不得不想尽办法来控制他的膘情，免得被有心人惦记。进沙岭就是基于此。我想，有谁还会打一对瘦得皮包骨的牛的主意呢？"

"那可不一定，我可很了解那些小心眼的牧人的心理，他们什么事都做得出来。再说，你的做法对你对他的身体都大有损害，不值当。

从今天起你们娘俩放开了吃，一切有我，断不会叫他们得逞的。"

"你？"阿姆惊讶地注视着我，仿佛要看出个所以然来。

"对。是我。"我说，"对付他们我有的是办法。你看这么多年了，我也一直没有停止过流浪，虽不像你俩那么彻底但也不差。可以说我几乎每时每刻都在和他们斗，积累了很多经验。现在这一带还有一段时间的安全，等他们快来的时候，我带你们到沙漠里去，我知道一个地方，隐蔽、水草丰茂，而且绝对安全。在那里我们可以待上很长一段时间。"

"我们？"阿姆再次盯着我。

我语气坚定地说道："对！就是我们，是我们仨。"

"哦。"她非常平淡地应了一声，低头沉思。

我有些失望，有些不知所措。不知道她到底什么意思，在想什么？

我无法和她的儿子交流，除了语言，还有更大的障碍，那就是他是个"自我者"，按人们的说法就是自闭症、智障什么的。他完全以自我意识为中心，世界的中心即是自我。天地是混沌，色彩与流动就是自我。

在我的同胞中，我还是第一次遇到这种情况，之前我还从未想过原来牛也会有这种病。颠覆了我的判断，我看到人和牛的区别又缩小了。

但又有什么关系呢？我在这里，和阿姆在一起，天天守护着他们。我心安，感到了幸福。至于伊门，我当然会有所行动，而且就在近期。

为了掩人耳目，我们并没有沿着海边前行，而是潜行于异常茂盛的蒿草中，除非有人刻意为之，否则是发现不了我们的。

不过很快就到了夜晚，黑夜给了我们黑色的保护。不用再那么费劲地藏行了。但在蒿草丛中长时间的穿梭，竟使我产生了灵魂逃脱于壳窍，融入于荒野的快感。以至于我忘却了阿姆母子，跳跃了若干个时间段而置身于极其陌生的地方。四野全无蒿草与海、沙滩。有的是茫茫的细雪，宛如白沙从天而降。黑夜的黏稠前所未有地阻挡了我的视线，一个五米见方的自然牢笼约束了我。这股力量是如此地强大，以至于我为冲破离去而累得鼻孔流血。最后我精疲力竭，瘫倒在地。我闭上憔悴的眼，看见阿姆在一步步地朝我走来，她每走一步，周围的黑暗便退却了，消失了。等她站到我身前，黑暗全部隐去，光亮犹如潮水袭来。我睁开眼，看见圣湖就在眼前，蒿草丛就在身后，而我的身上却披着厚厚的一层雪白的细沙。这沙像衣服，像毛发，久久不愿跌落。

新的一天到来了，我把他们母子送到三块石——一个我自认为只有我知道的秘密之地。这儿离海边较远，但依然属于海边。周围全是沙漠，仅有一汪泉水，一小片绿洲。牧场上的草足足有一尺来高。这里的空气还是那么迷人、清冽、无异味，并无不速之客来过。我叫他们安心地待着，好好享受一段安宁的日子。而我要再次离开，我得到河口去，为伊门的死展开调查。虽然我已经隐隐地感到，这次的活动有可能会以失败收场，而且因为有了阿姆母子，我对调查的事的兴趣一降再降，但碍于好朋友的情分，碍于内心的不安。我必须去做这件事。哪怕毫无头绪也要去做。

我在一个村落附近转悠了一天，愣是没见着几个人。这无疑加重了事情的难度。当天夜里我改变策略，打算直接潜入村庄内部，期望从人们聊天过程中偷听到蛛丝马迹。但无疑我又失望了，我偷听了三户人家，到了十点多，他们都睡了。没有一句有用的线索。第二天，我又在周围转了一圈，晚上继续偷听。这会儿总算听一人说，那狗再也没来过啊？接着又有人接口，那敢情好，它可把我们整坏了。

我不知道他们嘴里的那狗是不是伊门，但又觉得他们说的是近期的事而不是很久以前的……但也许说不定伊门对他们影响深刻也未可知……我都已经忘了，仿佛他已经死了很多年，久到我模糊了记忆，他的容颜只剩下那被齐齐断去的前肢了。他到底怎么死的？

在第七天，我沿着一条简易的小路走，想象着当年伊门也在这条路上走过。我到了另一个村庄，距我偷听的那个已经很远了。因为我足足走了半天。这个村庄极小，小到不能说是村庄，它只能是一个居地；小到只有三户人家，其中有两户空无一人；最破旧的房屋中住着一位年逾古稀的老人，在我观察的时候他也在观察我。他的目光虽浑浊，但犀利。他一眼看出我怀有目的，于是朝我走来。我没什么可怕的，于是静静地站着等他。他来到我近前，对我的赞赏溢于言表。他的胡子飘逸灵动，银光闪闪。他毫无胆怯地摸遍了我的全身，戚戚焉地失落下来，然后朝荒野走去。我远远跟着他。最后他来到一个孤零零光秃秃的小土包前，在土包上踩了几脚。

他走后，我站到他站过的位置，看着眼前的东西感慨万千。伊门。我知道这就是伊门。他就在这儿。

伊门。

原来他在这里，原来他不在我想的那里。

伊门伊门，是谁厚葬了你？是他吗？是这个淡定的老人吗？

伊门的墓干干净净，土是新的，仿佛他刚死。

我回忆，伊门他死于十岁？二十岁？三十岁？他的年龄从未说过，他是我最好的朋友。伊门真真切切地死了。

我原路返回，那破旧的房屋里无人。飘逸的胡子老人不知所踪。于是我等，夜幕时分他回来了，手中提着一只软塌塌的野兔。老人的步伐慢得异乎寻常，等他进屋后天已经全黑了。我再次被自然的牢笼囚禁。但我也不着急了，安心地等待曙光的到来。我相信老人一定会给我想要的答案。

尽管我朦胧地对伊门抱有一丝怨恨，但不消说，这是无关紧要的。伊门的墓就仿佛是他本身，突然地就令我心安了。我想我已不需要再去调查伊门的死了，他在这里，就如同他一直活在这里。我不能违背这样一个原理：生的尽头即是死，死的尽头未必是死。

伊门是推崇这一说法的。他遵循的，也正是这一说法。

在他死去——或者是消失——的这些年，它的很多话我都还记着。当年他将道德转化成信仰不是没有道理的，他的善心就在道德中独自存在，这才会产生信仰。他最称道的自由是想象，他说没有比想象更自在的自由了。我对此深以为然。

如今他像我做过的一样，将时间抛在路上，独自前行，走在时间的前面，已经太远了。倘若可以，我希望他退回来，重新走一遭。那也许会更好。伊门没有沉默——没有死去或消失——的时候，每每都有长篇大论之言，稀奇古怪之谈。他总是把永恒说得跟一个盖子或是一根长长的链条似的，会被他一直顶着、拖着。伊门最不喜欢嘴巴上有血迹残留，也不喜欢口腔中饱食后的血腥，那时他就用泥巴塞满嘴巴，用大地的皇皇之气清洗野蛮而血淋淋的意识。

我爱伊门并不是因为他注定了是我的朋友，而是他像我，秉承了独立思考的灵魂。所以我们的相遇和相知是冥冥中设定的。就像我和我的智慧的结合。

凌晨过后，从海面上吹来潮湿的腥气十足的南风。风劲极大，这栋旧屋旁矗立的风力发电机猛然尖声呼啸，整个儿颤动不休。持续了全部的后半夜。破晓时分，飘逸胡子老人拖着凄凉的步伐出门，佝偻的身躯勉强维持尊严，但已力不从心了。我心有感触，联想到自己如今已然不年轻，今后同样会老去，庞大的外表之下是一点一点无声碎去的生命，黯淡的血肉开始腐朽，力量不在，涣然远去。我知道生命固然会有终止，但当曾今拥有的一切逐步地有序地泯灭，而我像一个偷窥者在旁历历目睹，势必会使我难过万分。我别无他法，除了更加珍视生命。因此，我去做我想做的事。然而我却有太多的事要做有太多的遗憾，时间的仓促令我惊恐至极恼意十足。可又能怎样？可笑的是，我更年轻的时候，并不觉得时间有什么了不起。我常常用自己的强大令时间望风而逃，但时间的耐心委实厉害，他绵绵不断的身影从未离去过。不放过任何一丝侵入的机会，他终于还是得逞了，我败在他的优雅的进攻下。老人飘逸的胡子昭示年华逝去之际终将留些美好。他艰难但稳定地走路，青色的山峦，青色的天空，青色的湖水和青色的道路，以及青色的罡风……青色的源头。

看着老人融化在青色中，我无心前去一探究竟。伊门的事情似乎已经有了最好的答案。我想哪一天他总会出现在我面前的。那时，他那招惹是非的前爪是否完好如初？

那么现在，有一个地方，有一对母子在等着我回去，去做他们的遮天大伞。而我也愿意这样做。我极愿意过上那种心仪已久的生活。因为我正当大好年华。

17

羊羔赶回来不到一个月，就死了六只，死得莫名其妙。反正是急性病。吉雅抱怨我不好好管理，懒惰得连该打的针都不打。能不死吗？

可麻库才让明确告诉我，所有应该要打的针都打了、所有要灌的药也都灌了。他不会恶意地骗我。问了一些人，说有可能是肠肚血。冉布腾却说不是，可能是一种流行病，像前几年的口蹄疫一样。

在吉雅成天的督促下，我去县城买了"羊四联"来，又招呼了一帮人帮忙打了针。但并没有立竿见影的作用。

刚到夏营地不足十天，除了寥寥一两天，其余的日子全在下雨。由于带的牛羊粪少——这里的又全是湿的——烧柴成了问题。天气寒冷无比，吉雅为了节省烧柴只在做饭时烧火。毡包里冰冷如窖，只差没有风，否则跟外面没什么区别。再加上羊羔的事和她的唠叨，心情糟糕透了。我俩吵了几句，一整天没有说话。早上，图暖和没骑马，独自一人徒步跟着羊群进了山。到最里面后因怕山顶的雾里断散而没敢让羊群上山，费了好大的劲才使它们安静地待在滩地里。深山里的雨比山口要大上许多，虽穿着雨衣，可里面的衣服还是潮湿了。紧紧地贴在皮肤上。东知布和金山都不在，一个去派出所补办身份证了，一个跟着阿大到屠宰场宰牛去了。金山和他的阿大一直对妖心怀不轨，多次对我提出要买的意思，且出的价格也颇高，最近再次刷新，出到了八千五。说实话我动心了，八千五的诱惑无与伦比。但吉雅再次出面干涉，死活不卖。马家父子没能得逞，多有不满，走的时候阴阳怪气的，无非是嘲讽我没有主见，怕老婆。

我和她吵架，也有这方面的原因。

妖不见有一阵子了，不知道在哪儿嘚瑟。他活得越来越滋润、自在。我往往在这种不顺心的时候会很嫉妒他。但也不得不承认，这些年因为先是有他，然后有他的后代，我的牛群的质量的确明显提升。

我的牛群越来越好，种群的基因都在慢慢改变。

要说也真奇怪，妖仿佛是把一生所有的最好的精子都在短短的两三年内统统交出来了，然后就和一头被阉了的牛没多大的区别了。但是他的儿子们确实一个比一个棒，就像以前的妖。

我已经很久没有出去找他了，每年夏天，我都在时刻准备着出发，开始多年来周而复始的追寻之旅。这猛地一停还真不适应。我的心活泛了，等东知布和金山来了，我就走，哪怕知道他某一天会自己回来，我也想出去走走，权当是去散心。再有，我已经很久没有见到她了，思念的苗头一起便再也压制不住了。

这件事上我是感谢妖的，要不是为了找他我也不会去辛洼尼玛，不去那里就不会见到她，更不会和她发生之后的那些事。事情过去近百日，一旦遥望着她家后面的那座山峰，想起半山腰林中的卿卿我我……那短短两日的流连忘返。她一遍遍地从眼中闪过，我都等不到他们两个回来了。

说起她，和我以前结识的女子迥然不同，首先她对花言巧语的男人绝无好脸色，事实上她有些冷，并不十分漂亮。但却有一种别样的吸引力。她叫阿央雍措，夏天的营盘在辛洼尼玛南麓。她家帐篷后面就是地标山脉的最高峰阿尼博让。它和大小兴的乌兰塔洛遥遥相对，高耸入云。

我在去年仲夏的一个傍晚见到了她。当时她正在山坡下的湿地边缘收拢牛群，分隔出母牛，打算赶回家去。而我骑马盘着山腰从藏区过来，到她跟前去打听一下妖的踪迹。她冷冰冰的回答让我很不爽，看她还算年轻，也不是很丑我就起了调戏她、耍弄她的心思。但没想到她的话不多，但一两句就叫我吃不消，于是恼羞成怒，在她屁股上拍了一巴掌，权当报复。她尖叫着跳开，先急忙朝家的方向看，然后才对我怒视，几乎就要喷出火浆来。我得意扬扬地问她到底有没有看见妖。她说不知道，没看见。我冲过去，她就跑，但哪里能逃得了，屁股上又挨了一巴掌。这回她真怒了，昏了头，居然张牙舞爪地要和我打架。我趁机乱摸她，她的乳房有些下垂，远没有屁股有弹性。她也没吃亏，碰到哪里掐哪里，力气还挺大。我们撕撕扯扯地朝一边的山坳里走去，她的意思显而易见，就是不让家里人看见。而我也正有此意。等到看不见帐篷了，她的攻势陡然猛烈了，我差点招架不住，索性把她按倒在地。可她还不老实，闹腾得愈发厉害了，双腿乱甩乱蹬，我的侧肋被膝盖猛力顶了一下，差点没闭过气去。一来二去，我们闹过火了，转而另一种闹腾，她将攻势移交给了我，她气咻咻的低沉倔强开始婉转，她一直揪着我的耳朵不放。

她说真的没看见过妖，不过她可以帮我打听打听，或许有人看见过。叫我后天下午到山坡另一面的石崖底下等着，然后她拾掇拾掇衣服，匆匆地走了。

目送她远去我还觉得不可思议，居然会发生这种事？简直有些莫名其妙，甚至荒唐。而她的反应也叫我难以理解，好像一点也没生气，仿佛发生的事本就理所应当，和之前判若两人。这一会工夫，她回头足足六次，我能感觉到她在笑。我回味，事件从一开始就处处透着诡异，而后就不受控制了。

我牵着马避开帐篷那边，不让人看见。我沿着湿地的边缘绕了大半圈，湿地不大，天气热的时候整个湿地都会冒起烟来，好似沸腾的温泉，其实和温泉毫无关系。水依然是那么冰凉，冒烟气想来是水汽被阳光蒸发的缘故。

时间仿佛跳过了刚才的那一会儿，眼前暗了，模糊了。马鞍后面没有露宿用的毯子和塑料布，我这次根本没打算过要在野地里过夜。

我打算去道尔吉家借宿，不会显得太突兀，我们有几次搭伙去赛马的经历。他的老婆是乔合珠姐姐的女儿，她是从查拉嫁过来的，他们结婚不满五年。我们以前在乔合珠家见过，那时乔合珠的老婆病了，她过来照顾。她的眼睛细长、微微上翘，因为嘴里有两颗金牙，一张嘴金光闪动，如金色的花朵，所以她就叫金花了。后来大家都叫她金花。这是她嫁过来后的事。

于是我想，既然他们两口子我都认识，那就没什么可犹豫的了。

他家门前的木桩上这么晚了还拴着一匹马，眼生得很，我认为不是道尔吉的，但也许是他新近买的或换的也未可知。我弄出了一些响动，我的马也适时地配合着对那匹马打了个招呼。很快毡包的门帘掀动，道尔吉和金花一道出来了。

他一看是我就嚷嚷是不是又在找妖（有那么多的人问我这句话，仿佛可以代表我的一个身份）？

我婉拒了他的好意自己拴了马，直言不讳地说："今晚来借宿了，不会打扰你们俩吧？一晚上没事吧？"

金花将门帘掀到毡包上，一边怒叱我狗嘴里吐不出象牙来，一边叫我进去。道尔吉则问我出来几天了？

"前天出来的。"我说，"今年这边草势挺好呀，你们啥时候来的？"

"二十三号早上。"他招呼我坐下，"我俩晚上开始启程的，第二天帐房到来的时候牲畜已经到了。"

"没看见吧？在搬来的途中？"

"没有，也许在哪个牛群里呢。"

"外面那匹马是新买的？"

"用羊换的。五十只羊羔和十三只四齿母羊。"

"倒挺贵。"

"是一匹好儿马，走得好，稳。"他瞥了我一眼，"怎么样？转给你？"

"太贵。"

"那是你没骑一趟，否则不会这么说，它值这个价。"

"有我的走得快吗？"

"你说呢？"他翻着白眼瞟着我，很不满地说，"要是走得那么快还轮得到你？"

我嘿嘿一笑。接过金花端来的奶茶，由衷地赞美道："几个月不见，你愈发地容光焕发了，想来夜生活不错。"

道尔吉哈哈大笑，金花很无奈地嘟哝我尽会欺负她嘴巴笨。

"你们也还没吃晚饭吧？我可是饿了。"

"还真抱歉，我们已经吃过了，你就凑合着喝点奶茶，将就一晚上吧。"金花一本正经地说。

我以为她在开玩笑，可看着又不像。她大有要拿我兴师问罪的势头。我蓦然察觉到金花大概已经知道了我和道尔吉出门在外时的混账勾当。于是在这个问题被扩大被她继续追究下去之前我毅然断了和她聊天的念头，转而和道尔吉讨论外面的马和今夏公牛的价格。金花分外不满地哼了一声，到毡包的一角去做饭了。果然，她是知道了的，我边和他聊天边指指她，询问怎么回事？道尔吉摆摆手示意我以后再说。

我常和他说，常在河边走哪有不湿鞋？但他就是不听，这回应该是有十足的把柄落在金花的手里了，以后哪还会有好日子过。我进一步想到也许他连赛马的自由都将受到限制，甚至最终被取消。在金花软硬兼施的手段中，我对他的反抗不抱任何希望。奇怪的是我这么一想，立马就觉得和道尔吉的关系远了不少。一旦他不赛马了，我们还会有交往吗？我扪心自问，如今和我交情最深的朋友，几乎全是参与赛马的。那么我们分道扬镳的可能性真是很大。毕竟，人以群分物以类聚。一个小团体，必定是因为有共同的爱好才组织到一起的。我真替道尔吉悲哀，看他的眼神明显带有鼓动与安慰。他摸不着头脑我怎么说着说着变得怪怪的，疑惑地要开口询问。我开口，叫他一起去觅马。

卸马鞍的时候我俩还是胡乱聊着，直到牵着马走出去百十米我才问："怎么回事？她怎么知道了？"

道尔吉狠狠地抖了一下手中的马绊，"还不是尼玛，这个王八蛋。"他愤愤不平地说："不但是个小贼，没成想还是个臭嘴、烂嘴！等着吧，看我怎么收拾他。"

"尼玛？"

"除了他没别人。"

"这么说你是猜测的？"

"绝对错不了。"他的目光在夜色中凶气外射，"只有他，当时就他妈的不应该带着他。"

我们把马牵至草较好的山坡，用他的觅马绳觅了我的马，他给自己那匹上了绊。我们点了烟，顺势坐下，默默地端详着广袤的夜色。在金色的、银色的星星迷离的碎光下，草原静谧、凝固。宛如亘古不变的晶体。昼日的那些流动的羊群、牛群、马、飞鸟与鱼虫，还有牧人及那炊烟，都安顿下来，让宇宙连接内心，谛听远古，感悟自然。

天地间绵绵不断地释放着一种沁人心脾的气息，令人心神松弛，一个个的烦恼一去渺然，杳无痕迹。

看道尔吉，呆呆地凝视前方，眼神涣散，不知心思已云游至何处。我们所说的事情，是半年前的一次难以忘怀的经历。那次我们几个人去海西参加赛马会，晚上住在会场外面的自带旅行帐篷里，当然喝了酒。酒至酣处，有谁提议去桑拿。从没体验过的事情让大伙儿都情绪高涨，但也知道那里面价格不菲。为了公平我们各付各的，谁也不吃亏。之后的事情不用多说了，在摆足了诱惑的小姐面前我们统统缴械投降。稀里糊涂地完了事，对以前抱有的好奇大失所望。

第二天我们权当没发生过这件事，一心扑到比赛中去了。

事实上如果没有道尔吉这出事我甚至已经将其忘得一干二净了。除偶尔当作一种滋味回味一番之外似乎和我没有任何关系了。

金花的茶饭手艺相当有水平，如果她用心做的话。但显然今晚她的心缺失了，或是说她故意如此。她居然做了一锅挂面饭，而我在所有的食物中最难以下咽的就是这个挂面。而我也觉得，没有人会爱吃这个东西。除了马马虎虎地填饱肚子，几乎一无是处。

道尔吉凶狠地盯着金花的背，然后给了我一个抱歉的眼神。其实退一步想我倒是无所谓的，端着一大碗挂面饭将其吃得津津有味。完了我还赞美了一句她的饭好吃。这是真话，不知是饿了还是做得好，挂面饭中我是第一次觉得不那么难吃。

饭后道尔吉还想和我喝几杯，但我看金花的脸色一直没有缓和所以拒绝了，谎称跑了一天格外累，想早点睡。

由于只有一个毡包，而且他们的铺盖也很少，我盖着一条毛毯，枕着衣服侧卧，不知不觉间沉睡。

次日清晨，醒来时，他俩都不在。太阳即将蹦出的那个山脉一线，宛如羊毛的云朵晕晕散散，即将燃烧。山架呈黛青色，连带从上俯冲而下的北风也仿佛是青色的。牛挡里金花蹲在母牛身下挤奶，道尔吉则站在牛犊挡里，缩着肩膀随时准备放开牛犊。

我牵回马，备上鞍子。毡包里的茶水在炉火上噗噗作响，自个儿压了"者麻"吃了，又喝了几碗茶。道尔吉提着一桶满满的奶子进来，我舀了一碗就那么生喝了。跟他道了别，跟金花道了别。她劝我吃过早饭再走。我说自己吃了。她略带歉意地看着我，似乎在为昨晚的行为感到抱歉。我开玩笑说今晚你们可以继续了，然后在她的笑骂中离去。

我记着她说的话，但今天一天到底干什么，去哪里？漫无目的地在山林间穿行，挨到午后于一背阴处睡了一觉，醒来后竟然荒唐地见到了妖，这个畜生正独自优哉游哉地游荡于几近山巅的一条斜长的人畜罕至、地势险峻的草甸中，瞧那模样，似乎并没有发现我的存在，不然他早就逃走了。

我大吼一声，他在第一时间转向我。不得不佩服这家伙的反应能力，和各方面一样，绝对是首屈一指的。他定定地张望着我足足有一分钟，然后继续埋首觅食，任我再怎么喊都不理会了。

他所在的那个地方让我望而生畏，除了岩羊和鸟，我想不出还有什么动物能到达那里。正因为如此，那里的草新鲜、多汁，多有一些药草可供他挑选食用，他才会不辞辛苦地跑到那里去。过去，我是说这些年，他可没少干这种事情，并且后来愈加地爱这么干了。年轻的时候——刚体会到异性的美好——他大多数时间还是在各种各样的牛群里寻找心仪的母牛，尤其是到了春夏之际，空气中飘荡着骚动的气息，发情的母牛频频撒尿，公牛们就疯狂了。妖他最爱打架的时候常常霸占一群母牛，独自享用。但两三年后就不那么干了。他令人诧异地只对少数几头母牛保持着忠诚般的年复一年的交配关系。除此之外的那么多的时间里，他就像现在这个样子独自待着。他似乎从不感到寂寞、孤独。我觉得他比以前更加忧郁了，浓浓的伤感凝而不散。但他又是积极乐观的，我渐渐发现，他显然非常享受这种自己中意的生活方式。自从我掌握了一点他出走后的生活方式，我就不像过去那么非得快快地找到他了。很多时候他都是自己回来的,少数时候超过十天了,我才去找找看,找不到也不着急,没准儿他已经回家了呢。

我记得自打年过三十。我已经不打他了。我一天比一天地不年轻了,而他自五岁那年起,在我看来就一直没变过。你只能从他越来越长的肚毛和越来越大的尾巴上看出一点点的不同,但他的犄角还是一如年轻时那般对称、光滑、坚硬而有力;他的蹄子没有弯曲,还是那么圆润、乌黑而明亮。然而他那么大,大到了一定程度后使人产生此物将是永恒的错觉。他的大,是另外一个奇迹。他的大名也因为他的大而四方传播。他早早就已成了超级巨星。走到哪儿都有人认识。我想这也有可能是他不愿意在人们常见的地方多待的原因。

我看着他,并不打算去赶他出来。

随着我不揍他,我觉得我们的关系已经很疏远了,仅仅比陌生较好一点而已,这着实让我不是滋味,没想到皮鞭还有防止疏离的功效。而我再难重启往昔的锐利呼啸,是因为妖在其"人生"的演绎中超越了自我,达到了一个更高的层面上,很多人不拿他当牛看待——我也是——所以我一旦举起鞭子,总是过不了心中那道坎。

下午四点钟,她准时到来。带来了有人见过妖的信息。"那一定不是这两日的事情了。"

"怎么?"她惊异地瞅着我,适时地表露出细微的挑逗。

她穿着一件扣纽扣的乳白色的毛衣,脖颈处瞧得见内衣是淡蓝色的;紧身的牛仔裤,把大腿和屁股都绷得圆润润翘鼓鼓的,脚上是一双轻便的凉鞋,袜子透明如纱,脚趾清晰可见。如果这是她的计谋的话,那么是很成功的。站着的时候,我的眼光百分之八十的时间是停留在她擦拭了淡粉的脸上,坐着的时候盯着大腿看。其余的时间就盯着她的别处。她的脸其实挺耐看的,眼睛和鼻梁是最棒的,她的嘴唇也挺好，我亲的时候感到很柔软。

我们边走边聊，一直朝她的牛群的后面，一条小沟壑的最深处去。"你经常以寻牛的借口干这勾当吗？"她突然挑起话题这样一问。

"什么勾当？"

"就像我们这样的呀。"

"这话太难听了，怎么是勾当？平白地使人恼。"

"事实呀，你有妻我有夫。青天白日下野合，多不要脸？"

"你还不如直接说奸夫淫妇呢。"

"我不在意。"她愉悦地展开笑容。

"不在意你的过去，还是我们的现在？"

"你说哪个都行。"

"全不在意？"

"你就是一个嫖客。"

"那你是什么？"

她对准我的小腿踢了一脚，剜了一眼。

我将马拴在一棵快死去的灌木上，我们接着走，在块巨石后面倚靠而坐。我很自然地握着她的手。她的手相当柔软，不敢相信这是一双常年劳作的手。"你男人呢？"我继而搂住她的肩。

"像你一样啊。"

"寻牛？"

"错，是泡妞。"

"嗯？"

"我可没骗你。"

"那我晚上可以去你家了。"

"有种你就来。"

我们就这样聊了很长时间，没干别的。她不让。我一动她就说，别，有种你晚上来。急得我直揪头发，却无可奈何。她得意地哧哧笑。

"我要回去了。"她说，"快来雨了，你怎么办？"

"自有办法。"

"要不去我邻居家躲雨吧，顺便探探地形。"她又哧哧地笑。

"说真的，我可以去吗？"

她没说话，目光摇曳着轻微地点头。

"不会有事？"

她红着脸没说话。

我嘘着一口气说："好吧，我等会儿去你邻居家打扰一下。"

她走了之后我多待了一个小时，看着她把母牛赶出了昨天也在那里的沼泽边缘，直到再也看不见。我估摸着她已经到了家，正在拴牛。雨滴稀稀落落地跌向地面，砸在石头上发出轻微的碎裂声。如同破开的气球。走到马的地方这会儿，鞍子全湿了，马的鬃鬃也湿了，原本精心修剪过的漂亮的弧线状的鬃鬃变得东歪一撮西倒一束的。马拉拢着头，屁股对准斜射的雨线避雨。我用袖口拭去鞍子上的水，没理会松弛地甩动在马肚子下的肚带，只将鞍子朝后拽了拽就骑上去。然后一口气跑下去。马蹄在刚刚抿湿的草地上打滑，几次差点滑倒，它自我调整，减慢了速度。

他们几家分开住在一条小溪的两边，那边是她家和另一家；我跑下来的这边也是两家。每家分隔的距离恰好，都有几百米远。我在吴太极家门前下马，所有的人们都在冒雨拴牛。吴太极和他的老婆、儿子也不例外。他是南太极的弟弟，他的哥哥南太极有一匹相当快的走马，我几次在小组赛中都输给了他。我们几乎在附近的每次赛马会上都会相遇，平时也有交集。一来二去就成一般的朋友了。吴太极虽然没有马,但无疑是非常喜欢马的。在赛马会上我们一起吃过饭,看过录像。他之所以不骑马是因为年轻时——现在他也不老——被马摔断了大腿,如今右大腿里面还附有钢板,走路也还受影响。他倒是说过想骑马比赛,但家人绝不同意。家人的意见他还是要接纳的,尤其是老婆的。

我决定只在这里避避雨,等雨一停就走。因为我发现他儿子的存在,晚上我溜出去可能就会被他发现——吴太极的儿子已经是一个个子很高的少年了——而我可不想让任何人知道我们的秘密。

我跟走上前来的吴太极拥抱问好!向他的老婆问好!"不用说,你又在找啦?"吴太极一副果然如此的表情,"也就是你行。要换了是我早就处理了,我可受不了。"

吴太极他永远那么瘦那么小。他只比我的肩膀高一点点,我看他就得眼珠向下滚,或者收起下颚。有一种傲气凌人的气势,我不是很喜欢这种感觉。总觉得会给他留下傲慢的印象。当然这是我们初次见面时的想法,以后交往多了,他也知道我是个什么样的人,我就不管了。

我们进入帐篷,一边喝着茶一边东拉西扯地聊着。他给我看了正在做的一条用四种颜色的尼龙绳扭制的缰绳,这种扭法如今特别流行于草原。非常好看,也牢固。他已经完成了一半的工程,我估计还得多日才能完成。这种扭法最大的缺点就是耗时耗力,即便再快,一天也做不完一米,半米也够悬。我觉得他的颜色的搭配不是很理想,红、黄、蓝色和黑色搭配。黑色陡然地就有喧宾夺主的意味了,而且不协调,要是换作白色或绿色就好多了。

此外他给我炫耀了一番已经做好的被郑重地装在一个帆布包里的马龙头,也是尼龙绳做的。但不是扭的,是八条尼龙绳一起织出来的。颜色搭配得也好,兜海带、明鬃带都好。整体略显黄色,再配上扭的缰绳。我暗暗羡慕，但想弄到自己手里显然是不可能的。平心而论，要是我做了这么一套好东西任谁拿什么东西换我都不会答应。绝不是价值的问题，而是关乎心爱和心血。就像谁也不会把心爱的东西随便拿出来一样。

"要是我拿材料来，你是不是有时间给我也做一条缰绳呢？"但我还是禁不住诱惑，转而换一种方式。

"如果你有耐心的话，"他说："等我做完了我的这个，还有我哥的那个。就给你做。"

"我完全等得起，明年这时候能拿到就好。"

"那行。"他答应得很爽快。

"你也不骑马，费这么大劲干什么？"对此我很好奇，觉得好东西应该用在最值得用的地方。

"我弄了一匹小走马。"他偷瞄了老婆一眼说，"三岁的，没有比它再乖的马了。我正在训练它，打算参加九月的那达慕。你也参加吧？"

"那当然。"我说，"你的腿没事？"

"怎么没事？但说了不听。"他的老婆抱怨道，"越老越犟了。"

"咱们不是问过医生了吗？当时也是答应了的。"吴太极明显不止一次的重申过这话，"咱们说好了的，你可别反悔。再说我会十二分的小心的。"

"等再摔一次你就老实了。"她不满地瞥他一眼。不说话了。

"那好。"我觉得适当地骑一骑也没什么，"到时候咱们再见。"我说。

这会儿，他的儿子回来了。腼腆地跟我打了招呼，一转眼又不见了。以前也是见过的，没想到如今这么大了。岁月就是这么在提示我们已经绝对不年轻了。

约莫到了八九点钟，我在他家吃过饭。雨已停，于是辞别了他们，谎称说妖已找到，要不赶紧去他又该跑了。吴太极倒也没有强留。我看得出他是极想我住下聊一个晚上的。因此我也只能在心里说声抱歉，我还有更重要的事情要做。这件事情虽然有那么一点偷鸡摸狗的嫌疑，但对我和她来说是正常的，是需要的。我们只会在很短的一段时间内排除干扰，只有我们两个人。而我们的命运看得清轨迹的相连也仅仅在那很短的时间内，之后会怎样？我们谁也不知道，更不会费心地去琢磨。就跟自然生长的草木一样我们也是属于自然而然的成长。

所以，当我在黑暗中绕了沼泽一圈，斜斜地翻过她家后面的小山冈，一直走，然后重新出现在她的帐篷后面，将马拴着山冈的石块上蹑手蹑脚地进入她的帐篷，续而钻进她的被窝时，怀揣的不是激动，不是刺激或兴奋，也不是所谓的得逞或欲望；而是一种淡淡的、顽固的牧人的哀愁和悲戚，永恒般存在的枷锁，一股与血脉自祖先传承而来的意念；是不用千呼万唤自我主张自我出击的旋风……

黎明，草原上最冷的时刻，马的嘴唇和鼻孔边缘结着米粒似的寒霜。秋天就在眼前了。我握着她给我灌的一瓶滚烫的奶茶，懒散地披着合衫，跨着马不紧不慢地进山，朝妖昨天的栖息地过去。万籁俱寂，群星有规律地隐去，夜谢幕而白昼将登场了。眺望着东方一线的明亮，我突然迷茫了，究竟该何去何从？又有哪个方向于我而言是内心向往的？这一瞬间我竟希望自己从未有过选择，有过去和将来，只有现在是全部。在空旷的野茫茫的大山里，只有我和妖是真实才存在，是世界是全部。

妖终于懂事了，他已经离开那个险峻的地方，到了更低一些的较为缓和一些的地方。我还没过去他就已转身，正是家的方向。和以往一样，他一般绝不让我靠近他。渡河的时候，他庞大的身躯明显让水势一缓，仿佛一个小型的移动的水坝。每当他表现出"天下第一牛"气势的时候，我就油然产生一种拥有的幸福感和强烈的自豪。

18

"年轻时我最爱干的事情是到处流浪，观赏各地的美妙景象，吃一些从来没吃过的植物，不管好坏！"

有一天傍晚，吃饱喝足后，我们在绿洲的边缘散步时，我主动述说起我过往的经历，"要是没有他的话，那就更惬意了。"

"他？"阿姆清理了右蹄子里淤积的淤草和沙子，一边回头招呼着儿子，一边问："他是谁？是你的主人吗？"

"对。一个脾气奇大无比且自以为是的家伙。"

"我以前所在的人家倒挺好，每个人都挺好。就是他们自个儿之间是非多了点，我记得他们成天吵架。连挤奶的时候也不例外。"阿姆目光迷离，回忆着说："那时我蛮有活力，生养了他的哥哥。"

"这么说，以前你有一个孩子？"我说，"你倒从来没说过。"

"你也没问过呀。"

"我以为我了解了。"

"那是你自以为是。"

"后来呢？"

"以后我并没有生养，如此三年，我怕因为我没有生养而被他们卖了，或宰杀了，就逃跑了。"

"难道他们就没有找你？"

"我也纳闷，为什么他们没找来呢？或是找了但我运气好躲过了。"

"你可真是幸运，换作那仁克和赛恒朝鲁，挖地三尺他们也会找到你的。"

"我的运气一直很好，到现在都活得好好的。"她感叹，心有余悸地说，"有几次可真是太惊险了，差点儿就死了。"

"只要一落到牧人的手里，等于是死了。我说的是别的牧人，是你的原主人就不一定了。"我说，"那阿如呢？"

"他是我逃跑的那一年怀上的，要是我知道怀上了，我就不一定会逃跑了。我很自责，我认为他的不幸就是我逃跑的缘故。"

"那说不准，你可知道，命运这回事是很玄乎的，就是说，命运这回事是无法预知和操控的。"

"我很少留意这方面。"

"你看，他显得永远年轻。"

"可不是真的永远年轻。"

"他比我们永远年轻。"

阿姆咧嘴一笑，不再接口。

一转眼，我们在这与世隔绝的地方待了十天。天气愈见肃杀，处于炎热的沙漠盆地中还不明显，但在外面定是一阵阵秋风肆虐了，霜降已至，天高而云淡。我和阿姆的感情日渐深厚，我内心的皱纹被她的柔情一一抚平、熨展。我眼见苍老的心灵重获新生。在这种欢快的激励下，我一次次地以欣赏的心态回忆诉说那些永生难忘的经历。以至于深深地陷入不能自拔，我想起那一年在肯迪……

我和那仁克规模最大的一次战争，是发生在我六岁那年。那年的仲夏，比此时要早上半个多月。我们大闹的起因有着诸多的因素，最主要的是他强硬地干涉我的自由令我十万分地不满；而我桀骜不驯的性格也让他十万分地不满，两种站立于各自立场的怒火终于在我又一次出去流浪前被他截住，那时我离开牛群和所在地的山谷不足一个小时，我甚至还没有淡出它们的眼线。而且就在前一天的晚上，那仁克和赛恒朝鲁联袂从某地将我逐回山谷。也就是说回来不到五个小时我再次要溜走。

那次我往山上跑，往地势险要处跑，专拣马走不了的地方跑……

那仁克呼呼哈哈地紧追不舍，追着追着他的马不行了，在滑溜溜的寸草不生的山石中，他的马的马掌根本站不稳，一次次轻松地滑倒，站起来，没走几步又滑倒……我渐渐和他拉开了距离，等到我即将翻过山巅，到另一边去的时候，他丢下马，弓腰吃力地朝我的这面攀爬。他是那么用力，显然是把怒火全发泄在登山上了。我那次总算找到了一丝报复的快感，在山巅饶有兴趣地瞧着他丑态百出。我不担心他会截住我，我永远不相信人的两条细腿会超过我有力的四肢。再说另一面和他所攀爬的地形如出一辙，他昏了头要是想追我，只有累死一途。当然我看他对自己的生命爱惜得很，香饽饽得很，定是不会这么干的。他一直在爬，也许已经不是要来追我了，而是一种自己和自己过不去的可笑的行为。"但我管他是什么行为呢。"我说，"事实上我仅仅在那一刻对他有了一点兴趣，也是因为我自己的缘故。但我马上就不管他了，我哪有那么多耐心？我要去干我自己的事。"

"什么事？我知道你挺风流的，应该是风流事儿吧？"

"哪有，"我半真半假地说，"年少时不懂事，轻狂风流，其实算不得有错的。谁都一样会有这番必需的经历。但六岁以后，确切地说是那次以后，我突然间醒悟了。从此以后再没干那些个无聊的事。你知道六岁，正是我一生中最棒的时候。"

"后悔了？"

"一点都不！我甚少为做过的事后悔。我至少体现强硬的作风，不管是在人类还是在同胞的面前。"

阿姆若有所思地"哦"着，然后问："后来呢？"

我们找了一处理想的地方，相视而卧，然后我说，后来的事情是这样的：

我灵机一动，使用了一招巧妙的招数，我先在山峰之间连续走过去，直到一个认为是最适当的一座山巅站住——再往下一个山峰的话他就看不见我了——然后仰天长啸一声，引起了最初我所在那个山巅的那仁克的注意力，虽然离得很远，但仍然可以感受到他浓浓的滚动的杀气。我挑衅地再次长啸，在他的注目中继续前往下一个山巅，但在途中，我闪到背面赫然转身，接着一边警惕地避免不要让他发现，一边原路返回了。再接着我没看见他，也许是回家去了，也许是到我长啸的山巅去了，总之，我觉得我的阴谋得逞了。我想你还没有全明白，我之所以这么做是为了抢得先机，争取时间。你知道吗阿姆，他们太狡诈了，如果我不绞尽脑汁地策划一番，我等于是快速地自己找揍去了。

那次为了能够完全地骗到他我可是豁出去了，搭上性命了，你知道我浑身是伤，还在流血。气力大量流失。所以，他绝不会相信我能以那么快的速度——简直就像飞过去一般——跑到他背后的山坡去，我要的就是这种效果——南辕北辙。

我做到了。他果然傻傻地以为我朝南方跑了。我庆幸那次是遇到了他而不是赛恒朝鲁，在聪慧及经验——甚至是所有——方面，赛恒朝鲁要比那仁克难对付一倍，可能更多。首先因为他足够理性，因此他的判断力在大多数情况下是正确的；其次他善于反思，即便面对一头牛也是一样善于反思。他尤其对我给予着极大的关注。我想这不仅是因为我的非凡智慧的表现，也是因为我值得他给予更多的关注和心思。但和那仁克不同的是，他的关注从来都是默默的，就像一头胡兀鹫一样从高空中盯着我，对我的所作所为一清二楚。

言归正传，那次我漂亮地耍了他。逃跑得太过于专注，以至于我离他足足有了二十公里的距离后再难以支撑，我倒下了。但我倒下的地方颇不理想，那是一个阴森且枯死的地方；四处多有奇崖怪石，鳞次栉比。极其适合其他的生物窥视和躲藏，也适合逃跑。凭动物与生俱来的直觉，这地方俨然是一个是非之地、不善之地、凶残之地，呲呲作响的风声诡异怪谲，仿佛在昭示即将带来的是个多么重要的时刻。

但我依然力不从心，只卧了片刻，浑身肌肉就已僵硬、剧痛、水肿。我可以清晰地感觉到在皮肤之下，我的肌肉有好多处都被石头击碎，打裂。短时间内难以恢复。

我需要的是休息，是疗养。但我首先得吃点东西，因为不管在何时，吃饱肚子才是最主要的。而恰恰倒霉的是，我卧倒的这个地方距离最近的一个草甸也有着几百米的距离。那个草甸被夹裹在流沙般的石流中间，以前我最喜欢在这种地方觅食，因为有些极为险峻的地方中间的草甸是从来没有牲畜到达过的，仅有石羊会偶尔光顾一下，所以那里的草虽然长得不高、不密，但最新鲜和有营养。这种地方生长的很多都是药草和各色野花，是真正的美味。

另外，在这些层峰叠嶂间，有一种无名灌木悄然生长，它叶碎而黯淡，极易死去，也从未见过它长得超过膝盖的。可这种植物却味道非凡，难吃得不得了。很少有动物吃它。而我之所以去吃是因为我总认为它对添长肌肉有着显著效果。这是我长年累月积累的经验，而且我也愿意相信我有很多肌肉都是因为吃了它的缘故。

现在，我急需它的帮助，可四周一片灰暗和诡红色，养眼的翠绿都在我可望不可即的远处。几百米的距离却成了难以逾越的天障了。我试了好几次，都失败了。我的危机感愈加清晰，仿佛已经看到危险的降临，我无比软弱，我从来没有这么无能过。无能到了等死的地步。

四野静悄悄的，哪怕一丝的微风都没有。视野也被重重叠叠的石头阻挡住了。太阳升得老高，气温出奇地高。我甚至都已听见皮肤被烤的爆裂的声音，就像一颗石头从山头向下滚落，一连串的爆裂。我知道是四周的石面形成了反光，而我又是最能吸热的黑色，那些反光中的热能都跑到我身上来了。我知道再也不能这样下去了，否则我也会像以前的那些同胞们一样被饿死。那是最不体面的一种死法之一。

因此在养精蓄锐了一会儿后，我花了很大一部分时间站起来，然后用更多的时间朝前迈步。这时候我才真正意识到这次我是玩过火了，按照某种说法，我逃跑中可能过度激发了潜能，相当于燃烧了生命。不然绝不可能是现在这个样子。这是只有生死存亡关头才干的事情，被我提前预用了。倘若再来一次那将真的要死了。奇怪，既然不知不觉就这么干了，显然那仁克对我的内心造成了极大伤害，使我在潜意识当中就认定：被他堵截是有生命危险的。按照我的伤势来分析，当时我那样想是对的，因一些小伤却不愈而亡的同胞我见得多了，更何况伤上加伤！

我从早上开始这项艰苦卓绝的旅程，滥用已是千疮百孔的意志直至完全摧毁。每迈出一步我都要竭尽全力地站住，不让庞大的身躯轰然倒下。我平生第一次抱怨长了这么一副难以操控的超级庞大的身体，以至于暗暗羡慕那些拥有娇小躯体的同胞是多么地幸运。至少，他们不必太过担心自身的力量难以维持身体的站立。

　　正午最毒辣的阳光不急不缓地移动着，阳光特别钟爱于我，每每都有格外热烈的关注投向我。天空中纯净得难以容忍一丝白云。往日深山老林里挥之不去的阵雨躲到天的另一边去了，世间不如意事十有八九。也不能怪云朵和雨，也不能怪风。哪怕什么都没有，我依然凭意志力到达了草甸上，吃到了独属于其间的草食。时间一秒一秒地过去，我也一点一点地恢复着体力。暮野四合之际，我终于察觉到力量在体内调皮地欢快地奔跑戏耍。这时候我站起来，开始站着吃草。灰暗朦胧的天气状态持续了很长时间，夏季的夜晚总是姗姗来迟。夏季的夜晚也总是危机重重。当最后一抹亮光在天际的某个边缘彻底消逝的时候我想，倘若老天保佑，我的运气好，不让先辈们的悲哀重现我身的话，那就太好了。为此我愿意虔诚地祈祷。但事实并非如此，无比撩人的星光没能吸引我多久，就被重重的恐惧替代了包围了。耳边沙沙的脚步声密集地响起，紧随脚步的流石如同杀气欢腾地奔流而下，从我的脚下、身边一闪而逝。黑黝黝的夜色中远处石林间阴森而残忍的绿色鬼眼分外醒目，我知道那是什么——我被一群草原之王包围了——对此我早有心理准备，所以并不意外。但心底的恐惧还是快速地唤起，同时也有一股强烈的兴奋，我的血性和激情特别愿意接受这份挑战。不仅仅是为了保住性命，更是为了尊严和荣耀。于是我战意盎然，浑身热血沸腾，一股摧枯拉朽的意志力，从腹部冲起，直逼喉口，我不禁呼啦啦地大吼一声。这声大吼破开夜的幕帘，直向那天际而去。四周的绿色鬼眼忽地消失，世界再次安静如死。但我知道，它们不会因为一声叫喊而退却的，它们在等待时机，等待我的气焰从最高处一点点地跌下来，直至消沉。这是它们惯用的伎俩，也是最难以抵抗的。我当然不能如它们所愿，环顾四周，我得找一个易守难攻的阵地准备迎战。既然战争无可避免，我决不退缩——其实也没有退缩的余地——决不胆怯。哪怕是死，我也要杀出一条血路来！哪怕粉身碎骨，我也要将它们赶尽杀绝！

绿幽幽的鬼火般的眼睛再次若隐若现，而且离得更近了。我一边不停地大吼，一边瞅准了一个悬崖走去。那里也不是特别理想，但总算有两面都是十几米高的悬壁，它们想从那里进攻是完全找死。我首先退到两面悬壁接触的那个呈现出角落的地方去，把后身都藏在角落，头对准外面，这样我所需要防御的地方是一面扇形的乱石遍布不平的前方。比在开阔地里四面受敌好多了。

到了此时，我起先的那点恐惧和发怵早就不知所踪。我满脑子想的都是怎么利用这点地形和最强大的武器——一双大而尖利的犄角直接凶狠地弄死这些家伙。关键是第一战，第一匹进攻的狼必须干脆利落地挑死它，为此我不断地琢磨不断地演化战斗模式，务必要做到一击必杀。

对于我的头和我的犄角，我绝对是有信心的。感受着越来越多的力量在积蓄，我的战意也愈加高涨了。而这时，狼群逐渐围拢过来，我第一眼全方位地目测到有六匹，但隐藏在黑暗中的还有多少就不得而知了。这六匹狼并没有我想象中的那么大，而且显然头狼也不在其中。我好整以暇地瞧着它们来到我前面四五米处停下，一个个龇牙咧嘴，以爪刨地，头毛倒立地咆哮，做足了戏前功课。

我利用它们耍杂的工夫再次观察了四周，也朝悬崖顶上看了看，悬崖是向前倾斜的，又那么高，就算有狼从上面往下跳也到不了我的身上。所以这方面无论怎么看都是安全的。其他的地方并没有鬼火闪烁，我不认为仅仅六匹狼就有胆量对我这个庞然大物发起挑战，一定还有别的家伙躲在暗中等待最佳时机。那些玩阴招的才是最难对付的，而且战斗经验也一定是最丰富的。俗话说,压轴的才是好戏!它们,就是压轴的好戏。如果我先不摆平眼前的这几个臭东西的话它们是不会出现的。

既然如此,我想,那就战斗吧!我突然向前踏出一步,大叫一声。它们倒退了一步,接着其中靠近左侧的一只鼻梁上有伤痕的家伙率先发起了进攻,而它旁边的那只也紧随其后,它们奔跑两步后一跃而起,目标是我的背脊。只要它们站在了我的后背上,那我想要把它们摔下来就得费一番大功夫,我岂能如它们所愿?等它们在空中下落的时候,我瞅准时机,猛地跳起前蹄,我们相互间的距离已经格外地近了,这时候我以最快的速度一摆犄角,将角尖对准离得最近的那只狼。这家伙刚有所反应但已经晚了,我的犄角轻而易举地戳破它的侧面的皮,直接一通到底,角尖有三四寸从另一面冒出头来。可怜的家伙惊天动地地哀叫着挣扎着,但他越是挣扎我越是甩动犄角,冒着泡的血顺着犄角流下来,流到我的头上。腥腥的气味更激发了我的凶性,我一下子将它摔到崖壁上去了,只听"噗"地一响,可怜的家伙再无动静。而另一只在我移动犄角的那一刹那就已果断地扭腰撤回了。

它们看着死去的同伴不声不响,并无退却的意思。它们低声地相互通气,然后发动了第二次攻击。这次它们是一拥而上,五只狼从不同的角度朝我飞跃而来。一时间我的眼里全是它们的身影,这种时刻我不可能全方位地保护好自己,只能一边防好脆弱的部位比如喉咙、眼睛以及后身不受伤害,一边瞅准机会伺机进攻。这次我没能弄死一只,只是挑破了肚子,受了严重的伤,也算是去除了一个威胁。可我也不好受,虽说我的皮子比一般的公牛要厚得多,但禁不住两三只狼在我的前胸一带又抓又撕咬,一会儿工夫我就受了一点轻伤。我又将身前的一只家伙连踢带戳地弄残了,比那只更严重,至少它的一条后腿和肩部都有骨头碎裂了。

战员去除一半,它们再次退回,仰天长啸,果然,不一会儿多出来了好几匹。我依然搞不清哪匹才是头狼,它们全都一个模样,大小无甚大的差别。它们又添加到九只了。

我感到极大的压力,这次它们的战术大有不同,它们分成两个分队,一队进攻的时候,另一队就在一旁伺机掩护,一旦有机会也不放过,立马会进攻。我最多的时候一次要面对七匹狼的全面攻击。虽然弄死弄伤了几只但我的伤也越来越严重了。背上也火辣辣地痛,黏糊糊的,是出血了。我后身差点儿失防,拼了受大伤的风险才将一只钻空子的家伙击退。

在不是你死就是我亡的战火中,时间过得飞快。几乎就是一眨眼,几个小时过去了,战斗还没结束,双方都伤痕累累。它们损失惨重,仅剩五六只还有战斗力。而我也好不到哪里去,我的前腿到胸到肩头到后脑密布大小不一的伤口,血一刻不停地在流。我甚至已经无法有力地挪动步子了,我怕一不小心就会摔倒。一旦倒下去我就再也别想站起来。

事到如今它们一点儿没有要撤退的意思。那头狡猾的头狼就在这几只当中但我依然没有头绪。在百忙之余,我一直在暗中观察,我想头狼发号施令时自当露出马脚。但是没有,这群邪恶的家伙乱喊乱叫,搞得我一塌糊涂。

像水一样流淌的血并不凝固。强烈刺鼻的腥气在我们头顶翻滚、腾云、无形地流窜,但就是不散去。死去的狼静如安详的化石。活着的绿幽幽鬼火似的眼睛变成血淋淋的残暴,我的顽强似乎成功地激起了它们最深处的毁灭性。它们已经不考虑退路了。这是我最大的悲哀。

接下来要面对的,是我一生中最危险、最艰难、最残酷、最英勇的时刻。

但我想得更多的是今后的生活,我仿佛已经知道自己会取得最后的胜利,因此在死亡最亲近我的时候我会以全新的姿态筹划未来的生活。

我就是在那次真正的放下了对那仁克的仇恨,决定原谅他了。

生死之战仍在持续,相比刚开始,就显得松弛了,有气无力了。狼和我的伤势都在发作,时间越久越糟糕。这五匹狼在这消磨中逐渐地磨去了冲昏了头的怒火,理智像迷失的孩子一样回来了,先是一只最惨的犹豫不决,在骚扰我的左边的时候心不在焉,令其他同伴不满。对它低吼。没想到不吼还好,一吼它再也不管了,直接退到远远的地方去卧下来舔着后腿的伤口。

战术被打破,如同打破了它们最后那一股仅剩不多的气势。它们全部停止了进攻,跑到一边开会去了。然后我一眨眼,它们全不见了踪影。只剩下最先撤出的那只受了重伤的可怜的家伙拖着断裂的后腿尾随而去。

一阵风把浓郁的血腥之气吹散。地上死尸的血毒已流干,那些抛洒了的血迹赫然使石头和土地沉重了。

我矗立良久,这才确定它们真的是抱恨而去了。它们离开时那一声声咆哮就是在表达心中的悲愤。它们的不甘,便是我的胜利。

但我动不了了。在短短的一天一夜中,我遭遇了两次无法动弹的伤势,且一次比一次严重。我这时才有机会好好地察看身上的伤口,我看着看着不禁悲从中来,这么多的血淋淋的口子,是前所未有的。从头顶到尾巴,都被鲜血染遍了。早已不知疼痛,浑身麻木。一阵阵虚弱袭来,几乎将我击倒。我知道一旦倒下就会像那些狼尸一样成为静物,成为幸运者的美餐、大自然的一部分肥料。养母和先辈们的谆谆教导犹在耳边,这些声音鼓励我,提醒我不要做毁灭自尊的事。于是我再次开始艰难地一步一步地迈出步子,一直不停地走;我去吃草,不管好不好都吃,只为了摄取生命。

我就这样一路走一路吃。血迹在身后逶迤而随,我渐入佳境,脑海中只剩下走路和吃饭两件事,其他的什么都忘了。

晨曦初现时分,我还沉浸在自我喂养的过程中。日头一寸寸升高,气温也一寸寸升高。裸露的伤口几乎被光芒燃烧了,成群结队的蚊虫向我发起一波一波的攻击。身上每一处都沾满了吸食血肉的小不点。我知道这些小东西大有害处,会使我的伤口发炎、出脓、坏死……

但我最没有办法对付的就是这些小到不能再小的东西。

我突然想起那仁克说的一些话,做过的一些事;他以河水中的淤泥敷在受伤的马腿上绑起来,说是最好的消炎结疤的药。那是好些年前的事,他的马失了前蹄被石头割破了皮露出了大片的鲜肉,血流不止。当时他就是那么做的。后来很快,马的伤口就愈合了。

于是我来到河边,沿着河边一直找,在一个急急的拐弯地带发现了一大片呈黑褐色的光滑如水的淤泥。我毫不犹豫地朝着淤泥侧卧下去,淤泥和伤口一相遇立刻产生了强烈的反应,巨大的疼痛差点让我晕过去,但紧接着,一阵冰冷清爽的感觉从伤口处传开,所有已经覆盖了淤泥的地方都舒适了安静了。我掉过身子让右侧也覆满了乌泱泱的毫不起眼但效果显著的淤泥。这下子,蚊虫再也占不了我的便宜,而我也仿佛没有受伤般舒服了。

我不禁为自己超强的恢复能力感到自傲,平心而论,换成任何一头牛,都会在此一命呜呼,或是一蹶不振,或是……

是强烈的自尊心和沸腾的热血,是战斗的欲望和永不服输的精神救了我；是我们牛多舛的命运中沉默的悲戚的火峰爆裂，是远古祖先的巨眼与我同在，它睁开，给予了我力量。所以，我代表所有的同胞们而战，战胜的不是它们——一群狼，而是残酷的法则，一成不变的规律。

诚然，我——我们——成功了。

我对阿姆说："现在，你明白我的变化了吗？"

19

租用包呼突的一个秋牧场最初几日里只有我和一条成天就知道流浪的母狗。

每天除了往羊群里可有可无地扫视几眼，我无所事事，于是就到处转悠，有时候会骑着马跑到很远的地方，直到三更半夜才回来。我喜欢去一些陌生的地方，看一些陌生的事物、陌生的人，听一些陌生的事情。然后找个地方喝点酒，醉醺醺地在半夜里回到家，在冷冰冰地帐篷里倒下睡去。有时候，我都不知道我的羊群是否已经回到了圈里，有没有跑丢了？

我都不知道。我就想一酒解千愁。

吉雅走之前和我大吵了一架。我不想这样，不想在这种时刻和她争吵，我们自从结婚以来就失去希望这么多年，谁也不愿意提起这件事，仿佛这件事根本就不存在。但如今，突然有一天事情自己就解决了，她做梦也没想到地怀孕了，我们的孩子就这样悄悄地来了。

……

她听到了一些风声，好像也并不十分愿意去追究。她问我到底想怎么着？我不知道。我内心的苦恼有谁知？

一方面，我真切地盼着吉雅快快回来——她的弟弟仁青十月份要再结婚了，吉雅被叫去帮忙。仁青娶的是多布丹的哥哥晢合特的大女儿，我一直没搞清楚她叫什么名字——陪着我，说说话，我绝不再和她吵。一个人的日子太清冷而孤寂了。我想念他们。

但另一方面，那天道尔吉说的话叫我一直不得安宁、我觉得他在骗我，又认为不可能。

她怀孕了！我被他的这句话惊呆了、吓傻了。他为什么跟我说？难道她的怀孕跟我有什么关系？她有丈夫，和我有什么关系？

那天道尔吉欲言又止，显然憋着一些话，没说。但走了一会儿，他还是回过头来告诉我，她早就离婚了。

她离婚了？她有了孩子了？

这是几日来我脑子里想着的唯一的事。

接下来的一天，下午我喝醉了，决定去看看她。她住在自己的秋牧场。我知道。

我还知道她在等我去看望她。她的绝望一定是很辽阔的、很冥暗的。我得去看望她。夕阳西下，吹了一天的秋风缓了，歇息了。我歪歪斜斜地跨在马上，任凭它按自己的心意跑。跑着跑着，天黑了，草地隐藏了，星星一颗颗地出现了。在诸多的星星中，有一颗格外令我心动、令我胆怯。那颗星星跌落在草原的深处，那颗星星里正是我想见却又害怕见到的一个人。她的心情也在如那道光般忽明忽暗吗？

我远远地下马，趴在地上静静地看着。看她是否会从微光里走出来，看见我。

我等了好久，醉意上涌，我睡着了。在梦里，她背着我进了帐篷，让我躺在一条毛茸茸的毯子上。我清晰地看到，她的肚子圆圆地鼓起，平添了她的柔美与娇气。

她果然是怀孕了。这是我第二天早上醒来后看见她时明白的。昨晚的梦不是梦，就是她把我背进帐篷的。时隔几个月，当我再次看到她，却和上一次的心情迥然不同。那次我是以一个对她怀有欲望目的但又可有可无的心态去面对她，而这次，我首先便充满了愧疚之心，我不敢与她对视。害怕从她的眼睛里看到绝望、哀怨、麻木甚至仇恨……

我真想马上就逃跑，跑得越远越好。跑到忘记她忘记这一切……

她的帐篷干干净净，收拾得整整齐齐。有一股清淡的柏香的味道。她让我洗了手，给我一碗茶和一块油饼。她转身出去了，我听见她吆喝牛群的带有鼻音的声音。帐篷里有阳光从小小的窗户里钻进来，投射在一个茶壶上，茶壶里的水已经开了，正在扑通通地跳跃，冒出来的蒸汽被阳光一渲染，立即变得像尘埃一样缓慢地浮游起来。她的炉子擦得锃亮，不染一尘。可爱的是连要烧的牛粪都被有序地码在牛粪槽里，好像是长久的摆设而不是马上就要烧掉。

我没有一点心思想吃东西。满胃饱和，好像昨晚吃了一夜的东西。

但我还是把茶喝完了。无意识地喝完了。油饼放在了冒着蒸汽的茶壶盖子上。打量着整个帐篷，暖暖的温柔油然而生，我知道这是不能的但感觉它就是这样的。

马鞍和嚼环就在觅马的地方。我备上鞍子，眺望她在远方赶着牛进入山沟，那个我们两次约会的山沟。她匆匆忙忙的身影轻柔柔地刺痛我，眼睛剧痛，泪水汹涌而出。我以极大的毅力上了马。这时她仿佛感应了什么，回过头来了。我似乎已经看见了她的悲伤和绝望，再也不敢逗留。我一个劲地打着马，使其跑得更快。我知道，一旦慢一些，或者一回首，我就会陷入她的柔情旋涡，再也走不了了。

泪水早已模糊了双眼，前方的路途我看不见，我也不愿意去管前面到底怎么样，我只想就这么跑，这么不停地跑，跑到地老天荒跑到天涯海角。跑到一个荒无人烟的地方默默地死去。

因为来自灵魂的痛苦，使我再也无法思考了。我被禁锢在铺天盖地的痛苦中，真想一死百了。

但我不能死，有一种力量阻挠着不让我去死。我看见这股力量中有那么多的亲人，他们齐齐地注视着我，吉雅在注视着我，吉雅的隆起的肚子在注视着我……

20

九月，先是连续下了好几天的绵绵阴雨。接着放晴，但秋风劲道十足，从早吹到晚。夜里的宁静却是极为少有的，夜空之高远，星星之亮丽都是难得一见的美景。

我和阿姆母子，我们仨的这个避风港眼看着一日近似一日地不安全了。秋天进沙窝的牧人们最早的一批已经到了，昨天到附近察看了一圈，发现了多个羊群，离我们最近的仅隔着几个大一点的沙山，很容易就发现我们。看来离开的时候到了。

按阿姆说的到海南去。南岸的大山里几多空旷，罕见人迹，可不像这边到处都是人。

即将离开生我养我的地方，去那完全陌生的地方，那种对未知的渴望和强烈好奇使我对离开并不抵触，相反是急不可耐的，也不伤感，因为抛下了心中的很多事以后不管身处何处我都觉得心安理得。我甚至觉得其实我并没有彻底地离开这里,我就在这里,就在草原上。我的生活方式没有多么大的改变。每日游荡在草原上依旧是我的生活主题。

但在某些时刻,某种情况下,藏匿着的焦躁会冷不防地干扰我一下。我知道那是因为我终身的遗憾——我的生母——在作祟,我相信她在我出生的那一年就去了天国牧场了。尽管我潜意识里一直都不愿意接受这个事实。

离开的前一夜我独自静静地站到天亮,乱糟糟地回忆起很多的往事。回顾我这些年的生命历程,感悟最多的是爱恨情仇!我在此纠结了一生,即便到了今天,我依然没有透彻,更没有感悟其真谛。但我依然自豪,因为我以同胞们前所未有的方式活了一回;我感受着人的智慧活了一回。我的生命,在浪费的同时也有着升华。

天蒙蒙亮,阿姆和阿和收拾停顿。我们最后看了一眼这块无忧无虑的快乐之地,这里留下的都是些快乐而美好的回忆。我在此向阿姆表露真情;阿姆在此接受我的请求。我们在此不带负面情绪地回忆了从前的故事……

阿姆显然对此地无比留恋,迷离的眼中噙着泪水,低低地呢喃着……

阿和倒一点儿也不知道发生了什么,他特别喜爱在水中玩耍。但此刻也静静地站在母亲的身后,好奇地打量我和阿姆。

我们在日出的沐浴中离开了。

为了避开那些牧人我们打算先朝沙漠里面走,等深入一些后再掉头西南方向,走上几十公里就有绿洲了。这是我早早就计划好了的。

"真的行吗?"阿姆对此有一些疑虑,"我是说我们会不会迷路?然后迷失在沙漠里?"

我听了不屑一笑,"嘿,你还真是瞧得起这片沙漠,就这么小的一块,用不了十天就能横穿整个沙漠,它有什么资格让我们迷路?"

"有水源的话我也是不担心的。"

"放心吧。"我说,"断不会有那种事情发生的。我倒是比较担心被牧人发现,一个有心的牧人就会把我们全收拾了。这里多么隐蔽,正是干坏事的好地方。相信牧人也会这样想。所以,宁肯我们多去绕路,多走路,也不能让他们发现我们。"

阿姆赞同地点点头,"说得有道理。那咱们就多深入一点,以防万一。"

"好!我对牧人来说在危险的同时也是财富,是一笔不菲的横财。而你俩——"我实事求是地说道,"而你却是一个月,甚至更多日子的伙食,在这远离牧场的地方,有谁知道肉是从哪儿来的?"

"快别说啦。"阿姆眼底露出恐惧的神情,她看着儿子说,"我有一种不好的预感,是什么呢?"

"说不定今天我们需要很多运气。"

"愿祖先保佑我们运气长随。"阿姆突然停下,格外虔诚地祈祷。她花了大约一刻时间祈祷完毕,我们继续前行。"你知道我们接下来的生活每时每刻都处在危险的边缘,没有运气怎么行?愿祖先保佑!"她说。

"愿祖先保佑!"我说。

我们没有再说话,一个劲地埋头赶路。方才的对话使我们心头都沉甸甸的。但我们义无反顾,因为没有哪一种自由是没有代价的。相比我的那些同胞们,我们已经是最幸运的了,那还有什么不满足呢?

这么一想,我调整心态,脑海里积极地策划着以后的道路。经过一段持续的全无停息的奔波,正午的阳光最强烈时,沙漠像是在燃烧自身。所见之处毫无例外地冒着虚妄但刺痛眼目的烟雾。在这煎熬中,我们总算找到了几植兀自存活在烟火中的植被，正紧紧地相拥在一起抵抗烈烤。枯绿色的细长的叶子卷成一团自我防护，枝干像涂了一层蜡一样白。植被不高，勉强有一块巴掌大的阴影在沙地上。我们轮流在那块前所未有的珍贵的阴沙上纳凉，聊胜于无地安慰着自己。

天空一碧如洗，要求出现一片云是不合理的，可风的消停和避闪一度使我非常恼火。

阿和被烫得惶惶不安，使劲往树的缝隙里钻，被我顶了出来。一旦他半个身子进去了，就别想自己出来了。到头来还是得毁了他，这是我不愿意干的。

"我还是不明白，为什么我们不在夜里赶路？"阿姆的皮肤上烫起来一层皮子，她一刻不停地用尾巴扇动起微风，以缓解皮肤上的伤势。她看着儿子的痛苦，显然对我有一点抱怨，"为什么？"

"这是因为如果我们昨晚上行动了，那么今天一天甚至今晚我们再也不会有歇脚的地方了。我的计划是今天坚持一天，晚上再走一个夜晚，等明天我们就可以在一个绿洲上歇息一天一夜了。这个路线是我多次策划的，很合理。"

"原来如此。"阿姆恍然大悟，"那你应该早告诉我的。"

"我认为这些事都是应该我干的。你们娘俩跟着我就可以了，其他的事我来。"

阿姆被我的责任心大大感动，差点儿泪流满面。如今不知是否是因为有了依靠的缘故，她动不动就流泪，动不动就动情。可爱得不得了。

到了下午，我们已经在那团吝啬的阴影里轮换着待了近三个小时了。无论如何都要赶路了，要不然明天早上是到不了预定地点的。而且我们晚上还要赶路，这一带没有草，但走到半夜了就会到达一个并不是绿洲但零零散散地长着一些沙漠特有的植被的地方，在那里我们可以先把肚子填个半饱。

沙漠里如果没有了参照物，那简直是一模一样，所有的沙山也一样。好在一旦登上了某座沙山，可以眺望极远之地的三座沙漠中标志性的大沙山做参考。更远的地方可以看见圣湖和遥遥相对的草原，但这些只能用作大范围的标志，对小范围的地域环境没有有效的指导。

好在有那三座大沙山！

我们行走的方向大致还是西南方向。偶尔也会改变一下，也仅仅是为了绕过一些山头什么的。慢慢地，那股有如烘烤大地的毒热在消退，虽然并不十分明显。我憋着体内的一口气也不觉地松动了，居然感到了累！多么少见的情况。一份沉甸甸的责任比我预想的要累得多，我心生警惕，多一份责任就多一份出意外的概率，我必须得有所准备，尤其在今后，我们相当于活在任何意外当中……

常常心存危机感即可。我想。

但我并没有马上意识到危机，我以为离那些在沙漠里赶着羊群出牧的牧人已经够远啦，足以杜绝这方面存在的威胁。然而事情绝非如此，我们几乎就和两个骑马的牧人迎面相撞了。就在一道非得翻过去不可的沙梁上。

那两个牧人明显被惊吓了一下，包括他们的马。

而我们也受惊了。阿姆颤颤地一声低吼，她的愤怒"呼"地燃烧了，我连忙制止了她冲过去战斗的冲动。先得看看情况再说，也许他们就是过客而已。

于是我们双方僵持住了。

两个牧人年纪都不小了，最少比我要大出几倍多。他们好奇地打量着我们，骑黑马戴黑毡帽的那个对另一个说着什么，他们说的是藏语。我一句也听不懂。他们说着说着就笑起来，越说越高兴。他们的目光大部分都在端详我,剩余的部分逗留在阿姆身上。阿和他们几乎正眼都没瞧一下。

他们的目光赤裸裸地带有侵略性,与狼的贪婪的眼神如出一辙。也就是说他们的想法已经在此表露无疑了。我的心一下子沉下来,这可是一件极为危险和困难的事情。所有的牧人对付我们都有一套有效且独特的方法。每个人都不一样。我先急急地观察他们的马鞍子后面带着什么东西:一捆绳子(果然带着),一个防雨斗篷、一条马绊、一条紧紧卷起来的防水毯子;褡裢搭在鞍子上,压在他们的屁股底下,里面鼓鼓囊囊,不知装的是什么。但除了吃的东西,一把小刀是少不了的。

而我担心的正是于此。绳子,一把刀。所需的东西他们都有。我和阿姆暗暗交流,打定主意一旦动手就不惜一切代价在第一时间攻击他们的马。只要他们从马上掉下来,再把马撵跑,他们就只能干瞪眼了。

他们依然不停地说着,眼睛里泛着凶光。

我和阿姆护着阿和慢慢地转过身,慢慢地返回平坦的沙地。因为一旦发生冲突,有利的地形至关重要。他们没有阻止,而是跟着下来。

快到山下的时候,有一个人叽里咕噜地说了几句,然后扭过身去解绳子。我一直留意观察着他们的举动,一看他要拿绳子就知道事情已经无可挽回。我大吼一声朝那人冲过去……我的速度相当快,他几乎没做反应我已经到了他跟前,他的马却是机敏,一打响鼻跳开了。但由于跳得太过突然,令那人猝不及防,就从上面摔了下来。沙地里扬起了一阵黄色尘埃。我如何能放过这种好机会,急忙调了姿势再次冲过去,但这时另一个人已经做出反应,他呼吼着甩动着不知从哪里摸出来的打狗锥打马奔过来,甩动的锥子寒光闪闪。被这个东西来一下我绝对是受不了的。所以只能暂且放弃,逃到一边去了。

那个摔倒的人跑向马。我招呼了阿姆一声,叫她带着阿和先走,而我赶在那人之前把他的马撵得跑远了，那人对我破口大骂，口口声声都在说要杀了我。我做了个要扑向他的假动作，他惊叫着往回跑了。我继续去驱逐那匹马。我的想法很简单，只要把这匹马赶走了，那他们两人和一匹马对我们的威胁是大大减小了的。我想他们甚至都不敢靠近我们。

那个骑着马的牧人在骚扰我，不让我得逞。他忽左忽右地催马跑动，又忽地冲过来，挥舞着手中的铁锥子。这时候我就得做出一些防范来，或躲或闪。绝不能让铁锥子挨到我。一有机会我就反攻，我主要的攻击对象就是他坐下的马。

就这样来来回回，已跑出去很远。距阿姆他们就更远了。那匹马被我追赶着，后来它自己就跑了。跑得无影无踪。这时候我停下，定定地看着骑马的这个牧人。他也停下来，看样子是在去找马还是回去找同伴的选择上纠结。他恨不能马上生吃了我，瞪着布满血丝的眼珠子咬牙切齿。

都战斗了约莫快一个小时了，我想，应该算是安全了。再说阿姆她们会不会遇到别的危险？所以我得回去，没有了一匹马，他们已经构不成威胁。

于是我动身返回，一路小跑着返回。

那个牧人还在犹豫，后来他也返回了，看来是不放心同伴一个人在沙漠里。

到了黄昏，我才回到事发的地点，那里已经空无一人了。那个失去了马的牧人不知去向，骑马的牧人显然着急了，看也不看我一眼就去找人了。

我仔细辨认了一番沙地里的脚印，有一道模糊的蹄印朝着西南方向逶迤而去。但只有一道，再也找不出第二道。不可能只有一道。

我在周边一带详细地找了找，一无所获。看来只能死马当活马医，跟着那道印迹去撞撞运气了。也怪我当时匆匆忙忙，没说清楚去哪里？他们根本不知道哪里有我说的那个绿洲。

我跟着走了一个多小时，天色暗了。印迹早就不见了。我一时间竟不知该何去何从？他们去哪儿了？怎么不等待我？是不是又遇到什么意外了？

一时间，我心绪如潮，再难平静。

又过了一会儿，夜晚降临，沙漠里的夜晚缥缈虚幻，格外不真实。那些远远近近的沙山在被薄薄的云层遮挡的月光下随意地变幻着自身的相貌，于是一片地带在我眼中千奇百怪的景象就出现了。而这些意想不到的景象里我分明看见了阿姆母子。直觉告诉我那不是真的但我仍然跑过去，我跑得越来越远，阿姆母子身影早已销声匿迹。沙漠还是原来的那个沙漠，天空还是原来的那个天空。然而可笑又可悲的是，我迷路了。我仿佛跑了一千年，迷失在了寻找的迷宫里。

当那微弱的月光全然隐没后，大地一片昏沉沉。沙子泛着土黄色的微光，噝噝地响。狼嚎乍起，远近无法辨别。好在我仅是听到了一两声独狼的哀诉，所以并不十分担心。继续寻找俨然是不可行了。我焦虑之余只得找到一处隐蔽的地方休息，养精蓄锐，准备天明后接着找。我想应该直接走西南这条路线。我跟阿姆说过，往那边走是第一步。目前这第一步并没有走完。但愿她没有糊涂。

但是我睡不着，哪怕眯一会儿也不行。担忧她们母子是一方面，对即将面临的生活的忐忑也是一个重要的原因。严格意义上来说我是从来没去过海南的，对那里的一切都一无所知。更严重的是，那边全是藏民，当然说的就是藏话。而我是一句也听不懂的。从某种角度来说我们的危机是更加严重的，因为只要我能像听得懂蒙古语一样听得懂藏话，那么我就可以在他们的说话中得到很多有用的信息。一条仿佛无关紧要的话可能就会救我们一条命。而我们也不至于两眼一抹黑，啥都不清楚。对任何事都一无所知地在一个陌生的地方游荡那得有多危险？想想我就不寒而栗。

因此，为了生存下去，我一定得想个办法。但我祈祷，那边的藏民牧人们，可千万千万不要有枪。当一条枪出现在我的面前时我绝对相信，那是死亡前来召唤我了。

我有反抗的能力吗？

我曾经亲眼目睹蒙古牧人启龙，拿着一条从县武装部借来的小口径步枪，幽灵般地穿梭于山林间，从容地杀死一只只成年的岩羊、羚羊、野狐，甚至野狼。他在那仁克家住了两个晚上，每天夜里回来时都会驮回"战利品"。那仁克跟着去了一回，带来的除了一匹很罕见的大狼，还有四只全是体格上好的岩羊、公羊。

后来他走的时候，给那仁克留下了两只羊让他们吃，羊皮可以当毯子使用；给赛恒朝鲁留下了半只狼，因为赛恒朝鲁老是胃痛，吃狼肉喝肉汤效果极佳。

启龙凭借那条破枪，一年的肉食都可以在枪口下出产。那就省下了一笔不小的开支。尤其是在十月十一月的时候，正是羊肉最肥美的时候。我听说每到那时他就开着他的那辆破三轮车，拿着铺盖和刀子，以及那把枪，前往深山老林里，一去就是多日。等出山时，三轮车里装得满满当当。他将车盖得严严实实，偷偷摸摸地回到家。大半年的肉食就全有了。

近几年虽然禁止盗猎捕杀，但显然对他是没有用的，他照样偷偷摸摸地在深秋进山，又在某个夜晚鬼鬼祟祟地回来。只不过再也不承认罢了。

所以，我对枪有着一种近乎绝望的恐惧。因为在我的记忆里，每个拿枪的人都是神枪手。是那种一枪在手，天下我有的人。我没办法也没那个信心不害怕。

我一直没跟阿姆说，怕她担惊受怕，也怕她的情绪加深我的担忧。

但我愿意继续前进，这些困难都不能使我屈服，也没有什么困难会使我屈服。老实说我活的这些年，死亡从开始便一直伴随着我，就像影子一样自然、忠诚。没有它我还真不习惯。而且我的死亡恰恰是另一个我的开始，尽管有时候我站在人类的角度思考，觉得过早离开始终多有遗憾，对接下来的生命怎么支配也有着自己的考虑。我怅然若失于过往的挥霍，也享受生命中的每一次高潮迸发；既有啼笑皆非的懊悔，也有炎炎自傲的瞬间。如今，我身边有着爱侣，也有一个毫无血缘关系的儿子。这就是我今后所要照顾、所要担负的责任。

我孑然一身这么多年，也该换一种方式生活了。这，就是我在某一天突然觉悟，从而启动的想法。

我连续找了三天，几乎能找的地方都找遍了，但阿姆母子杳无踪迹。我的一颗心一天天地沉到地狱中去，我的嗅觉一直格外留意着空气里有没有血腥气？我并没有闻到什么。那么他们去了哪里？我仿佛一直都忽略了某种东西，但到底是什么呢？

严格地说我眼下所处的地方已经是出了沙漠了，我翻遍了沙漠里西南方向的所有沙山和能藏起来的小绿洲，最后就来到了这里。这儿是极其靠近一条环湖公路的，离那仁克的冬牧场一线距离不远。过了公路就海南地界，我们要去的地方，如今却阴差阳错的只剩下我独自一身。可我并没有死心，直觉也一直在告诉我，阿姆母子没有死，也没有受到磨难。这就足够了，我会找到他们。

我还是打算先不过公路，而是往回走。既然西南面没有，那就打西北面去找找看。他们慌不择路,跑错了方向也说不准,那个方向不是沙漠,而且还有很多人家,但靠近湖的那一带却是空旷无人烟,是个躲藏的好地方,我去那儿看看。

即便再着急,我所要走的路线上实在是有着太多的牧人。为了避免不必要的麻烦我耐着性子等待。阳光还是一如往日般地毒辣、活跃。好在经过几日的锻炼我明显对此有了显著的抵抗力。晒坏的皮肤好像比任何时候都愈合得快,也无多大的痛苦可言。无所事事,内心焦急上火,快要被逼疯了。我于是就在沙地里刨坑,刨出来一个很大的坑,权当是转移注意力。我一个接一个地刨,夜幕来临时已经足足排列了四十个一模一样的大坑,每个里面都可轻松地埋下三个自己。

奇怪的是这么一干,我的情绪得到了极大的缓解,看来不管是什么样的发泄方式,都是有一定作用的。

在黑夜的掩护下我的麻烦降到了最低点,一路上远远地避开牧户和狗。我走得很快,其实不是走。我是在跑!一路跑!

周围的景象不断发生变化,虽无特大的差异但微妙的变化是不间断的。仿佛我是在一个时空里倒退而去,周身是历史。

后半夜,我成功抵达目的地,然后我怀着极度渴望在这一片地区细致地搜索。一连几个小时,除了几只受惊的鸟,我什么也没看见。我又累又饿,身体的从前的伤势复发的症状逐渐暴露:腿疼、眼花、浑身僵硬、肺部好似已经肿胀,呼吸不畅。但这些都是次要的,强烈的劳累和颓废感才是真凶。我正在此攻击下慢慢地垮掉。

我开始漫无目的地走,天明时分来到一片沼泽边缘。我意外地在这里看到了两排清晰的一大一小的蹄印,正逶迤地隐没在那一头……

而这时,我突然听到有人在叫我,妖——妖——

接着我听出这个声音隐约似是那仁克。我朝沼泽、那声音的来源望去，可并没有人。我以为是幻觉。但那声音再次出现，这次我看见了，在百米之外的地方，在沼泽外围，那人可不就是那仁克吗？

此时此刻的他被陷在沼泽里，只有上身在外面，胯部以下都被沼泽牢牢地止住，动弹不得。他在这儿干什么？难道是来找我的？

那仁克仿佛看见了救星，拼命地叫我过去。我过去了，听着他语无伦次地胡说八道。大意是救他。他已经憔悴得不成人形，仿佛老了二十岁。看到他这副模样我突然有一种难言的欢快打心底涌出，搅得我心花怒放。我觉得他的报应终于到了。我忘却了一切，静静地看着他在死亡面前丑态百出，再不复以往的张狂与无情。他的眼里全是惊恐，全是渴求，死到临头他还有欲望缠身，他的生命此刻是多么可笑？我感到了不值，枉费从前为了这么个东西而绞尽脑汁。

眼下，唯一能够救他的只有我，但我为什么要救他？杀母之仇不共戴天，我放弃为母亲报仇已经是石破天惊的举措，已经是仁至义尽了。而他，又有何资格要求我救他？

我看了一会儿，他并没有再往下陷去，看来一时半会还死不了，但绝对不会撑过今天晚上。

一点一点地逼近的死亡才是最可怕的酷刑。

我平静下来，他的生死与我无关。我的阿姆和阿和还在等着我找他们。

于是我就走了，任凭他在后面惨绝人寰地哀号。

太阳从我的身后升起来了，一片纯正的金光暖洋洋地沐浴着我。在这一刻，仿佛所有的东西都活了：鸟儿更加激昂地翠鸣，沙地里的爬虫将沙子拨弄得沙沙作响，它们仰头面对太阳，接受世间永恒的恩赐；沙山无风自动，像流水一般奔腾；天空纯粹得发紫发红，发出各种魅丽之色；沼泽里的水草左摇右摆，欢快地唱着歌，跳着舞……

但那仁克是一道瘢痕，一口浊气，破坏了我灵魂陶醉的颤抖的氛围。他的号叫俨然地狱之音，携带人间的悲伤。我已经离得足够远，但其魔音犹在耳畔，不能离去。

我走着走着转了身，径直地来到他的对面。他的声音戛然而止，惊疑不定地看着我。我也定定地看着他，这个和我纠缠一生精神分裂的人，他三十多年来从未踏出过草原一步，以固执的姿态封存自己。如今，他却崩溃在最终的归宿上，真是一件无比讽刺的事情。他难道从来没有过觉悟吗？

我一步步地走进沼泽，我的腿深陷，但在足够的力量和庞大的身躯的承托下止住了。我来到他的跟前，转身，他惊喜交加地拽住我的尾巴。我艰难地一步一步把他拖出来。他躺在地上，声泪俱下，哭至哀处，不能自已……

这次我真的走了，任凭他怎么呼喊。他的声音渐渐微不可闻，乃至消失。那最后一声哀叹，就是我们的诀别。而我要去的地方，是我寻觅的生活，那里有那么多自由自在的意外和危险，是我拼尽这半生的力量为自己寻得的生命归宿。